从国家叙事到
娱乐话语

鲁毅 著

鸳鸯蝴蝶派流变研究（1909—1920）

商务印书馆
The Commercial Press
2019年·北京

图书在版编目(CIP)数据

从国家叙事到娱乐话语：鸳鸯蝴蝶派流变研究：
1909—1920 / 鲁毅著 . — 北京：商务印书馆，2019
ISBN 978-7-100-17016-1

Ⅰ.①从… Ⅱ.①鲁… Ⅲ.①鸳鸯蝴蝶派—文学研究
Ⅳ.① I209.6

中国版本图书馆 CIP 数据核字 (2019) 第 001149 号

从国家叙事到娱乐话语
——鸳鸯蝴蝶派流变研究（1909—1920）
鲁毅　著

商 务 印 书 馆 出 版
（北京王府井大街 36 号　邮政编码 100710）
商 务 印 书 馆 发 行
艺堂印刷（天津）有限公司
ISBN　978-7-100-17016-1

2019 年 2 月第 1 版　　　开本 710×1000　1/16
2019 年 2 月第 1 次印刷　　印张 14
定价：38.00 元

目　录

绪　论……………………………………………………………… 1
 第一节　文学史上的鸳鸯蝴蝶派及其研究价值 ………………… 1
 第二节　新世纪以来鸳鸯蝴蝶派研究综述 ……………………… 11
 第三节　研究框架及方法 ………………………………………… 24
 第四节　"鸳鸯蝴蝶派"的命名与界定 ………………………… 29

第一章　延续与疏离：清末至民初前期鸳鸯蝴蝶派的多元面孔 ……… 46
 第一节　"新小说"语境下鸳蝴派国族话语的沿袭与更替 ………… 46
 第二节　晚清小说政治话语的消解及其文学资源 ……………… 66

第二章　戏讽与哭悼：民初中期鸳鸯蝴蝶派的两种"表情" ……… 78
 第一节　觉世大文杂滑稽，唤醒人间百万迷 …………………… 78
 第二节　"共和"语境中的哭悼 ………………………………… 106

第三章　怀旧与忘却：民初中后期鸳鸯蝴蝶派的分野 …………… 130
 第一节　美学沉潜："共和"语境远离中的怀旧与隐逸 ………… 130
 第二节　滑落世俗："共和"语境远离中的忘却 ………………… 137

第四章　沉落与勃兴：民初末期鸳鸯蝴蝶派的内部更迭 ………… 184
 第一节　多元面相并置的民初鸳蝴派 …………………………… 185

第二节 老派作家：古典文学世界的营构及其消解 …………… 189
第三节 新派作家：新的艺术世界的建构 …………… 195

结 语 …………… 198
参考文献 …………… 203
后 记 …………… 216

绪 论

第一节 文学史上的鸳鸯蝴蝶派及其研究价值

鸳鸯蝴蝶派[①]是中国近现代文学史上的一个文学流派，从其称谓来看，它是被学界公认的一个存在实体。但是严格说来，它却并不是一个有着明确内涵、边界及统一文学主张的派别。

首先，它的成员是模糊的。"至于哪些人是鸳鸯蝴蝶派作家，历来也不曾在哪儿见到过一份完整的名单"[②]，甚至许多被尊为鸳蝴派的大家，如徐枕亚、包天笑、周瘦鹃、王蕴章、范烟桥、郑逸梅、张恨水等都不承认自己是鸳鸯蝴蝶派。在他们的言说话语中，都极力将这顶帽子撇远，正如张恨水所言："有些朋友很奇怪，我的思想，也并不太腐化，为什么甘心作'鸳鸯蝴蝶派'？而我对于这个派不派的问题，也没有加以回答。我想，事实最为雄辩，还是让事实来答复这些吧！"[③]如此来看，鸳蝴派岂不成了一个空巢？

其次，它的文学品格显得游移而难以界说。在"游戏的消遣的金钱主义的"[④]文学史定位之外，新文学家也承认"这一派中有不少人来'赶潮流'了，他们不再老是某生某女，而居然写家庭冲突，甚至写劳动人

---

① 下文简称"鸳蝴派"。
② 宁远：《关于鸳鸯蝴蝶派》，魏绍昌编：《鸳鸯蝴蝶派研究资料·史料部分》（上卷），上海文艺出版社 1984 年版，第 176 页。
③ 张恨水：《我的创作和生活》，魏绍昌编：《鸳鸯蝴蝶派研究资料·史料部分》（上卷），上海文艺出版社 1984 年版，第 252 页。
④ 沈雁冰：《自然主义与中国现代小说》，魏绍昌编：《鸳鸯蝴蝶派研究资料·史料部分》（上卷），上海文艺出版社 1984 年版，第 38 页。

民的悲惨生活了"①，登载一些"注意劳动问题、妇女问题、新旧思想冲突问题"②的作品，"成了满纸'问题'"③；并且鸳蝴派作家有时也说自己的作品"大抵是暴露社会的黑暗，军阀的横暴，家庭的专制，婚姻的不自由等等"④，"表现反对帝制，改良礼教，谈谈公德爱国等的所谓新思想"⑤，如果与新文学存在差距的话，他们认为"就是对于旧社会各方面的黑暗，只知暴露，而不知斗争，只有叫喊，而没有行动，譬如一个医生，只会开脉案而不会开药方一样"⑥。

　　再次，它的存在时间也只能模糊地讲是从晚清起步⑦，民初走向繁

---

① 茅盾：《复杂而紧张的生活、学习和斗争（上）——回忆录（四）》，《新文学史料》1979 年第 4 期。

② 沈雁冰：《反动？》，魏绍昌编：《鸳鸯蝴蝶派研究资料·史料部分》（上卷），上海文艺出版社 1984 年版，第 45 页。

③ 同上。

④ 周瘦鹃：《闲话〈礼拜六〉》，魏绍昌编：《鸳鸯蝴蝶派研究资料·史料部分》（上卷），上海文艺出版社 1984 年版，第 182 页。

⑤ 瞿秋白：《鬼门关以外的战争》，魏绍昌编：《鸳鸯蝴蝶派研究资料·史料部分》（上卷），上海文艺出版社 1984 年版，第 16 页。

⑥ 周瘦鹃：《闲话〈礼拜六〉》，魏绍昌编：《鸳鸯蝴蝶派研究资料·史料部分》（上卷），上海文艺出版社 1984 年版，第 182 页。

⑦ 关于鸳蝴派的起始时间没有明确的定论。20 世纪 70 年代有不少教材认为"它形成于一九〇八年前后"（《对封建复古派和资产阶级右翼文人的斗争》，田仲济、孙昌熙编：《中国现代文学史》第 2 章第 2 节，山东人民出版社 1979 年版；《辛亥革命后小说发展中的斗争》，北京大学中文系编：《中国小说史》第 18 章第 7 节，人民文学出版社 1978 年版）；有的则进一步认为"一九〇八年吴趼人的《恨海》是鸳鸯蝴蝶派的先声"（《小说中的逆流》，复旦大学中文系 1956 级中国近代文学史编写小组编：《中国近代文学史稿》第 5 章第 2 节，中华书局 1960 年版）；阿英也认为"由吴趼人这一类写情小说……继续的发展下去，在几年之后，就形成了'鸳鸯蝴蝶派'的狂焰。这后来一派小说的形成，固有政治与社会的原因，但确是承吴趼人这个体系而来，是毫无可疑的"（《晚清小说史》，江苏文艺出版社 2009 年版）；有的则认为 1903 年笑林报馆刊行的孙玉声的《海上繁华梦》是鸳蝴派的先声（程文超：《1903：前夜的涌动》，山东教育出版社 1998 年版）；有的认为 1900 年出版的天虚我生（陈蝶仙）的"《泪珠缘》才是鸳鸯蝴蝶派的最早作品"（裴效维：《鸳鸯蝴蝶派述略》，《中国近代文学百题》，中国国际广播出版社 1989 年版，第 269 页）；有的还认为"《花月痕》可以说是这一派作品的老祖宗"（吴小如：《"鸳鸯蝴蝶派"今昔》，《文学自由谈》1992 年第 1 期）。

荣①。但是如果按鲁迅先生所说的"月刊杂志《眉语》出现的"1914年"是
这鸳鸯蝴蝶式文学的极盛时期"②，那么之后，失《小说月报》而创《小说
世界》的20世纪20年代、失《申报·自由谈》另辟《申报·春秋》的30
年代，仍然表现出蓬勃生命力的鸳蝴派又怎能意味着一种式微之势呢？至
于它何时消失于文坛，是如鲁迅所言的"直待《新青年》盛行起来，这才
受了打击"③，还是如沈从文所说的"如《良友》一流的人物，能致礼拜六派
死命的"④20年代末30年代初，还是"它的'风流余韵'是直至一九四九年
全国解放，改变了旧社会的政治经济基础，才完全消灭的"⑤？抑或是1949
年后仍"以各种形式长时间'残存'"，"直到60年代后期才彻底消失"⑥？
至今仍旧没有定论。

　　由此看来，作为中国近现代文学史上的一个重要流派，其存在时间、
文学主张、创作面貌、作家队伍等方面都没有清晰的界定，然而在文学现
场的论争、言说以及后人的近现代文学研究中，鸳蝴派却可以作为一个明
确的、包容这些含混的文学史概念频繁使用。尽管它可能以各种纷繁的名

①　有的观点认为鸳蝴派"盛行于辛亥革命年间"［《"礼拜六派"批判》，山东师范学院
　　中文系编著：《中国现代文学史》（初稿）第1册第10章第2节］；有的认为"辛亥革
　　命后开始泛滥"（《辛亥革命后小说发展中的斗争》，北京大学中文系编：《中国小说史》
　　第18章第7节，人民文学出版社1978年版），或"风行于辛亥革命失败后的几年间"（《对
　　复古派的斗争和新文学统一战线的分化》，唐弢编：《中国现代文学史》第1章第5节，
　　人民文学出版社1979年版）；有的认为"到一九一四年《礼拜六》周刊创刊以后才风行
　　起来"（《小说中的逆流》，复旦大学中文系1956级中国近代文学史编写小组编：《中
　　国近代文学史稿》第5章第2节，中华书局1960年版）；还有的认为"辛亥革命后逐渐
　　发展，到一九二一年左右，风靡一时，波及全国"（《对封建复古派和资产阶级右翼文
　　人的斗争》，田仲济、孙昌熙：《中国现代文学史》第2章第2节，山东人民出版社
　　1979年版）。
②　鲁迅：《二心集·上海文艺之一瞥》，《鲁迅全集》第4卷，人民文学出版社2005年版，
　　第301页。
③　同上。
④　沈从文：《郁达夫张资平及其影响》，《沈从文文集》（第11卷），花城出版社1984年版，
　　第143页。
⑤　魏绍昌：《叙例》，魏绍昌编：《鸳鸯蝴蝶派研究资料·史料部分》（上卷），上海文
　　艺出版社1984年版，第1页。此外，裴效维先生也认为，鸳蝴派最后的终结是由于"政
　　权的更迭，环境的骤变。中华人民共和国成立后，它更遭到了灭顶之灾"（吕薇芬、张
　　燕瑾主编：《20世纪中国文学研究·近代文学研究》，北京出版社2001年版，第551页）。
⑥　张均：《十七年期间的鸳鸯蝴蝶派作家》，《广东社会科学》2010年第1期。

目出现①，但无论对历史现场的人，还是今人而言，鸳蝴派"只在人们心目中约略有个数而已"②，这就使得"鸳蝴派"的概念呈现出了能指的确定性与所指的模糊性之间的巨大裂痕，它仅仅是被约定俗成、不假思索地沿袭至今的一个含义模糊的概念而已。从这一角度来看，对鸳蝴派的研究就呈现出了迫切性。

第二，作为中国现代文学史的重要组成部分，鸳蝴派在历来正统文学史的叙述中却显得过于偏颇和简单化。首先，从现代文学研究的早期阶段开始，对它的界说就是以新文学的价值标准否定该派的文学史意义，将其作为"喧嚣一时的反动逆流"③，认为"它对广大市民，特别是知识青年起了极坏的麻醉腐蚀作用"④。到了20世纪80年代，文学史中一元价值标准的统摄与政治意识形态的渗入仍然呈现出极大的惯性，如杨义在《中国现代小说史》中将其作为"民初小说界泛滥成灾的一股浊流"⑤，认为其"汗牛充栋的作品都不过是历史长河中混浊不堪的浮沤"，"是破坏性大于建设性，坏作派逐渐抵消新风气的"⑥；魏绍昌在《中国现代文学史资料丛书（甲种）·鸳鸯蝴蝶派研究资料》中将鸳蝴派作为：

---

① 除了"鸳鸯蝴蝶派"的称谓，还有其他众多名目，如以这一派的代表性期刊《礼拜六》命名，称为"礼拜六派"，周瘦鹃就称自己"是个十足足、不折不扣的《礼拜六》派"（《闲话〈礼拜六〉》），沈从文也称"礼拜六派"（《郁达夫张资平及其影响》），但是60年代有的教材称"'礼拜六'派是'鸳鸯蝴蝶派'的余波"［《"礼拜六派"批判》，山东师范学院中文系编著：《中国现代文学史》（初稿）第1册第10章第2节］，以区分这两个概念；而有的学者则认为"鸳鸯蝴蝶派，亦名礼拜六派"（魏绍昌：《鸳鸯蝴蝶派研究资料·史料部分·叙例》）；有的称为"民国旧派"（范烟桥的《民国旧派小说史略》、郑逸梅的《民国旧派文艺期刊丛话》、严芙孙《民国旧派小说名家小史》）；有的称为"民国通俗小说"（张赣生：《民国通俗小说论稿》）；有的称为"现代传统风格的都市通俗小说"（林培瑞：《论20年代传统样式的都市通俗小说》，见贾植芳编：《中国现代文学的主潮》；良珍：《中国现代传统风格的都市通俗小说》，《齐鲁学刊》1990年第3期）；有的称为"市民小说"，如"市民小说又称为旧派小说，或鸳鸯蝴蝶派小说"（汤哲声：《新文学对市民小说的三次批判及反思》，《中国现代文学研究丛刊》2004年第4期）；还有的称为"鸳鸯蝴蝶派 – 礼拜六派"（范伯群：《中国近现代通俗文学史·绪论》，江苏教育出版社2000年版）。
② 宁远：《关于鸳鸯蝴蝶派》，魏绍昌编：《鸳鸯蝴蝶派研究资料·史料部分》（上卷），上海文艺出版社1984年版，第176页。
③ 北京大学中文系专门化1955年级集体编：《中国文学史》第9编第6章第4节，魏绍昌编：《鸳鸯蝴蝶派研究资料·史料部分》（上卷），上海文艺出版社1984年版，第134页。
④ 同上书，第139页。
⑤ 杨义：《中国现代小说史》（第一卷），人民文学出版社2005年版，第53页。
⑥ 同上书，第63页。

"现代文学史中宣扬趣味主义的一种流派。他们将文学当作高兴时的游戏或失意时的消遣；并披着'超政治'的外衣，以闲书或娱乐品的面貌出现，一味投合小市民读者的口味。鸳鸯蝴蝶派作者大都受的是封建社会的文学教养，而作品滋生繁殖的温床却植根在现在帝国主义侵蚀下的'十里洋场'（上海是它的大本营），因此鸳鸯蝴蝶派是半封建半殖民地社会的'典型'产物。"[1]

近年来，随着文学史观念的进一步调整，对该派的史述或者以一种较为客观的态度，如"鸳鸯蝴蝶派，指的是清末民初专写才子佳人的文学派别，所谓'卅六鸳鸯同命鸟，一双蝴蝶可怜虫'据说是他们常用的语词，故被用来命名"[2]；或者以一种价值重估的态度，如"鸳鸯蝴蝶派起初确曾产生广泛的影响，满足了当时读者的需要，在与传统小说的割离中进行了缓慢的探索，对新文学大众化课题也带来一些思考，它以多样性、多格调构成了文学史上独特的景观；并为文学的职业化、商业化以及文学弱化政治功能做了一定的探索，这些也是值得肯定的"[3]，"虽然这派文人及其趣味性创作是新文学家的批判对象，但对新文学建设也并非全无影响"[4]；甚至认为"'鸳鸯蝴蝶派'文学应该说是中国文学现代化的先行者"[5]，"尽管后来一再遭到人们的批判和鄙视，但它所进行的一系列文学突破和探索，实际上成为20世纪中国文学变革的嚆矢"[6]。但是相对于鸳蝴派在民国初年几乎控制了整个文坛的浩大之势来讲，诸如史述中论及的鸳蝴派的源起："1905年科举制度的废除，使一批企图走科举之路而入仕途的文人纷纷跌入小市民阶层，对政治失去信心，加之拜金主义的影响、畸形都市生活的熏染，便取得了与普通市民相同的文化视线，于是一批定位在休闲、娱乐、消遣，满足市民文化消费的文学作品大量出现"[7]，却仍显简略，缺少对该派流

---

① 魏绍昌：《叙例》，魏绍昌编：《鸳鸯蝴蝶派研究资料·史料部分》（上卷），上海文艺出版社1984年版，第1页。
② 钱理群、温儒敏、吴福辉：《中国现代文学三十年》（修订本），北京大学出版社1998年版，第91页。
③ 唐金海、周斌编：《20世纪中国文学通史》，东方出版中心2003年版，第93页。
④ 朱寿桐编：《汉语新文学通史》（上卷），广东人民出版社2010年版，第47页。
⑤ 同上书，第54页。
⑥ 孔庆东：《1921：谁主沉浮》，山东教育出版社1998年版，第186页。
⑦ 唐金海、周斌编：《20世纪中国文学通史》，东方出版中心2003年版，第91页。

变脉络的细节把握，这就容易造成遮蔽与误读。尽管新世纪以来范伯群先生的《中国近现代通俗文学史》以雅、俗文学"双翼齐飞"的文学史定位，将鸳蝴派整合进了与雅文学对举的俗文学系统，并以小说门类的区分为线索进行史述，应当说对鸳蝴派的创作面貌进行了细致梳理，但是俗文学史论的前提预设，雅、俗文学的壁垒森严，以及有的学者所质疑的俗文学系统的合理性等问题，在一定程度上仍对该派造成了一种潜在的遮蔽，因此鸳蝴派的文学史定位依然不能得到行之有效的解决。

第三，鸳蝴派的研究牵涉到文学史观念的重大调整。早在20世纪90年代，樊骏先生就指出鸳蝴派的研究"从长远看，可能会触发这门学科总体格局变动；或者丰富中国现代文学的内涵，或者扩大中国现代文学的外延，对于整个学科的发展具有重要的理论价值和实践意义"[①]。这种文学史观念的调整首先表现为对原有中国现代文学史史述观念的改变。以新文学发展的重大事件为区分的三个十年的中国现代文学史史述，带有鲜明的以精英文学为价值标准的文学史书写预设，而鸳蝴派文学的历史还原与文学史书写的尝试，使原有的、无法涵纳多元文学形态的中国现代文学史叙述框架的调整成为必然。作为突破单一史述范式、名目繁多的文学史概念以及史述方法的提出，在很大程度上都可以看作是鸳蝴派真正以独立的一元形态进入现代中国文学史的尝试，如"二十世纪中国文学史"观，将"五四"之前的近代文学容纳进来，并看作是中国文学现代性[②]发生的滥觞与前奏，这其中自然包含了清末民初诞生的鸳蝴派文学。此外，这种文学史观念的提出，也有效地建构了"晚清→民初→五四"的纵向文学史发展脉络，因此对在清末民初文坛产生较大影响的鸳蝴派文学的史述，势必会溢出原有新文学史的叙述框架。再如编年式文学史，即以某一年的文学作为一段文学史的浓缩，并在史述中采用"拼盘式"结构，如程文超的《1903：前夜的涌动》、孔庆东的《1921：谁主沉浮》等，仍可以看作是消解一元史述，还原历史的一种尝试，如在1903、1921年的文学史叙述中，

---

① 樊骏：《〈中国现代文学研究丛刊〉十年（1979—1989）》，《中国现代文学研究丛刊》1990年第2期。

② 王一川先生曾论及"现代性"与"现代化"的区分，即"现代性"偏重于指称中国社会现代进程的文化价值体系层面，强调生活方式、生存价值、道德、心理和艺术等的重要性，而"现代化"则偏重于指称中国社会现代进程的经济和政治制度层面，突出科技、工业、商业和政体等的重要性，所以在本书中采用"现代性"一词。（王一川：《中国现代性体验的发生：清末民初文化转型与文学》，北京师范大学出版社2001年版，第10页。）

鸳蝴派文学有了其应得的位置。再如目前作为学术热点的"民国文学史"概念的提出，也可以看作是"去新文学"史述的一种努力，尽管这一文学史史述机制仍处在建构阶段，但已经显示出对原有新文学史、现代文学史观念的重要补充，即以 1911 年的辛亥革命"对现代中国国家体制建立的根本意义"①，在"民国机制"作为集结文学发展史的主题与原则下，鸳蝴派文学无疑呈现出对这一史述范式的极大契合性与兼容性，如本书中涉及的鸳蝴派作家较"五四"新文学作家独特的"共和"语境体验，以及与民国体制紧密相连的文学生产方式的变动与兴起，都使得对鸳蝴派文学的理解、阐释空间要远远大于"新文化运动"机制统摄下的现代文学史或新文学史中的鸳蝴派文学，同时也更加贴近鸳蝴派的生存本相。

其次，这种文学史观念的调整还表现为丰富中国现代文学史发展线索的认知。中国现代文学的重要特征就是"用现代文学语言与文学形式，表达现代中国人的思想、感情、心理的文学"②，整体而言，它是一个不断获取现代性，并呈现现代性的发展过程，这种现代性的取得在"新文化运动"的史述机制下，更多地要依赖于外来文化资源的刺激与滋养，从而表现出与传统的断裂性；但是"中国本土社会并不是一个惰性十足的物体，只接受转变乾坤的西方的冲击，而是自身不断变化的实体，具有自己的运动能力和强有力的内在方向感"③，所以中国现代文学完全有可能在自给自足的基础上依赖本土资源获取现代性，即"中国史自身的'剧情主线（storyline）'"④，"这条主线完全没有中断，也没有被西方所抢占或替代，它仍然是贯穿十九至二十世纪的一条最重要的中心线索"⑤。而鸳蝴派则构成了这一脉的主流，尽管它也吸收西方及世界文学资源，但是其主体则代表了中国文学由传统向现代转换中对本土文化资源进行开掘，并呈现出现代性的一脉，由此可见其重要的文学史位置以及可供开掘的深层文化资源。

第四，史料研究的意义。对于鸳蝴派的研究同样遵循着中国现代文学研究的一个基本方法，即史学、实证的研究方法。鸳蝴派研究的原始资料

---

① 李怡：《辛亥革命与中国文学的"民国机制"》，《郑州大学学报》2011 年第 5 期。
② 钱理群、温儒敏、吴福辉：《中国现代文学三十年·前言》（修订本），北京大学出版社 1998 年版，第 1 页。
③ 〔美〕柯文：《在中国发现历史——中国中心观在美国的兴起》，林同奇译，中华书局1989 年版，第 78 页。
④ 同上书，第 136 页。
⑤ 同上。

主要有报刊连载的小说、诗、词、文等创作，以及作家的回忆录、文集、单行本、序跋等形式。然而就目前的出版来看，一方面，除了少数鸳蝴派作家的文集，如《周瘦鹃文集》《姚鹓雏文集》《郑逸梅文集》等，回忆录如《钏影楼回忆录》《钏影楼回忆录续编》，作家的合集、选集如《鸳鸯蝴蝶派散文大系》《鸳鸯蝴蝶派研究资料·作品部分》《鸳鸯蝴蝶派言情小说集粹》《鸳鸯蝴蝶派作品珍藏大系》《鸳鸯蝴蝶–〈礼拜六〉派作品选》《民国都市通俗小说丛书》《鸳鸯蝴蝶–〈礼拜六〉派经典小说文库》等，以及鸳蝴派作品的单行本、附加在《中国近代文学大系》《中国近代小说大系》中的作品等少量现代出版物外，浩如烟海的鸳蝴派创作，尤其是小说，大都以民国旧报刊上的连载形式被尘封；另一方面，就后人编选的鸳蝴派研究资料来看，主要有《鸳鸯蝴蝶派研究资料》《鸳鸯蝴蝶派文学资料》《中国近代文学大系·史料索引集》《中国近现代通俗文学史》《中国现代通俗文学史》（插图本）、《民国通俗小说论稿》（张赣生）、《中国近现代通俗作家评传丛书》等。整体看来，目前出版的、较为容易获取的研究资料，相对而言也只能是复原历史的碎片而已，况且如陈平原先生指出的，这类编选资料隐含着新的意识形态的渗入，"近年新潮学者颇有点自诩点石成金，满足于用旧材料做新文章者。其实各种史料集早就渗入编选者的理论眼光，不可能透明、客观。研究晚清小说理论者，大都依赖阿英《晚清文学丛钞·小说戏曲研究卷》，这样一来，无论怎样花样翻新，都跳不出阿英划定的范围，我写小说史之所以从资料选辑、史实考异和史事编年这些笨功夫做起，就是意识到史料的"污染"对研究者的严重限制"[1]，因此他提倡并认为"文学史研究中的实证精神及方法并没有完全过时……虽不占主潮地位，但其所醉心的琐细的历史考证（包括辑佚、考据、史事编年等），作为一种辅助手段，仍在发挥作用，完全漠视其存在是不应该的"[2]。魏建先生也指出："今天我们所得到的，比当年更具有理性，更具有历史积累的厚重，更具有历史批判的时间距离，更具有一个时代与另一个时代的平等对话的学术高度；但是，今天我们手中还有多少来自那个时空的、可以直接感知的、又是学术研究所必须依赖的证据呢？……既然我们都知道，考古学是古代史研究的重要支撑，那么研究现代中国已经过去了的历史，同

---

① 陈平原：《小说史：理论与实践》，北京大学出版社 2010 年版，第 21 页。

② 同上。

样需要对已经变成历史'碎片'的东西进行调查、发掘和考释。这是我们研究现代中国历史的基础工作，也是在复原历史本身。"① 所以，恢复鸳蝴派真实的、令人信服的原貌惟有回到历史现场，而民国鸳蝴派的旧报刊无疑为最大限度地拼合历史提供了有效的路径。

综上所述，鸳蝴派概念的模糊性，以及发展、流变的含混性，与其在中国现代文学史的重要位置形成了巨大反差。尽管鸳蝴派研究作为中国现代文学的研究热点从 20 世纪 80 年代开始就一直备受关注，并不断经历了研究范式的转换和学术成果的突破，至新世纪前后基本上已经摆脱了先前政治意识形态的偏误，能够在一种相对宽松的学术环境中对这一流派进行学术层面的操作。但是这种热点位置似乎并没有将鸳蝴派的研究空间挤占得毫无立锥之地，相反大量悬而未决的文学现象、研究课题尚未被触及，诸多述而不作的文学史定论与常识在惯性沿袭中有待经受卷帙浩繁的文学史料的检验，从某种意义上来讲，这些恰恰构成了鸳蝴派研究向前推进的障碍。

鉴于上文所阐述的研究意义与价值，本书将鸳蝴派作为研究对象，但考虑到本书的容量与拟解决问题的有效性之间的协调，本书选取处在滥觞及最初繁盛期的鸳蝴派，即清末民初的鸳蝴派，也即鸳蝴派发展的第一阶段（1909 年《小说时报》的创立至 1920 年《小说季报》的停刊②）作为研究对象。这一时期鸳蝴派研究的重要意义除了具备前文论及的整体意义外，还在于：

---

① 魏建：《〈沫若诗词选〉与郭沫若后期诗歌文献》，《中国现代文学研究丛刊》2011 年第 11 期。

② 鸳蝴派主要依托于中国近现代报刊业的发展，其作品往往以连载的形式呈现，所以鸳蝴派的诞生在很大程度上是以鸳蝴派文人独立主编的鸳蝴派报刊的出现为标志的，即公认的 1909 年 10 月创刊的《小说时报》（包天笑、陈景韩轮流主编），如郑逸梅在《民国旧派文艺期刊丛话》中就将《小说时报》列为民国旧派杂志之首（郑逸梅所言的民国旧派即鸳鸯蝴蝶派），而且汤哲生认为中国文学期刊发展到《小说时报》，"它悄悄地改变了晚清以来文学启蒙的期刊方针，并为后来一段时间文学期刊的创刊和发展作了基本定位"［范伯群：《中国近现代通俗文学史·通俗期刊编》（下卷），江苏教育出版社 2000 年版，第 559 页］，因此可以看作是鸳蝴派文学的开端。1920 年 5 月停刊的《小说季报》标志着老派鸳蝴作家的创作，即这一时期鸳蝴派主流风格的式微与终结，而且从 1921 年开始，诸如鸳蝴派的大本营《小说月报》被新文学接手、新时期特色的鸳蝴派报刊如《半月》、《礼拜六》（后期）、《快活》、《红杂志》、《红玫瑰》、《小说世界》等大量涌现，都鲜明地区分于这一时期，所以本书将 1909—1920 作为鸳蝴派发展的一个独立阶段。此外，在这一时期，"五四"文学处于缺席或者尚未开始对鸳蝴派进行大规模的批判和实质性的干扰，因此能够较为客观地呈现出鸳蝴派自身的独立嬗变形态及发展规律。

　　第一，这一时期的鸳蝴派处在中国现代文学发展多重维度的集结点上，对它的研究可以释放出巨大的文学阐释空间。首先，清末民初，中国文学面临着传统向现代的转型，在转型中，"传统 / 现代"的二元对立维度构成了文学发展的基本矛盾，中国文学围绕着古典性的式微与现代性的渐兴，以及古典性的现代性转化展开。这一时期的鸳蝴派在中国文学的现代性进程中，不仅其作品呈现出对古典性的坚守与游移、对现代性的趋避与迎合，显示出中国文学现代性转型的步履维艰，同时其创作主体在这种语境中也面临着自我身份与心态的不断调试与抉择，他们以他们的"人"与"文"回答了"传统 / 现代"框架中中国文学的独特发展样式。其次，对于这一时期的鸳蝴派来讲，"雅 / 俗"的二元对立维度也构成了其发展、嬗变的根据，不仅它要面临着如中国现代文学史中一般认知的那样，即在"新文学的强大攻势下败退下来，失利后逐渐明白了自己的位置，被迫同新文学相区分"①，从而走向了一条纯娱乐化的文学发展道路，第一次实现了"中国现代文学的雅俗分流、雅俗互渗的初步格局"②，同时也要通过其内部的转型、作家的分化完成相对而言由雅入俗的转换。此外，从"晚清至五四"的文学发展链条来看，梁启超在"小说界革命"中暗含的一个重要问题，即文学（小说）如何在保持"雅"（启蒙）的内容中实现一种"俗"的大众接受形式，在鸳蝴派这里得到了一种惯性呼应，接续着"新小说"的悖论式转向③，鸳蝴派在"雅/俗"维度的实验中最终实现了为大众接受的"俗"的文学样式，同时也全然抛却了"雅"的精英视域，即启蒙的内涵及国族想象。再次，诚如前文论及的，这一时期的鸳蝴派表现出了对本土文化资源的开掘与延续，从而与接受了世界文学、吸收外来文化资源的"五四"文学形成了对峙与互补，而这一文学进程与线索的呈现是在"中 / 西"或"本土 / 外来"的二元对立维度中展开的。

　　第二，这一时期是鸳蝴派发展的一个重要时期，对于日后，即中、后期鸳蝴派的流变，及其整体定位提供了一个重要的发展前提与依据，同时也丰富了学界对已有鸳蝴派研究的认知。鸳蝴派在文学史上的定位较为简略，即"游戏的消遣的金钱主义的"一派，这在很大程度上延续了"五四"

---

① 钱理群、温儒敏、吴福辉：《中国现代文学三十年》（修订版），北京大学出版社1998年版，第94页。

② 同上。

③ 本书第一章第三节将有详细论述。

新文学作家以精英文学的价值标准立法的批判话语，但是文学现场中的鸳鸯蝴蝶派，尤其是清末民初的鸳蝴派为什么能够呈现出或者有意识地表现出严肃的国家、民族话语及其面相？为什么娱乐的一派在民元之后的小说创作中却呈现出悲悼的美学氛围，这种被阐释为市场化、迎合市民趣味的模式化书写方式为什么能够解读出一种近似形而上的时代苍凉感，并与作家的生命体验连成一脉？此外，鸳蝴派在这一时期的创作中很明显地呈现出了两种风格的交替与转换，直至这一时期的末尾，一种向世俗化定位的创作趋向愈来愈浓烈，那么新文学家所批评的"娱乐、游戏、消遣"的定位，到底是哪一个时期的鸳蝴派？如果这种分期与转型的观点能够成立的话，那么鸳蝴派为什么会转型？他们怎样完成自身的创作转型？这种转型的选择是成功抑或失败？对不同作家群或个体意味着什么？期间又渗透着作家怎样的体验或心理障碍？由此看来，文学史对此缺乏细节的说明，这就需要我们返回文学现场去探究这种现象的真实面貌及其发生的深层根源，即"人"与"语境"的双重嬗变动力，更重要的是，这种规律性因素的探究与发掘对中国现代文学，以及当下语境变革中的文学主体又有着怎样的启示？这些正是本书要解决的问题。

第二节　新世纪以来鸳鸯蝴蝶派研究综述

关于鸳蝴派的研究从 20 世纪 80 年代开始就作为中国现代文学研究中的热点而不断升温，似乎一直到今天它都不曾受到冷落，一方面，这源自对该派的争议不断，另一方面，这牵涉到文学史观念的重大调整。此外，与新文学的研究相比，它呈现出较大的滞后性，因此带来的提升空间必然受到研究者的青睐，从反映这一领域研究动态的综述中即可见一斑。

目前关于鸳蝴派的研究综述已达五篇之多，从其发表的时间间隔来看，应该说能够及时反映出鸳蝴派研究的趋势及最新动向，但是从 2000 年以来的综述来看，仍存在这样几个问题有待商榷：第一，材料滞后。综述所占有材料的发表时间大都较综述的写作时间早两年，而近一到两年所引用的材料仅为一篇左右，这就对其能否及时反映出最新成果，及其所占有材料的有效性提出质疑。第二，材料甄选欠妥。作为研究综述，应当对研究范畴内的各类成果作出有效筛选，那些在研究史中占有重要位置，并为后人研究提供参考价值的成果方可以进入综述中，但目前的综述却掺入了不少重复论述、选题滞后的文章，反而对学界较新和较为重要的成果视而不见。第三，"述"大于"评"。从综述的意义来看，"评"应当大于"述"，因为后人完全可以通过各种渠道搜索到前人的文章，而作为"评"的内容，即指出每一项成果为研究史提供了什么，或触及了哪些有待深入的问题，这应当是作者在充分占有材料的基础上重点阐发的，然而就目前的综述来看，诸如研究困境及生长点等"评"的内容往往被一笔带过。第四，研究动向把握不够准确。从鸳蝴派的研究来看，围绕其自身价值"拨乱反正"式的定位与论争在 2001 年前后就已经落下帷幕，之后的研究开始从是否有价值进入到怎样有价值的学理性探讨阶段，所以对新世纪以来鸳蝴派研究动向的把握还只是停留在或侧重于其"拨乱反正"的价值定位上，显然是不够准确的。第五，材料占有褊狭。从论者所占有的材料来看，仅仅涵纳以鸳蝴派为主题的研究成果，而某些虽称民初通俗文学、市民文学、旧派小说，却实指鸳蝴派的研究文章被略去了，其中还包括诸多将鸳蝴派作为子题的研究。由此看来，以上诸多问题使综述的重写和延展成为必然。此外，从时间界限来看，新世纪之前的综述已较为详尽，无需赘述，而近年的鸳蝴派研究，虽时间短暂却成果颇丰，因此综述部分将新世纪以来的鸳蝴派研究作为考察对象。

一、从喧哗到深化：新世纪鸳蝴派研究的总体趋势

作为中国现代文学的必要组成部分，对鸳蝴派研究的考察应当包括它在整个现代文学研究中占有怎样的分量，2000 年以来较为权威的年度《中国现代文学研究综述》（下文简称《综述》）所涉及的有关鸳蝴派研究述评，以及《中国现代文学研究丛刊》（下文简称《丛刊》）所刊载的相关文章，在一定程度上，为新世纪以来鸳蝴派研究的总体进展及影响比重提供了一个明晰的量化指标。

新世纪伊始，以鸳蝴派为主体的通俗文学研究在年度《综述》中被给予较多的篇幅论及，2000 年、2001 年均有可以进入到《综述》的代表性成果，相对于 1979—1999 两个十年，"对鸳鸯蝴蝶派这样的以市民为主要对象的旧式通俗小说的研究"还只是"保持较大兴趣"[①]，着眼于"一系列

---

① 樊骏：《〈丛刊〉又一个十年（1989—1999）——兼及现代文学学科在此期间的若干变化（下）》，《中国现代文学研究丛刊》2000 年第 4 期。

作家作品、文学现象、历史事件所作的'重新评价'"①，但这时它是通过数量颇丰的学术出版物，如《中国近现代通俗文学史》，以及"通俗文学理论研究与探索"专版等讨论形式扩大自身的影响，并逐步成为现代文学研究中的一个必要的、独立的课题。如果说新世纪前夜，仍有研究者对鸳蝴派的文学史价值存在非议，以精英文学的立场认为"人的技艺化概念与意图的非内化性质"②导致了它的"无意义写作"，那么在新世纪初，包括鸳蝴派在内的"通俗文学的研究已经获得了它在整体中国现代文学研究中的位置"③。

新世纪初，《丛刊》中的"近现代通俗文学"笔谈开始提出"换个角度来看"，即"从近现代中国文学演变的客观进程比较先后出现的鸳蝴派和新文学的同和异，再进而考察各自的历史位置和优劣得失的研究思路"④，由此认为鸳蝴派在中国文学从传统向现代的历史性转换中，在文学的平民化、世俗化、商品化等方面的价值都超越了"五四"新文学。其他学者也以"换个角度"的视域，既有从宏观上重新为鸳蝴派作价值定性的，如范伯群的《现代化：多渠汇流的世纪大潮》（《丛刊》2001年第2期）将"鸳鸯蝴蝶－《礼拜六》派"放置在"雅/俗"的维度中，认为他们建立了一种适合现代都市运作机制的文化市场；汤哲声的《蜕变中的蝴蝶——论民初小说的价值取向》（《文学评论》2001年第2期）从鸳蝴派资料的整理与细读着手，揭示其被遮蔽的价值取向。此外，也有在细节深处对鸳蝴派进行厘定的，如严家炎的《"五四"批"黑幕派"一解》（《丛刊》2001年第2期）从"五四"作家批"黑幕派"的话语出发，澄清了以往对鸳蝴派与黑幕派的混谬；吴福辉的《通俗文学与海派文学》（《丛刊》2001年第2期）认为近代文言的使用、反封建礼教的意旨、外国技法的借用等现代性因素，仍不能使鸳蝴派文学通过自我调整获得现代性，而是在新文学与外国文学的双重刺激下，直至20世纪40年代才获得现代性品质的。与此同时，有的学者却对鸳蝴派的历史定位持质疑的态度，一再发文认为鸳蝴派的病根

---

① 樊骏：《〈中国现代文学研究丛刊〉十年（1979—1989）》，《中国现代文学研究丛刊》1990年第2期。
② 李荣明：《论鸳蝴小说的无意义特征》，《中国现代文学研究丛刊》1999年第1期。
③ 杨洪承：《2001年中国现代文学研究述评》，《中国现代文学研究丛刊》2002年第4期。
④ 樊骏：《能否换个角度来看》，《中国现代文学研究丛刊》2001年第2期。

在于"由通俗滑向了市俗以至于堕落到了低谷乃至庸俗"①，并否定了范伯群提出的"双翼齐飞"的论点，这种激烈的论争甚至一直持续到2004年。

从2003年之后的年度《综述》及《丛刊》刊载的文章来看，对鸳蝴派为主体的通俗文学研究呈现出新、旧命题并存的多元化发展趋势，这预示着鸳蝴派的研究逐步进入到深化、拓展阶段，具体来说表现为：首先，热点状态持续保持。从2003年到2009年的《综述》，以鸳蝴派为主体的通俗文学研究每年都要给予一定的篇幅，甚至在2007年的《综述》中作为专节来论述。尽管2010年的《综述》并未提及包括鸳蝴派在内的通俗文学，但是这一年的《丛刊》却刊载了栾梅健、汤哲声的两篇以鸳蝴派为主体的通俗文学的研究文章，依然显示出强劲的学术实力。从另一个角度来讲，这是否也意味着以鸳蝴派为主体的通俗文学研究已经突破了新锐的位置，成为现代文学中的一个常客被研究界淡然接受呢？其次，研究思维的突破与细化。这表现为一方面不断地提出研究的新命题、新视角，并参与整个现代文学前沿、热点问题的探讨，如2004年的现代文学研究出现了史料、期刊热，其中就包括众多鸳蝴派期刊的研究；另一方面，表现在从宏观视角向具象问题探讨的转换与沉潜，出现了不少以小见大的分量之作，如通过人物形象谱系的演变、新文学与鸳蝴派的论争话语等方面深入开掘鸳蝴派。此外，如果说2007年以鸳蝴派为主体的通俗文学研究仍然是在纯文学的背景中评说自身，到了2008年，不少鸳蝴派研究之作就已经表现出对新文学中心化的突破，这些都表明了较新世纪初期鸳蝴派研究的突破性进展。

总体看来，新世纪初的鸳蝴派研究仍带有起步阶段的诸多研究特色，即着眼于宏观命题的论述，这包括设定自身的研究疆界，纳入进通俗文学的大范畴内建构自身，重新厘定鸳蝴派的价值，以及开掘鸳蝴派与现代文学同构的现代性因素等方面。而经过了新世纪初的宏观论述与价值论争后，鸳蝴派的研究开始就初期提出的有关命题、设想、范式等进行了较为细致的探索，由此真正进入到了拓展与深化阶段。

二、深化与拓展阶段的创新性分析

（一）说不完的现代性

鸳蝴派文学之所以能够再度进入现代文学研究的视野，并获得长足发

---

① 袁良骏：《"两个翅膀论"献疑》，《文艺争鸣》2002年第6期。

展，其基点必然是对其现代性因素的发掘与指认。与新世纪初及之前的研究相比，随后的研究不再纠缠于其是否具备现代性，而是探讨其怎样具备现代性来将这一命题深化。这在新世纪初张光芒的《从"鸳派"小说看中国启蒙文学思潮的民族性》（《学术界》2001 年第 4 期）中就已经初露端倪，他认为鸳蝴派言情小说在启蒙运动高潮的晚清政治文学与"五四"文学革命之间历史性地起到一种过渡作用，其中包含了启蒙的现代性思潮，它不仅符合启蒙概念本身所涵纳的对感性的弘扬，同时与晚明"以情抗礼"的人学思潮接上了头，由此认为近现代启蒙主义思潮生成的"内生性"可能，而非完全的"被迫现代化"。黄轶的《传统"体贴"与现代"抚慰"》（《河南社会科学》2007 年第 6 期）在"传统 / 现代"的维度中，同样认为鸳蝴派在继承、发展传统文化精神与艺术表现手法的基础上，表现出了与启蒙、救亡文学相差异的、"抚慰"现代市民新文化欲望的现代性属性，"实现了传统与现代的非对抗性转换"。与这类偏重"内生性"现代性、本土资源的现代性开掘的观点稍显差异，王进庄的《20 世纪一二十年代旧派文人的转型和现代性》（《复旦学报》2009 年第 4 期）通过对 20 世纪初一二十年代以鸳蝴派为主体的旧派文人的内部差异，特别是 20 年代旧派文人"都市民间"价值立场确立的考察，强调他们的现代性获得是与上海的都市生成伴随始终，并依托于现代传媒、大众娱乐产业、制造大众时尚文化消费品的"器物现代性"，这就与传统文化环境、资源呈现出绝缘性。

（二）鸳蝴派的发生

如果说世纪初的鸳蝴派研究还只是从文学内部言说它的现代性，那么在深化阶段，其就开始注意到从文学研究的外部视角对其进行观照。郝庆军的《论鸳鸯蝴蝶派的兴起》（《文学评论》2006 年第 2 期）从社会学的角度对鸳蝴派兴起的必然性及经济基础做了全方位的细致考察。在此基础上，胡安定的《鸳鸯蝴蝶：如何成"派"》（《首都师范大学学报》2009 年第 2 期）从私谊网络、会社网络、传播网络等外部视角探析了鸳蝴派作为群体的形成；刘铁群的《鸳鸯蝴蝶派作家与市民社会》（《兰州大学学报》2007 年第 5 期），以及张登林的博士论文《上海市民文化与现代通俗小说论》（上海师范大学 2008 年）则从鸳蝴派作家与市民社会、市民文化的相互调适角度探究该派的构建，这些文章都可以看作是郝庆军文中"成因分析：作为职业化的社会群体"与"社会接受：鸳鸯蝴蝶派的认同基础"部分的细化与补充。

此外，还有从大众传媒等外部视角切入鸳蝴派分析其生成特质的，如王利涛的《鸳鸯蝴蝶派与大众传媒关系探微》(《重庆师范学院学报》2003年第1期）从传媒与作家身份、创作的相互影响出发，指出娱乐休闲性报刊杂志的大量涌现给予鸳蝴派作家安身立命之处，促使他们由传统文人向新型市民作家转变；她的另一篇文章《场域视角下的民初第一小说季刊〈小说大观〉》(《海南大学学报》2011第1期），以及余夏云的硕士论文《新文学与鸳鸯蝴蝶派的场域占位斗争考察（1896—1949）》(西南交通大学2008年）都是运用布迪厄的场域理论观照新文学与鸳蝴派共存的"现代文学场域"的构建及内部要素相互作用的过程。应当说，场域理论的引入有助于从宏观把握"现代文学场域"的建构与生成特质，但是由于理论本身过于注重外部因素和社会学分析，在一定程度上忽略了独特语境下作家生命体验的深刻挖掘与作品本身的细微考辨，于是将民初的鸳蝴派理解为"一个以市场运作为根本、以游戏休闲为主旨、以通俗文学刊物为载体，面向不断发展壮大的都市市民群体的通俗文学"①，就稍显偏颇与笼统。

（三）鸳蝴派与周边文学

1. 横向：鸳蝴派与现代文学的多元形态

鸳蝴派与海派文学。从时间与空间的双重维度来看，鸳蝴派与海派文学既存在历时性关联，又存在共时性的并置；从命名来看，二者的界定与区分缺乏明晰性，吴福辉先生就指出过鸳蝴派曾被称为海派，因此厘清二者的关系显得尤为重要。新世纪初，金明石的博士论文《鸳鸯蝴蝶派与海派小说形成期的联系研究》(南京大学2000年）触及了这一学术前沿，认为海派小说的形成期包括鸳蝴派，但是以京海论争为转折点，鸳蝴派走向了另一条道路。姚玳玫的《极致"言情"》(《广东社会科学》2004年第1期）认为鸳蝴派小说的远离宏大叙事模式、消闲化的自我定位、软性语言的运用等叙事策略逐步发展为海派文学的独立话语体系；而吴福辉的《海派的文化位置及与中国现代通俗文学之关系》(《苏州科技学院学报》2003年第1期）则认为鸳蝴派与海派不是源与流的关系，海派自产生之日起便是"现代性"文学的一部分，鸳蝴派有一个较长获得"现代性"的演变过程，但是在全部或部分地走向通俗这一层面，两者倒是最有接近点的。在

---

① 王利涛：《场域视角下的民初第一小说季刊〈小说大观〉》，《海南大学学报》2011年第1期。

此基础上，李楠的《上海小报中的两种市民文化》（《河南师范大学学报》2004 年第 2 期）通过对上海小报文化形态的演变考察，进一步区分了鸳蝴派与海派文学代表的两种市民文化。

鸳蝴派与左翼文学。2006 年，吴福辉先生在一次访谈录[1]中提及，作为分享同一时空的同代人，鸳蝴派与左翼"互相之间肯定有影响"，并以茅盾与鸳蝴派为例提出了研究鸳蝴派与左翼文学关系的命题。但是新世纪以来，这一领域一直是尚未开垦的处女地，直至孔庆东的文章《鸳鸯蝴蝶派与左翼文学》（《汕头大学学报》2011 年第 2 期）才再度触及这一问题，从宏观上归纳了左翼与鸳蝴派在历史演变、文学题材、叙事模式以及文学消费等方面的关联与缺失，可以说该文指明了日后研究深化的各种可能与子命题，为这一领域的研究开启了一扇大门。

鸳蝴派与新文学整体。在这一向度的研究较前两者要丰硕许多，如汤哲声的《她们怎样变成祥林嫂》（《新文学史料》2009 年第 3 期）从鸳蝴派小说中的女主人公到祥林嫂这一"节妇"形象的变迁入手，指出无论是鸳蝴派的思考，还是"五四"新文学的思考，都以"共和"意识与中国古代文学展开了切割，因此鸳蝴派创作在现代文学整体发展进程中的价值与文学史意义应当予以肯定。此外，他的《新文学对市民小说的三次批判及其反思》（《丛刊》2004 年 4 期）、宋声泉的《重估〈新青年〉同人对"鸳鸯蝴蝶派"的批判》（《丛刊》2009 年第 4 期）、李松的《鸳鸯蝴蝶 - 〈礼拜六〉派与新文学作家论争的审理及其反思》（《湖北社会科学》2008 年第 8 期）、王木青的博士论文《分歧与尺度》（苏州大学 2008 年）与栾梅健的《论鲁迅文学观念的复杂性——兼及鸳鸯蝴蝶派的评价问题》（《丛刊》2010 年第 6 期），无论是前者对新文学与鸳蝴派文学论争话语的考察，还是后者对鲁迅文学观念的"新的不能"之困惑与"旧的不愿"之痛苦的辨析，都对鸳蝴派文学的价值作了重新估定。

此外，就鸳蝴派与其他周边文学而言，有的注重考察某一作家与鸳蝴派的关系，如苏曼殊、张爱玲、张恨水等，试图廓清其各自隶属的纯文学与俗文学系统，或是阐释其对鸳蝴派的继承与超越；有的注重考察鸳蝴派与文学社团，如南社，在作家身份、传统文化承传方面的相似性。另外，关于鸳蝴派与外国文学的关系研究，除了新世纪前袁获涌的《鸳鸯蝴蝶派

---

[1] 吴福辉、邵宁宁：《现代文学：学科历史与未来走向》，《甘肃社会科学》2006 年第 1 期。

小说与西方文学》（《贵州社会科学》1997 年第 1 期）与王向远的《中国的
鸳鸯蝴蝶派与日本的砚友社》（《北京师范大学学报》1995 年第 5 期），新
世纪以来在这一领域的研究还属凤毛麟角。

2. 纵向：晚清至五四链条上的鸳蝴派

将民初的鸳蝴派放置在晚清至"五四"文学发展的链条上进行考察，
从 2008 年开始成为研究重点。这其中既包括在整体中重新估定鸳蝴派个
体的思路，如叶诚生的《"越轨"的现代性》（《文学评论》2008 年第 4 期）
将民初鸳蝴派小说置于晚清小说界革命与"五四"文学革命的发展脉络中，
认为其对"新小说"神圣化叙事的越轨表征了中国现代小说叙事的另一极；
耿传明的《清末民初小说中"现代性"的起源、形态与文化特性》（《文学
评论》2010 年第 5 期》）将近代小说变革的主导倾向归纳为自觉、能动的
现代性形态，鸳蝴派等通俗文学归为受动式的现代性形态，而近代小说的
现代性源于后者却依靠前者走向现代。这些论点与世纪初在这一链条上考
察却得出鸳蝴派的"病态发展"[①]相左，显示出对以新文学为中心的现代文
学阐释体系的突破。

此外，也有对这一链条的断裂处进行弥合的研究。如黄丽珍的《鸳鸯
蝴蝶派与近代小说观念的演变》（《山东大学学报》2002 年第 2 期）认为小
说观念从小说界革命的新民救国到鸳蝴派的游戏消遣，是小说内、外部共
同作用的结果；黄轶的《"开启民智"与 20 世纪初小说的变革》（《郑州大
学学报》2004 年第 2 期）认为清末民初"开启民智"的小说启蒙观念的落
潮导致了对它反拨的娱乐、消遣文学观的迅速走强；而周乐诗的《新小说
时期趣味文学传统的形成》（《社会科学》2010 年第 2 期）则认为新小说中
期开始的非政治化转向所表现出的女性化文学特征，最终成就了鸳蝴派的
全盛。

（四）作家作品研究

就鸳蝴派作家研究而言，出现了不少丰硕成果。一方面，包括作家个
体的生平传论、考证的出炉。如张永久的著作《鸳鸯蝴蝶派文人》，郭浩
帆的《清末民初小说家张毅汉生平创作考》（《齐鲁学刊》2009 年第 3 期），
李文倩的《李定夷传略》（《新文学史料》2009 年第 4 期），范伯群、周全

---

① 张全之：《挣脱功利主义束缚之后的病态发展——鸳鸯蝴蝶派言情小说综论》，《东岳论丛》
1999 年第 2 期。

的《周瘦鹃年谱》(《新文学史料》2011 年第 1 期）等，以及诸多以鸳蝴派作家为选题的学位论文。另一方面，还包括对鸳蝴派作家群的身份、心态、价值认同的研究。如耿传明的《"鸳鸯蝴蝶派"小说的历史定位与文化心理分析》(《广东社会科学》2008 年第 2 期），将鸳蝴派小说定位于民初"共和"语境下追求个人感性解放的文学潮流，认为它的历史沉浮与现代性的内在差异、张力有关；马兵的《从"朝圣者"到"经济人"》(《齐鲁学刊》2010 年第 6 期）认为清末民初通俗小说作者在由"士"向"市"身份的转变中，囿于中国市民伦理行程中个性觉醒环节的缺失，从而表现出传统伦理大肆宣扬的"行"与现代性生长的"文"之间的悖谬。

就鸳蝴派作品研究而言，言情小说是重点。如黄丽珍的《疏离传统：论鸳鸯蝴蝶派言情小说的审美风格》(《山东社会科学》2002 年第 3 期）认为其表现出的强烈主观色彩与表现意味更接近于现代小说的审美追求，而不是传统美学的既定规范；潘盛的《"泪世界"的形成》(《丛刊》2008 年第 6 期）则认为鸳蝴派言情小说在中国抒情传统承续与新变的基础上表现出了现代意蕴。王木青的《鸳鸯蝴蝶派小说的唯情主义》(《丛刊》2009 年第 4 期）将鸳蝴派言情小说的艺术特征概括为唯情主义，并对这种艺术特征及反映出的作家思想抵牾进行了深层探究。张华的《中国现代通俗言情小说的流变轨迹》(《郑州大学学报》2000 年第 5 期）在对鸳蝴派言情小说嬗变的考察中，既注重其在文学发展的不同阶段中叙事模式的流变特征，又注重这些特征生成的传统文学语境及与外部社会文化因素的关联。此外，就其他小说门类而言，如杨剑龙的《论鸳鸯蝴蝶派侦探小说的叙事探索》(《丛刊》2005 年第 4 期），其意义不仅在于从叙事角度、模式等方面考察了鸳蝴派作家的侦探小说创作，更重要的是将其与传统公案小说相连，认为其实现了中国现代侦探小说的突破与创新。

（五）前沿探索

前沿性探索主要表现为对鸳蝴派独具的边缘性文类的研究上。如盘剑的《论鸳鸯蝴蝶派文人的电影创作》(《文学评论》2004 年第 6 期）提出了鸳蝴派文人兼容雅 / 俗、传统 / 现代、艺术 / 商业于一体的海派文化特征的"文学化电影叙事"与"文学化影像风格"的两种电影化文学创作样式；薛峰的《"复线历史批评"与中国传统的现代回响》(《当代电影》2010 年第 5 期）提出和阐释了鸳蝴派文人"复线历史"电影批评的概念及影响。此外，秦春燕的《鸳蝴文人的民间情节》(《苏州大学学报》2005 年第 5 期）将研究对象扩展到鸳蝴派文人的案头弹词创作，通过对其创作特征、演出形式的考察，以及与明清案头弹词创作的比对，提出鸳蝴派集审美趣味与利益驱动于一体的群体文化特征。

此外，以文化视域关照鸳蝴派并不特别，诸如市民文化、民间文化等都有涉及，但是从生产鸳蝴作家的地域文化出发却显得新颖。徐采石的《鸳鸯蝴蝶派与吴文化》（《中国文化研究》2001 年第 4 期）、汤哲声的《鸳鸯蝴蝶派：吴地文学的一次现代化集体转身》（《苏州大学学报》2009 年第 6 期）、王木青的《吴地柔美之风的文学表述》（《苏州教育学院》2007 年第 1 期）都涉及吴文化对鸳蝴作家文学品格生成的独特作用，这可以看作是关于鸳蝴派发生这一命题的补充与延伸。

三、学界研究困境与生长点

（一）喜忧参半的"传统／现代"维度

用"传统／现代"这一维度观照鸳蝴派文学，将其作为现代中国文学的有机组成部分，挖掘其现代性因子的视角，尽管是鸳蝴派研究的主流，但仍具有极大的提升空间。随着鸳蝴派史料的不断开掘、新的理论视域的借助，以及跨学科知识的综合运用等，对于"传统／现代"这一维度观照下的第二类研究方法，即侧重于现代都市语境下的鸳蝴派现代性生成的探究在不断取得突破，而且研究者都注意选取某一较小的切口深入开掘鸳蝴派所表现出的现代性特质，这将是今后研究的主流趋势；而对于第一类研究方法，即侧重开掘鸳蝴派在传统文化基础上的现代性生成的研究，却显得步履维艰。从新世纪初张光芒的《从"鸳派"小说看中国启蒙文学思潮的民族性》来看，作者以启蒙作为切入口对民族传统文化基础上的现代性生成这一宏大论题，作了四两拨千斤式的开掘，由此对新世纪以前的相关研究实现了一种突破。但之后在近十年的同一学术论题的研究中，除了少数优秀之作，诸如对晚明"以情抗礼"、传统叙事模式、艺术表现手法的承续等内容的论述，都仍未能超出其开拓的疆域，并在研究中仅作泛泛之谈，缺少细节的把握与深度分析。这些并不乐观的研究状况反映了这一论题的难度：它要求研究者的知识储备要古今中外打通，并具备较为深厚的理论素养及可观的作品阅读量。另外，这一传统与现代非断裂性延续的宏大命题也在提醒研究者，在实际操作中要注意选取"小题"来"大做"。

（二）被省略的鸳蝴派界定

鸳蝴派概念的模糊性一直是该领域亟待解决、却未能出现细致梳理的一个学术盲区，基于此，研究者在论述中都约定俗成地将其作为一个有着笼统指涉的群体概念使用。实际上，不少论者都注意到这一称谓的含混性，指出无法用共性的标准进行统合，所以作为一个流派进行研究只能是以偏概全。诸如鸳鸯蝴蝶派、《礼拜六》派、民国旧派文学、鸳鸯蝴蝶—《礼拜六》派、民国通俗文学、市民文学等概念，对于多数研究者来讲基本上可以混同使用，这就意味着对于鸳蝴派的研究，虽有一个较为认同、并且使用频率较高的词汇指涉研究对象，但是"鸳鸯蝴蝶派"词汇本身的能指与所指并不能建立充分的联系，符号本身在失去意义的同时，作为鸳蝴派的研究结果必然受到质疑。新世纪初，有的研究者就认为用现今的鸳鸯蝴蝶派概念并不能笼统地概括民初旧派文学，这势必造成文学研究中的某种遮蔽，樊骏也曾指出《中国近现代通俗文学史》中将鸳蝴派通俗文学和俗文学混用，会引起诸多误解[①]。由此可见，这么重要的一个基础性工作却在历来的研究中被掉以轻心，因此对鸳蝴派概念的梳理是亟待补上的重要一课。

不可否认，在新世纪以来的研究中，有的文章已对这一论题部分触及，如宋声泉的《重估〈新青年〉同人对"鸳鸯蝴蝶派"的批判》，通过《新青年》同人对鸳蝴派批判话语的考察，试图廓清以往研究中对鸳蝴派概念使用的含混性。这种研究视角与思路无疑为鸳蝴派研究中的缺失作了重要提示与补充，然而其结论的前提却暗含着鸳蝴派的概念是被新文学建构的预设，诚如有的研究者所言，鸳蝴派是"在新文学的指认与自我想象中形成了一个相对固定的知识群体"[②]，因此鸳蝴派自身的想象与认同更是鸳蝴派概念构建不可或缺的重要因素，这依然需要通过大量的史料挖掘与细节考辨来完善、补充。

（三）避重就轻的史料开掘

鸳蝴派概念界定的缺失也突显出该派研究中存在的另一个重要问题，即对史料的开掘仍显不足，这既包括对新的史料的搜集与整理，也包括对耳熟能详的史料的二次细读。首先，纵观新世纪以来的鸳蝴派研究，注重通过史料的发掘、考辨对某些文学史常识进行质疑的研究并不多见，而

---

① 樊骏：《能否换个角度来看》，《中国现代文学研究丛刊》2001 年第 2 期。
② 胡安定：《鸳鸯蝴蝶派的形象谱系与自我认同》，《文学评论》2011 年第 4 期。

这类研究却往往能够经受住历史的甄选而显示出其独特的价值。如柳珊的《1910—1920 年的〈小说月报〉是"鸳鸯蝴蝶派"的刊物吗？》（《丛刊》2000 年第 3 期）通过大量的史料分析认为，无论是从办刊方针、读者群体、刊载内容、撰稿者身份，还是从新文学的批判话语来看，革新前的《小说月报》作为一个旧文学、文化的阵地反而呈现出高雅性及与新文学的同向性，这就使得作为鸳蝴派大本营的结论不能成立。再如张均的《十七年期间的鸳蝴派作家》（《广东社会科学》2010 年第 1 期）通过大量的史料整理，触及了鸳蝴派的终结这一鲜为人知的问题，文章既澄清了鸳蝴派消亡于1949 年后的笼统性结论，又补白了其在 1949 年后被排斥、复苏以及最终覆灭的几个发展阶段。新世纪以来，像这种以开掘史料为本的研究在数量上并不占优势，相比而言，借助于新颖的西方理论，或作品的感悟式分析，或宏阔式概括的论文倒是占多数。这并非说哪种研究更具优势，作为现代文学学科的基本方法，这种对研究者的学术功底提出更多要求的研究是应当提倡的，同时也能够为鸳蝴派研究带来更大的提升空间。其次，就鸳蝴派的史料开掘来讲，一方面，新史料的运用显示出匮乏，这表现在研究中尽管不少论文都注意掺入以史带论的论证方式，但是"史"更多地呈现出重复性与滞后性，缺少新史料的提出，因此作为鸳蝴派研究取得突破的一个重要风向标显得不容乐观。实际上，对于贯穿现代文学三个十年，作家、作品、期刊数量浩繁的鸳蝴派而言，众多驳杂繁复的史料尚处于尘封状态，相对于鸳蝴派研究的整体热点状况，对新史料的开掘却备受冷落。另一方面，对众多熟知并反复提及的鸳蝴派史料缺乏二次解读的细节考辨和问题意识。宋声泉的《重估〈新青年〉同人对"鸳鸯蝴蝶派"的批判》提出并试图解决了一直困扰鸳蝴派研究中关于自身界定的重要命题，而作为其论据的新文学与鸳蝴派论争的史料，不少都是出自《中国新文学大系》《鸳鸯蝴蝶派研究资料》《鸳鸯蝴蝶派文学资料》等经典性文本，这就暗含了对当前鸳蝴派研究的质疑：为什么在早已获取的史料中，在鸳蝴派研究已成为热点时，这样的问题与细节发现却远远滞后了？因此，新史料的发掘与旧史料的细节考辨仍将是维系鸳蝴派研究的一条重要生命线。

（四）未解决的入史问题

　　新世纪之前，樊骏就预言对鸳蝴派的研究可能会触动或丰富现代文学的格局与内涵，新世纪伊始，以鸳蝴派为主体的通俗文学入史的问题提上了日程，并经历了从是否能够入史到怎样入史的转变与深化。新世纪初，范伯群将新文学与通俗文学放入"雅／俗"的比对体系中，提出"两个翅膀论"的文学史观，虽遭到某些质疑，但是关于鸳蝴派等通俗文学要不要入史的问题基本取得了一致，在此基础上，他的《中国近现代通俗文学史》可以看作是立意为与新文学对举的通俗文学单独立史的尝试。但是在这种文学史观的烛照下，新文学或精英文学与鸳蝴派等通俗文学往往是壁垒分明的，表现在目前大多数的现代文学史叙述中，即仍以浓缩的一章或专论的几个代表作家附在其中，这既暗含着仍以新文学的单一视角审视同时代其他文本的观点，又反映出对通俗文学，尤其对新文学与通俗文学关系缺乏系统、深入的了解，因此鸳蝴派怎样入史的问题仍不能得到有效解决。之后出现的探索，如汤哲声的《中国现代通俗文学的"现代性"和入史问题》（《文学评论》2008 年第 2 期）提出作家身份、大众媒体、社团流派等新文学与通俗文学的共性机制，为建立一种融合和超越新文学与通俗文学的治史观念提供了某种可能。因此某些博士论文选题，如《从晚清至民初：媒介环境中的文学变革》（山东师范大学 2011 年）与《论晚清至"五四"的白话文运作》（暨南大学 2010 年），或是从媒介的角度考察小说流变，或是以白话文运作的文学形态作为研究视角，将鸳蝴派作为晚清至"五四"链条中的必要一环，都可以看作是寻找某一共性机制的尝试。由此延伸开来，目前作为学术热点的"民国文学"概念的提出，即强调民国机制对文学史构建的重要意义，也可以理解为对这种论点的回应。此外，陈建华的《民国初年周瘦鹃的心理小说》（《现代中文学刊》2011年第 2 期）在探究周瘦鹃早期心理小说时所提出的"打破'鸳鸯蝴蝶派'或'礼拜六派'乃至'通俗'等概念的成见，将它们置于历史文化及文学的整体中"也不失为一种消弭"雅／俗"壁垒，涵纳多元文学形态的有益尝试。

总之，从鸳蝴派的研究现状来看，一方面，仍面临着诸多困境，如在研究中呈现出"以论带史"大于"论从史出"的研究范式，而且在经历了批判鸳蝴派为"逆流"的阶段后，却又隐含着夸大新文学的对立面，过分强调其游戏、消遣合理性的另一个极端倾向，其中反映出的回到历史现场的勇气与耐心的缺乏将是制约鸳蝴派研究的最大瓶颈；另一方面，也面临着诸多生长点，如何开拓新的疆域，并对前人提出的命题或研究现状作出突破与深化，是将已有的鸳蝴派研究向前推进的重要方向。

第三节　研究框架及方法

综合鸳蝴派的研究意义、价值以及研究现状，本书将清末民初的鸳蝴派作为研究对象。在研究角度的选取上，以鸳蝴派小说创作的典型叙事特征为切入口，考察鸳蝴派在 1909—1920 年的不同时间区位中的文学风貌、嬗变轨迹，以及鸳蝴派作家在时代语境的激烈变动中所面临的创作心理障碍、繁复的生命体验，及在对语境的调试中所作出的艰难抉择，以期最终能够呈现鸳蝴派在这一时期的深层嬗变规律以及嬗变背后的根由。

本书在对鸳鸯蝴蝶派旧报刊等第一手历史资料大量搜集与整理的基础上，从阅读体验出发，与文本进行对话，最终得出结论：清末民初的鸳蝴派从渐兴到最初的繁荣，始终纠结着严肃国族话语与娱乐主义话语的双重向度，从而表现出两种截然相反的、杂糅的复合面相，而非单一、定型的面孔。但是在清末民初鸳蝴派的发展进程中，随着文学语境的变迁，在接续晚清"新小说"的两种相应话语的同时，它又经历了严肃国族话语（面相）渐失，娱乐主义话语（面相）增强的一个嬗变过程，其间还夹杂着两种话语（面相）此消彼长的复杂性与逆转性，最终在 1920 年前后，鸳蝴派完全实现了面向市民大众的俗文学定位，呈现出文学史中一般认知的那个"娱乐、游戏、消遣"的面孔。这一进程的实现，一方面，通过其小说创作的叙事特征呈现出来，在两种话语（面相）的线索梳理中，可以清晰地现出国族话语（面相）的延续、突显、困顿、式微，以及娱乐主义（话语）面相的生长、渐兴、大行其道；另一方面，这种叙事特征的呈现、嬗变又是通过鸳蝴派的主体来完成的，即作家对时代语境体验后所作出的回应，于是鸳蝴派作家纷纷作出调试的姿态，在调试中又清晰地可以区分出以代际、价值观念、文化根底差异为表征的老派、新派鸳蝴作家，他们的共性体验保持了鸳蝴派的整体性与连贯性，而他们的差异性体验与调试姿态，即老派作家的式微、隐退，新派作家的勃兴，则最终推动并实现了鸳蝴派在清末民初的根本性嬗变，这使得先前发展方向并不明朗且具有多种走向可能的鸳蝴派，终于有了明确的定位。

由此看来，本书提出的论点就对中国现代文学史经典史述中的两种论断提出了质疑或补充：第一，史述中关于鸳蝴派唯娱乐化的定性存在着叙述简略、遮蔽的倾向，这并不能涵盖一个流派的动态发展进程；第二，鸳蝴派面向市民大众俗文学的定位，以及与"五四"文学"雅/俗"对峙格局的形成，并非依赖于新文学的强势干预，而是源于其自身的发展与嬗变规律，从而不可避免地、明确地走向了一条适应市民大众观念、生活的彻底俗化之路。

（一）研究框架

在框架安排上，本书以鸳蝴派在 1909—1920 年不同阶段的差异性嬗变特征为依据，以呈现这种差异性嬗变特征的典型鸳蝴派期刊为主要考察场域，同时梳理出鸳蝴派的国族话语（面相）与娱乐主义话语（面相）两条线索，将清末民初鸳蝴派的嬗变划分为四个阶段先后论述。

第一章："延续与疏离：清末至民初前期鸳鸯蝴蝶派的多元面孔。"该章论述在晚清"新小说"语境的余波下，"新小说"为鸳鸯蝴蝶派的创作提供了怎样的文化资源，以致形成了它在这一时期的独特话语方式及面相。这表现为两个方面：第一，鸳鸯蝴蝶派的小说创作表现出对晚清"新小说"以启蒙、救亡为标识的国族话语的延续，但同时它或者将这种国族话语置于启蒙与时尚的交界处，或者对其进行添加与删减，从而又表现出对晚清"新小说"国族话语的疏离。在具体论述中，通过选取早期鸳鸯蝴蝶派期刊中的国族话语特征、小说中"英雌"形象及科幻小说中国族话语的变迁等几个点，集中论述从晚清"新小说"到清末民初前期鸳鸯蝴蝶派国族话语（面相）的嬗变状况。第二，晚清"小说界革命"以一种政治视域审读文学，在"新小说"内部建构起了以启蒙、救亡为价值指向的浓郁政治话语形式，但是随着它的进一步演变，又悖论式地解构了这种政治话语，指向了传统小说以讲故事为中心的娱乐主义话语，这为日后鸳鸯蝴蝶派的发展、定型提供了温床。该章的创新点在于将鸳鸯蝴蝶派的早期发展阶段与晚清"新小说"联系起来，特别是本章提出的，晚清"新小说"的政治话语在解构之后成为鸳鸯蝴蝶派发展的腹地等结论，修正并补充了前人研究中所忽视或"断裂"的晚清"新小说"至清末民初鸳鸯蝴蝶派之间的文学发展链条，这也为其日后嬗变轨迹的考察提供了一个独特的观照视域。

第二章："戏讽与哭悼：民初中期鸳鸯蝴蝶派的两种'表情'。"该章论述进入民国"共和"语境中，外部激变的社会政治现实使鸳鸯蝴蝶派作家产生了怎样的体验，以致生成了这一时期鸳鸯蝴蝶派的独特面相。在这一短暂时期内主要呈现为一种严肃的国族面相，但又区别于前一时期，在他们的小说创作中具体表现为戏讽与悲悼的美学形态及话语方式，并寄予了作家在全新语境中的独特体验。在论述方式上，选取《自由杂志》与《民权素》两种鸳鸯蝴蝶派期刊，从其分别代表的戏讽与悲悼的话语叙述特征、美学形态出发，探究作家在这一时期的共性体验，并进一步阐发这种嬗变发生的根由。该章的创新点在于通过对这一时期鸳鸯蝴蝶派作家、作品的考察，提出了"共和"语境的概念，认为鸳鸯蝴蝶派在民国"共和"机制下呈现出相应的文学风貌，因此对这一时期《民权素》中哭悼诗文与娱乐小说（哀情小说）之间的"断裂性"解读，便可以还原出作家对"共和"理想现实沉沦的代偿化书写意图，这修正了以往对鸳鸯蝴蝶派唯娱乐化的简单定论，同时也回应了当前"民国文学史"的热点探讨。

第三章："怀旧与忘却：民初中后期鸳鸯蝴蝶派的分野。"该章论述在"共和"语境的远离与近现代文学市场消费语境的铺展中，鸳鸯蝴蝶派又呈现出怎样的面相与作家心态。一方面，随着"共和"语境的淡去，鸳鸯蝴蝶派作家在创作中表现出怀旧与隐逸的文学形态，这使其在延续前一时期国族话语的基础上发生嬗变，不仅在美学形态上具有了更为深沉的情感蕴藉色彩，在小说叙事模式及情节设置上亦有所体现；另一方面，随着近现代文学市场消费语境的渐兴，一种以市民日常生活与世俗意识为表现内容的全新小说范式开始生成，在语言、叙事模式、题材、人物形象等方面与以往的鸳鸯蝴蝶派创作呈现出较大的差异，表现出对国族话语（面相）的疏离和对娱乐（话语）面相的靠拢，形成了两种话语（面相）对峙与交替的嬗变趋势。在嬗变的背后，一方面，隐含着新、老鸳鸯蝴蝶派作家的代际分野，及对变化了的语境的差异性调试姿态与结果；另一方面，两派作家又表现出某些共同的叙事特征及价值理念，从而又保持了作为鸳鸯蝴蝶派整体的统一性。在论述方式上，仍然以典型的小说叙事形态作为切入点，深入探究叙事（嬗变）特征背后的作家体验及其困境。该章的创新点在于提出了鸳鸯蝴蝶派的分野问题，将其内部的差异性创作理解为代际式区分的两个群体，以此描述鸳鸯蝴蝶派在这一时期的演变进程，这补充了以往研究中对鸳鸯蝴蝶派驳杂、混乱的模糊认知。此外，本章论及的鸳鸯蝴蝶派的传统文化道德认同问题，也不同于以往研究中简单地论定为封建性与保守性，而是将其放置在晚清以降的复古主义文化思潮中理解其开掘传统文化资源、补救文化价值失范的重要意义。

第四章："沉落与勃兴：民初末期鸳鸯蝴蝶派的内部更迭。"该章论述在民初末期，鸳鸯蝴蝶派即将进入一个全新、定型的发展阶段之前，它如何通过其内部新、老作家的交替完成这种嬗变，其间又呈现出怎样的面相及其复杂的心态。在论述方式上，选取《小说季报》这一历来被忽视的鸳鸯蝴蝶派场域，即保留了新、老鸳鸯蝴蝶派作家最后的共存状态，及其独特的文学存在形态，考察出老派作家以一种强烈的国族话语决心扭转创作的颓败局势，却又夹杂着娱乐主义的写作方式。在实际创作中，他们执拗地建构着具有乌托邦色彩的古典世界，同时夹杂着个人对时代的浓重的感伤体验，但在构建中却又悖论式地消解了这个文学世界。新派作家则延续着前一时期新的小说范式继续营构着一个全新的艺术世界，尽管不可避免地带有老派作家的影子，却完全呈现出娱乐主义的话语方式及面相。该章的创新点在于找到了《小说季报》这一重要的文学场域，这为揭示民初末期鸳鸯蝴蝶派的嬗变特征，尤其是新、老作家的更迭过程与结果提供了有力的论据，其中诸如对老派作家徐枕亚试图作出超乎想象的转型尝试的史料发现，无疑丰富了这一时期老派作家文学生存形态的认知。

（二）研究方法

在研究方法上，第一，注重史料的开掘，以翔实的资料支撑本书的论点。相对而言，鸳蝴派资料的分散以及现代重印出版的匮乏，使得对其研究更多的要依赖历史现场的还原，以及对诸多良莠不齐的作品进行筛选，而不是仅仅依靠手头轻易获取的一两部知名作品的解读，这种解读在一定程度上会造成对鸳蝴派的遮蔽与误读。要知道新文学尽管正经历着经典化的过程，但鸳蝴派在自身的范式及评价标准下，它的经典化进程甚至可以说还远未展开，所以无意识地以新文学的研究方法观照鸳蝴派文学，理所当然的仅仅是一两部知名（经典）作品的"鸳蝴派文学"。况且这种知名（经典）作品的筛选标准尚待质疑，如徐枕亚的《玉梨魂》被誉为鸳蝴派的开山之作，从艺术、思想以及当时的畅销情况来讲，既得到鸳蝴派的公认，也得到部分新文学作家的部分肯定，直至今天，不少学者也纷纷将其圈进《中国现代小说史》《中国现代文学史》等史述及经典作品的赏析中，但是《玉梨魂》能不能代表清末民初鸳蝴派文学的整体、主流面貌？是不是所有的鸳蝴派小说都在表达婚恋不自由的"礼"与"情"的冲突？从历史现场看来，这未必尽然。事实上，徐枕亚基于一己体验的书写方式与鸳蝴派作家群在这一时期基于"共和"语境的共性、主流的体验与表达方式却存在较大差距，因此这种"代表"仅仅可以理解为作家的一种创作高峰、传统书写习惯（骈四俪六）或者依托于市场的文学生产方式的成功。再如通俗文学史所叙述的徐枕亚，仅仅是在这一时期创作了几部通俗文学史的经典，创办了几个知名的鸳蝴派期刊后就基本上结束了他的创作生涯，但通过搜集第一手资料发现，在《小说季报》时期，他也如新派作家那样做出过转型的尝试，甚至这种转型的尺度都超出了我们的想象，并具有浓郁的"五四"新文学色彩，然而这些却被遗忘了。再如本书所论及的清末民初鸳蝴派呈现出的严肃国族面相，与文学史定位的"娱乐、游戏、消遣"存在较大偏差，陈思和先生就肯定过："民国时期的骈体小说作家中，有一部分人难以真正做到游戏文学，他们的紧张心理在具体创作中都被表现出来。"[①] 但是直至今天我们对鸳蝴派的研究仍很难摆脱新文学价值预设的惯性，在历史现场中与那个时代的"人"与"文"真诚、平等的对话，去探究处在时代巨变、历史夹缝中的一代文人如何安适自己的灵魂，如何用书写弥合自己的人生。因此，返回文学现场的努力仍然显得必要与迫切，这也如陈思和先生所言："经过研究以后被证明了的结果比不加研究就盲目否定某种文学史现象，要科学一些，也许会更加接近事实真相。"[②] 当然，提倡史料研究的同时也应力避研究中的误区，即应当在有效筛选原始材料的基础上作出合理的运用，而非简单的罗列。

第二，在理论方法上，主要运用叙事学的相关理论，从叙事模式、叙事策略等方面切入鸳蝴派文本。另外，在本书的某些章节还注意综合运用话语理论、现代性理论、场域理论、身份认同理论等相关知识，以求在理论层面能够更好地开掘研究对象。在理论的运用中，同时也注意理论运用的误区，即"文学史家不同于批评家之处，就在于其是为了更好地阐释对象而选择某一理论，而不是为了展示或论证某一理论而选择史实"[③]，因此，如何恰当地运用相关理论对文学现象深入剖析，以求能够更好地开掘鸳蝴派的发展规律及文学史意义，这也是本书在写作中思考的一个关键点。此外，在研究方法中，本书也采用内部研究与外部研究相结合的方法，即文本内部的叙事学、话语分析同鸳蝴派作家的生存语境、体验、身份认同相结合，以此深层探究清末民初鸳蝴派的嬗变规律。

第三，在研究方法上还需要说明的是，首先，论述清末民初鸳蝴派的

---

① 陈思和：《序》，郭战涛：《民国初年骈体小说研究》，广西师范大学出版社 2010 年版，第 3 页。

② 同上书，第 2 页。

③ 陈平原：《小说史：理论与实践》，北京大学出版社 2010 年版，第 21—22 页。

嬗变，本书采用了以时间分期的叙述框架，但这种以鸳蝴派差异性嬗变特征为依据的时间划分并不是绝对的，只是一个大致的界线；其次，某个时间区位的嬗变特征也并非绝对地涵盖这一时期鸳蝴派的所有创作及叙事特征，相对而言，只是鸳蝴派发展的主流或主导面相；再次，对于每个时期鸳蝴派内部嬗变特征的论述，为避免泛泛而谈，以及最大可能地复现历史原貌与研究的可操作性，在论述中选取某一个或几个重要的、典型的鸳蝴派期刊作为考察场域，以此提取相应的嬗变特征；最后，某些鸳蝴派期刊的存在时间与本书中每个嬗变时期的划分并不能完全吻合，甚至某一鸳蝴派期刊的存在时间远远越出了所论述的时间区位，那么在论述中则指涉该时间区位中的某一鸳蝴派期刊的创作面貌。

　　总体而言，本书的研究以第一手的鸳蝴派资料为起点，试图在最大可能地去除"经典"文学史述的价值预设下，客观、真实地还原清末民初鸳蝴派的发展原貌。不过这种真实原貌的还原与价值的再度考辨，本书无意过多地探讨鸳蝴派如何在现代文学语境中较新文学更能适应市场化的文学生产消费机制，从而表现出浓郁的现代性，而是将研究的重心放在了鸳蝴派的"人"身上，通过与他们的"文"对话，触摸作家们不安、紧张的灵魂，审视这一代新、旧参半的文人如何度过这个"夹缝时代"。从这一意义上讲，他们的调试与选择，远远超越了史述的"游戏、消遣、娱乐"的分量，也打动着我要为他们去做一番争论与书写。

第四节　"鸳鸯蝴蝶派"的命名与界定

一、"鸳蝴派"的两个概念

　　诚如前文所论及的，鸳鸯蝴蝶派的概念具有较大的含混性，无论是对当事人，还是今人而言，它仅仅是作为一个约定俗成的称谓"约略"地使用而已。但这并不表明对鸳蝴派这一概念的界定与指涉可以达成一致，不仅鸳蝴派文人对这一称谓及其指涉争议不断，就是非鸳蝴派一方，尤其是新文学，对鸳蝴派概念的使用与指涉也在不断地发生变化，那么是什么原因导致了这一概念使用的混乱呢？在今天的研究中，作为立论的前提，又如何恰当地确立其应有的疆界？如此看来，这就需要对鸳蝴派概念的演化史作一番"知识考古"。

　　首先，"鸳鸯蝴蝶派"这一名称到底是谁赋予的呢？新文学作家与鸳蝴派文人各执一词。从目前掌握的史料来看，最早使用"鸳鸯蝴蝶派"这一称谓的是新文学阵营的周作人，他于1918年4月19日在北大文科研究所讲演《日本近三十年小说之发达》中言及："现代的中国小说，还是多用旧形式者，……还有《玉梨魂》派的鸳鸯蝴蝶体，《聊斋》派的某生者体，那可更古旧的厉害，好像跳出在现代的空气之外。"①之后又于1919年2月2日发表的《中国小说里的男女问题》一文中言及："近时流行的《玉梨魂》，虽文章很是肉麻，为鸳鸯蝴蝶派小说的祖师，所记的事，却可算是一个问题。"②此外，较早使用"鸳鸯蝴蝶派"这一名称的还有钱玄同，他于1919年1月9日在《"黑幕"书》中论及："其实与'黑幕'同类之书籍正复不少：如《艳情尺牍》《香闺韵语》，及'鸳鸯蝴蝶派的小说'等等。"③根据新文学家对以言情小说《玉梨魂》为代表的鸳蝴派诸多文学特征的归纳，实际上，在周作人之前，不少人就已经捕捉到了这样一股创作潮流，只不过未加冠名而已。如1915年，梁启超在《告小说家》中言及："观今之所谓小说文学者何如？呜呼！吾安忍言！吾安忍言！其什九则诲盗与诲淫而已，或则尖酸轻薄毫无取义之游戏文也，于以煽诱举国青年子弟，使其桀黠者濡染于险诐钩距作奸犯科，而摹拟某种侦探小说中之节目。其柔靡者浸淫于目成魂与踰墙钻穴，而自比于某种艳情小说之主人翁。于是其思想习于污贱龌龊，其行谊习于邪曲放荡，其言论习于诡随尖刻。"④1916年，李大钊在《〈晨钟〉之使命》中提及："以视吾之文坛，堕落于男女兽欲之鬼窟，而罔克自拔，柔靡艳丽，驱青年于妇人醇酒之中者，盖有人禽之殊，天渊之别矣。"⑤1917年，刘半农也提到"今日流行之红男绿女之小说"⑥。1917年，鲁迅与周作人为《欧美名家短篇小说丛刻》作评语时，也侧面指出过

①　周作人：《日本近三十年小说之发达》，芮和师等编：《鸳鸯蝴蝶派文学资料》，知识产权出版社2010年版，第645页。

②　周作人：《中国小说里的男女问题》，《每周评论》第7号，1919年2月2日。

③　钱玄同：《"黑幕"书》，魏绍昌编：《鸳鸯蝴蝶派研究资料·史料部分》（上卷），上海文艺出版社1984年版，第103页。

④　梁启超：《告小说家》，陈平原、夏晓虹编：《二十世纪中国小说理论资料》（第一卷），北京大学出版社1997年版，第511页。

⑤　守常：《〈晨钟〉之使命》，芮和师等编：《鸳鸯蝴蝶派文学资料》，知识产权出版社2010年版，第640页。

⑥　刘半农：《我之文学改良观》，芮和师等编：《鸳鸯蝴蝶派文学资料》，知识产权出版社2010年版，第641页。

鸳蝴派的创作潮流："当此淫佚文字充塞坊肆时，得此一书，俾读者知所谓哀情惨情之外，尚有更纯洁之作。"[①]

然而鸳蝴派作家在谈到"鸳鸯蝴蝶派"一词的起源时，却是另一番解释，仅仅是由鸳蝴派文人在小有天的一席酒桌戏语引来的。席间朱鸳雏道："他们如今'的、了、吗、呢'，改行了，与我们道不同不相为谋了。我们还是鸳鸯蝴蝶下去吧。"[②]"刘半农认为骈文小说《玉梨魂》就犯了空泛、肉麻、无病呻吟的毛病，该列入'鸳鸯蝴蝶派小说'。"朱鸳雏反对道："'鸳鸯蝴蝶'本身是美丽的，不该辱没它。《玉梨魂》使人看了哭哭啼啼，我们应当叫它'眼泪鼻涕小说'。"除此之外，鸳蝴派的得名还源于"小说家爱以鸳蝶等字作笔名"，"自陈蝶仙开了头，有徐瘦蝶、姚鹓雏、朱鸳雏、闻野鹤、周瘦鹃等继之，总在禽鸟昆虫中打滚，也是一时风尚所趋"，"这一席话隔墙有耳，随后传开，便称徐枕亚为'鸳鸯蝴蝶派'，从而波及他人。真如俗语所云：孔雀被人打了一棒，几乎所有长尾巴的鸟全都含冤莫白了"。鸳蝴派文人的这一番话带有事后追忆、演绎的色彩，从其发生的时间，即"一九二〇年某日"来看，是在周作人的命名[③]之后，所以，可以认为"鸳鸯蝴蝶派"的名称是由"他者"，即新文学家创制的，并且其得名还带有事后总结的特点。

尽管"鸳蝴派"的概念最先是由新文学家命名而来，但是从这一概念的使用来看却不一而足，总体说来，"鸳蝴派"的概念就出现了两个，即新文学家指认的"鸳蝴派"与鸳蝴派文人认同的"鸳蝴派"。对于前者而言，不可避免地渗透着"立法者"为确立时代文学的价值规范而强势言说"他者"的"立法话语"；对于后者而言，由于缺乏明确统一的组织、主张及作家队伍，鸳蝴派文人很少去表达、说清它的概念，并且受新文化语境中"立法话语"的影响，他们的言说还存在着"伪叙述"的话语特征。因此，

---

① 周树人、周作人：《周瘦鹃译〈欧美名家短篇小说丛刻〉评语》，严家炎编：《二十世纪中国小说理论资料》（第二卷），北京大学出版社1997年版，第31页。

② 平襟亚：《"鸳鸯蝴蝶派"命名的故事》，魏绍昌编：《鸳鸯蝴蝶派研究资料·史料部分》（上卷），上海文艺出版社1984年版，第181页。

③ 关于鸳蝴派的命名还有一种推测，即由群众起名并在社会上流传，这种说法仅见于宁远（平襟亚）在1960年7月20日《大公报》（香港）发表的一篇文章《关于鸳鸯蝴蝶派》中："这个鸳鸯蝴蝶派的名称是由群众起出来的，因为那些作品中常写爱情故事，离不开'卅六鸳鸯同命鸟，一双蝴蝶可怜虫'的范围，因而公赠了这个佳名。"[宁远：《关于鸳鸯蝴蝶派》，魏绍昌编：《鸳鸯蝴蝶派研究资料·史料部分》（上卷），上海文艺出版社1984年版，第177页。]

这两种指涉仅仅是"鸳蝴派"概念演化的两种形态，都不能客观地呈现出历史现场中完整的鸳蝴派现象，也不能作为今人研究鸳蝴派的立论前提。但是鸳蝴派边界的确立又不能完全脱离这两种概念的参考，只有梳理出新文学家指认的"鸳蝴派"，以及鸳蝴派文人所认同的"鸳蝴派"概念的源流，并在此基础上去除意识形态的权力话语、伪叙述话语，才能最大限度地还原出真实的、接近历史原貌的"鸳蝴派"，而不是某一者的"鸳蝴派"。

二、新文学建构的"鸳蝴派"

从新文学的角度来看，他们建构"鸳蝴派"概念的过程主要是以论争的形式展开，即新文学阵营对鸳蝴派的几次声势浩大的批判，不同的批判主体使得对"鸳蝴派"概念的指涉呈现出繁复的一面，所以在新文学家这里，"鸳蝴派"的概念不是一成不变的，它的"发生和发展是一个不断建构的过程，也是一个经过历史累积和意义叠加的存在"[①]。

"五四"前后，新文学作家发起了第一次批判与论争，时间大约集中在1918—1919年。此时新文学家对这一派的指涉主要采用了"鸳鸯蝴蝶派"的称谓，并特指"滥调四六派"[②]，他们对其创作特征的把握也非常明确："做几句滥调的四六，香艳的诗词"[③]，在辞藻中"不过把几十条旧而不旧的典故，颠上倒下"[④]，此外，"论起他们的结构来也是千篇一律"。诚如胡适所归纳的："某生，某处人，生有异秉，下笔千言……一日于某地遇一女郎，……好事多磨……遂为情死"[⑤]，或是"某地某生，游某地，眷某妓。情好綦笃，遂定白头之约……而大妇妒甚，不能相容，女抑郁以死……生抚尸一恸几绝"。他们甚至明确点名"徐枕亚的《玉梨魂》《余之妻》，李定夷的《美人福》《定夷五种》"[⑥]即代表，并对这一派的文学价值作了定性，

---

① 郝庆军：《论鸳鸯蝴蝶派的兴起》，《文学评论》2006年第2期。

② 志希：《今日中国之小说界》，魏绍昌编：《鸳鸯蝴蝶派研究资料·史料部分》（上卷），上海文艺出版社1984年版，第98页。

③ 同上。

④ 同上书，第99页。

⑤ 胡适：《建设的文学革命论》，魏绍昌编：《鸳鸯蝴蝶派研究资料·史料部分》（上卷），上海文艺出版社1984年版，第101页。

⑥ 志希：《今日中国之小说界》，魏绍昌编：《鸳鸯蝴蝶派研究资料·史料部分》（上卷），上海文艺出版社1984年版，第99页。

即骗钱与"贻误青年"①。应当注意，此时新文学家对"鸳蝴派"概括与指认的范围是非常狭小的，如被认为与《玉梨魂》并列为鸳蝴派开山之作的《广陵潮》②，便视为"现在小说"中与骈四俪六一派并列的另一派，即"学《儒林外史》或是学《官场现形记》的白话小说"③。此外，如黑幕小说，也不算作鸳蝴派，而是与"滥调四六派""笔记派"④并列的一派，或者顶多看作是"黑幕的根苗"⑤或与"黑幕同类之书籍"⑥。

到了 20 世纪 20 年代初，新文学对鸳蝴派的批判与论争又掀起了一次高峰，即文学研究会的批判，主要集中在《小说月报》及《文学旬刊》上，以茅盾（沈雁冰）与郑振铎（西谛）为代表。这一时期新文学作家对"鸳蝴派"的指认已经区别于"五四"前期，开始表现出含义扩大与称谓游移的趋势。实际上，这时茅盾、郑振铎对这一流派的指称已不再采用"鸳鸯蝴蝶派"的称谓，但是他们自己也没有统一的提法，或称之为"中国现代小说中的旧派小说"（《自然主义与中国现代小说》），或称"小说匠"（《"写实小说之流弊"？》），或称《礼拜六》派（《"写实小说之流弊"？》），或在 30 年代称为"封建小市民文艺"（《封建小市民文艺》），相对而言，"礼拜六派"一词的使用频率较高。茅盾后来在回忆录中也承认："'五四'以前，'鸳鸯蝴蝶'这名称对这一派人是适用的。……但在'五四'以后，……如果用他们那一派最老的刊物《礼拜六》来称呼他们，较为合适。"⑦但是在短短的几年内，即从"五四"开幕前后到"五四"中后期，他们为什么很少再采用"鸳鸯蝴蝶派"的称谓呢？

第一，从鸳蝴派自身发展的角度讲，通过其内部的演化与新、老作家

① 志希：《今日中国之小说界》，魏绍昌编：《鸳鸯蝴蝶派研究资料·史料部分》（上卷），上海文艺出版社 1984 年版，第 99 页。
② 魏绍昌：《导言》，魏绍昌编：《中国近代文学大系·史料索引集》（1），上海书店 1996 年版，第 7 页。
③ 胡适：《建设的文学革命论》，魏绍昌编：《鸳鸯蝴蝶派研究资料·史料部分》（上卷），上海文艺出版社 1984 年版，第 101 页。
④ 志希：《今日中国之小说界》，魏绍昌编：《鸳鸯蝴蝶派研究资料·史料部分》（上卷），上海文艺出版社 1984 年版，第 98—99 页。
⑤ 仲密：《论"黑幕"》，魏绍昌编：《鸳鸯蝴蝶派研究资料·史料部分》（上卷），上海文艺出版社 1984 年版，第 105 页。
⑥ 钱玄同：《黑幕书》，魏绍昌编：《鸳鸯蝴蝶派研究资料·史料部分》（上卷），上海文艺出版社 1984 年版，第 103 页。
⑦ 茅盾：《复杂而紧张的生活、学习和斗争（上）——回忆录（四）》，《新文学史料》1979 年第 4 期。

的交替，最终于 1921 年前后完成了其创作的转型，并呈现出与前期较大的差异。① 这一进程也为新文学家所捕捉：在形式上，"《玉梨魂》——四六体的小说"，"这种文腔就渐灭下去"② 后，"就一天天的文言的少，白话的多了"③；在内容、题材上，"这一派中有不少人来'赶潮流'了，他们不再老是某生某女，而居然写家庭冲突，甚至写劳动人民的悲惨生活了"④。

第二，从新文学的角度讲，从这一时期茅盾等人批判的对象来看，不再是民初以徐枕亚为代表的四六派言情小说创作，而是指转型（1921 年）之后的鸳蝴派。如茅盾在批判其"'记账式'的描写法"⑤ 时，举的是《礼拜六》在 1921 年复刊之后的第 108 期小说《留声机片》；郑振铎批判其"思想的反流"，也是举证《礼拜六》"百十期上"⑥ 的两篇小说；引发吴宓与茅盾关于"写实小说之流弊"论争的，是"《礼拜六》（后百期）、《快活》、《星期》、《半月》、《紫罗兰》、《红杂志》之类"⑦ 的 1921 年之后鸳蝴派的代表期刊。此外，其他新文学作家所批判的对象也大同小异，如"我想新文学到了现在真是一败涂地了呀！你看，什么《快活》杂志、《新声》、《礼拜六》、《星期》、《游戏世界》"⑧，"近来《礼拜六》《半月》《快活》《游戏世界》等等杂志很发达，不能算是好现象"⑨，"什么《快乐》，什么《红杂志》，什么《半月》，什么《礼拜六》，什么《星期》，一齐起来，互相使暗计，互相拉顾客了"⑩；再如，茅盾在 1922 年《小说月报》第 13 卷

① 在本书第三章第二节将有详细论述。
② 瞿秋白：《鬼门关以外的战争》，魏绍昌编：《鸳鸯蝴蝶派研究资料·史料部分》（上卷），上海文艺出版社 1984 年版，第 16 页。
③ 同上书，第 17 页。
④ 茅盾：《复杂而紧张的生活、学习和斗争（上）——回忆录（四）》，《新文学史料》1979 年第 4 期。
⑤ 沈雁冰：《自然主义与中国现代小说》，魏绍昌编：《鸳鸯蝴蝶派研究资料·史料部分》（上卷），上海文艺出版社 1984 年版，第 36 页。
⑥ 西谛《思想的反流》，魏绍昌编：《鸳鸯蝴蝶派研究资料·史料部分》（上卷），上海文艺出版社 1984 年版，第 53 页。
⑦ 沈雁冰：《"写实小说之流弊"？》，魏绍昌编：《鸳鸯蝴蝶派研究资料·史料部分》（上卷），上海文艺出版社 1984 年版，第 39 页。
⑧ 西谛：《悲观》，魏绍昌编：《鸳鸯蝴蝶派研究资料·史料部分》（上卷），上海文艺出版社 1984 年版，第 62 页。
⑨ 李荇甘：《致〈文学旬刊〉编辑信》，魏绍昌编：《鸳鸯蝴蝶派研究资料·史料部分》（上卷），上海文艺出版社 1984 年版，第 67 页。
⑩ 西谛：《"文娼"》，魏绍昌编：《鸳鸯蝴蝶派研究资料·史料部分》（上卷），上海文艺出版社 1984 年版，第 64 页。

第 11 号所说的"反动"①，指的是"一年来上海定期通俗刊物（《礼拜六》及其他）的流行"②，而且特别强调不再是"几年前，谁也不是做'红楼一角''某翁''某生'的小说的健将"③；郑振铎称的"消闲"指"自《礼拜六》复活（？）以后，他们看看可以挣得许多钱，就更高兴地又组织了一个《半月》"④时期；成仿吾所言的"歧路"也是针对《礼拜六》，自从去年复帜以来，几个月的工夫，就把她的一些干儿干女，干爹干妈之类的东西，差不多布满了新中国的全天地"⑤。所以，再用特指四六派的"鸳鸯蝴蝶派"称谓就显得有些文不对题了，于是他们换用了其影响较大的刊物《礼拜六》来指称这新的并具有相近趣味的一派。那么这种趣味是指什么呢？或者说这一时期的新文学家建构了怎样的"鸳蝴派"内涵呢？

茅盾将这种趣味总结为："思想上的一个最大的错误，就是游戏的消遣的金钱主义的文学观念。"⑥与前一时期的批判相比，这种指认也更加具体、明晰：第一，迎合市场，即将小说看作"是一件商品，只要有地方销，是可赶制出来的，只要能迎合社会心理，无论怎样迁就都可以的"⑦；第二，"消闲"⑧或"消遣主义"⑨的文学，即"把人生的任何活动都作为笑谑的资料"⑩，"他们并不想享乐人生，只把它百般搓揉使它污损以为快，在这地方尽够现出病理的状态来"⑪，是"现代的恶趣味——污毁一切的玩世与纵欲的

① 沈雁冰：《反动？》，魏绍昌编：《鸳鸯蝴蝶派研究资料·史料部分》（上卷），上海文艺出版社 1984 年版，第 45 页。

② 同上。

③ 同上书，第 45—46 页。

④ 西谛：《消闲？》，魏绍昌编：《鸳鸯蝴蝶派研究资料·史料部分》（上卷），上海文艺出版社 1984 年版，第 58 页。

⑤ 仿吾：《歧路》，魏绍昌编：《鸳鸯蝴蝶派研究资料·史料部分》（上卷），上海文艺出版社 1984 年版，第 71 页。

⑥ 沈雁冰：《自然主义与中国现代小说》，魏绍昌编：《鸳鸯蝴蝶派研究资料·史料部分》（上卷），上海文艺出版社 1984 年版，第 38 页。

⑦ 同上。

⑧ 西谛：《血和泪的文学》，魏绍昌编：《鸳鸯蝴蝶派研究资料·史料部分》（上卷），上海文艺出版社 1984 年版，第 58 页。

⑨ 西谛：《悲观》，魏绍昌编：《鸳鸯蝴蝶派研究资料·史料部分》（上卷），上海文艺出版社 1984 年版，第 63 页。

⑩ 沈雁冰：《"写实主义之流弊"？》，魏绍昌编：《鸳鸯蝴蝶派研究资料·史料部分》（上卷），上海文艺出版社 1984 年版，第 40 页。

⑪ 沈雁冰：《真有代表旧文化旧文艺的作品么？》，魏绍昌编：《鸳鸯蝴蝶派研究资料·史料部分》（上卷），上海文艺出版社 1984 年版，第 44 页。

人生观"①。

如果说前期，新文学对鸳蝴派的批判还只是针对其"没有高明的文学方法"②，"结构的千篇一律"③，"内容之腐败荒谬"④，当作"遗误青年的书籍""陷害学子的机关"⑤骂骂，对两派冲突、对立点的把握还不是十分清晰，即使有对立，也仅仅是新文学与旧文学（封建复古文学）的对立，而对娱乐、消遣等词语的提及、使用并不常见；那么在这一时期，新文学是将其作为与自身文学观念完全对立的存在物进行批判的，即游戏、金钱主义文学观与严肃人生创作主张的对立，也即"我们所需要的是血的文学、泪的文学，不是'雍容尔雅''吟风啸月'的冷血的产品"⑥，"文学决不是个人的偶然兴到的游戏文章，乃是深埋一己的同情与其他情绪的作品。以游戏文章视文学，不惟侮辱了文学，并且也侮辱了自己"⑦，从而严密地与自身划清了界限。

由此看来，第一，新文学对这一流派的指涉随着时代语境的变迁，并根据鸳蝴派自身的发展做了相应的调整。第二，在调整中，新文学明确指认了与自身观念向左的对立物，并按照这种意识形态进行想象与"立法"，这就使得对鸳蝴派的指涉大大溢出了其应有的边界而变得模糊，似乎这一流派的界定不是以刊物、作家、作品为圈定界准，而是以被言说的文学观念作为衡量依据来集结作家队伍。于是如新文学家所言："十余年来给予社会的暗示，不论在读者方面在作者方面，无形中已经养成一股极大的势力，

---

① 沈雁冰：《真有代表旧文化旧文艺的作品么？》，魏绍昌编：《鸳鸯蝴蝶派研究资料·史料部分》（上卷），上海文艺出版社1984年版，第43页。

② 胡适：《建设的文学革命论》，魏绍昌编：《鸳鸯蝴蝶派研究资料·史料部分》（上卷），上海文艺出版社1984年版，第101页。

③ 志希：《今日中国之小说界》，魏绍昌编：《鸳鸯蝴蝶派研究资料·史料部分》（上卷），上海文艺出版社1984年版，第99页。

④ 钱玄同：《黑幕书》，魏绍昌编：《鸳鸯蝴蝶派研究资料·史料部分》（上卷），上海文艺出版社1984年版，第103页。

⑤ 志希：《今日中国之小说界》，魏绍昌编：《鸳鸯蝴蝶派研究资料·史料部分》（上卷），上海文艺出版社1984年版，第99页。

⑥ 西谛：《血和泪的文学》，魏绍昌编：《鸳鸯蝴蝶派研究资料·史料部分》（上卷），上海文艺出版社1984年版，第57页。

⑦ 西谛：《中国文人（？）对于文学的根本误解》，魏绍昌编：《鸳鸯蝴蝶派研究资料·史料部分》（上卷），上海文艺出版社1984年版，第61页。

我们要从根本上铲除这股黑暗势力。"① 这一流派作为"黑暗势力"就变得相当模糊。第三，新文学家在前期对鸳蝴派的批判并未过多地提及消闲、游戏等词汇，这种历史的空隙便具有了多重阐释的可能：1. 新文学家尚未处在一种完善的理论层面去塑形对象并参与论争；2. 新文学家仅仅将其作为没落的封建复古派文学，认为对新文学的阻碍作用不大，也即这种对立面并不能完全形成，故而在这次论争中，鸳蝴派作家几乎没有过多的发言；3. 新文学家认为转型前的鸳蝴派并不太适合用"游戏的消遣的金钱主义的文学观念""消遣主义"等价值论断，因为它"根本不能够普及到'识字的下等人'的读者社会"②，但是它又具备了"文化空间尚未区分之际的多种可能性"③，当其"受着市场的支配：白话小说的销路一天天的好起来，文言的一天天的坏下去"④，并且完全以休闲转型定位，形成一股强势创作潮流时，新文学家作为立法者就要清除异己，在批判话语中完全将其规整、想象为自己的对立面。所以从新文学家的言说中也可以看出，其批判的都是转型（1921 年）之后的鸳蝴派，而非前期的鸳蝴派，但是作为后来的研究者却将这"游戏的消遣的金钱主义的文学观念"都算在了徐枕亚的头上，这不能不说是文学史上的一桩冤案。

到了 20 世纪 30 年代，新文学作家对鸳蝴派的批判既有沿用"礼拜六派"的概念，如瞿秋白等，也有使用"鸳鸯蝴蝶派"的概念，如钱杏邨、郑振铎⑤、鲁迅⑥等，尽管每个人的指涉不尽相同，但整体上还是表现为在承接前一时期指称内容的基础上将内涵进一步扩大的趋势。具体来说，不仅将民初的四六派、笔记派、黑幕派包含进来，将其看作是"礼拜六派内

---

① 沈雁冰：《自然主义与中国现代小说》，魏绍昌编：《鸳鸯蝴蝶派研究资料·史料部分》（上卷），上海文艺出版社 1984 年版，第 38 页。

② 瞿秋白：《鬼门关以外的战争》，魏绍昌编：《鸳鸯蝴蝶派研究资料·史料部分》（上卷），上海文艺出版社 1984 年版，第 15 页。

③ 胡安定：《鸳鸯蝴蝶派的形象谱系与自我认同》，《文学评论》2011 年第 4 期。

④ 瞿秋白：《鬼门关以外的战争》，魏绍昌编：《鸳鸯蝴蝶派研究资料·史料部分》（上卷），上海文艺出版社 1984 年版，第 17 页。

⑤ 郑振铎在《中国新文学大系·文学论争集·导言》提的鸳蝴派是包含黑幕小说的。

⑥ 1931 年，鲁迅在《上海文艺之一瞥》中言及："这时新的才子 + 佳人小说便又流行起来，但佳人已是良家女子了，和才子相悦相恋，分拆不开，柳阴花下，像一对蝴蝶，一双鸳鸯一样，但有时因为严亲，或者因为薄命，也竟至于偶见悲剧的结局，不再都成神仙了。"鲁迅认为这是"鸳鸯蝴蝶式文学"，他理解的鸳蝴派指民国初年徐枕亚等人创作的言情小说。这显然不同于同期左翼作家的论争话语，但是它又将其与晚清狎邪小说贯通起来，这仍可以看作是延展、扩大其内涵的一种视域。

部的变更"①，并清晰地描绘了这条发展的主干线："辛亥革命之后，《民权
日报》有《民权素》，《申报》有《自由谈》，《新闻报》有《快活林》等
等——这些'报屁股'出现，是所谓'礼拜六'派的老祖宗"②，而且在语
言方面，经历着从"现代文言，就是不遵守格律义法的变相古文，而且逐
渐增加梁启超式的文体，一直变到完全不像古文的文言"③。于是在论争中，
新文学家就帮助鸳蝴派建构起了维系该派存在的话语系统与流变轨迹，它
不仅有了"存在"，而且还有了发展的"过程"。另外，尽管这一时期新文
学作家对鸳蝴派内涵界定的标准并未改变，即第一，"受着市场的支配"④，
遵循着"市场上商品流通的公律"⑤；第二，"抱着游戏的态度"⑥，"对于国家
大事乃至小小的琐故，全是以冷嘲的态度出之。他们没有一点的热情，没
有一点的同情心。只是迎合着当时社会的一时的下流嗜好，在喋喋地闲
谈着"⑦的"文丐"，但是他们所着眼的却不再是20年代几个代表性的鸳蝴
派刊物，而是作了更广泛的延展，甚至认为30年代文学场域中的张恨水
同"其他的'礼拜六'派的作品一样"⑧。于是，这一时期的新文学作家认
为，从徐枕亚的哀情小说到这一时期徐卓呆、顾明道、程瞻庐，再到张恨
水，他们的作品都属于"鸳蝴派的一体"⑨，甚至为了支撑他们的立论，批
评所谓的"个性解放和肉体解放主义的新文学"，又将礼拜六派延展到涵
纳"良友派"的"文学发展到'成熟'时期的东西"⑩，并称之为"新式的
礼拜六派"⑪，郑振铎还指出，"他们的精灵也还复活在所谓'海派'者的

---

① 瞿秋白：《鬼门关以外的战争》，魏绍昌编：《鸳鸯蝴蝶派研究资料·史料部分》（上卷），上海文艺出版社1984年版，第15页。
② 同上。
③ 同上书，第16页。
④ 同上书，第17页。
⑤ 同上书，第16页。
⑥ 郑振铎：《中国新文学大系·〈文学论争集〉导言》，魏绍昌编：《鸳鸯蝴蝶派研究资料·史料部分》（上卷），上海文艺出版社1984年版，第51页。
⑦ 同上。
⑧ 钱杏邨：《上海事变与鸳鸯蝴蝶派文艺》，魏绍昌编：《鸳鸯蝴蝶派研究资料·史料部分》（上卷），上海文艺出版社1984年版，第76页。
⑨ 同上。
⑩ 瞿秋白：《鬼门关以外的战争》，魏绍昌编：《鸳鸯蝴蝶派研究资料·史料部分》（上卷），上海文艺出版社1984年版，第19页。
⑪ 同上。

躯壳里"①。于是，新文学家的"礼拜六派"就成为了"上中下三等的礼拜六派"②。

综上所述，新文学对"鸳蝴派"概念的建构与指认呈现出扩大与延展的总体趋势。尽管新文学声称要消灭这一"封建余孽"③，但吊诡的是，在他们的批判中却总是试图将这一流派的内涵扩大、延展，将他们想象、建构成一个具有无限生命力的流变中的流派，承认"直到于今而未全灭"④；到了 20 世纪 40 年代，新文学又在抗战的背景下提出了对鸳蝴派改编的策略，期望"礼拜六的重振"⑤，但"不是过去那些以市侩意识庸俗手段为特征散布毒氛的礼拜六派"⑥。如果说"鸳蝴派"的最初命名，虽夹杂着新文学浓郁的封建复古批判意识，却也较为客观地总结了鸳蝴派的基本创作特征，但之后的进一步延展，显然都是符合其"立法"与维护自身合法性的策略，对鸳蝴派进行了"普洛克路斯忒斯之床"的切割。于是经过几个阶段的论争后，在新文学家这里，"鸳蝴派"就成为了一个拥有较长时间跨度、不断流变，且不具有固定指涉的一个流派，只要它满足两个条件：第一，迎合市场公律；第二，游戏、消遣主义的文学、人生观，即他们所言的"鸳蝴味"。

三、鸳蝴派认同的"鸳蝴派"

从鸳蝴派自身对"鸳鸯蝴蝶派"概念的认同来看，首先，与新文学恰恰相反，鸳蝴派对这一概念的指涉呈现出缩小、狭窄的总体特征。他们大都认同于"新文化家所抵之鸳鸯蝴蝶派，徐枕亚、吴双热其代表也"⑦，刘铁冷言及"近人号余等为鸳鸯蝴蝶派，只因爱作对句故，须知尔时能为诗

---

① 郑振铎：《中国新文学大系·〈文学论争集〉导言》，魏绍昌编：《鸳鸯蝴蝶派研究资料·史料部分》（上卷），上海文艺出版社 1984 年版，第 52 页。
② 瞿秋白：《普罗大众文艺的现实问题》，魏绍昌编：《鸳鸯蝴蝶派研究资料·史料部分》（上卷），上海文艺出版社 1984 年版，第 16 页。
③ 钱杏邨：《上海事变与鸳鸯蝴蝶派文艺》，魏绍昌编：《鸳鸯蝴蝶派研究资料·史料部分》（上卷），上海文艺出版社 1984 年版，第 76 页。
④ 郑振铎：《中国新文学大系·〈文学论争集〉导言》，魏绍昌编：《鸳鸯蝴蝶派研究资料·史料部分》（上卷），上海文艺出版社 1984 年版，第 52 页。
⑤ 叶素：《礼拜六派的重振》，魏绍昌编：《鸳鸯蝴蝶派研究资料·史料部分》（上卷），上海文艺出版社 1984 年版，第 120 页。
⑥ 同上。
⑦ 郑逸梅：《梅庵谈荟》，黑龙江人民出版社 1985 年版，第 24 页。

赋者伙，能为诗赋，即能作四六文，四六文之不适世用，不自民国始，不待他人之攻击"①，即只能局限于民国初年用骈体文写才子佳人婚恋不自由的哀情小说一支，"写不来这一路小说的都不好算是鸳鸯蝴蝶派"②，并认为"竞以华绝之笔。写小说杂文。今之新文化所斥为鸳鸯蝴蝶派。《民权报》实为发祥地也"③。到了20世纪20年代，在与新文学的论争中，鸳蝴派文人较少再用"鸳蝴派"的提法，而是采用"礼拜六派"的称谓，如《什么叫做"礼拜六派"？》（张舍我，《最小》第13号）、《谁做黑幕小说？》（张舍我，《最小》第14号）、《一句公平话》（楼一叶，《最小》第17号）、《婆婆小记》（毕倚虹，《最小》第20号）。一方面，这是与新文学家的批判、指涉统一起来予以回击，另一方面，他们也认为这一时期的创作已经与四六文的典型鸳蝴派有了较大的区分，即不再适合"鸳蝴派"的称谓。但是他们并不将四六派与礼拜六派看作是血脉相连的同宗，而是明确表示："至于鸳鸯蝴蝶和写四六句的骈俪文章的，那是以《玉梨魂》出名的徐枕亚一派，《礼拜六》派倒是写不来的。当然，在二百期《礼拜六》中，未始捉不出几对鸳鸯几对蝴蝶来，但还不至于满天乱飞，遍地皆是吧。"④于是，非四六派的鸳蝴文人在"含冤莫白"⑤的反复言说中使自己脱离了"鸳蝴派"的系统。

其次，鸳蝴派文人的言说大都表现出疏离该派的倾向，其中渗透着传统文化意识、新文化运动及共和国体制下意识形态的顾虑与恐慌心理，所以在很大程度上，他们的辩解多半属于"伪叙述话语"。从"五四"前后文坛的状况来看，新文学已将"鸳蝴派"定性为"封建余孽"，认为其"古旧的厉害，好像跳出在现代的空气之外"⑥，于是，戴定"鸳蝴派"这顶帽子便意味着与新文学为敌，逆现代潮流而行，尤其是随着新文学的发展及

---

① 刘铁冷：《民初之文坛》，《永安月刊》第93期，1947年2月。
② 魏绍昌：《导言》，魏绍昌编：《中国近代文学大系·史料索引集》（1），上海书店出版社1996年版，第7页。
③ 郑逸梅：《踔厉风发之民权报》，芮和师等编：《鸳鸯蝴蝶派文学资料》，知识产权出版社2010年版，第217页。
④ 周瘦鹃：《闲话〈礼拜六〉》，魏绍昌编：《鸳鸯蝴蝶派研究资料·史料部分》（上卷），上海文艺出版社1984年版，第182页。
⑤ 平襟亚：《"鸳鸯蝴蝶派"命名的故事》，魏绍昌编：《鸳鸯蝴蝶派研究资料·史料部分》（上卷），上海文艺出版社1984年版，第181页。
⑥ 周作人：《日本近三十年小说之发达》，芮和师等编：《鸳鸯蝴蝶派文学资料》，知识产权出版社2010年版，第645页。

其文坛立法者身份的确立，鸳蝴派文人自然不愿成为新文学确立自身合法性的靶子，所以他们大都采取了静默的姿态来回避这一称谓的指涉。另一方面，此时的文坛仍有旧文学的遗老，在他们看来，"鸳蝴派"成为了诲淫诲盗的代名词，"于以煽诱举国青年子弟，……于是其思想习于污贱龌龊，其行谊习于邪曲放荡，其言论习于诡随尖刻"①，这自然与先前他们倡导的"小说界革命"的启蒙、新民主旨相悖离。就是鸳蝴派文人自己而言，传统文人的经世思想也使他们时刻处于一种价值消解的状态："丈夫不能负长枪大戟，为国家干城，又不能著书立说，以经世有用之文章，先觉觉后觉，徒恃此雕虫小技，与天下相见，已自可羞"②，所以徐枕亚、李定夷等典型的鸳蝴派文人也间接地表达出疏离该派的倾向。如李定夷言及："坊间行销之新小说，不知其几千百种，其不作风花雪月之谈者，盖仅仅焉。降及近岁，世风益敝，操著述生涯者，横梗一迎合社会之心理，而所作愈流于污下。"③徐枕亚也说："挽近小说潮流，风靡宇内，言情之书，作者夥矣，或艳或哀，各极其致。以余书参观之，果有一毫相似否？艳情不能言，而言哀情；普通之哀情不能言，而言此想入非非、索寞无味之哀情。"④

在20世纪二三十年代，尽管个别鸳蝴派文人在与新文学的论争中，公然宣称以鸳鸯蝴蝶派、礼拜六派或"文丐"⑤而自豪，但这显然都是回击新文学攻击的意气用事之言，因此仍不能看作是对"鸳蝴派"的自觉认同及其概念的客观归纳。新中国体制确立后，遗留的鸳蝴派文人在言说中总是试图廓清自身与所指认的"鸳蝴派"的差异，如平襟亚、刘半农等人曾将周瘦鹃看作是继之徐枕亚的鸳蝴派一宗⑥，但是周瘦鹃却坚称自己"是个

① 梁启超：《告小说家》，陈平原、夏晓虹编：《二十世纪中国小说理论资料》（第一卷），北京大学出版社1997年版，第511页。
② 徐枕亚：《发刊弁言》，《小说季报》第1集，1918年8月1日。
③ 李定夷：《改良小说刍议》，《小说新报》第5卷第1期，1920年。
④ 徐枕亚：《雪鸿泪史·自序》，陈平原、夏晓虹编：《二十世纪中国小说理论资料》（第一卷），北京大学出版社1997年版，第553页。
⑤ 文丐：《文丐的话》，芮和师等编：《鸳鸯蝴蝶派文学资料》，知识产权出版社2010年版，第168页；寄尘：《文丐之自豪》，芮和师等编：《鸳鸯蝴蝶派文学资料》，知识产权出版社2010年版，第175页。
⑥ 平襟亚：《"鸳鸯蝴蝶派"命名的故事》，魏绍昌编：《鸳鸯蝴蝶派研究资料·史料部分》（上卷），上海文艺出版社1984年版，第180页。

十十足足、不折不扣的《礼拜六》派"①；再如平襟亚（署名宁远）曾将包
天笑归入鸳蝴一派②，但包天笑即刻回应，不仅不承认自己是鸳蝴派，甚至
还否定自己是礼拜六派："近今有许多评论中国文学史实的书上，都目我为
鸳鸯蝴蝶派，有的且以我为鸳鸯蝴蝶派的主流，谈起鸳鸯蝴蝶派，我名总
是首列。……我已硬戴定这顶鸳鸯蝴蝶的帽子，复何容辞。行将就木之年，
'身后是非谁管得'，付之苦笑而已。……至于《礼拜六》，我从未投过稿。
徐枕亚直至到他死，未识其人。我所不了解者，不知哪部我所写的小说是
属于鸳鸯蝴蝶派。"③实际上，包、周二人1949年后的这些辩解在很大程度
上都属于慑于意识形态而维护自身名声的"伪叙述话语"，尤其是周瘦鹃
更是在1949年后写了《闲话〈礼拜六〉》等歌功颂德、遵循体制话语的文
章为自己辩诬，以此符合其"政协委员"的新时代身份特征。由此可见，
"鸳蝴派"这顶帽子自新文学诞生之日起，在文坛上就没有太好的名声，尤
其是新中国体制确立之后，它更是成为了一个臭名昭著的流派被立法者定
性，因此众多曾经的鸳蝴派文人唯恐避之不及。如魏绍昌先生提及："六十
年代初当我编辑《鸳鸯蝴蝶派研究资料》一书时，得到范烟桥和郑逸梅这
两位鸳鸯蝴蝶派名家的供稿，而在他们编写的文稿上，也不愿意戴上鸳鸯
蝴蝶派这顶帽子，要求冠以'民国旧派'的称号。"④对这一问题，魏先生
曾以张恨水的鸳蝴派归属为例，一针见血地指出这归根结底是"一个感情
问题在作祟"：

> 他（张恨水）的写作活动主要在"五四"之后，可是他在近代也
> 发表过早年的武侠小说和言情小说。新文学方面始终将他视为鸳鸯蝴
> 蝶派的一员主将，如瞿秋白、沈雁冰、郑振铎、阿英的文章中都点过
> 他的名，或指出他的某部作品，而在张恨水本人的文章中，曾经承认
> 过自己是鸳鸯蝴蝶派，有时又自称礼拜六派，但后来却又感到委屈，
> 不大想戴这顶帽子，而且还有别人为他翻案辩诬的，这些"别人"，

① 周瘦鹃：《闲话〈礼拜六〉》，魏绍昌编：《鸳鸯蝴蝶派研究资料·史料部分》（上卷），
上海文艺出版社1984年版，第182页。
② 宁远：《关于鸳鸯蝴蝶派》，魏绍昌编：《鸳鸯蝴蝶派研究资料·史料部分》（上卷），
上海文艺出版社1984年版，第177页。
③ 包天笑：《我与鸳鸯蝴蝶派》，魏绍昌编：《鸳鸯蝴蝶派研究资料·史料部分》（上卷），
上海文艺出版社1984年版，第178页。
④ 魏绍昌：《我看鸳鸯蝴蝶派》，中华书局1990年版，第3页。

不是他的至亲好友，便是那些热爱他作品的忠实读者。看来这顶帽子
不但他自己不想戴，连别人看了也颇不服气。那么是不是改成他为
"章回小说大家"或"通俗小说大师"要好些呢？我看这样的称呼，同
"鸳鸯蝴蝶派主将"又有什么实质性的区别呢？所以说来说去，仍然是
一个感情问题在作祟。其实如果没有张恨水，也许鸳鸯蝴蝶派三十年
代初期就衰落了，也就没有该派后期那段辉煌多彩的篇章了。[①]

　　从另一个角度讲，鸳蝴派文人在言说中试图廓清自身与所指认的"鸳
蝴派"差异的叙述，使得"鸳蝴派"的范畴越来越狭小。根据社会心理学
上的差异性理论："人们根据在特定的背景下用把自己区别于其他人的东西
来界定自己"[②]，诸如他们宣称的四六文的"华绝之笔"、"空泛、肉麻、无
病呻吟"的"眼泪鼻涕小说"[③] 等，都被看作是确立自己身份的"区别于其
他人的特性"[④]，这些特性尽管在新文学家这里可以忽略不计，都不能实质
性地区分出"鸳蝴派"或"礼拜六派"的大概念，但是在多数试图逃逸出
这一概念统摄的鸳蝴派文人来讲，这种特性的区分与界定却是本质的，于
是他们在不断地归纳其与所指认的"鸳蝴派"在形式及内容上的细微创作
差异中，也不经意地将"鸳蝴派"概念的外延缩小了，最终能够符合"鸳
蝴派"概念的便屈指可数，这显然不是新文学在 20 世纪 30 年代所言及的
具有无限生命力的流变中的流派。
　　由此看来，新文学与鸳蝴派自身对"鸳蝴派"的指涉与认同的过程呈
现为两种截然相反的路径，新文学家将"鸳蝴派"的内涵，即创作特征的
归纳逐步缩小，使其外延无限延展，甚或一切与新文学价值观念相左的文
学都可以包容进来，从而实现其作为文学立法者的意图；而鸳蝴派文人则
试图将"鸳蝴派"的内涵细化，将其指涉的外延缩小，从而使自身远离这
一为新、旧文人所不齿的称呼，直至最终几乎无人肯承认自己是鸳蝴派。

---

① 魏绍昌：《导言》，魏绍昌编：《中国近代文学大系·史料索引集》（1），上海书店出
　版社 1996 年版，第 9 页。
② 〔美〕塞缪尔·亨廷顿：《文明的冲突与世界秩序的重建》，周琪等译，新华出版社
　2010 年版，第 57 页。
③ 平襟亚：《"鸳鸯蝴蝶派"命名的故事》，魏绍昌编：《鸳鸯蝴蝶派研究资料·史料部分》
　（上卷），上海文艺出版社 1984 年版，第 181 页。
④ 〔美〕塞缪尔·亨廷顿：《文明的冲突与世界秩序的重建》，周琪等译，新华出版社
　2010 年版，第 57 页。

所以渗透着文学主体不同生存策略的"鸳蝴派"的两种概念皆不能作为客观真实的、适宜于后人研究的"鸳蝴派"的界定。

四、研究中的"鸳蝴派"界定

诚如有的研究者所言，"鸳鸯蝴蝶派"是"一种话语实践，即它是创造主体基于不同的立场来专门应对特定的社会文化与意识形态情境而行使的言语行为"[①]，那么在本书的研究中应当采用怎样的概念，并作出相应的界定呢？

第一，"鸳鸯蝴蝶派"与"礼拜六派"的区分。从新文学家的建构、指认以及鸳蝴派文人的认同来看，"鸳鸯蝴蝶派"与"礼拜六派"是使用最为频繁的两个称谓。如果抛开其论争的情绪色彩及复古批判不论，新文学家在初期以"鸳鸯蝴蝶派"对其创作特征的归纳，基本上符合历史史实与当时"哀感顽艳"的言情小说创作潮流，而且后来鸳蝴派文人的辩解也都是围绕这一内涵指涉展开的。相比而言，"礼拜六派"的称谓则带有较为浓郁的新文学立法策略，它可以根据论争主体的意图随意延展、扩大，甚而溢出其应有的边界。由此看来，"鸳鸯蝴蝶派"的概念要更为明确，其影响力也更大。但是这一称谓的缺陷是仅仅指涉狭义的鸳蝴派，切割了与"礼拜六派"的源流关系，所以在本书的研究中，尽管采用"鸳鸯蝴蝶派"的称谓，但是将其看作是一个广义的内涵，即将"礼拜六派"包容在内的流变中的流派。

第二，"鸳鸯蝴蝶派"与"民国旧派""近现代通俗文学"的区分。首先，从文学史实来看，"民国旧派"与"近现代通俗文学"的称谓在文学现场中并未出现，都是日后的研究者所提出，因此对二者的使用会呈现出疏离历史的倾向。再者，这两个概念也显得过于宽泛，诚如范烟桥在《民国旧派小说史略》中总结的："旧派小说的集中地是上海，……五方杂处，九流三教，乌烟瘴气，光怪陆离，旧派小说生长在这样的环境里，自然也不能不随波逐流，以求适应。……内容愈杂，流品愈下，仅就文字而言，到后来也是庸俗浅陋，没有早先的'哀感顽艳''情文并茂'了。……旧派小说中有自尊心与要求进步的老作者，还是坚持原来的风格，不肯同流合污的。……'旧派小说'在中国文学史上虽然是个不甚光彩的名词，但究其

---

① 胡安定：《鸳鸯蝴蝶派的形象谱系与自我认同》，《文学评论》2011年第4期。

实际，亦不可一概而论。以作者论，固有高下之分；以小说论，亦有质量高低，内容正邪之别。"[①] 如此就不容易把握了，而且《中国现代文学三十年》中也指出，"民国旧派小说的概念比它（鸳鸯蝴蝶派）更大一些"[②]，因此与实际的研究对象存在着距离，这势必会带来研究中的偏差。

第三，在研究中采用广义内涵的"鸳鸯蝴蝶派"概念，应当如何避免其内涵的宽泛或者确立其应有的疆界呢？其依据是鸳蝴派文人的"自我确认"，这并非依靠上文论及的"话语实践"，而是将其作为一个实体，即通过"私谊网络、会社网络和传播网络显然发挥着相当重要的作用。三个彼此重叠的人际网络，不仅决定了那些鸳蝴文人在都市中的生存与发展，影响了他们生活形态的过渡和转型，而且使得他们以一个群体的形象展示于世人"[③]，这些是他们能够成为一个群体并认同的重要基础与维系方式。因此，本书中将"鸳鸯蝴蝶派"理解为兴起于清末民初，有相对固定的创作发表园地，及以此集结的较为稳定的作家群，其存在经历了兴起、繁荣、蜕变、衰落、消亡等一系列发展阶段，在某个时期有着相对统一的文学旨趣、创作倾向及写作范式。需要注意的是，第一，该派的总体发展进程经历了一个由多元、多变到相对单一、稳定的发展过程，或者可以理解为由延续晚清"新小说"的话语方式，到生成自身的独特话语方式，再到固定自身话语方式的发展过程；第二，该派的发展始终维系着其自身演变的内部规律，并且对这一内部规律的寻找与把握又不能溢出"鸳蝴派"概念的疆界，这是本书使用这一概念的依据与前提。

---

① 范烟桥：《民国旧派小说史略》，魏绍昌编：《鸳鸯蝴蝶派研究资料》，上海文艺出版社 1984 年版，第 270、271 页。

② 钱理群、温儒敏、吴福辉：《中国现代文学三十年》（修订本），北京大学出版社 1998 年版，第 91 页。

③ 胡安定：《鸳鸯蝴蝶派的形象谱系与自我认同》，《文学评论》2011 年第 4 期。

第一章　延续与疏离：清末至民初前期鸳鸯蝴蝶派的多元面孔

第一节　"新小说"语境下鸳蝴派国族话语的沿袭与更替

一、早期鸳蝴派期刊的国族话语特征

创刊于宣统三年五月望日的《妇女时报》由日后被尊为鸳蝴派大家的"冷、笑"，即陈冷血（景韩）、包天笑主编，从1911年一直贯穿至1917年，经历了鸳蝴派在清末民初的兴起与繁荣时期。它以其办刊方针、所刊载的各类文章，尤其是小说创作，参与构建了整个鸳蝴派的文学场域，但是其早产，即诞生于晚清，使其与稍后"极盛时期"的鸳蝴派典型特征相比，明显地带有从晚清"新小说"中蜕变出来的痕迹。这既能说明鸳蝴派的产生并非偶然，而是汲取了丰富的晚清文学资源，同时也很好地说明鸳蝴派在民初呈现出多元面相，尤其是与新文学家界定的"游戏"面相相左的严肃国族面相的根由所在。

作为鸳蝴派的早期阵地，《妇女时报》的创刊将读者仅仅定位于"吾女界同胞"[①]，尤其是"明敏通达之闺彦""夫忧时爱国之女士"[②]，并且"以提倡女子学问，增进女子智识为宗旨"[③]。作为近代较早的以妇女为读者定位的杂志，《妇女时报》显得意义重大，但是放在晚清"小说界革命"，也即"新小说"的时代语境中来看，却并没有什么特别。

1902年，梁启超开始倡导"小说界革命"，他本人更是创作了"新小

---

①　《发刊词》，《妇女时报》第1号，宣统三年五月望日（1911年6月11日）。

②　同上。

③　《本报征文例》，《妇女时报》第1号，宣统三年五月望日（1911年6月11日）。

说"的范本《新中国未来记》进行实践。"新小说"的特色主要表现为：第一，在文体形式上，即"多载法律、章程、演说、论文等"①，连篇累牍，"似说部非说部，似稗（稗）史非稗（稗）史，似论著非论著，不知成何种文体"②；第二，在小说主旨上，即通过"发表区区政见"③，"吐露其所怀抱之政治思想"④，来"振国民精神，开国民智识"⑤。这为整个晚清小说的创作形式与意图定下了基调，并迅速延展到"新小说"的各个门类中。令人惊奇的是，这种不具备典型、成熟文学特征的小说创作形式却得到了近代多数小说家及知识分子的认同与模仿。这根源于晚清，特别是甲午战败以来的国家、民族危机，沉痛的民族灾难让"自强"在 1895 年"成了中国知识分子思想的中心词语"，"成了朝野上下的普遍观念"，"无论是激进者的自强，还是保守者的自强"⑥，这构成了晚清"新小说"的独特语境。所有诞生于这个语境的文化、政治衍生物都会打上启蒙、救国的烙印，并呈现出一种独特的民族国家叙事话语特征。表现在小说创作中，其内容不仅包含反复出现的民族国家独立话语，如"无计能醒我国民，丝丝情泪揾红巾。甘心异族欺凌惯，可有男儿愤不平"⑦，"哀我支那，生乃与犹太为伍，不知这部书出来，能够千年睡狮一旦梦醒否"⑧，醒民话语如"我想一国的事业，原是一国人共同担荷的责任，若使四万万人，各各把自己应分的担荷起来，这责任自然是不甚吃力的。但系一国的人，多半还在睡梦里头，他还不知道有这个责任，叫他怎么能够担荷它呢"⑨，救亡话语如"英雄眼泪一掬，豪杰肝肠全副，忠臣心一片，孝子魂一缕，烈士血一腔，这味儿药，难得

---

① 梁启超：《新中国未来记·绪言》，陈平原、夏晓虹编：《二十世纪中国小说理论资料》（第一卷），北京大学出版社 1997 年版，第 55 页。

② 同上。

③ 同上。

④ 新小说报社：《中国唯一之文学报〈新小说〉》，陈平原、夏晓虹编：《二十世纪中国小说理论资料》（第一卷），北京大学出版社 1997 年版，第 61 页。

⑤ 《〈新小说〉第一号》，陈平原、夏晓虹编：《二十世纪中国小说理论资料》（第一卷），北京大学出版社 1997 年版，第 56 页。

⑥ 葛兆光：《中国思想史》（第二卷），复旦大学出版社 2001 年版，第 533、534 页。

⑦ 岭南羽衣女士著，谈虎客批：《东欧女豪杰》，章培恒编：《中国近代小说大系》，百花洲文艺出版社 1991 年版，第 9 页。

⑧ 犹太移民万古恨著，震旦女士自由花译：《自由结婚》，章培恒编：《中国近代小说大系》，百花洲文艺出版社 1991 年版，第 117 页。

⑨ 梁启超：《新中国未来记》，广西师范大学出版社 2008 年版，第 36 页。

起来，天壤全无；易得起来，人人尽有"①，"若有热心爱国的人，将我此书编成章回体小说，传布国中，或且人人醒悟，尽照着书中，可喜可慰，及那先时布置，转祸为福的各章，急急办去，这中国或且可以死中复生"②，社会现实批判话语如"广州城里没清官，上要金钱下要钱，有钱就可无王法，海底沉埋九命冤"③等；还包括社会诸方面革新、开智识的启蒙话语，如倡导妇女解放的话语："《水浒》以武侠胜，于我国民气大有关系，今社会中尚有余赐焉，然于妇女界，尚有余憾……欲求妇女之改革，则不得不输其武侠之思想，增其最新之智识"④，倡导科学救国、强国的话语："从前遇着兵事，不是斗智，就是斗力，现在科学这般发达，可是要斗学问的了"⑤；等等。以上两方面共同组成了晚清"新小说"语境下民族国家叙事话语的内涵。应当注意，后者所包含的在社会各领域、各方面革除传统旧习，导之以近现代进步、西化的思想启蒙观念，其题中之义最终指向的仍旧是民族国家的救亡图存，因此亦可纳入进晚清"新小说"语境下的民族国家叙事话语中。

由此看来，《妇女时报》的办刊宗旨，即鉴于"数千年来之恶风敝习，思所以革之，其道亦良非易也，……宁非吾女界前途一大障碍物耶"⑥与"怵于国势之日蹙，世道之日微，思有以扶持之"，在晚清"新小说"语境中就显得顺理成章。他们对于自身社会、国家责任的强调："时锡伟论，薪以唤醒同胞之迷梦，同人等于是谋为月刊，不敢谓于吾女界中发其光芒，亦绍介所得，以贡献于国民，则本志应尽之职务也"，仍然是承续了晚清"新小说"的民族国家叙事话语特征。其中，唯一稍显差别的，就是多了点鸳鸯蝴蝶体叙述形式的味道："嗟嗟！江山倩纤手同扶，家国凭香肩共担，平分天下事，求国事于金闺，莫负岁寒心，葆长生于玉体，凡吾同胞诸姐妹，其亦于此神皋绣壤，一放此灿烂国民之花矣乎！"⑦

①　吴趼人：《痛史》，山东文艺出版社 1986 年版，第 254 页。
②　〔日〕女士中江笃济（藏本），男儿轩辕正裔（译述）：《瓜分惨祸预言记》，章培恒编：《中国近代小说大系》，百花洲文艺出版社 1991 年版，第 302 页。
③　吴趼人：《九命奇冤》，章培恒编：《中国近代小说大系》，百花洲文艺出版社 1991 年版，第 417 页。
④　海天独啸子著，卧虎浪士批：《女娲石》，章培恒编：《中国近代小说大系》，百花洲文艺出版社 1991 年版，第 441 页。
⑤　碧荷馆主人：《新纪元》，广西师范大学出版社 2008 年版，第 24 页。
⑥　《发刊词》，《妇女时报》第 1 号，宣统三年五月望日（1911 年 6 月 11 日）。
⑦　同上。

这种国族叙事话语特征不仅体现在《妇女时报》的发刊词中，此外，从其刊载的各类文章来看，如《论女界积弊》（钱云辉）、《家庭教育论》（赵媛）、《妇女教育丛谈》（张士一）、《女学生之家庭教育叹》（省庵）、《论今日急宜创设妇女辅助学塾》（汪杰梁）、《论贵族妇女有革除妆饰奢侈之责》（圣匋）等，都遵循着"提倡女子学问，增进女子智识"[1]的启蒙宗旨。而且在思想讨论之外，还进一步从日常生活，如《产妇心得及实验谈》（秋萍）、《吾家之财政》（雪子）、《小儿保育法》（汪杰梁）等方面"交换智识，推广见闻"[2]，来推进、强化这种民族国家叙事话语特征。实际上，《妇女时报》呈现出的这种国族叙事特征，源自对清末社会影响较大的《时报》（1904年创刊）的影响。《时报》作为一个"中间地带"（middle realm）[3]功能的延续，即主编狄楚青、陈冷（血）将《时报》定位在"对于民众而言，他们是启蒙者；对于朝廷，他们是积极的建言者和宪政运动的推动者"[4]，在晚清的政治改革与宪政运动中扮演着特殊的角色。至《妇女时报》时期，这种"中间地带"的痕迹依然通过主编陈冷血的编辑思想被延续下来，只不过沟通民众的一端被无限放大，而作为沟通朝野的另一端，则在语境的变迁及晚清政局的日薄西山中，被强烈的救亡图存的国族意识所取代。

在晚清社会向民国的过渡中，文化（文学）的演进其实并不如政治一样保守、颓废，且缺乏光明、乐观的前景，而是呈现出开放的色彩与繁荣的景象。在这一时期，鸳蝴派的国族叙事话语中所包含的深刻启蒙印痕，并不能与日后新文学家所界定的"鸳蝴派"那样对等起来。恰恰相反，他们甚至在很大程度上呈现出了与日后新文学发展路向一致的启蒙倾向。于是，在文学常识中最不沾边的两类事物却最具可能成为前赴后继的一类事物，至于后来它们的分野与对峙，还应当归于鸳蝴派自身的嬗变，或者说其本质决定了其独特的发展路径和表现特征。于是，在沿袭晚清"新小说"的话语方式中，它开始在这条时代主旋律上生长出日后能够清晰辨别其自身的某种特征。

在晚清"新小说"的文化语境中诞生的《妇女时报》，将启蒙的视野拓展的非常宽裕。他们认为增进新智识，就是要接受西方的现代性观念，

---

[1] 《发刊词》，《妇女时报》第1号，宣统三年五月望日（1911年6月11日）。
[2] 《本报征文例》，《妇女时报》第1号，宣统三年五月望日（1911年6月11日）。
[3] 王敏：《上海报人社会生活：1872—1949》，上海辞书出版社2008年版，第7页。
[4] 同上。

摒弃落后的传统积习，这些与"五四"新文学是没有差别的。但是他们在将启蒙视域延展到社会日常生活的方方面面时，却抵达了或者说突破了启蒙本身的疆界，即超越了由蛮荒、愚昧进入开化、文明时代的绍介，开始制造出一种大众口味，成为引领时尚文化的急先锋。如《妇女时报》中夹杂着大量的介绍这样时尚文化的文章，如《说女子之体操》《女子新游戏》《上海妇女之新妆术》《男服剪裁法》《春不老药之制法》《月季之造花》《纺绸衫之话》等。从理论上讲，时尚文化与启蒙应当是一种交集的关系，并非所有的时尚文化都包含在启蒙之中。例如传统社会中女性的缠足也可以构成一种时尚文化，但这显然不是启蒙的应有之义，反而是启蒙所指涉的摆脱愚昧的状态。在迅速都市化的上海语境中，《妇女时报》所涉及的这些时尚文化，却是涵纳在文明题旨的统摄之下，它恰恰构成了启蒙与时尚文化的交集，同时也属于现代性的重要组成部分，代表着人类摆脱愚昧的一个较高层次的发展，无论是按照哈贝马斯对于启蒙"线性而非循环的向前发展"界定，还是依据康德对启蒙的理解："人类脱离自己所加之于自己的不成熟状态"①，它都是实至名归的。可以说，《妇女时报》所反映出的启蒙与时尚文化的交集，实际上是晚清"新小说"语境与上海都市化语境相碰撞的独特产物，它们共同造就了这一时期这类边缘性的启蒙话语。同时，这其中也隐含着一种契机，即鸳蝴派在这条时代的主旋律上，按照自身特有的方式能够生长出它的某种品质。一方面，这种品质在20世纪20、30年代发展成席卷电影、小说、商品在内的较为成熟的大众时尚文化产物；另一方面，它却与启蒙渐行渐远，终至壁垒分明。至"五四"时期，出现了严格镇守"启蒙"边界的捍卫者，他们通过强势话语为文学立法即"文学是一种工作，而且又是于人生很切要的一种工作"②之后，对启蒙的边界有所突破的鸳蝴派，就只能被界定为"游戏的消遣的金钱主义的文学观念"③的非启蒙文化。

　　以上所述是从《妇女时报》的《发刊词》及其刊载的各类文章来考察《妇女时报》的话语叙述特征，那么在《妇女时报》的独特语境中，其刊载

---

① 〔德〕康德：《答复这个问题："什么是启蒙运动？"》，康德：《历史理性批判文集》，何兆武译，商务印书馆2009年版，第23页。
② 《文学研究会宣言》，《小说月报》第12卷第1号，1921年1月10日。
③ 沈雁冰：《自然主义与中国现代小说》，魏绍昌编：《鸳鸯蝴蝶派研究资料·史料部分》（上卷），上海文艺出版社1984年版，第38页。

的小说又呈现出怎样的面貌及话语特征呢？

二、"英雌"形象的嬗变 ①

在晚清救亡图存的时代语境中，女英雄，即"英雌"，不仅高频率、大规模地出现在报章新闻中，成为当时的流行语，而且也成为晚清"新小说"提供的一类独特人物面相。在晚清译、著模糊，混乱且富足的创作格局下，这类人物形象呈现出极大的活力，如半编半译的历史小说《东欧女豪杰》（岭南羽衣女士著）塑造了"若不用破坏手段，把从来旧制一切打破，断难造出世界真正的文明"②的女英雄苏菲亚形象。她以救世自任，组织革命团体，倡导工人革命、废除专制。故事的重心似乎不在于讲述女英雄的传奇经历，而在于政治观念的宣扬。诚如"谈虎客"所批："此书特色在随处讲学术，刑法原理横插叙入，令人读过一通，得了许多常识，非学有根柢者不能道其只字，即如此处说刑法原理，虽属至浅之义，亦中国人未曾见者。"③尽管是要突出小说的独创性，但这种形式早已在"新小说"的典型范本《新中国未来记》中预设好了。再如标注为"闺秀救国小说"并带有科幻色彩的《女娲石》（海天独啸子著），小说以金瑶瑟为中心，通过她的奇遇及与各色政党的接触来宣扬救国之理，金瑶瑟同样属于这类女英雄形象。再如历史小说《洗耻记》（汉国厌世者著，冷情女史述）中致力于民族独立的女性郑协花、迟柔花等，她们同男性形象一样不甘于异族的统治，"于是儿女念断，而起义之心决矣"④。再如托名译本的政治小说《瓜分惨祸预言记》（男儿轩辕正裔译述）塑造的夏震欧形象亦是如此，这些"英雌"形象共同表现出爱国救亡的民族国家叙事话语特征，以及冲锋陷阵、巾帼不让须眉的气魄和才智。

到了 1911 年，"新小说"的创作高峰早已过去，但是这类"英雌"形

---

① 英国语言学家诺曼·费尔克拉夫对于"话语"的界定是"对主题或者目标的谈论方式，包括口语、文字以及其他的表述方式"（〔英〕费尔克拉夫：《话语与社会变迁》，殷晓蓉译，华夏出版社 2003 年版，第 1 页），因此文中的"国族叙事话语"不仅指文本中对国家、民族这一主题叙事的语言表达形式，作为文学独特的表现方式，即人物形象的建构与生成，自然也成为话语分析的有机组成部分。

② 岭南羽衣女士著，谈虎客批：《东欧女豪杰》，章培恒编：《中国近代小说大系》，百花洲文艺出版社 1991 年版，第 16 页。

③ 同上书，第 39 页。

④ 汉国厌世者著，冷情女史述：《洗耻记》，章培恒编：《中国近代小说大系》，百花洲文艺出版社 1991 年版，第 400 页。

象并没有完全退潮，我们依然可以在《妇女时报》的小说创作中找寻到与其相类似的面孔。实际上，不惟此，在稍后的《礼拜六》及其他鸳蝴派报刊中，尤其是其刊载的翻译小说中，都能找寻出这种爱国女英雄的踪迹。尽管如此，"英雌"形象在延续先前某些基本特征的同时，亦表现出了显著的嬗变痕迹。

（一）从"英雌"到"女人"

晚清小说中的"英雌"形象一心忙于救国，她们在表现出相似的国族叙事话语特征，以及巾帼不让须眉的气魄和才智的同时，作为女性的主要性征（形象、性、性格）也在强势的国族叙事主题下被遮蔽了。如政治小说《瓜分惨祸预言记》中塑造的女英雄形象夏震欧，面对沉重的国家、民族灾难，她宣称"这中国就是我夫，如今中国亡了，便是我夫死了。这兴华邦是中国的分子，岂不是我夫的儿子么？我若嫁了人，不免分心"①，以此来弱化、消减自己的女性特征，这或许也为日后十七年文学中的无性写作提供了某种样板。

应当注意，晚清小说中的"英雌"形象呈现出的无性化写作特征，是因为"新小说"的时代语境决定了她们更多的是作为一个符码，以达到"群治""开智识"的社会功用，所以性别的指涉或刻意塑造的大批"英雌"形象，并非主要区分她们的非男性化特征和立意要突破男权的"逻各斯"（logos）中心，即"存在、本质、本源、真理、绝对"等宇宙事物的理性与规则。它们重在表达和期望的是全民族上下的每一个人，尤其是下至市井野民、村夫田老，都能在"开智识"的基础上最终实现民族危难的化解和富强。在这种意图下，女性完全会由一个无知、蒙昧的村妇，如黄绣球（《黄绣球》）在梦中聆听了法国罗兰夫人的宣讲后，便会开智识，晓得这世上的开化之势，并到处演说，甚至会如夏震欧、郑协花、迟柔花那样成为革命运动的领袖。然而，与这种意图如影随形的必然是女性形象的提升和现代性特征的具备，这又不可避免地会冲击到男权的"逻格斯"中心，呈现出女权主义的特色。显然这是晚清小说写作中与创作意图呈现正向增长的附加值，而不是本质意图。于是可以看到，在国家、民族话语的叙述中，女性的性征就会变得模糊，所以在呈现出突破男权"逻各斯"中心的倾向

---

① 〔日〕女士中江笃济（藏本），男儿轩辕正裔（译述）：《瓜分惨祸预言记》，章培恒编：《中国近代小说大系》，百花洲文艺出版社 1991 年版，第 387 页。

后，她们又悖论式地表现出对男权"逻各斯"中心的皈依。这种皈依的方式是通过对自己形象、身体性征的置换来实现的，即这类"英雌"形象更多的是作为男性形象及其话语特征进行表述的，所以作为符码本身并不区分性征，只是表明作为传统观念中亟待启蒙开化的一个弱势群体，在大的时代主题下需要被塑形、想象成一种国族视域下的正面形象。于是"英雌"形象更多的包含着一种政治、社会内涵，作为文学、人性的内涵，在国族话语的叙述中，她们甚至将爱情、生育这些标志女性最本质的底线都抛弃了，最终完成了"英雌"与"英雄"的置换。

在国家、民族的救亡图存成为第一时代主题的语境中，晚清小说中的"英雌"形象影响并延续到处于相同语境中的《妇女时报》所刊载的鸳蝴派小说创作，特别是翻译小说中。如周瘦鹃翻译的英国作家哈斯汀的小说《无名之女侠》(《妇女时报》第 7 号)，塑造了与晚清小说中的夏震欧毫无二致的、反抗俄罗斯政府专制的女英雄形象；再如周瘦鹃的小说《爱国花》(《妇女时报》第 3 号)中的女主人公，面对异族的入侵，本邦国族身份的强烈认同感让她发出了"可恨女儿不是男子，若是男子，定必和那傲然自大的拿破仑，一决雌雄，杀他个双轮不近，保全我梯洛尔如火如荼的河山"①的呼声，于是她们在继承、延续晚清小说中"英雌"形象的同时，亦表现出了对男性身体的想象与强力的向往。但是另一方面，《妇女时报》所刊载的鸳蝴派小说，特别是原创小说，在继承晚清"新小说"强烈的国族叙事话语及由这种话语直接衍生出的"英雌"形象的同时，又在悄然嬗变。

第一，还原并添加与男性互补、对立的女性自身的品格。首先，包括女性阴柔的形象之美，如"一个风姿绰约、娉娉婷婷的女郎，出落的杏腮舒霞，柳腰抱月，秋波盈盈，露出几分英气，真合着'神如秋水，气若严霜'八个字"②，这就与威武雄强的晚清"英雌"形象的阳刚之美产生了较大的差异。其次，还包括她们在面对异族歧视、污蔑性话语，如"亡国奴，速去休！勿污吾一片干净土，其速行毋溷乃公为，脱不然，莫谓吾棒下无情也"③时，产生的源于民族自卑心理的无限感伤。晚清"英雌"形象在临危之时的魄力与勇气，如"父母俱逝，于是儿女念断，而起义之心决

---

① 周瘦鹃：《爱国花》，《妇女时报》第 3 号，宣统三年八月朔日（1911 年 9 月 22 日）。
② 同上。
③ 周瘦鹃：《落花怨》，《妇女时报》第 1 号，宣统三年五月望日（1911 年 6 月 11 日）。

矣"①，开始消解，并转换成"且行且泣，彷徨途次，血泪染成红杜鹃"② 或"一忆及国家多故，则觉鸟啼花落，无非取憎于己，泪珠盈盈，已湿透罗袖"③ 的忧郁与娇弱之气，这种浓郁的忧伤情绪弥漫字里行间，几近于十余年之后才出现的郁达夫的小说《沉沦》。

第二，"英雌"形象的大众时尚偶像制造。《妇女时报》通过其"编辑室"栏目征求以女子从军为题材的小说创作，声言"吾国女界不乏文豪，或能编述女子从军美谈，如小说体裁，或能迻译他国革命战争事件，而关系女界者，尤为本志所盼望"④，以此加强晚清"英雌"形象的塑造，并且充分利用近现代传播媒介中"形"的因素，即征求女军人照片："吾女军人中，如能以玉照惠登本杂志，俾令英杰之姿，为世界所崇拜，尤为本志所祝"⑤，进一步强化"英雌"形象的传播。这是否说明处于晚清"新小说"语境或者由晚清向民国过渡的语境中，以"英雌"形象为标识的晚清"新小说"时代的国族叙述话语与此时《妇女时报》语境中的国族叙述话语呈现出同构、同质性呢？单就其"编辑室"栏目中的征图与征文启事来讲，这些举动反映了这一时期鸳蝴派多元价值取向的文化品格。首先，其国族叙述话语依然受到晚清"新小说"语境的影响，成为表征他们的一个重要面相。其次，一如上文论及的启蒙与时尚的交集，这里同样存在着一个边缘或者交叉点的问题，类似这种征文、征照片的行为预示着后来鸳蝴派发展的一个典型运作或生存方式，这也意味着他们在宣扬严肃国族话语的同时，又暗含了某种消解的倾向，即向着迎合大众文化口味发展的可能。"英雌"或"女军人"形象亦可作为大众时尚的偶像被隆重制造，尽管它不同于后来《礼拜六》《小说大观》等征集的妓女图片，但从征文内容的"玉照""崇拜"等软性词语来看，却分明见到了日后鸳蝴派发展的魅影。这从另一个角度也说明，鸳蝴派的发展并不是从诞生起就轮廓分明，它是在历史语境的更替与发展中逐渐嬗变的。

第三，爱情由"缺席"到"在场"的叙事模式添加。在《妇女时报》

---

① 汉国厌世者著，冷情女史述：《洗耻记》，章培恒编：《中国近代小说大系》，百花洲文艺出版社 1991 年版，第 400 页。
② 周瘦鹃：《落花怨》，《妇女时报》第 1 号，宣统三年五月望日（1911 年 6 月 11 日）。
③ 同上。
④ 《编辑室》，《妇女时报》第 5 号，辛亥年十二月初五（1912 年 1 月 23 日）。
⑤ 同上。

刊载的小说创作中，"英雌"形象及其国族叙述话语得到了继承与延续，如笔名为"泰兴梦炎"的小说《鹃花血》中的孟慧莲，她以"新世界之女国民"①自居，以"完成我国民之本分"自警，在感慨于"二亿女同胞奄奄无生气"与"今日何日，大势去矣，看江山如画，中原一发，日已西斜，雨横风狂，未知所极，甘心异族欺凌惯"中，展开了对男性身体与强力的置换与想象："可有男儿愤不平，若辈阘茸，可笑人也。妾所以重君者，正为君青年志士，来日方长，本期携手同归，登帕米尔高原，长歌当哭，唤起国民魂性，不意为郎憔悴，辜负雄心，今将长别矣，愿郎整顿起爱国精神，男儿本分，为支那演出风云阵，使妾亦得为文明大国鬼。"这些与晚清"英雌"形象的国族叙述本毫无二致，但是孟慧莲在言说国族叙事中的启蒙话语时，如"吾惜女界革命军固未剧耳，今缠足之害，知者十八九，而自由结婚之说，则群以为诟病，彼诚不知自由之权男女得而有之，不专诸父母之谓也"，又自然过渡到了男女婚恋不自主的问题。这同样存在着一个边界与交叉的问题，它会使鸳蝴派依照自身的本性惯性式地生长出时代主旋律之外的、鸳蝴派之所以为鸳蝴派的另一种面相。在这里，婚姻自主的启蒙主旨却并非与时尚交叉，而是衍生出了婚恋不自主的言情叙事模式，这一模式在民初鸳蝴派的繁荣期被反复续写，并为"五四"新文学家（如周作人）所论及。于是，晚清"新小说"中"英雌"形象的爱情"缺席"被理所当然地演化成此时及日后的"在场"，它不仅不能成为救国、革命的障碍与牵绊，以及精神盈余品，反而可以借言情表达爱国之思、弱国之伤，并且相得益彰。诚如小说《鹃花血》中所言："情之勃发……亘古今，弥宇宙，迫不可遏，故不畏死，不畏苦，不畏訾议，一意孤行，然后可以爱国，可以合群，可以犯天下之大难……胥由情乎鼓吹之，如慧莲者，处家庭专制之时代，而爱情集注一点，愈深愈炽，歌哭无端，生死若忘，推斯情也，使为罗兰夫人可也，临没之言，慨当以慷，须眉宁不自愧耶？"②再如周瘦鹃的另一部小说《落花怨》，同样是借言情表达爱国，黄女士的异域爱情及其颠簸遭际固然成为小说叙事的主线，但是黄女士的不幸又始终与"娟娟明月，印河山破碎之恨；飒飒悲风，起故国凄其之慨"③的孱弱国民的处境、感伤纠结在一起，与"妾之魂化为明月，君之魂化为地球，辗转相随，

---

① 周瘦鹃：《鹃花血》，《妇女时报》第 5 号，辛亥年十二月初五（1912 年 1 月 23 日）。
② 同上。
③ 周瘦鹃：《落花怨》，《妇女时报》第 1 号，宣统三年五月望日（1911 年 6 月 11 日）。

万古不变，即至天荒地老，海枯石烂，而妾之魂犹绕君而行，不宁舍君他去也"的浓情密语相伴随的，是不能忘却的民族国家：

> 嗟乎吾夫！死矣死矣，滔滔流水，容知吾心。妾生不逢辰，生于中国，乃蒙吾夫遇吾厚，而自濒于难，虽粉身碎骨，不足以报万一。妾久怀死志，所以含耻偷生者，因未见故乡云树，死为异域鬼耳。今所吸者乃中国之空气，所居者乃中国之土地，生为中国之人，死为中国之鬼，如此江山，妾亦无所眷恋。与其生而受辱，不如拼此残生，以报吾夫，亦所以报祖国也。①

此外，黄女士在濒死之际发出的呼声："吾中国之同胞其谛听，脱长此在大梦中者，将为奴隶而不可得，彼犹太、波兰之亡国惨状，即我国写照图也"，以及作者以全知叙述人的身份进行叙述干预时，所标识的黄女士形象仍旧是"中国国民之前车也"这样的"英雌"话语，这就使得民族国家叙述话语与通俗的言情叙事元素在小说中平分秋色，并完美地融合在一起，从而与晚清"新小说"中的"英雌"形象及国族叙事产生了较大的差距，同时也为下一阶段鸳蝴派小说的嬗变与转型做好了准备。

（二）从"英雌"到"女侠"

从晚清到民元，在对鸳蝴派及其小说的"知识考古"中，不仅可以找寻出从性别"缺席"的"英雌"到性征鲜明的"女人"形象的嬗变谱系，以显现出国族叙述话语及其面相在鸳蝴派身上的继承、延续以及变更，同样也可以梳理出从晚清的"英雌"到《妇女时报》中"女侠"形象嬗变的图谱，这为考察晚清到民初语境更迭中鸳蝴派国族话语及面相的嬗变提供了另一条殊途同归的路径。

晚清小说中"英雌"形象的诞生及其复制，与中国传统文学中的女英雄形象相比，呈现出极大的不同。首先，时代语境的差异使晚清"英雌"形象的政治意义大于文学意义。一方面，这使晚清小说与传统叙事文学，如《木兰辞》，呈现为两种截然相反的叙事模式，前者是强烈的国家、民族认同意识支配个人的行动，同时又消解着与本邦认同意识无关的甚至阻碍这种国族意识延展的私人化情感与行为，而后者则是个人化的情感支配

---

① 周瘦鹃：《落花怨》，《妇女时报》第 1 号，宣统三年五月望日（1911 年 6 月 11 日）。

国家、民族认同下"英雌"行为的产生（如花木兰的从军缘自基于血缘关系的传统儒家伦理的"孝"）；另一方面，这也使得晚清"英雌"形象的创作数量尽管要远远超过中国传统文学史上的女英雄，却很难成为花木兰那样的文学经典。其次，晚清小说中的"英雌"形象带有明显的异域移植色彩。实际上，传统文学中的女英雄形象并未为晚清"英雌"形象的创造提供多少借鉴，因为这一形象的塑造更多地要符合一种国族意识，以实现"群治"的宗旨，于是晚清乃至民初小说家从"泰西"小说中找到了相似语境下，以俄国女虚无党人或法国罗兰夫人为原型、反抗政府专制与异族侵略压迫的这一类人物形象，并推崇倍至。在翻译之余，他们开始了半编半译或托名译著的仿写，进而是带有西化色彩的本土化原创，从这些实验品来看，都明显地带有异国风情的味道。所以，晚清"新小说"中的"英雌"形象与传统文学中的女英雄呈现出的是一种断裂性。

在这一异域形象的横向移植中，既然要服从于"群治"的启蒙宗旨，"英雌"的形象必然要经过一个本土化的过程，只有通过具体可感的人物形象与紧张起伏的故事情节，并为大众所接受、认可，"新小说"的启蒙意旨才能最大限度地实现。显然"英雌"对于中国大众或被启蒙的受众来讲是一种陌生化的形象，于是晚清小说家将这一人物置换为"女豪杰""女侠"的称谓，并在本土化的过程中宣称："《水浒》以武侠胜，于我国民气大有关系。今社会中尚有余赐焉，然于妇女界，尚有余憾……欲求妇女之改革，则不得不输其武侠之思想，增其最新之智识。"[①]像这种添加传统文学中"豪杰""侠士"的精神元素与故事情节的做法，在晚清得到了刻意的倡导：

> 神州大地，向产英灵，不特燕赵之间，称多感慨悲歌之士已也。然中国旧史，向无义侠名。太史公编列《游侠传》，独取荆轲、聂政、朱家、郭解之徒，其大旨，以仗义报仇者近是。成败虽不足论人，然个人上之感恩知己，求其舍生敢死，关系于国家主义者，又不数睹，遂使数千年文明大陆，如东洋之武士道，能动人国家思想者，不啻流风问阒（阗）寂焉。悲夫！圣经贤传，颓人气魄；即所谓稗官野史，

---

① 海天独啸子著，卧虎浪士批：《女娲石》，章培恒编：《中国近代小说大系》，百花洲文艺出版社 1991 年版，第 441 页。

又无以表彰之，又何怪哉？则虽欲不让小说为功臣不得也。毛宗冈编
《三国演义》，金人瑞编《水浒传》，虽其中莽夫怪状，不无可议；而
披览蜀魏之争，人知讨贼，逼上梁山之席，侠血填胸，社会之感情，
有触动于不自觉者。况今日者，大地交通，殉国烈士，中西辉映。而
其人其事，为小说家者，又能运以离奇之笔、传以恳挚之思，稍有价
值者，社会争欢迎焉。故比年以来，风气蓬勃，轻掷头颅，以博国事
者，指不胜屈。即所谓下流社会者，亦群焉知人间有羞耻事。以是为
义侠小说输贯之力，盖无多让焉。①

实际上，这种置换的实现并不单单是基于一种启蒙民众的需求，这类
中、西人物形象谱系的相似点也构成了置换发生的基础。"英雌"的元人
物形象强调的是反抗政府专制与异族压迫，通过个人发动群体的力量，救
国家、民族于危难，如异域人物苏菲亚（《东欧女豪杰》）以醒世救民为己
任，组织革命团体，聚众演说，即使被捕入狱，也依然在乐观的精神下立
志宣扬这个时代的共识："用破坏手段，把从来旧制一切打破，……造出世
界真正的文明。"② 而作为传统文学中的"侠"，尽管强调的是一种个人精神
与自由意志，与"英雄"被国家意志所肯定的传统儒家理想价值取向相区
别，它代表的是一种民间理想价值取向，不服从于任何国家体制与社会力
量的管制。但"侠"所呈现出的"义"，不顾个人安危、为民请命的精神，
以及惩强扶弱、劫富济贫的正义感与民间道德责任感，在国家、民族危难
之际，与"英雌"的国族形象找到了连接点，使二者有了对话与融合的可
能。如《女娲石》中的女侠士金瑶瑟因痛于国难而刺杀慈禧太后，遂被通
缉，走上了流亡之路；《东欧女豪杰》中的苏菲亚，因反对政府专制、宣扬
工人革命被捕入狱等，就很难分清这种置个人安危于不顾、救国救民的义
举是一种基于个人的"侠士"之举，还是基于国家、民族认同意识的"英
雄"行为。由此，在二者的连接点上，"侠士"所崇尚的个人精神会被毫无
冲突地统摄进严肃悲壮的、隶属于"英雌"形象的国族话语的叙述中，如
《瓜分惨祸预言记》中的女侠士夏震欧愤慨于清官的昏庸、洋人的屠戮，强

---

① 伯：《义侠小说与艳情小说具输灌社会感情之速力》，陈平原、夏晓虹编：《二十世纪
中国小说理论资料》（第一卷），北京大学出版社 1997 年版，第 229 页。
② 岭南羽衣女士著，谈虎客批：《东欧女豪杰》，章培恒编：《中国近代小说大系》，百
花洲文艺出版社 1991 年版，第 14 页。

烈的爱国意识使她认识到"若是没了国，任你有天大的才艺，他人也虐待追逐，使你无处容身"[1]，于是崇尚个人主义与以传统"忠君"思想为标识的国家意志相游离的"侠士"精神，在时代语境下，与忠君爱国的思想汇流并消解。所以我们看到，在晚清小说中，"英雌"与"女豪杰"或"侠女"的形象是等同的，这些概念在晚清小说家看来可以混同使用，如历史小说《洗耻记》第六回"话故事英雄挥泪，读碑文侠女灰心"[2]，用"英雄"和"侠女"共同指涉小说中的"英雌"迟柔花与郑协花；闺秀救国小说《女娲石》第五回"捉女妖君主下诏，挥义拳侠女就擒"[3]，及第七回"刺民贼全国褫魂，谈宗旨二侠入党"[4]，以"侠女"来指称小说中的女英雄金瑶瑟与凤葵。此外，我们也可以看到，"英雌"形象的横向移植是一个双向改造的过程，一方面，是异域"英雌"形象的本土化，即晚清小说家为其寻找本土化的、为大众熟知的形象"寄主"；另一方面，是传统"侠士"形象的异域化或者时代化，即统摄进以西方启蒙、救亡话语为主导的时代国族话语中，以此来完成晚清"英雌"形象的本土化制造。

随后到了《妇女时报》这个时期，"英雌"与"侠女"形象合二为一的局面被鸳蝴派作家改写了，这一形象的嬗变必然牵动着其所隶属的国家、民族叙述话语的改变，也因此使《妇女时报》时期的鸳蝴派呈现出与晚清"新小说"相异的民族国家话语及其面相。

如前文所论，在《妇女时报》所刊载的小说中，我们能够很容易地找寻到通过添加或删减、嬗变了的"英雌"形象及其国族叙述话语。同时，我们也能很容易地找到"侠女"这一类形象，但是与晚清小说不同的是，"侠女"仅仅就是"侠女"，与"英雌"形象无关，即鸳蝴派作家将晚清小说中"侠女"与"英雌"合二为一的形象实现了一种剥离。《妇女时报》中"侠女"形象的产生并不以民族国家话语的表述为自己的形象特质，甚至可以说国族话语的叙述在"侠女"身上是"缺席"的，她们的形象特征被基于个人恩怨的复仇所标记。如小说《玉蟾蜍》（思蓼）塑造了"柔情侠骨"

---

[1] 〔日〕女士中江笃济（藏本），男儿轩辕正裔（译述）：《瓜分惨祸预言记》，章培恒编：《中国近代小说大系》，百花洲文艺出版社 1991 年版，第 332 页。

[2] 汉国厌世者著，冷情女史述：《洗耻记》，章培恒编：《中国近代小说大系》，百花洲文艺出版社 1991 年版，第 433 页。

[3] 海天独啸子著，卧虎浪士批：《女娲石》，章培恒编：《中国近代小说大系》，百花洲文艺出版社 1991 年版，第 467 页。

[4] 同上书，第 476 页。

的碧秋形象，在这一时期延续下来的晚清"新小说"的国族叙述话语特征在其身上没有丝毫地呈现。侠女碧秋仅仅只是基于"孝"而为父复仇，构成其复仇障碍的也只是言情元素的掺入，在爱与恨的冲突与焦虑中，完成了游离在时代国族话语之外的"女侠"形象的塑造。这一形象也为同期或稍后的鸳蝴派小说所继承，如《桃花劫》（梦，《小说时报》第 1 年第 1 号）中的越女，因同情被游学所成的丈夫抛弃的刘碧桃，侠义惩治轻佻伪善的碧桃丈夫魏琴声；《绛衣女》（梦，《小说时报》第 1 年第 3 号）中的郑秋菊，嫉恶如仇，只身潜入虎穴力搏盗墓贼，最终也赢得了黄生的倾慕；《女儿红》（吴双热，《民权素》第 3 集）中的女儿红，武艺卓绝，因不满其兄杀人越货，怜悯回乡探母病的书生，而大义灭亲、救人于危难；再如侠烈小说《贞姑》中的贞姑，尽管没有骄人的武功，这使其作为"侠女"的形象受到了动摇，但是她勇敢地站出来当堂对峙揭发淫僧污三十人清白而后自尽的义举，依然实现了"侠"的精神风貌，因此作者也承认："设非此侠烈之女，彼被污之三十余人，皆抱不洁之名以死。"①

　　总之，在"英雌"形象与"侠女"形象发生剥离之后，"英雌"的形象仅仅存在于翻译小说或以嬗变的形态存在于鸳蝴派原创小说中，并且在新的时代语境的更迭中，这类形象也逐渐地走向尽头。而"侠女"形象的还原与改造却呈现出鸳蝴派发展的一个重要图景，在剥离掉国家、民族的重负后，它沉潜到了私人化的情感层面，随着这一形象不断发展、完善与武侠小说在 20 世纪二三十年代的日臻成熟，以"玉娇龙"（王度庐，《卧虎藏龙》）为表征的新一代女侠继承发展了这一套路，并在爱恨情仇中深刻地诠释"女侠"形象与性格的丰富性，这也成为鸳蝴派文学贡献给中国现代文学的一类独特人物面相。当然，"英雌"与"侠女"两类形象的剥离或者说"侠女"形象的"祛魅"，尽管表明了鸳蝴派国族话语及其面相在《妇女时报》时期的消解，但这并不等于其在鸳蝴派身上消失。"英雌"形象的其他嬗变形态同样表征着这类形象及其统摄话语的存在与不能轻易被遗忘，而且进入民初后，鸳蝴派国族叙述话语及其面相还将会以其他方式呈现出嬗变，这一进程还远未结束。

―――――――――――

① 胡仪无阝：《贞姑》，《小说丛报》第 13 期，1915 年 9 月 12 日。

三、科幻小说中国族话语的嬗变

科学幻想小说是随着晚清"小说界革命"的风潮应运而生，并成为"新小说"创作的一座重镇。自 1902 年梁启超创作《新中国未来记》始，晚清小说家就纷纷模仿，出现了《新法螺先生谭》《新纪元》《世界末日》《未来世界》《未来教育记》《新石头记》《光绪万年》等科幻小说的佳作。1902 年，梁启超在《新民丛报》第十四号《中国唯一之文学报〈新小说〉》一文中，曾将其命名为"哲理科学小说"，此后还有"理想小说""科学小说"等其他称谓。王德威先生将这一说部文类称作"科幻奇谭"（science fantasy），并理解为"一种叙事构造，它涵盖超自然的、奇异的与非经验的因素，但将这些因素合理、'自然化'：宇宙里没有什么是不可解释的"①。这类小说的创作模式往往是在未来或现实的桃花源虚构中展开与现实截然相反的、带有浓郁强国色彩的乌托邦想象，不论这是出于一种激荡岁月中的激情，还是理想在现实中沉落的代偿，最终都是要实现"新民"的宗旨。随着"小说界革命"的落潮，尽管这一小说类型失去了在 20 世纪初的高潮与辉煌，却在鸳蝴派作家的手中保留下来。因此早期鸳蝴派作家创作的科幻小说，也如同期延续下来的"英雌"形象一样，将晚清"新小说"特有的国族叙事话语继承下来。但是在渐近民元中，晚清"新小说"语境的影响毕竟式微，被延续下来的科幻小说中的国族话语又不可避免地发生了嬗变。

（一）鸳蝴派科幻小说中国族话语的延续

早期鸳蝴派的科幻小说创作沿袭了晚清"新小说"中的这一类型，它不仅仅指将其科学幻想的乌托邦因子承续下来，更重要的是，也将晚清科幻理想小说中的终极价值指向保留下来。

首先，表现在启蒙主题的设置上。1909 年《小说时报》第 1 年第 1 号刊载了鸳蝴派大家陈冷血的一篇科幻小说《催醒术》，小说讲述的是主人公被施以"催醒术"，其感官知觉与周围人的愚钝相比变得灵敏起来，但这种改变却让他陷于焦虑、痛苦之中："窗棂尘何多也？予手何多垢？途人之帽，何积灰若此？途人之衣，何积秽若经年未濯？途人之面，途人之发，

---

① 〔美〕王德威：《被压抑的现代性——晚清小说新论》，宋伟杰译，北京大学出版社2005年版，第293页。

何若多年未梳洗也？"① "予耳尽是哭声与秽气。"不止于此，新感知的周围世界的混沌、肮脏尽充眼耳，而旁人却可以对这样的景象不闻不觉，面对街上痛苦呻吟的病妇，路人更是显得麻木不仁，于是"予欲以一人之力，洗濯全国"，可是面临的却是"室中诸客及诸仆人，群笑予为狂"。小说中以"催醒术"为隐喻的启蒙主题，与晚清"新小说"的核心题旨，即"新民""群治"是一脉相承的，这自然包含着梁启超对科幻理想小说的最初设定："专借小说以发明哲学及格致学。"② 不惟此，这与十年后中国现代小说的开山之作《狂人日记》中鲁迅所寄予的"觉民"主旨相比也几乎毫无二致，甚至启蒙者"众人皆醉我独醒"的尴尬与困境也极为相似。除此之外，《催醒术》中以主人公的"彼何人用何术误我"的"反启蒙话语"对小说预设的启蒙主旨构成一种张力。这种反讽手法的运用，也像极了《狂人日记》中用文言形式的《序》讲述狂人"早愈，赴某地候补"③ 与白话形式的正文叙述狂人之"狂"的对照，因此两者呈现出了互文性。可以说，由晚清"新小说"到早期鸳蝴派的小说创作，再到"五四"新文学，完全可以梳理出以启蒙为线索的文学发展链条，或者说自晚清以来的涵纳启蒙话语在内的国族叙述话语始终是延续的。这种相似的文学表征也说明，思想启蒙与民族国家认同始终占据着晚清至"五四"的时代以及文学发展主题，因此早期鸳蝴派的国族叙述话语及其面相的呈现便成为一种必然。

其次，表现为强国之梦的续写。晚清科幻小说的典型叙事特征有两点：一是展现新奇的科技发明创造，并且以此作为情节发展或者危机化解的叙述动力；二是在"中国/异域（西方列强）"的强烈对比中，展开与晚清中国截然相反的强盛中国的乌托邦想象。实际上，在诸多科幻理想小说中，这两点是重合的，即依靠先进的科技武器发明，中国成为了世界的"盟主"，如《新纪元》《新中国未来记》等。由此看来，强国之梦的乌托邦图景的展开成为晚清科幻小说叙事的一个典型特征。在早期鸳蝴派的科幻小说创作中，这一叙事特征被延续下来，如标注为"理想小说"的《电世界》，同梁启超的《新中国未来记》那样，想象了一个未来的乌托邦世界，小说如同新闻纪实那样报道21世纪的中国依靠电气技术达到巅峰之态：

① 冷：《催醒术》，《小说时报》第 1 年第 1 号，宣统元年九月朔日（1909 年 10 月 14 日）。
② 梁启超：《中国唯一之文学报〈新小说〉》，陈平原、夏晓虹编：《二十世纪中国小说理论资料》（第一卷），北京大学出版社 1997 年版，第 62 页。
③ 鲁迅：《狂人日记》，《鲁迅全集》第 1 卷，人民文学出版社 2005 年版，第 444 页。

"二十世纪的中国也算得强盛了"①，西历二千零十年正月初一帝国大电厂的设立，又将百年中国的强盛向前推进了，中国有能力"统一亚洲，收回各租借地主权"。这种对未来国家图景的激扬、乐观想象，几乎与晚清科幻小说毫无二致，依然在强烈的本邦认同感中延续着相似的国家、民族话语及叙述模式。甚至到了1923年创刊的《小说世界》杂志中，仍然可以寻觅到这种相似的话语及叙事模式，如叶劲风的《十年后的中国》，小说将现实世界作为十年前的中国（民国十一年），被想象成一个任人欺侮、惧怕洋人的弱国。与此相比照，十年后的中国（民国二十一年）却在科学救国的理念下，依靠先进的发明，如"顶12倍的X光"②的"W光"发射器、飞艇等，击败乘火打劫的日本"啊哪哒"船与飞机，降服了整个世界，并被美、澳、欧等国尊为"世界盟主"。

由此看来，从《新中国未来记》到《电世界》，再到《十年后的中国》，这些科幻小说乐此不疲地反复叙述着乌托邦中的强势中国，相较于"英雌"形象的变迁，这种嬗变的幅度小多了。从晚清到民初，科学幻想小说中国族话语及叙事模式的延续表明，尽管时代语境发生了极大的改变，但是思想启蒙与民族国家认同的时代主题并没有动摇，作家与市民读者的本邦认同意识，以及在小说中乌托邦的强国之梦与现实国族的羸弱强烈比照下生成的缺憾与无奈，仍旧深深地印刻在大时代中的每一个国民身上。所以，到了鸳蝴派发展的《小说世界》阶段，当娱乐主义元素已经上升为鸳蝴派的主流面相时，这类老套的国家、民族话语与叙述模式仍旧能够获得大众的接受，尤其是小说《十年后的中国》作为《小说世界》创刊的首发之作，其意义、地位以及主编的器重也表明其不能够被等闲视之。

（二）鸳蝴派科幻小说中国族话语的嬗变

与"英雌"形象的嬗变相比，早期鸳蝴派的科幻小说最大限度地延续了晚清科幻小说中的国族话语及叙事模式，呈现出较为浓郁的以启蒙、救亡为价值指向的国族面相。但是随着晚清"新小说"语境影响的逐渐式微，早期鸳蝴派科幻小说所延续的国族话语及叙事模式开始通过添加或删减，呈现出嬗变了的国族叙述话语及其面相。

第一，弱化小说的政治负载功能。尽管晚清时期的科幻小说以张扬近

---

① 高阳氏不才子：《电世界》，《小说时报》第1年第1号，宣统元年九月朔日（1909年10月14日）。

② 叶劲风：《十年后的中国》，《小说世界》第1卷第1期，1923年1月。

代科学为主导精神，但是它所展现的新发明、新创造却并非依靠其言之凿凿的"电气学术"，而仅仅是停留在脱离现实的"幻想"层面，即作为一种"叙事构造"。王德威先生也曾引用 Card D. Malmgren 的观点论及："科幻奇谭的世界里面，人物或者主题则预先假定至少有一次对自然规则与经验事实的蓄意而且明显的僭越，只不过它为这一僭越提供了科学的依据，并显然将其话语奠定在科学方法与科学必然性的基础上。"① 在晚清小说家看来，做怎样的"幻想"、发明是次要的，重要的是选取一条正确的道路（如《新中国未来记》中黄克强与李去病关于君主立宪制与革命的一番舌战等），在此基础上的"幻想"才能成为现实，实现他们在小说中设想的强国之梦，并符合启蒙与救亡的终极价值指向。所以，在晚清科幻小说国族话语的叙述中，实际上隐含着一条国家、民族发展道路的选择与表达的题旨设置，这完全符合"新小说""新民"、"群治"的根本宗旨，也使小说的政治意义、功能突显出来。延展及早期鸳蝴派的科幻小说，尽管指向启蒙、救亡的国族面相被延续下来，但是在国家、民族叙述话语中添加进抉择、阐释国族发展道路的隐性线索却消失了。与标注为"政治小说"的《新中国未来记》不同，它不再添加中国走何种革新道路的政治观点的论争，也不会出现某些晚清科幻小说中刻意设置的唯有遵循某种清晰的政治路线方能走向富强的情节设置，仅仅是在乌托邦的想象中传达未来的中国必定依托先进的科学反抗外侮、抢占世界的制高点。由此看来，早期鸳蝴派的创作表现出了卸载晚清"新小说"身上过于繁重的政治功用的倾向。

　　第二，油滑叙事风格的添加。《小说时报》第 1 年第 2 号曾刊载了一篇小说《鸭之飞行机》，可以看作是延续了浓郁的晚清国族叙述话语的科幻小说创作。如小说中展示的各种先进发明仍是以本邦与外族的巨大实力落差为叙事前提的："我瞧那各国的报上有什么飞行车、飞行船，学士、博士闹得个不亦乐乎，我想咱们中国难道也造不出个飞行机吗？"② "光瞧着人家海阔天空的海外奇谈，又想以前各科学的大家，都是在无意中发明一种学问的，怎说咱们就不济呢？"于是，作者包天笑幻想了这样的场景："倒是那英、美、法、德的飞行家正在那里殚精竭虑地研究，却见半空中飞过一人，

---

① 〔美〕王德威：《被压抑的现代性——晚清小说新论》，宋伟杰译，北京大学出版社
　　2005 年版，第 355 页。
② 包天笑：《鸭之飞行机》，《小说时报》第 1 年第 2 号，宣统元年十月朔日（1909 年 11
　　月 13 日）。

周身都是翅膀，不觉大家吓了一跳，不想倒是中国人第一个发明这又轻又便的飞行器呢。"从叙述来看，小说主旨尽管是强国兴邦，但是这种发明却又远离了以电术为标识的现代科学，而仅仅是浑身绑缚鸭子飞翔的滑稽场景，所以作者也将小说标注为"滑稽奇谈"，这在一定程度上对小说的严肃国族话语构成了消解，显示出了对晚清科幻小说的稍稍位移。特别是到了《小说世界》中刊载的小说《十年后的中国》，这种倾向就更加明显，在小说结尾，激扬的理想叙述戛然而止，沮丧的情绪氛围顿时生成，正如作者设计的情节——这仅仅是一场梦而已，最终还是戳破了这个"甜蜜酣睡"却自欺欺人的乌托邦。此外，再如前文曾论及早期鸳蝴派科幻小说表现出的启蒙主题与"五四"新文学呈现出互文性，但是依据这些文学现象的例证过分地弥合这一时期鸳蝴文学与"五四"文学的鸿沟，或者认为其同质性也是不恰当的。如果以鸳蝴派在民国初年繁荣期的特征为参照系的话，这仅仅代表了鸳蝴派文学在早期尚未定型的发展面相之一，由后观前来看，决定其日后主流面相的特质性因子也始终伴随着启蒙话语的呈现，并对其构成了消解。如小说《催醒术》尽管如《狂人日记》一样表现启蒙及启蒙者的困境这一严肃主题，但前者叙述方式的幽默与油滑，后者的阴鸷与冷峻，看似不经意的仅仅属于小说风格与叙述方式的细节问题，却最终能够发展成区分鸳蝴派文学的通俗性与"五四"文学的精英性这两类不同质地的文学。

综上所述，《妇女时报》《小说时报》等创刊于晚清的报刊及其刊载的作品，呈现出早期鸳蝴派的发展特征。一方面，独特的晚清"新小说"语境的影响使这一时期的鸳蝴派文学，尤其是小说创作继承、延续了晚清"新小说"的最根本的特质，即启蒙与救亡的国族话语表达。但是另一方面，在渐进民元中，"新小说"语境的影响呈现式微之势，它即将为全新的民国语境所替换，所以生长于这一时空下的文学势必会溢出先前文学的惯常模式，如清末民初留存的"英雌"形象、科幻小说类型等纷纷表现出弱化"新小说"的政治负载功能的倾向，但是这些嬗变并没有从根本上消解早期鸳蝴派所具备的典型晚清"新小说"的国族话语特征。与1921年之后繁荣、稳定期的鸳蝴派相比，早期的鸳蝴派仍然在很大程度上延续"新小说"的话语方式，它并不能将某些日后标注为鸳蝴派的特质固定并发扬光大，只有在文学发展的不断"加减"中，经历一个长期的嬗变，它才能最终形成自身独特的、稳定的话语方式。此外，诞生于晚清的鸳蝴派，其生长、发展的时机不仅仅表现为对式微了的"新小说"语境的疏离，从另一个角度讲，晚清"新小说"自身的嬗变也为鸳蝴派的发展提供了温床。

第二节 晚清小说政治话语的消解及其文学资源

一、晚清"新小说"政治话语的建构

（一）"小说界革命"：政治视域下文学格局的调整

1902 年梁启超倡导的"小说界革命"，改变了古小说边缘化、俗文学化①的传统，将小说移居到文学的中央地带，开始代替经史承担起教科书的重任，造成了文学格局的重大调整。但是晚清"小说界革命"的发生，并不同于传统文学的任何一次变革，它不是基于文学自身陷入创作僵局、自动化而作出的创新或调整。就变革前的小说领域而言，作为明清文学的代表，甚至产生了足以与世界文学相媲美的《红楼梦》，而且在 1894 年，仍然有《海上花列传》这样被后世文人（胡适、鲁迅、张爱玲等）称许的佳作问世。由此可见，在清末，小说作为一种文体，并没有面临革新的必然要求，而"小说界革命"的发生却有着太多外界因素的干预，甚至可以说是一次政治左右文学的"密谋"。

对于晚清"小说界革命"的倡导者梁启超来讲，他并不是小说家，而是政治家，因此独特的政治家思维与视域被带入了小说创作领域，促成了这次史无前例的重大变革②。梁启超将他的实验品命名曰"新小说"，意在表明区别于传统之"新"，自觉地与传统小说造成一次断裂，因此，这种"新"必然是以删减或附加某些文学功能为前提的，而这种功能的选择是以政治家的眼光进行取舍的。在对传统小说的审读中，梁启超筛选出了这样的思想："吾中国人状元宰相之思想何自来乎？小说也。吾中国人佳人才子之思想何自来乎？小说也。吾中国人江湖盗贼之思想何自来乎？小说

---

① 古小说传统突出小说的通俗易懂、娱乐消遣，晚清"小说界革命"将其提升为"经国之大业，不朽之盛事"，从这一意义上讲，小说由俗文学向"文以载道"的雅文学转向，虽然最终仍未走出俗文学的圈套，但是其明确的济世主旨标志着一种雅化的努力。

② 晚清"小说界革命"与"五四"文学革命极为相似，后者的发起者如陈独秀、胡适、李大钊、钱玄同、周作人等，大部分都是如陈独秀、李大钊这样的政治家身份，作为文学家身份的人极少，因此，政治家的思维也同样如晚清"小说界革命"那样渗入"五四"文学的变革中，但是"五四"文学革命却诞生了文学史上的经典之作，而晚清"小说界革命"却经典空缺，所以很值得反思其中的问题所在，下文将有所论述。

也。"[1] 一方面，他将传统小说简化、误读为以《水浒传》《红楼梦》为代表的海盗海淫小说，并认为它们是导致社会思想腐败、混乱的根源；另一方面，梁启超读出了传统小说具有左右社会思想的巨大功能，认为如果用它来改造社会，就能拯救一个处在存亡之际的民族。显然，这种政治解读并不符合文学事实，但是晚清的小说变革恰恰就是在这种政治视域误读文学的偏执下展开的，并带来了传统文学格局的重大调整。

在古文学传统中，小说因为是"小道"，是"俳优下技，难言经世文章；茶酒余闲，只供清谈资料"[2]，而且"小说家者流，盖出于稗官，街谈巷语，道听途说者之所造也"[3]，使其不可能居于文学的中心，尽管自身在不断地演进，经历过类似唐传奇、宋元话本的短暂辉煌，但与主流文体的繁荣、变革相比，它的变化带有缓慢性和稳定性。虽然古小说也有"劝善惩恶"的附带功能，但这只是向"文以载道"的主流文体靠拢的一种努力，小说承担教化功能显然是不被认可的。另外，在古小说中，尽管也有文人力图用文言创作小说的雅化努力，但始终未能超出娱乐、消遣的文学功能。总之，在古文学传统中，小说作为一种俗文学文体被置于文学的边缘。

在晚清小说变革中，梁启超却让小说居于"文学之最上乘"[4]，这种策略的选择带有明确的政治旨归。在"小说界革命"的纲领性文章《论小说与群治之关系》中，梁启超表达了附加给小说的这种前所未有的使命："欲新一国之民，不可不先新一国之小说。故欲新道德，必新小说；欲新宗教，必新小说；欲新政治，必新小说；欲新风俗，必新小说；欲新学艺，必新小说；乃至欲新人心、欲新人格，必新小说。何以故？小说有不可思议之力支配人道故。"[5] 并在其创办的近代第一份纯文学期刊《新小说》中宣称：这类"新小说""专在借小说家言，以发起国民政治思想，激励其爱国精神"[6]。实际上，在梁启超之前，有的政治家就已经看中小说，并将富强国

---

① 梁启超：《论小说与群治之关系》，陈平原、夏晓虹编：《二十世纪中国小说理论资料》（第一卷），北京大学出版社1997年版，第53页。

② 徐枕亚：《〈小说丛报〉发刊词》，陈平原、夏晓虹编：《二十世纪中国小说理论资料》（第一卷），北京大学出版社1997年版，第486页。

③ 袁进：《中国小说的近代变革》，广西师范大学出版社2009年版，第1页。

④ 梁启超：《论小说与群治之关系》，陈平原、夏晓虹编：《二十世纪中国小说理论资料》（第一卷），北京大学出版社1997年版，第51页。

⑤ 同上书，第50页。

⑥ 新小说报社：《中国唯一之文学报〈新小说〉》，陈平原、夏晓虹编：《二十世纪中国小说理论资料》（第一卷），北京大学出版社1997年版，第59页。

家、日新社会的重任附加其上，如康有为曾言："'六经'不能教，当以小说教之；正史不能入，当以小说入之；语录不能喻，当以小说喻之；律例不能治，当以小说治之。"①

　　由此，在梁启超等人的主张下，小说改变了自身的边缘位置，获得了"增七略而为八，蔚四部而为五者"②的显赫地位，承担起经史的教科书重任，并附加上了改造社会、开启民智的政治功能。出人意料的是，这一主张的提出和推广，并没有遭到反对，而是得到了众多知识分子和小说家的支持和认可。黄遵宪就曾对梁启超的观点大加赞赏："仆所最赏者为公之关系群治论及《世界末日记》，读至'"爱"之花尚开'一语，如闻海上琴声，叹先生之移我情也。……总之，努力为之，空前绝构之评，必受之无愧色。"③于是，在晚清小说理论中对小说救国的认知几乎众口一词："欲扩张政治，必先扩张小说；欲提倡教育，必先提倡小说；欲振兴实业，必先振兴小说；欲组织军事，必先组织小说；欲改良风俗，必先改良小说。"④"小说有支配社会之功能……故欲新社会，必先新小说；欲社会之日新，必小说之日新。小说新新无已，社会之变革无已，事物进化之公例，不其然欤？"⑤"夫欲救亡图存，非仅恃一二才士所能为也；必使爱国思想，普及于最大多数之国民而后可。求其能普及而收速效者，莫小说若。"⑥

（二）"新小说"政治话语的形成及张力

　　晚清小说的革新是以一种政治视域审读文学，按照强烈的政治功利目的来构建改革者理想中的小说形态，即"新小说"。在梁启超等人的政治化文学主张中，小说"多载法律、章程、演说、论文等"⑦形式，重在传达

① 康有为：《〈日本书目志〉识语》，陈平原、夏晓虹编：《二十世纪中国小说理论资料》（第一卷），北京大学出版社1997年版，第29页。
② 梁启超：《译印政治小说序》，陈平原、夏晓虹编：《二十世纪中国小说理论资料》（第一卷），北京大学出版社1997年版，第37页。
③ 布袋和尚：《致饮冰主人手札》，见黄霖、韩同文编：《中国历代小说论著选》（下），江西人民出版社2000年版，第94页。
④ 陶祐曾：《论小说之势力及其影响》，陈平原、夏晓虹编：《二十世纪中国小说理论资料》（第一卷），北京大学出版社1997年版，第248页。
⑤ 侠民：《〈新新小说〉叙例》，陈平原、夏晓虹编：《二十世纪中国小说理论资料》（第一卷），北京大学出版社1997年版，第140页。
⑥ 天僇生：《论小说与改良社会之关系》，陈平原、夏晓虹编：《二十世纪中国小说理论资料》（第一卷），北京大学出版社1997年版，第285页。
⑦ 梁启超：《〈新中国未来记〉绪言》，陈平原、夏晓虹编：《二十世纪中国小说理论资料》（第一卷），北京大学出版社1997年版，第55页。

未经文学化的政治见解和开启民智的政治观念，偏离了以讲述故事为中心的古小说传统，而所有这些因素都指向了唯一的目标——救国，这种话语形式成为了"新小说"的最初形态（政治小说）纷纷认同的文学形式。如作为"新小说"模版的《新中国未来记》，主要记述了创建共和国的英雄黄克强与好友李去病关于中国走改良还是革命道路的争论，小说中出现了大段大段的辩论，以此呈现 1902 年梁启超"在革命与改良中苦苦地摇摆、选择"[①] 的内心矛盾。小说的政治意义大于文学意义，甚至梁启超自己也曾言及这次创作的尴尬："似说部非说部，似稗史非稗史，似论著非论著，不知成何种文体。"[②] 它造成了小说自身的文体形式难以负载过多的非文学因素，形成了文学与政治在小说内部的张力，显然梁启超觉察到了，却未能从文学的视角作出反思，只能表达出一种无可奈何的自嘲。

其实，梁启超等人在"新小说"中注入过多的政治话语，也有必然的时代背景。1895 年开始急转的政治形势，使得"'自强'已经成为了中国知识分子思想的中心词语"[③]，基于对国家、民族的思考，"新小说"家们将这种政治话语凝注在小说文本中，并投入了大量的精力去促成这次"为政治而艺术"的变革，形成了晚清小说的繁荣局面。阿英也曾提及："当时知识阶级受了西洋文化影响，从社会意义上，认识了小说的重要性。……清室屡挫于外敌，政治又极窳败，大家知道不足与有为，遂写作小说，以事抨击，并提倡维新与革命。"[④]

晚清"新小说"建构起的政治话语[⑤]，在小说美学形态和文学情感上，呈现出了前所未有的理想和激情。在《新中国未来记》中，革命志士为中国的富强道路而激烈地辩论；《黄绣球》中，黄绣球为兴办女学、开化民智，克服困难，与丈夫黄通理不断地阐发着变革的新思想。这一时期的"新小说"提供了众多这样富有激情、行动力的人物形象，即使在科幻小说

---

① 程文超：《1903：前夜的涌动》，山东教育出版社 1998 年版，第 15 页。

② 梁启超：《〈新中国未来记〉绪言》，陈平原、夏晓虹编：《二十世纪中国小说理论资料》（第一卷），北京大学出版社 1997 年版，第 55 页。

③ 葛兆光：《中国思想史》（第二卷），复旦大学出版社 2001 年版，第 533 页。

④ 阿英：《晚清小说史》，江苏文艺出版社 2009 年版，第 1 页。

⑤ 这里的"政治话语"近似于本章第一节中论及的"国家、民族叙述话语"，在启蒙、救亡的价值指向上两者呈现出一致性。这里为了突显"新小说"的政治视域的渗入，以及政治/文学的二元比照，所以采用"政治话语"的提法，同时也侧重指涉其非文学化的表达方式。

的创作中，也呈现出激情的文学想象。《新石头记》中，中国的科学发明能够傲于世界，中国的皇帝成为世界和平大会的主席，中国成为了世界顶礼膜拜的中心；《新法螺先生谭》中，中国人的发明使国民"醒其迷梦，拂拭睡眼，奋起直追，别构成一真文明世界，以之愧欧、美人，而使黄种执其牛耳"①！总而言之，"新小说"尽管没有留下小说史上的经典，但是他们的创作却未曾显示出疲软和力不从心，尽管政治家的思维与视野会对文学造成损害，但在作品中却留下了政治家所特有的激情与展望。

其实，晚清小说变革的政治化文学主张完全可以如"五四"文学那样，转化为文学形象而作出对国家和社会的思考，但是作为政治家救国的急功近利和转型的社会现实，使得文学中沉潜和深入的力量显然比不过政治的激情与狂热。对比一下 20 世纪 30 年代茅盾创作的《子夜》，就可以发现"新小说"的创作缺憾。《子夜》同《新中国未来记》一样，都是用小说来回答中国的出路，前者是回答托派中国在帝国主义经济侵略加重下不可能走上资本主义道路，后者回答中国是选择改良还是革命才能走向富强。但是《子夜》作为现代文学的经典成功了，而《新中国未来记》却遭到包括作者本人的艺术诟病，差距就在于《新中国未来记》并没有如《子夜》那样将政治理念成功地转化为典型的文学形象，而只是忙于阐理，呈现出理大于事、大于情的倾向，没有处理好政治与文学在小说内部的矛盾。所以，当小说进入长篇的论辩时，对小说本身造成了一种拒斥，这都是作为政治家身份的梁启超对小说文学特性的忽视造成的，于是，在最初的、也是最根本的政治功利导引下，"新小说"留下了这一缺憾。

（三）政治话语对晚清小说的渗入

"新小说"内部建构起的政治话语，对整个晚清文学影响深远，它使得小说内部的各种门类都或多或少地渗透进了严肃的政治主题。如"新小说"的后期形态——谴责小说，虽然不再像初期政治小说那样大段地引入法律、演说等，但是梁启超的"新小说"主张却被谴责小说家们普遍认可并自觉实践。吴趼人在创作《二十年目睹之怪现状》时称："改良社会之心，无一息敢自已焉。"②鲁迅也曾论及谴责小说的明确政治意图："群乃知政府不足

---

① 徐念慈：《新法螺先生谭》，吴组缃等编：《中国近代文学大系》（第 8 卷），上海书店出版社 1991 年版，第 328 页。

② 吴趼人：《〈两晋演义〉序》，陈平原、夏晓虹编：《二十世纪中国小说理论资料》（第一卷），北京大学出版社 1997 年版，第 189 页。

与图治，顿有掊击之意矣。其在小说，则揭发伏藏，显其弊恶，而于时政，严加纠弹，或更扩充，及风俗。"①"新小说"从政治小说到谴责小说，尽管表现的内容在发生转变：政治小说总是惯于阐明未来的理想社会，告诉民众将来的理想国家应当是怎样的；而到了谴责小说，对社会、国家的愤怒、嘲讽使得小说表现出在"这样一个充满着愚昧和令人绝望的国家里，很难看到希望"②，它执着地告诉民众未来的理想国家不应当是什么样子的。但这种转变却非常契合 1897 年梁启超在《变法通议》中对小说的期待："上之可以借阐圣教，下之可以杂述史事，近之可以激发国耻，远之可以旁及彝情，乃至宦途丑态，试场恶趣，鸦片顽癖，缠足虐刑，即可穷极异形，振厉末俗。"③这恰恰说明谴责小说仍在延续前期的政治话语。

其他小说门类，如从西方引进的科幻小说、侦探小说，在引进、译介过程中，其价值就被一种政治视域所解读。鲁迅在译介《月界旅行》时，将小说的价值解读为"则必能于不知不觉间，获一斑之智识，破遗传之迷信，改良思想，补助文明"④，希望读者在激起科学兴趣下，重振中华民族国富民强的雄心，以此作为救国救民的有效途径。而译介的侦探小说，则被解读为改良群治、启蒙民众的利器："内地谳案，动以刑求，暗无天日者，更不必论。……泰西各国，最尊人权，涉讼者例得请人为辩护，故苟非证据确凿，不能妄入人罪。"⑤

另外，作为延续古小说传统的清末狭邪小说，虽然不属于晚清小说变革的范畴，但在"新小说"的影响下，也打起了政治启蒙的旗号，如《九尾狐》声称"洵足醒世俗之庸愚，开社会之智识"⑥，《九尾龟》也有意地模拟谴责小说写妓院，宣称"现在的嫖界，就是今日的官场"⑦。虽然这类狭邪小说并非真正建构起一套政治话语，却将小说的主旨附加在政治主题上，

① 鲁迅：《中国小说史略》，人民文学出版社 2007 年版，第 289 页。
② 费正清：《剑桥中华民国史》，上海人民出版社 1991 年版，第 489 页。
③ 梁启超：《变法通议·论幼学》，陈平原、夏晓虹编：《二十世纪中国小说理论资料》（第一卷），北京大学出版社 1997 年版，第 28 页。
④ 鲁迅：《〈月界旅行〉辨言》，陈平原、夏晓虹编：《二十世纪中国小说理论资料》（第一卷），北京大学出版社 1997 年版，第 67 页。
⑤ 周桂生：《〈歇洛克复生侦探案〉弁言》，陈平原、夏晓虹编：《二十世纪中国小说理论资料》（第一卷），北京大学出版社 1997 年版，第 135 页。
⑥ 灵岩山樵：《〈九尾狐〉序》，陈平原、夏晓虹编：《二十世纪中国小说理论资料》（第一卷），北京大学出版社 1997 年版，第 362 页。
⑦ 张春帆：《九尾龟》，柯文出版社 2001 年版，第 116 页。

将政治话语理解成一种流行元素渗透进创作中。

　　再如作为"晚清小说之末流"[①]的写情小说，尽管其中的男女情爱叙事与"新小说"宣扬的政治主张相去甚远，但小说家们还是力图将男女之情阐释进政治话语中，于是在《禽海石》中，作者虽然一再谴责自己的婚姻悲剧是孟夫子的一句"父母之命，媒妁之言"造成的，希望读者激起对礼教的挞伐，但在《弁言》中却将小说主题阐释为"读之而能勃然动其爱同种、爱祖国之思想者，其即能本区区儿女之情而扩而充者也"[②]这样的悖论。同样，《恨海》虽然讲的是两对青年男女之间的爱情悲剧，但作者却同样悖论式地将这种儿女之情纳入到时代政治话语中大加批驳："我说那与生俱来的情，是说先天种在心里，将来长大，没有一处不用着这个'情'字，但看他如何施展罢了。对于君国施展起来便是忠，对于父母施展起来便是孝，对于子女施展起来便是慈，对于朋友施展起来便是义。可见忠孝大节，无不是从情字生出来的。至于那儿女之情，只可叫做痴。更有那不必用情，不应用情，他却浪用其情的，那个只可叫做魔。"[③]此外，诚如前文论及的诞生于晚清"新小说"语境中的早期鸳蝴派创作，将言情统摄进国家、民族话语的叙述中，甚至到了民初的鸳蝴派创作，这种政治话语的渗入仍然清晰可辨。如《玉梨魂》讲述的是寡妇恋爱、男子殉情的爱情悲剧，可小说却将这种儿女之情附着到晚清的主流话语"国家"上："呜呼！男儿流血，自有价值，今梦霞乃用之于儿女之爱情，无乃不值欤！虽然，天地一情窟也，英雄皆情种也。血者，制情之要素也，流血者，即爱情之作用也。情之为用大矣，可放可卷，能屈能伸，下之极于男女恋爱之私，上之极于家国存亡之大。作用虽不同，而根于情则一也。故能流血者，必多情人，流血所以济情之穷。痴男怨女，海枯石烂，不变初志也，此情也；伟人志士，投艰蹈险，不惜生命者，亦此情也！能为儿女之爱情流血者，必能为国家之爱情惜其血者，安望其能为国家之爱情而拼其血乎？"[④]

---

① 阿英：《晚清小说史》，江苏文艺出版社 2009 年版，第 172 页。

② 符霖：《禽海石》，见吴组缃等编：《中国近代文学大系》（第 8 卷），上海书店出版社 1991 年版，第 860 页。

③ 吴趼人：《恨海·情变》，团结出版社 2009 年版，第 3 页。

④ 徐枕亚：《玉梨魂》，见《鸳鸯蝴蝶派作品珍藏大系》（第一卷），中国广播电视出版社 1998 年版，第 156、157 页。

二、晚清"新小说"政治话语的解构

（一）政治话语对小说娱乐功能的选择性排斥

晚清"小说界革命"以一种政治话语介入文学，造成传统文学格局调整的同时，也对古小说传统中的娱乐、消遣功能造成了一种有选择的遮蔽。传统小说作为俗文学具有通俗易懂和游戏消遣的特点，这两点相互依存，构成了"仅识字之人，有不读经，无有不读小说者"[①]的必要充分条件，但是晚清小说改革家所看重的却仅仅是其通俗易懂的特点，认为是通俗易懂的俗文学形式赢得了广大受众，并进而认为只要灌输正确的思想，就能教化广大民众、拯救危亡的民族。在这种政治性的解读中，传统小说的游戏、消遣功能显然不仅对政治宣传无益，反而会消解严肃的国族命题，理所当然受到了摒斥。因此，"新小说"家认为古代小说"其性质原为娱乐计，故致为君子所轻视，良有以也。今日改良小说，必先更其目的，以为社会圭臬，为旨方妙"[②]，政治视域使他们简化了古小说的俗文学传统，将"俗"仅仅解读为通俗的形式，而有意排斥了非严肃的娱乐、消遣功能。从"新小说"的创作来看，它试图用负载雅化内容的论辩、演说去冲淡讲求故事曲折、娱乐消遣的传统小说的"事学话语"[③]，这种政治话语在渗入晚清小说的各门类中，对小说的消遣、娱乐内容造成了排斥，于是作为晚清"新小说"模版的《新中国未来记》，连作者自己也感到"连篇累牍，毫无趣味"[④]，其他的如侠民的《菲猎滨外史》、陈天华的《狮子吼》等，说教堆砌冗长，情节叙述僵硬芜蔓，使作品的艺术力黯然失色。

在晚清小说家的政治策略下，"新小说"不但没有继承他们本要借重的传统小说的通俗特点，反而因负载论辩、演说等内容呈现出雅化倾向，这在阅读效果上就拒斥了大众，而且对传统小说"事学话语"的冲淡和对娱乐功能的排斥，都使他们与启蒙民众的初衷相背离。这反映出"新小说"家所面临的矛盾：既想利用通俗的文学形式，却又不自觉地走向雅化道路，

① 梁启超：《译印政治小说序》，陈平原、夏晓虹编：《二十世纪中国小说理论资料》（第一卷），北京大学出版社1997年版，第37页。
② 定一：《小说丛话》，陈平原、夏晓虹编：《二十世纪中国小说理论资料》（第一卷），北京大学出版社1997年版，第99页。
③ "事学话语"指涉传统小说以讲故事为中心的娱乐主义话语方式。
④ 梁启超：《〈新中国未来记〉绪言》，陈平原、夏晓虹编：《二十世纪中国小说理论资料》（第一卷），北京大学出版社1997年版，第55页。

拒斥了大众。据调查，这一时期"新小说"的读者并不是大众，主要是知识分子，因此"新小说"并没有真正地启蒙民众，所以梁启超不得不承认"小说界革命"的失败："近十年来，社会风气，一落千丈，何一非所谓新小说者阶之厉？"①

　　梁启超等人将"新小说"的读者定位于受启蒙的民众，但政治视域下的文学抉择却又将读者缩减到了知识分子阶层，这面临的实际上是日后中国现代文学发展中不可回避的文艺大众化问题。与晚清"新小说"一样，"五四"小说也面临大众化的问题，同样定位于启蒙大众，"五四"文学却反对小说的娱乐、游戏功能，彻底地将俗文学的两大特征——通俗易懂和娱乐消遣排斥掉了，走上了一条精英化的路线；虽然同晚清"新小说"一样背离了启蒙民众的初衷，却彻底与以娱乐、消遣为宗旨的鸳蝴派文学②划清了界限。而晚清"新小说"对俗文学功能理解的含混不清和暧昧态度，却为其内部"事学话语"的生长和娱乐主义的抬头提供了温床。

（二）娱乐主义话语对政治话语的消解

　　从小说史来看，晚清小说的主流是梁启超等人倡导的"新小说"，其特点就是强烈的政治话语介入，而到了民初，接续其成为小说主流或者说执掌整个文坛的是日后经过自身嬗变定型为以娱乐主义为标榜的鸳蝴派文学。这似乎是文学发展的两个极端，但"新小说"的演变却显示出其内部逐渐开始的一种缓慢蜕变过程，这一过程既是向传统小说以讲故事为中心的娱乐主义"事学话语"形式回归，又吸取了新的时代质素，从而为接续晚清"新小说"的鸳蝴派的发展、嬗变提供了一种资源及可能的生长路径。

　　对于晚清"新小说"家而言，他们并没有实现为小说设想的理想形态，"连篇累牍，毫无趣味"的焦虑心态使他们在无意识地向自己否定的古小说"事学话语"传统寻求帮助，以增加小说的故事性因素。但他们并未察觉这一对自身构成威胁性的力量，在日后适宜的条件下，它的生长将对"新小说"家的努力构成一种悲剧性的解构，于是才有了自觉实践"新小说"主张的吴趼人后来对小说娱乐、休闲倾向的忏悔："回思五六年中，主持各小

① 梁启超：《告小说家》，陈平原、夏晓虹编：《二十世纪中国小说理论资料》（第一卷），北京大学出版社1997年版，第511页。
② 这里的"以娱乐、消遣为宗旨的鸳蝴派文学"指1921年转型之后进入全新发展阶段的鸳蝴派，在本书第三章将有详细论述。

报笔政，实为我进步之大阻力；五六年光阴遂虚掷于此。"①

　　在向传统小说"事学话语"的靠拢中，尽管小说主题仍然设置为国家富强、民众开化，小说动辄掺入人物的大段说教，却加进了主人公立志干番事业，小人拨乱其中，恶人最终受惩的传统故事模式。最典型的如小说《黄绣球》，牵动读者兴趣的显然是黄绣球在兴女学过程中遇到的各种困难、小人黄祸的捣乱以及困难的排除，而不是黄绣球同丈夫的论辩、说教。"新小说"家的本意是引进故事性的因素以增加小说文本的可读性，进而实现政治宣传的主张，但在创作中却使得被排解掉的传统"事学话语"得以回归，从而与小说中的政论话语呈现鼎立之势，将读者的阅读兴趣都集中到了故事的趣味上。而且"新小说"家也未能将小人拨乱的传统故事模式，作出如"五四"小说那样适合自身文学思想的创新转化，于是读者在阅读中，一下子就复活了这种小人拨乱其中的传统叙事模式，对"新小说"做了一次失却本意的解读。因此传统的"事学话语"不仅未能成为"新小说"家的"他山之石"，反而消解了自身的政治话语，这不能不说是一次"失算"。

　　稍后作为"新小说"末端的谴责小说，在小说形式上接纳了一种小故事连缀的叙事模式，使以讲故事为主的"事学话语"成为了小说叙述的主要特色，小说中的政治话语不再表现为文本中的政论形式，而是呈现为揭露官场、社会腐败的主题。就谴责小说的创作而言，这种政治主题已不再带有"新小说"初期的激情和严肃，而是在内部生长出一种油滑的娱世倾向，如小说总喜欢以一种讲笑话的讽刺笔调讲述官场腐败，对人物的名字往往加以嘲讽的暗语，但这未能像传统讽刺文学《儒林外史》那样鞭及人物的灵魂深处，而仅仅浮之于油滑或者溢恶。鲁迅曾嗅到过这种文学的危机："虽命意在于匡世，似与讽刺小说同伦，而辞气浮露，笔无藏锋，甚且过甚其辞，以合时人嗜好，则其度量技术之相去亦远矣。"②他指出谴责小说尽管命意严肃，但因缺乏深度、迎合时人口味，最终与梁启超的主张打了个擦边球，而小说内部突显的"事学话语"和这种暧昧的文学观都暗示、迎合了小说的娱乐主义功能，从而对小说的政治话语构成了一种稀释。

　　另外，谴责小说家作为第一代职业小说家的身份已经有别于梁启超的政治家身份，虽然在小说主张上紧紧追随梁启超，但在创作上已经悄然变

① 吴趼人：《吴趼人哭》，魏绍昌编：《吴趼人研究资料》，上海古籍出版社1980年版，第266页。

② 鲁迅：《中国小说史略》，人民文学出版社2007年版，第289页。

化。首先，小说家的视域使得被规定了的政治话语形式开始转化为文学形式，这种转化表现为向传统小说"事学话语"的靠拢，于是可以看到晚清谴责小说所容纳的都是众多小故事，很少有直白的说教，尽管在内容上仍然是严肃的政治匡世主题，但是形式上的"事学话语"已经具备了向娱乐主义转化的可能。

其次，谴责小说家的新闻报人的身份也加速了向以娱乐为本的"事学话语"的蜕变，而背后的操控因素就是市场。在市场的运作下，小说家更多地考虑起了自身的生存与大众的口味，尤其是当小说在报纸上连载时，"这种连载以曲折紧张的情节线索的外在形式中断，来制造悬念，吸引读者，使人产生一种关心和参与意识"[1]，小说家必然要顾虑到如何讲故事。另外，有的学者曾指出谴责小说的"新闻化"[2]倾向，如吴趼人讲述自己的创作就是将搜集到的新闻连缀起来，以满足读者猎奇的口味，这对小说内部的政治话语来讲将是致命的消解，并且伴随着模式化的批量写作，晚清谴责小说逐步流于自动化，在经过短暂的繁荣后，除了被称许的《老残游记》，并没有留下真正意义上的经典。

（三）作为鸳蝴派生长资源的娱乐主义话语

晚清"小说界革命"与"五四"文学革命在众多方面具有相似性，从理论上讲，晚清"新小说"只是急于表达一种国家、社会的政治理念，"五四"小说将国家、社会的思考沉潜到了"人"的身上，去挖掘其灵魂的痼疾，它们更像是文学史上相互承接的链条，并表明没有政治启蒙的开路，思想启蒙将成为空谈。但小说史却表明了一种意外的断裂，即晚清"新小说"之后是以娱乐主义最终定型的鸳蝴派小说，1915 年梁启超在宣告"小说界革命"的失败时，也承认"海淫海盗"的鸳蝴派小说终结、扭转了代表文学发展大势的"新小说"："观今之所谓小说文学者何如？呜呼！吾安忍言！吾安忍言！其什九则海盗与海淫而已。"[3]诚如前文所论及的，与断裂的观点相反，恰恰是一种内在的延续使"新小说"与鸳蝴派文学接上了头。晚清"新小说"在不经意地借鉴传统小说观念、叙事手法，以及吸收新的时代质素中，逐渐悖论式地改变了小说在创立之初预设的政治功用及

---

① 张华：《论清末民初通俗小说的娱乐主义倾向》，《山东大学学报》2000 年第 1 期。
② 袁进：《中国小说的近代变革》，广西师范大学出版社 2009 年版，第 48 页。
③ 梁启超：《告小说家》，陈平原、夏晓虹编：《二十世纪中国小说理论资料》（第一卷），北京大学出版社 1997 年版，第 511 页。

内部的政治话语形式，走向了以讲故事为中心的娱乐主义的"事学话语"叙述，为鸳蝴派的生长、嬗变提供了重要的文学发展模式与资源。具体来说包括两个方面：

第一，这种卸载政治负担向文学本体靠拢的趋势，恰恰与日后鸳蝴派的创作特征呈现出一致性，或者说接续晚清"新小说"的鸳蝴派文学确实是按照文学本体的规律呈现并发展的，这也是文学在摆脱了过重的政治重负后的一种反驳与良性循环。需要注意的是，这种"去政治话语"的回归文学本体的努力，并不以否定启蒙、救亡或者其他价值指向的国族话语及其面相为前提。从鸳蝴派的创作来看，他们所擅长的叙事使得这种国族话语的表达能够以文学化的面貌呈现，因此这并不妨碍其所包含的国族话语叙述及其面相的呈现。

第二，由晚清"新小说"发展出来的以讲故事为中心的"事学话语"，显然成为了鸳蝴派的重要叙述特征，因此很多研究者认为，晚清吴趼人创作的写情小说《恨海》是鸳蝴派的滥觞，而且在民初鸳蝴派的创作中都非常重视故事的叙事及小说的情节发展，并逐步呈现出一种不可避免的娱乐主义倾向。如这一时期的小说征稿开始突出"情节则择其最离奇而最有趣味者"[①]，诚如本书第三章将要论述的，随着全新语境中商业市场因素的侵扰，以及"共和"语境的远离等诸多内外因素的影响，以"事学话语"为基础、发展至极端的娱乐主义话语最终成为1921年后鸳蝴派的唯一标榜。在这里同样需要注意，其一，这种娱乐主义话语并非一开始就浓郁地呈现出来，它也有其自身生长的环境与逐渐递增的线索及脉络；其二，鸳蝴派的发展，特别是定型之前，并非仅有娱乐主义话语延展的一条脉络，它同样也存在接续晚清"新小说"的国族叙述话语、民国"共和"语境中新生成的国族话语的发展脉络，而且几条脉络之间又夹杂着在民初语境激烈动荡中此消彼长的存在模式。因此，晚清"新小说"中政治话语的消解，及其生长出来的带有娱乐主义倾向的"事学话语"仅仅为鸳蝴派的发展提供了一种文学资源，或者说是可能的发展路径，它并不能单纯地决定鸳蝴派的最终面貌。

---

① 小说月报社：《〈小说丛报〉特别广告》，陈平原、夏晓虹编：《二十世纪中国小说理论资料》第一卷，北京大学出版社1997年版，第419页。

第二章　戏讽与哭悼：民初中期鸳鸯蝴蝶派的两种"表情"

鸳蝴派在经历了《妇女时报》与《小说时报》的滥觞期后，大约在民国最初几年（1913—1914 年左右），它的发展面貌在保持多元丰富性的同时，又为之一变，表现出与晚清"新小说"相异的民国"共和"语境影响下的浓郁的民族国家叙述话语及其面相。总体而言，这种国族面相表现为两种截然相反的话语方式与文本情感色彩，它们分别集中地呈现在这一时期鸳蝴派的代表性期刊《自由杂志》与《民权素》中。

第一节　觉世大文杂滑稽，唤醒人间百万迷

一、以觉世为旨归的戏讽话语方式

《自由杂志》月刊创刊于民国二年（1913）九月二十日，由鸳蝴派大家童爱楼担任主编，申报馆负责发行，但是刊物仅仅出了两期就湮灭了踪迹。从其刊载的作品来看，大都艺术性不高，这令其在鸳蝴派的整体场域中很难拥有自己的立足之地，就其研究价值来讲，也不适合作为鸳蝴派研究的个案。但是如果换个角度来看，即抛开其作品质量不论，而是考察其刊载了哪些内容，这些内容又是以怎样的叙述方式呈现出来，那么，《自由杂志》在鸳蝴派的整体场域中，特别是在这一时期鸳蝴派的建构中，必定是要占有一席之地的。尽管它只有短暂的两期，却形成了自身的独特风格，这种风格与其话语叙述方式成为重新标注这一时期鸳蝴派面相的一个重要依据。

（一）鸳蝴派期刊中戏讽话语方式的预设

从仅有的两期《自由杂志》来看，其最大的特色，用其自身的话来讲就是"滑稽""诙谐""游戏"。表面看来，这应当成为这一时期鸳蝴派娱乐主义面相的最直接证据，然而恰恰相反，它所言说的"游戏""滑稽"等戏谑话语却带有强烈的劝讽色彩，是直接通向"救世"与"觉世"的。如其《序》中所言：

> 或谓《自由杂志》不过一种游戏文字耳，何以能倾动当世如此？且日刊于《申报》者，连篇累牍，亦已足矣，又何必杂志为哉？予曰："恶，是何言？《自由谈》者，救世文字而非游戏文字也。虽或游戏其文字，而救世其精神也。慨自时局纷乱，约法虚设，所谓言论自由者，孰则能实践之？或狗于党见，或困于生计，或屈于威权，虽有慷慨激昂之士，欲为诛奸斥佞之文，在世所不能，在情有所不便，乃不得已而托于游戏文字，以稍抒抑郁不平之气，而彰善瘅恶之义务，亦于是乎尽。此《自由谈》之所以见重于社会，《自由杂志》之创议，所以深荷诸文家之期许也。夫不名《游戏杂志》，而名《自由杂志》，命名之意盖谓忠言谠论。[1]

据杂志的参编者王钝根讲，刊物的最初创办是想"集《自由谈》之大成"[2]，即将《申报·自由谈》仅能刊发的"十之八"文章之外的"十之二"全部转移到《自由杂志》上，使其延续、继承《申报·自由谈》的"救世"精神和"游戏文字"的话语方式，并且他们对这种特定话语方式的意图作了明确、翔实的说明：

> 常人之情，每恶直谏，而未尝不纳微讽。《自由杂志》多淳于滑稽之词，寓皮里阳秋之意，使恶根未固者读之，一拊掌间，不觉已开从善之机。即使神奸巨憝读之，亦惟付之一笑，断不致老羞变怒，遂切齿痛恨于作者，必欲得之而甘心也。今者《自由杂志》出版矣，行见词锋所及，贪者廉，儒者立，富贵骄人者自觉其卑，酒色沉湎者自笑

---

① 王钝根：《序一》，《自由杂志》第1号，1913年9月20日。
② 同上。

其惑，是则诸文家之愿力入人者深，而亦读《自由杂志》者之慧力，能大澈悟也。苟不然者，其人必为顽梗不化之徒，《自由杂志》且不足以动之，无望于其他之严词庄论矣。[1]

其中，主编童爱楼在为《自由杂志》的《祝诗》中也鲜明地指出了这种"游戏文字"的"救世"宏旨：

> 贾谊上书真痛哭，都付文通笔一枝。觉世大文杂滑稽，唤醒人间百万迷。
> 现身说法学生公，大功刚在立言中。文章笑骂骂文章，故翻格调学东方。
> 东坡说鬼妄言之，翻新花样脱恒蹊。三峡词源未易穷，滋味酸醎试细尝。
> 梦泡世事瞬千变，要凭一管生花笔。别得巍巍铜像铸，欲把诙谐当药石。[2]

不惟此，尽管王钝根在《序一》中竭力将这种刻意设定的戏谑话语与单纯游戏、娱乐、消遣的软性话语区分开，甚至明确说明"《自由杂志》之创议，……夫不名《游戏杂志》，而名《自由杂志》，命名之意盖谓忠言谠论"[3]，言外之意，即如果存在名为《游戏杂志》的期刊，那么它的办刊方针将与"忠言谠论"的宗旨完全相左。但构成悖论的是，由其本人与天虚我生（陈蝶仙）共同主编的《游戏杂志》，在论及刊物的宗旨时，不但重新界定了"游戏"的严肃内涵，也为其找到了丰富的历史依据：

> 不世之勋，一游戏之事也；万国来朝，一游戏之场也；号称霸王，一游戏之局也。楚汉相争，三分割据，及今思之，如同游戏；宋金互斗，半壁东南，及今思之，如同游戏；克复两京，功高盖寰宇，及今思之，如同游戏；茅庐三顾，鱼水君臣，及今思之，如同游戏。况真有广寒听法曲，烽火戏诸侯之帝王也哉！考韩柳奇文，喻马说龙，游

---

① 　王钝根：《序一》，《自由杂志》第 1 号，1913 年 9 月 20 日。
② 　童爱楼：《〈自由杂志〉祝诗》，《自由杂志》第 1 号，1913 年 9 月 20 日。
③ 　王钝根：《序一》，《自由杂志》第 1 号，1913 年 9 月 20 日。

戏之笔也；良平妙策，鬼神傀儡，游戏之战也。风轮火琯，纵横九万里，其制作之始，不过游戏之具而已。祖德宗功，上下五千年，其肇造之初，不过游戏之偶而已。由是言之，游戏岂细微事哉？顾游戏不独其理极玄，而其功亦伟。邹忌讽齐王谏也，宋玉对楚王问也，或则战胜于朝廷，或则自宽其谴责。其余如捕蛇者说，卖柑者言，莫不藉游戏之词，滑稽之说，以针砭乎世俗，规箴乎奸邪也。然此亦非易言也，尽有如香薰班马，而不能一下游戏之笔者。盖知臣朔诙谐，亦别有过人处在也。

据郑逸梅在《民国旧派文艺期刊丛话》中介绍，《自由杂志》"只出二期，时期在一九一三年九月至十月，后改组为《游戏杂志》"[1]。于是，我们看到在《游戏杂志》中同样设定、延续了与《自由杂志》毫无二致的、以"忠言谠论"为本的、"针砭乎世俗，规针乎奸邪"的戏谑话语方式，也可称之为戏讽的话语方式：

> 当今之世，忠言逆耳，名论良箴，束诸高阁，惟此谲谏隐词，听者能受尽言，故本杂志搜集众长，独标一格，冀藉淳于微讽，呼醒当世。顾此虽名属游戏，岂得以游戏目之哉？且今日之所谓游戏文字，他日进为规人之必要，亦未可知也。余鉴于火琯风轮之起点，宗功祖德之开端，而知今日之供话柄驱睡魔之《游戏杂志》，安知他日不进而益上，等诸诗书易礼春秋宏文之列也哉？[2]

如果说这种戏讽的话语方式呈现在《自由杂志》或者拥有相似编辑队伍的《游戏杂志》中，仅仅是一种体现主编意志的个人行为，那么这种戏讽的话语方式为这一时期的鸳蝴派文人及期刊反复提及，就显得异常特殊。如1914年创刊的《眉语》在其《宣言》中称"锦心绣口，句香意雅，虽曰游戏文章、荒唐演述，然谲谏微讽，潜移默化于消闲之余，亦未始无感化之功也"[3]；同年创刊的《中华小说界》在其《发刊词》中称小说"诙谐嘲

---

① 郑逸梅：《民国旧派文艺期刊丛话》，魏绍昌：《鸳鸯蝴蝶派研究资料》（上卷），上海文艺出版社 1984 年版，第 373 页。
② 童爱楼：《〈游戏杂志〉序》，《游戏杂志》第 1 期，1913 年 11 月 30 日。
③ 《宣言》，《眉语》，第 1 卷第 1 号，1914 年 10 月。

讽，本乎自然，熏刺浸提，极其能事"①；1915 年创刊的《小说新报》在其
《发刊词》中也称"实警世觉民，有心人寄情之作也……逞笔端之褒贬，作
皮里之阳秋；借乐府之新声，写古人之面目"②，等等。即便在同一鸳蝴派
期刊中，这种戏讽的话语方式也得到了以刊物为中心维系的鸳蝴派作家群
的共同认可，如《游戏杂志》中，除了主编王钝根的大力声张之外，这种
言说方式也自觉地被其他鸳蝴派文人所推崇，如在《游戏杂志》的《祝词》
中，他们写道：

> 美雨欧风近，中原古调稀。斯文存国粹，一字一珠玑。
> 吾儒行乐事，诗赋曲文词。大道微言见，非关独解颐。
> 慨叹生悲愤，诙谐发性情。琳琅光满纸，妙手夺天成。
> 问天天不语，斫地地无知。赢得生花笔，风骚赖主持。
> 江海英华苹，古今闻见多。文章关性命，风雨好磋磨。
> 游戏文章妙，庄周有寓言。依人还作赋，我自感王孙。③

> 滑稽篡入龙门笔，九百虞初瓠史祥。舌粲青莲心七窍，语言之妙
> 胜君房。
> 文成嬉笑拟东坡，谁解杨修绝妙辞。五寸渴龙浓墨蘸，砚池涓滴
> 即天池。
> 东方文史足三冬，饤饾侯鲭等附庸。旧铁烂铜非弃物，笔参造化
> 一炉熔。
> 官场鬼蜮真堪哂，时局蜩螗更不支。腕下疾书惊腕脱，折肱三次
> 总良医。④

此外，在《游戏杂志》第一期中刊载了笔名为"我恨"的一篇与期刊
同名的短篇小说《游戏杂志》，小说的重心并非放在叙事上，而是着重传
达"我"投稿给《游戏杂志》，面对旁人的批评："现在时局如此的乱，国
家和人民如此的贫弱，你有此工夫，不做几篇有用的文章，提撕政府，激

---

① 瓶庵：《发刊词》，《中华小说界》第 1 期，1914 年 1 月 1 日。
② 李定夷：《发刊词》，《小说新报》第 1 期，1915 年 3 月。
③ 刘明璞：《〈游戏杂志〉题辞》，《游戏杂志》第 1 期，1913 年 11 月 30 日。
④ 冰盦：《祝〈游戏杂志〉出版》，《游戏杂志》第 1 期，1913 年 11 月 30 日。

励民气，却在此做那游戏的勾当，岂不浪费笔墨，辜负韶光吗？”①“我”是如何辩驳的，由此小说中出现了大段的独语：

你还不知道现在那些自称言论家的几千百万，要找一个大公无私的人，实在比那缘木求鱼，恐怕还要难些。他们满口的国利民福，说得天花乱坠，你若细察他的用意，不是谄誉一人，即是互争私见，况且有些人受了金钱的魔力，他的论调便渐渐地更改了。你想此等言论，到底有什么价值？对于国民，有什么益处？不要说我没有他们那样资格，即便是到了他们的资格，我也不屑去做他们的事，倒不如写几篇小说解解寂寞。我看世界上的文字，还是那些小说中的言语，很有些良心道理。②

与其说这是一篇小说，倒不如可以直接看作是对《自由杂志》《游戏杂志》的《发刊词》及《序》诠释与补充的文章。诚如作者“我恨”所言，所谓“提撕政府，激励民气”的“有用的文章”反而是最没有什么价值的，这样看似“浪费笔墨，辜负韶光”的“游戏的勾当”却“很有些良心道理”，这些“良心道理”即王钝根所言的“托于游戏文字，以稍抒抑郁不平之气，而彰善瘅恶之义务”③，从而表现出强烈的民族国家意识及其面相。

（二）鸳蝴派创作中的戏讽话语方式

这种独特的戏讽话语方式不仅呈现在鸳蝴派文人的办刊宗旨、文学主张的言说中，在其杂志刊载的各类文章及小说创作中，也鲜明地体现了这种“很有些良心道理”的戏讽话语方式。如《自由杂志》中，作为其重头戏的“游戏文章”及“小说丛编”栏目，其宣称的“游戏”一词，显然不是指诙谐、幽默的轻松文学，这并不同于稍前的《小说时报》中登载的各类游戏文章、滑稽问答，如：

第一问：语云思想者事实之母也，敢问其父在何许？
第二问：0者，奇数乎？偶数乎？
第三问：热心有若何度数始达沸点？

---

① 我恨：《游戏杂志》，《游戏杂志》第1期，1913年11月30日。
② 同上。
③ 王钝根：《序一》，《自由杂志》第1号，1913年9月20日。

第四问:"嬲"字不坏乱风俗乎?
第五问: 眉语之声音若何? ①

而是表现出了对现实的不满与愤怒。从文章及小说嘲讽的内容来看，主要
分为两类。一类是讽刺社会积习的沉愚浑噩与人心的麻木颓败，如《说辫》
（秃发生）讽刺现代文明世界依然有人以留"豚尾"为荣；社会小说《钻
石戒》讽刺社会人心的贪婪，以及嫌贫爱富的势利之态；《米蛀虫传》（爱楼）
嘲讽"从事商贾，工心计，善龙断术，其于谋利时，只愿肥己，于人虽眼
见其饥饿已死，不顾也"②的"米蛀虫"，值辛亥水灾之时，广囤米石，大发
国难财，这种发指的行为也令叙述者突破一以贯之、假想的戏谑叙事形式
或"叙事圈套"，以全知叙述者的身份进行干预，即如布斯在《小说修辞学》
中所言及的以提供事实、"画面"或概述，塑造信念，把个别事物与既定规
范相联系，升华事件的意义，概括整部作品的意义，控制情绪，直接评论
作品本身等叙述者评论方式③，来表达自己的愤懑："饿死千万人，君为敌国
富，于心安乎？"另一类则是讽刺现实政治的荒谬、虚伪，以及专制、腐
败统治下的民不聊生，如《木乃伊制造厂简章》（髭）中，"因见沪上米价
日昂，人口日众"，竟然想出"非多制木乃伊以减少人口，必不能抑米价而
疗民贫"的救世之法，同样在表面戏谑的背后却渗透着对民生的心酸与无
奈；《大元帅小传》（剑秋）中，在革命中临阵脱逃的大元帅，转瞬之间跻
身为"一品大百姓"；又如《手枪炸弹合上贪酷官吏书》（爱楼）中，仍然
无法阻止全知叙事者跳出戏谑的"叙事圈套"直接进行叙事干预，甚而变
为对贪官酷吏、现实政治的控诉与咒骂：

　　贪刻殃民，岂少其吏？考朝廷置官，原为安抚士民而设，何诸公
作吏，俱思图维利禄而来？碌碌庸庸，已难免尸位素餐之诮，营营亟
亟，却都为家园田宅是谋。其甚者添专制之羽翼，作权门之爪牙，助
焰成灾，为虎作伥，卖路卖矿卖国，目中竟无一人，保爵保禄保家，
心内想有千载，视子民若仇敌，惧邻国如天神，防家贼百万雄兵，势

---

① 　《滑稽问答》，《小说时报》第 1 年第 2 号，1909 年 11 月 13 日。
② 　爱楼：《米蛀虫传》，《自由杂志》第 1 号，1913 年 9 月 20 日。
③ 　〔美〕W·C·布斯：《小说修辞学》，华明、胡晓苏、周宪译，北京大学出版社 1987 年版，
　　第 189—235 页。

如泰山压卵，对外侮数千残卒，心似败叶惊风，其事可哀，其情亦可嗤矣。

这种对现实纷乱政局无奈与失望的戏谑与嘲讽，同样延展到了《自由杂志》之后的《游戏杂志》中。如《游戏杂志》第一期《滑稽文》栏目中的《新方言诠释》，作者以"方言一物，词极鄙俚，然往往有至理存焉，客窗多暇，因取吾乡通行之方言，诠以近事"①：

> 项子石白做戏，吃力弗讨好——临时期内之政府；
> 丈母看女婿，越看越有趣——岑春煊之慕总统；
> 四金刚腾云，悬空八只脚——国务员之大政方针；
> 船头上跑马，走投无路——乱党之东逃西窜；
> 大清律例做衣裳，满身是罪——李烈钧与黄兴诸人；
> 张果老倒骑驴，不见畜生面——中西侦探捕陈其美不得；
> 黄狼躲在鸡棚上，弗偷鸡也是偷鸡——国民党人之于乱事；
> 和尚拜丈母，第一次——中华民国之正式总统；
> 叫花子发恢，穷开心——各省庆贺双十节；
> 黄连树下弹琴，苦中作乐——南京人之庆贺双十节；
> 乡下人看走马灯，又来了——逃官之赴任；
> 尼姑养儿子，众人相帮——中国此次平乱；
> 蜻蜓撞石柱，动也不动——江苏人之攻张勋；
> 千里送鹅毛，礼轻情重——各国之正式承认；
> 六指头搔痒，格外讨好——窜绅之恭维张勋。

再如滑稽小说《床笫戒严》（严独鹤），以家庭生活、夫妻房事调侃当今政局，令读者啼笑皆非。小说叙述"某士人娶妻美，伉俪情深，枕席间无虚夕"②，在"熊梦既叶，蚌珠渐胎"后，妻子以"胎教不可不遵也"，决定"床笫戒严"，但之后的"解严令之颁布，何迟迟乃尔"，妻子以现实为喻："戒严容易，解严难，君试观今日军政，便当领悟，且即解严以后，亦

---

① 剑秋：《新方言诠释》，《游戏杂志》第1期，1913年11月30日。
② 独鹤：《床笫戒严》，《游戏杂志》第2期，1914年1月。

须好自为之，否则恐解严未久，又须戒严。"之后，妻子误以为再次怀孕，一番戒严、解严的折腾后，她又以"军政"为喻："日下凭模糊影响之谣传，而宣告戒严者多矣，当其戒严之际，往往徒事张皇，何尝侦得实据？我此次宣告戒严，亦鉴于前次之演成事实，特为思患预防之计，其划策固与若曹等耳，乃不足子所乎。况我既说解严，即实行解严，求之今世，已为难得，倘效手握军符者之所为，明言解严，暗中依旧戒严，为君计者，又将奈何？"于是士人叹曰："居今之世，只有得过且过，吾亦不愿与卿哓舌，且寻取眼前解严之乐趣可也。"在一番充满家庭谐趣的话语中，时时处处涵纳着对政局的不满与无奈。

还有滑稽文《墨西哥总统致中国总统书》（剑秋），以毫无二致的墨西哥政局与总统专制比称中国政坛："贵国于革命之后，乱机未息，而参众两院，反对党亦占多数，与敝国如出一辙。"且墨西哥总统现身说法，为自己辩护："国会为反对党所踞，时时与仆龃龉，甚且攻击阴私，……而一百四十名议员，执而置之犴狴之内，非仆之敢冒不韪，实有所不得已也。乃局外不察，妄相非议，指为手段太辣。"与此相比，中国总统有过之而无不及："足下已步我后尘，将两院之国民党议员一律驱逐，有解散国会之实，而不负解散国会之名，其手段实高出于仆万万，安得不令人五体投地耶？"[1]以此达到讽刺的极致。且此篇在文末标注为"不受酬"，更可以看出作者并非以市场、盈利为旨归，更多地是为了宣泄对世道的愤懑。

实际上，在清末民初文人逐步走向卖文为生的职业化道路中，鸳蝴派构成了这一进程中的重要一脉，鸳蝴派作家本人曾言说过这种卖文为生的职业方式选择对于维系他们日常生活的重要性，但是回归文学现场，我们却又可以找到众多作家并非完全以商业市场为导向、以卖文为谋生手段的创作意图。尤其在民初，"不受酬"的字样频繁地出现在鸳蝴派杂志所刊载的文章、小说末尾，包括被学界公认的迎合市民大众口味的《礼拜六》杂志，其标注的"不受酬"字样更是多的惊人。甚至众多鸳蝴派期刊在其《征文条例》中都频繁地将这种情况作特别说明："不愿受酬者，请于稿末注明，恕不奉酬"[2]，"有不愿受酬者，请于稿尾注明，当酌赠本局书券或本

---

[1]　剑秋：《墨西哥总统致中国总统书》，《游戏杂志》第 1 期，1913 年 11 月 30 日。

[2]　《征文条例》，《游戏杂志》第 2 期，1914 年 1 月。

报若干期以答高谊"①，可见其作为一种独特的投稿约定方式带有一种普遍性。虽不能将之都归入对世道、政局愤懑宣泄的意图中，但"不受酬"的出版方与版权方（创作方）的独特约定方式，却使这种创作撇远了以市场盈利为导向的卖文写作方式，反而更接近于一种传统士人关心时弊、有为而作的创作意图。所以对于这一阶段的鸳蝴派作家而言，是不能以"卖文为生"对他们的写作、生存方式进行笼统概括的。

另外，从作家的讽刺艺术手法来看，他们或者巧妙地利用各种论说体及应用文体，如说、檄、传、函、状词、公呈、广告、简章等，集嬉笑、荒唐、鬼趣于一炉，在故作严肃状的文章表面之下按捺不住嘲笑、怒骂的强烈情绪冲动。或者以水族、鬼域、神界，以及拟幻的异域世界为喻，影射当下的现实世界，如《水族革命记》②（爱楼）以水族隐喻现实世界的政治高压，在极端专制的恶劣境遇下，水族成员纷纷举起革命的义旗，要求立宪或共和；《吕洞宾辞谢嫦娥邀赏桂书》（王钝根）以神话人物喻腐败的政府官员；滑稽小说《佛国立宪》以佛国国王伪政欺人，重敛财税，引起包括孙行者在内的诸仙的不满，逼迫国王发罪己诏，实行立宪以赢得民心，来指陈现实的专制；小说《痴人梦》（钝根）以拟幻异国的文明、平等、人民为国家之主人翁的体制，强烈对比主人公某生所在的皇帝专制之中国，这样的乌托邦想象又何尝不是蕴涵着作者对现实的强烈不满；《城隍移阳世各府州县文》（夺）以鬼域的鬼满为患，喻指现实"近患水灾，饥民嗷嗷，无从得食"③，其中对阳世的诸大善士"不惜减损游宴之资，广购冥锭冥宝，焚运鬼国"，不问苍生问鬼神的冷血行为极嘲讽之能事："（饥民）咸投敝属，饱受甘露，庶不负诸善士未事人先事鬼之苦心，更足答众僧道哓其音痒其口之劳瘁"。或者以寓言，如《辫子留别眼耳鼻舌书》（爱楼）用拟人的笔法写改朝换代后的割辫之事，这种戏讽味道体现在象征着愚蒙、专制、奴隶文化的"辫子"居然煞有介事地与其他五官告别："回忆二百来相交之谊，能不令人依依作儿女态乎？"④ 在这种反讽的寓言写作中，渗透着作者

---

① 《本社征文条例》，《小说季报》第 1 集，1918 年 8 月 1 日。

② 同名文章也出现在《民权素》第 1 集，作者徐枕亚在文中言："哈哈，世界著名凉血动物居然也要革命，革命居然成功，……嗟尔水族，汝等脱离龙王之专制，不知又人于暴鲸之口矣，欲享共和幸福，岂非梦想？吾不禁望洋向若而叹耳。"

③ 夺：《城隍移阳世各府州县文》，《自由杂志》第 1 期，1913 年 9 月 20 日。

④ 爱楼：《辫子留别眼耳鼻舌书》，《自由杂志》第 1 期，1913 年 9 月 20 日。

对百年愚钝积习的沉重嘲骂与对蛮族统治终结的庆幸。或者采用一种正反倒置的反讽叙事策略，如《戏拟代政府讨革命党檄》（省吾）以反讽的笔法，将正义方与反动方换置，讽刺专制政府对党人的镇压；《中国麻雀大学校招考简章》（培基）模拟一般教育学校的招考简章，却"以振兴赌业，养成一般高等人才为宗旨"[①]。不惟此，那些藏污纳垢之业，包括众多妓女、嫖客们都纷纷走到台前，煞有介事地大放厥词，为自己诉苦、正名，不惜为这个令作家们失望至极的社会、现实再抹上腌臜的一笔。这种反讽的笔法与日后的娼门小说《北里婴儿》（毕倚虹）、《娼门红泪》（何海鸣），以及20世纪30年代周天籁创作的《亭子间嫂嫂》中浸透着妓女的辛酸、挣扎、无奈相比，形成了本质的区别，同样是指陈现实、关心世道，却"同途殊归"，语境的差异，尤其是民初强烈的现实冲击，让他们将满腔愤懑化成了嬉笑怒骂的"游戏之文"。

值得注意的是，正是在这一出出啼笑皆非的荒唐闹剧中，作为对现实有着积极干预、人文关怀，却又面临浑噩的现实与理想形成巨大反差的一代文人，不仅包括《自由杂志》《游戏杂志》的作家群，同时也包括下文将要论述到的《民权素》的作家群，在狂笑与恸哭的强烈情绪势能的宣泄中，阴鸷的"鬼蜮"意象开始浮现在他们的文学世界里，众多作家都频繁地使用"冥王""鬼国"等词汇。在这里，本具有分割阴阳生死的语词却与现实相叠合，使读者分不清何谓人的世界，何谓鬼的世界。如现实中的权贵王臣可以自由出使鬼国，商讨如何订立阴阳边界的问题，并用锡箔贿赂鬼官，得地数万，以此为自己邀功（《戏拟鬼国大臣奏报划界情形折》）；庸医误人性命，却为鬼国增添人口，得到了冥王的答谢函（《冥王谢庸医函》）。由此看来，在作家的笔下，人、鬼两界成为了同一时空下的两个国家，进而被塑形为人国是痛苦不堪的渊薮，如庸医误人、官场贿赂成风、民心道德沦丧，而冥界却成为理想的极乐世界，其带有"鬼国"特征的狂欢及繁华景象与现实人国的凄凉形成鲜明的对照：

> 循例于七月初一日起开卖夜茶，佐以改良厌世滩簧，磷光活动影戏，并在血污池中备有灯船一艘，奈何桥上悬挂鬼灯笼数百盏，点缀极称美备，又于孟婆亭，设有西式大餐馆，望乡台上施放登州磷光五

---

① 培基：《中国麻雀大学校招考简章》，《自由杂志》第2期，1913年10月20日。

色烟火，从生死关至枉死城一带，黄泉路上有日游神、夜游神巡逻其间，入园门有黑、白两无常及勾魂摄魄使者为之招待宾客。

——《戏拟鬼国新开夜花园广告》（爱楼）①

徐家汇有夜乐园焉，乃人鬼莫别之区也。逢中元，例开盂兰盆会，既列古玩，复呈百戏，兔月渐升，羊灯已点，但见鬼影幢幢，鬼声许许，鬼志百出，鬼计多端……聚而相悦，车水马龙，彻夜不歇，今时犯寒露以寻欢，他日同孤魂而入席，香乎？烟乎？灯乎？月乎？人乎？鬼乎？夜乎？日乎？乃是糊涂涂之一幅鬼趣图。

——《观夜乐园新焰口台记》（爱楼）②

于是，现实中罹患水灾，无以为食的难民竟然"以生为苦，视死如归"，纷纷逃向鬼国避难，致使冥界"有鬼满之患"（《城隍移阳世各府州县文》），甚至这些因富人恶意囤米而饿死的冤鬼们将惩恶扬善的希望寄托于冥王（《饿死鬼控谷米囤户于冥王状词》《冤死川民哭诉阎王公呈》）。用如此的笔法去写鬼域，虽同样出于一种逆向思维，并增添了不少人间的热闹气息，却不似日后鲁迅笔下"可怖而可爱的无常"③，让你觉得"要寻真实的朋友，倒还是他可靠"④，而是在令人发笑的同时又陷入了沉重的深思中，戏谑的背后不减一丝的阴鸷恐怖，阴阳两界的混同标示着生死界限的不明，在戏谑与狂欢中，他们分明为现实、为浑噩的政治、为理想的覆灭写下了一份沉重的悼词。可以说这些游戏文、小说，尽管艺术性不高，却寄予了作家们的深刻生命体验，他们用滴血的笔抹出了一个接一个带着愤怒的文字。

（三）鸳蝴派戏讽话语形式的晚清溯源及其流变

鸳蝴派的"游戏之文"，即戏讽的话语方式呈现出作家们对现实进行积极干预的入世心态，这也使这一时期鸳蝴派的发展表现出强烈的国族话语及其面相。在论及这种以觉世为旨归的戏讽话语方式的突显时，一方面，我们认为独特的时代语境与作家体验相契合，使他们找到了一个适合表达、言说自身的突破口，另一方面，从文体特征来看，它又难以切断从晚清至

① 爱楼：《戏拟鬼国新开夜花园广告》，《自由杂志》第1期，1913年9月20日。
② 爱楼：《观夜乐园新焰口台记》，《自由杂志》第1期，1913年9月20日。
③ 鲁迅：《无常》，《鲁迅全集》第二卷，人民文学出版社2005年版，第281页。
④ 同上书，第282页。

民国的纵向文学发展链条。

实际上，这种戏讽的"游戏"笔法从晚清的小报及小说期刊中便可寻觅到某些踪迹，如晚清《游戏报》就明确地提出一种"隐寓劝惩"的戏讽笔法，即"或托诸寓言，或涉诸风咏，无非欲唤醒痴愚，破除烦恼，意取其浅，言取其俚，使农工商妇人竖子，皆得而观之"①，而这种笔法的提出则是源于"朝政如是，国事如是，是犹聚暗聋跛躄之流，强之为经济文意之务，人必笑其迂而讥其背矣。故不得不假游戏之说，以隐寓劝惩，亦觉世之一道也"②。之后的《新小说》杂志在第四号中曾开设了一个栏目，称为"游戏文章"，它的特点是：其一，借助于传统文学中的"文章"概念，即突出其散文而非小说的文体特征；其二，主旨并无微言大义，在笑谈、谐趣中突出一种轻松的娱乐之风，但这也并不排斥掺杂有对某些社会现象、守旧事物、社会积弊的嘲讽话语，如其刊载的文章《守旧鬼传》，就侧重突出中国近现代化背景中旧文化的愚钝可笑。紧随其后的《月月小说》杂志则开始由"新民"向娱乐、趣味化的办刊宗旨转型，这从其栏目设置中便可见一斑，如吴趼人主持的"俏皮话"栏目，与先期《新小说》的"游戏文章"相比，其文体特色被淡化，甚至很难称之为"文章"，而是衍生出一篇篇形同短制的微型笑话，在不断扩张的娱乐、游戏之风中，它依然部分保留了对社会恶习指陈的延续。如《指甲》叙述"一人蠢如木石，几于饥寒饱暖都不辨，死后，见阎王，阎王怒其无用，欲罚入畜生道中，又以其生平无大过恶，乃罚使仍得为人身之一物"③，于是被罚做了人的指甲，而且是"中国人的指甲"，因为"遇爱惜者，可长至数寸，纵不然，亦可长至数分，总算一个出头之日，若落在外国人手里，则怕用刀剪去，永无出头之日了"；再如《野鸡》中言说"鸡"一词，从"有文采之物"衍生为"流娼"的代称，但是当今之世依然有二品官绣之，以为补服，所以被称为"野鸡官"。如此以娱乐、趣味打底，夹杂社会时弊指陈的"游戏文章"，其文类特征的形成显然与晚清的文体革命，尤其是"小说界革命"有很大的关联，即小说代替文章居于文类的中心，而作为传统中心文类的"文章"被边缘化了，于是相应文体的传统功用在一定程度上也被置换，即作为娱乐、消遣的传统小说被提升为救国、新民的万能武器，而作为"经

① 《论〈游戏报〉之本意》，《游戏报》第63号，1897年7月28日。
② 同上。
③ 《指甲》，《月月小说》第1期，1906年9月15日。

国之大业，不朽之盛事"的传统文章则开始被赋以娱乐、游戏的功能，于是过渡时代特有的这一类文体及其叙述特征被延续下来，"游戏文章"顺理成章地为这一代鸳蝴派作家所自觉承续，所以在民初的《自由杂志》《游戏杂志》等鸳蝴派期刊中可以看到具备传统文类特征的"文章"呈现出浓郁的"游戏"性，同时这一戏讽的"游戏"笔法也渗透进了鸳蝴派的小说创作中。此外，鸳蝴派作家又添加进了自身在民初"共和"语境中的复杂体验，在此基础上，以游戏、趣味等形式指陈现实、以觉世为旨归、熔铸作家独特体验的鸳蝴派戏讽话语方式诞生了。

需要注意的是，以戏讽话语方式为表征的国族面相仅仅是这一时期鸳蝴派发展的一个主流面相和阶段性特征，它并非是一成不变的。汤哲声先生在将这种"游戏"文章及小说涵纳进"滑稽幽默"这一大的主题文类进行纵向考察时，就认为"到了 30 年代，滑稽小说的数量大大地增多了，然而此时的滑稽小说社会时代性减弱了，作家的启蒙的热情减退了，自信心也没有以前那么足了，相反，作品之中的自遣自娱的成分加浓了"[1]。到了 20 世纪 40 年代，尤其是 40 年代末期的上海，滑稽小说具有着较浓厚的商品气息，而且脱离了时代社会，只是为了迎合一些小市民的低级趣味为滑稽而滑稽，并夹杂着大量的庸俗描写，这"是否标志着中国近现代滑稽小说走向了末路了呢？大概是可以这么说的"[2]。

二、戏讽话语诞生的语境及作家体验

为什么这一时期诸多对鸳蝴派的建构产生重大影响的报刊与作家群都会不同程度地提及、认同并自觉地运用戏讽的话语方式呢？或者说民国初年的时代语境使得这一时期的鸳蝴派作家产生了怎样独特的生命体验，以致戏讽的话语方式成为他们表达自身的最为合脚的"一只鞋"[3]？语言学家诺曼·费尔克拉夫认为"话语不仅反映和描述社会实体与社会关系，话语还建造或'构成'社会实体与社会关系；不同的话语以不同的方式构建各种至关重要的实体，并以不同的方式将人们置于社会主体的地位"[4]，从这一个角度来讲，这种戏讽的话语方式为解读这一时期的鸳蝴派主体提供了

---

① 范伯群：《中国近现代通俗文学史》，江苏教育出版社 2000 年版，第 294 页。

② 同上书，第 295 页。

③ "另一只鞋"即下文将要论述的以《民权素》为代表的哭悼话语方式。

④ 〔英〕费尔克拉夫：《话语与社会变迁》，殷晓蓉译，华夏出版社 2003 年版，第 3 页。

一个重要的切入点。

（一）戏讽话语诞生的政治语境

这一时期鸳蝴派作家所采用的戏讽话语方式根源于民国初年的特定语境，即王钝根提及的"慨自时局纷乱，约法虚设，所谓言论自由者，孰则能实践之？……既不见容于今时，则不得不变其术以求伸言论之自由，有如骨鲠在喉，惟此杂志可容一吐耳"[①]。童爱楼也言及："然今日多昧于公德，专制之余毒未消，骨鲠之直言难尽，顾报之天职，又不能噤而不言。"[②] 陈蝶仙也认为：

> 就吾人之心理以观天下事物，殆无一自由之可言也。风云之变，天不能自由也。沧桑之改，地不能自由也。至于人，则穷通寿夭，悲欢离合，愈不得自由矣。吾不解夫世之竞言自由者，果何所见而云然，或曰文明国之国民，乃有三大自由，曰思想自由，曰言论自由，曰出版自由。然予观之，果欲取得此三大自由，亦有戛戛乎其难者。[③]

此外，在同一文学场域中，作为鸳蝴派大家同时身兼南社成员的刘铁冷曾提及："民权当洪宪将成未成时代，因邮局停止寄发，苟延二年，不得不宣告停刊。……余等之组合，以《民权》为基本，一时凑合，全无派别，近人号余等为鸳鸯蝴蝶派，……然在袁氏淫威之下，欲哭不得，欲笑不能，于万分烦闷中，借此以泄其愤，以遣其愁，当亦为世人所许，不敢侈言倡导也。"[④] 尽管刘铁冷所言及的"借此以泄其愤，以遣其愁"并未发展成为鸳蝴派的戏讽话语方式，而是衍生出后文将要论及的以《民权素》为代表的哭悼话语方式，但是这种异质的话语方式却同样根源于他们所深刻体验到的民初语境中的"不自由"，这成为构建鸳蝴派戏讽话语方式的重要根由。那么民国初年，尤其是1913—1914年前后的时代语境究竟是怎样的？鸳蝴派作家所言及的专制与言论不自由又到达了一种怎样的程度呢？

---

① 王钝根：《序一》，《自由杂志》第 1 号，1913 年 9 月 20 日。
② 童爱楼：《发刊词》，《自由杂志》第 1 号，1913 年 9 月 20 日。
③ 陈蝶仙：《序二》，《自由杂志》第 1 号，1913 年 9 月 20 日。
④ 刘铁冷：《民初之文坛》，《永安月刊》第 93 期，1947 年 2 月。

实际上，这种"不自由"的政治语境并非从民国建立肇始。从政治形势上来讲，民元到1913年上半年，袁世凯上台对临时政府进行改组后，资产阶级革命派与北洋派可谓势均力敌，反而形成了民国史上一个短暂的特殊时代，政党林立，舆论活跃，表现出难得的资产阶级民主氛围。但随后，这种势均力敌的制衡局面很快就被打破，一方面，袁世凯暗中积蓄力量，获得列强的财政支持，实力雄厚；另一方面，以同盟会为主体改组的国民党，却在理论上脱离现实，行动上组织松散，而且对袁世凯的野心认识不足。终于在1913年初国民党大选获胜后，袁世凯随即指使暴徒暗杀国民党领导人宋教仁，对异己力量进行残酷的打压，之后尽管有革命党人发动的二次革命，但革命的失败却使袁世凯用武力统一了全国，独占全国政权。接着他又通过威胁等手段，当选为正式大总统，随即建立起个人的独裁统治，不仅在1914年5月1日废除《临时约法》，公布《中华民国约法》，实行总统制，规定总统独揽一切大权，将辛亥革命的成果——资产阶级民主制度破坏殆尽，并且于1915年12月12日宣布恢复帝制，将这种个人独裁推向顶峰。

这种蓄谋已久、步步为营建立起的个人专制、独裁也同样呈现在文化领域，即对整个舆论界采取高压的政策。据统计，"1912年底时全国约有500种报纸，到1913年底时只剩下了139种，一直到1916年6月袁世凯倒台前，全国的报纸始终保持在120—130种之间"[1]，最典型的案例是1913年以反袁言辞激烈而著称的《民权报》被当局封杀。据郑逸梅讲，"报纸中鼓吹革命者，除《民立报》外，当推《民权报》为巨擘"，作为国民党反对袁世凯专制的舆论阵地之一，"它与《中华民报》《民国新闻》有'横三民'之称，该报甚至提出'以暴易暴，惨无人道，欲真共和，重为改造'和'报馆不封门不是好报馆，主笔不入狱不是好主笔'的口号"[2]。它的革命激进性还可由众多事例说明，如：

> 《民权报》人才济济。由戴天仇主笔政。天仇即今国府要人戴季陶是。其时少年气盛。言论锋利。某次撰文斥租界当局。被拘至巡捕房。虽即释放。然已作一夜之囚徒矣。厥后何海鸣自湘归来。袁氏帝制之

① 方汉奇：《中国近代报刊史》，山西教育出版社1981年版，第720页。

② 范伯群：《中国近现代通俗文学史》（下卷），江苏教育出版社2000年版，第565页。

野心已暴露。于是攻击更加强烈。经理周浩且在报纸上登一启事。征求昌言无忌之外稿。一切责任由渠担负。更有头可断。言论不可屈等语。其横厉无前。足使酸儒咋舌。……宋渔父被刺。袁氏与赵秉钧洪述祖往还手札。种种铁证。由《民权报》首先铸版披露。阴谋诡计。遂大白于天下。①

于是"袁氏忌之益甚。不许销行邮寄于外埠"，即刘铁冷所言"因邮局停止寄发，苟延二年，不得不宣告停刊"②。在袁氏的文化高压下，包括直接封杀，以及限制其销量与发行地，《民权报》终于"中道崩殂"，这些即鸳蝴派作家所反复提及与强烈愤慨的"不自由"语境。

由此看来，鸳蝴派作家的激烈言辞与当时的政治语境紧密相连，倘若他们选择噤若寒蝉，顾左右而言他，或者改变自己的话语动向，依然会有继续生存的空间，但是以《自由杂志》《民权素》等为代表的这一时期的部分鸳蝴派期刊依旧选择这种悲壮的入世、救世行为。有的研究者通过对这一时期某些鸳蝴派期刊的考察，或者根据刘铁冷的部分言辞，认为这时的鸳蝴派因时代文化语境的压抑而转向了一条放弃启蒙、忘却民族国家的纯娱乐化的游戏、消遣之路。这种论点虽具有一定的合理性，如1914年创刊的《小说旬报》，在谈及自身的办刊宗旨以及文学主张时，就与刘铁冷的话语极为相似，在对现实政治语境的无奈中："世事茫茫，浮生草草，痛国魂之未定，念来日兮方艰，惨雾愁云，鬼人思哭，凄风楚雨，岁月含悲"③、"时当大陆风云，千变万化，神州妖雾，惨淡迷漫，本同人哀国土之丧沦，痛人心之坠落"④，生长出了自卑的情绪；对自己曾经负有的救国之志与"共和"信念产生了动摇："愧无班定远之雄才，破浪乘风，恨乏宗将军之壮志"⑤，"恨乏缚鸡之力，挽救狂澜，愧无诸葛之才，振兹危局，整顿乾坤，且让贤者"⑥。于是，他们纷纷表示放弃严肃的民族国家话语以及入

① 郑逸梅：《踔厉风发之民权报》，芮和师等编：《鸳鸯蝴蝶派文学资料》（上），知识产权出版社2010年版，第217页。
② 刘铁冷：《民初之文坛》，《永安月刊》第93期，1947年2月。转引自张华：《中国现代通俗小说流变》，山东文艺出版社2000年版，第9页。
③ 剪瀛：《序》，《小说旬报》第1期，1914年9月10日。
④ 羽白：《宣言》，《小说旬报》第1期，1914年9月10日。
⑤ 剪瀛：《序》，《小说旬报》第1期，1914年9月10日。
⑥ 羽白：《宣言》，《小说旬报》第1期，1914年9月10日。

世、救世的宏旨，转向了无可奈何的"春花秋月"之中：

> 空教斋房日月，无语蹉跎，毋宁客里穷愁，有怀寂寞，应念春花秋月，最难堪孤负良辰，也知绿酒红灯，易惹恨谁怜客梦，爰寄情斑管，托迹书城，忍遭清谈误国之讥，甘受信口雌黄之诮，纵然写恨言情，讵乏寄深思之慨，若使谈神说鬼，难免托讽刺之言。①

> 品评花月，遮莫我侪，清谈误国，甘尸其咎。结缘秃友，编集稗乘，步武苏公，妄谈鬼籍，聊遣斋房寂寞，免教岁月蹉跎，倘海内外文人雅士，淑媛名闺，不弃愚谬，辱赐教言，匡我不逮，不胜幸甚。②

尽管这一时期的某些鸳蝴派个体的确走向了这样一条有意规避政治的纯娱乐化发展道路，但是这种路径并非此时鸳蝴派发展的主流，而且一种纯娱乐化文学产品的生成，必须是内在与外在的双重构建与契合，即主体的认同与外在文学语境的驱动所共同作用的结果。显然在这一时期，对于鸳蝴派的主体而言，大部分作家在对政治语境的强烈感触下，还无法做到真正认同于那种纯娱乐化的趣味主义道路，无论是《自由杂志》中的嬉笑怒骂，还是《民权素》中的借言情悲悼"共和"，都是这一时期鸳蝴派未能真正走向娱乐之路的最好例证。即使如《小说旬报》貌似走向了一条消闲化的避世之路，但是在其言说中仍旧不经意地流露出"明知野史稗乘，难整国魂民毒，剩有痴心妄念，苟延疾走痛呼，既奚领三万把横磨之剑，何妨率五千人横扫之军，最难学浅才疏，预怯遗羞于同侣，幸有传情正讹，是所深望于群公"③的浓郁的国族叙述话语。

（二）戏讽话语背后的作家体验

现代阐释学的创始人伽达默尔在考察"体验"的认识史中认为"它不是概念性地被规定的。在体验中所表现出的东西就是生命"④，"每一种体验都是从生命的延续中产生的，而且同时是与其自身生命的整体相联的"⑤。有的学者也指出："对于任何一个现代中国人而言，'体验'都同样是我们

---

① 剪瀛：《序》，《小说旬报》第 1 期，1914 年 9 月 10 日。
② 羽白：《宣言》，《小说旬报》第 1 期，1914 年 9 月 10 日。
③ 剪瀛：《序》，《小说旬报》第 1 期，1914 年 9 月 10 日。
④ 〔德〕伽达默尔：《真理与方法》，王才勇译，辽宁人民出版社 1987 年版，第 94 页。
⑤ 同上书，第 99 页。

感受、认识世界，形成自己独立人生感受的方式，也是接受和拒绝外部世界信息的方式，更是我们进行自我关照、自我选择、自我表现的精神的基础。"① 这里的"体验"并非是心理学意义上的一般心理或心态，而是如王一川先生所论及的："指一种特殊的实在与心理相混合的状态，即是实实在在的个体对自身现实生存状态的深层体察或反思。"② 那么诞生于民国初年"不自由"的高压政治语境中的鸳蝴派戏讽话语方式，其背后深嵌着作家们怎样的深刻生命体验？这种体验是如何生成的呢？

　　学者李怡在论述现代文学的发生时，曾选择中国现代作家的日本体验这一独特视角，并且在论及这种体验的存在根据时，他提出了三个层面的考察角度：第一，"这是一种全新的异域社会的生存"③；第二，"来自于具体的人际交往，与'小群体'的生存环境、活动方式直接相关"④；第三，"在任何一个群体当中，个体都不是被动的，他的个人的人生经验会参与到群体的认识之中，并且与群体构成某种对话的互动的关系"⑤。尽管是考察留日中国学人与异域文化的关系，但是作家主体与全新语境接触、碰撞的相似模式，或者如美国汉学家提出的"'冲击－回应'模式"（impact-response model）⑥，这三个层面的视角为深层探析这一时期鸳蝴派作家文化（文学）体验与选择提供了一种方法论的参照。

　　1. 全新的民国"共和"语境

　　从晚清到民初，以政治、文化等因素构建的时代语境发生了迥异的变化。晚清时期，特别是 1895 年以来，整个时代的主题就是启蒙与救亡，这种语境即前文提及的"新小说"语境。尽管"新小说"是 1902 年梁启超发动"小说界革命"创造的一个文学语词，用其称谓整个时代语境显得有些褊狭，但是"新小说"的独特内涵及产生背景却让它能够胜任对整个晚清语境的指涉。

---

① 李怡：《日本体验与中国现代文学的发生》，北京大学出版社 2009 年版，第 4 页。
② 王一川：《中国现代性体验的发生：清末民初文化转型与文学》，北京师范大学出版社 2001 年版，第 27 页。
③ 李怡：《日本体验与中国现代文学的发生》，北京大学出版社 2009 年版，第 7 页。
④ 同上书，第 9 页。
⑤ 同上书，第 10 页。
⑥ 〔美〕柯文：《在中国发现历史——中国中心观在美国的兴起》，林同奇译，中华书局 1989 年版，第 3 页。此模式认为 19 世纪中国历史发展的主导因素或主要线索是西方入侵，即"西方冲击－中国回应"的公式，但在本书中，指涉"（语境）冲击－（作家）回应"的模式。

第一，"新小说"的内涵远远超越了其本身的文学意义。如前文曾论及的，"新小说"的产生并非基于文学发展的自身需求，它的出现更多的是要实现一种政治意图，即梁启超及其同人们反复言说的"新民"与救国：

> 欲新一国之民，不可不先新一国之小说。故欲新道德，必新小说；欲新宗教，必新小说；欲新政治，必新小说；欲新风俗，必新小说；欲新学艺，必新小说；乃至欲新人心、欲新人格，必新小说。何以故？小说有不可思议之力支配人道故。①

从这一角度来看，"新小说"的提出更可以看作是一种社会、政治行为，而且"小说界革命"的发起者梁启超及其同仁们从不将其单纯地看作是小说："盖今日提倡小说之目的，务以振兴国民精神，开国民智识，非前此海盗海淫诸作可比"②，"一种小说，即有一种之宗旨，能与政体民志息息相通；次则开学智，祛弊俗；又次亦不失为记实历，洽旧闻，而毋为虚愍浮伪之习，附会不经之谈可必也"③。"平等阁主人"在为小说《新中国未来记》作总批时，看重的更是其政治文本的价值功用："所征引者皆属政治上，生计上、历史上最新最确之学理。若潜心理会得透，又岂徒有益于政论而已。吾愿爱国志士，书万本，读万遍也！"④ 尽管我们不能否认其文学史意义，如改变了传统的文类结构，将小说提升至传统"文"的中心地位，从此小说成为了现代文学中的一个核心文类，但是这也仅仅是"小说界革命"的附加值。如果用文学的标准衡量"新小说"，它反而不具备太高的艺术价值，一个最典型的例证就是它没有诞生出文学史上的经典。因此，"新小说"的存在远远溢出了文学自身的疆界，从这一层面来看，用"新小说"或"小说界革命"概括晚清的时代语境，并没有呈现出以文学遮蔽政治、文化等多种元素的偏颇倾向。

第二，"新小说"与晚清的时代主题相契合。1895 年开始急转的政治

---

① 梁启超：《论小说与群治之关系》，陈平原、夏晓虹编：《二十世纪中国小说理论资料》（第一卷），北京大学出版社 1997 年版，第 50 页。

② 《〈新小说〉第一号》，陈平原、夏晓虹编：《二十世纪中国小说理论资料》（第一卷），北京大学出版社 1997 年版，第 56 页。

③ 同上书，第 48 页。

④ 平等阁主人：《〈新中国未来记〉第三回总批》，陈平原、夏晓虹编：《二十世纪中国小说理论资料》（第一卷），北京大学出版社 1997 年版，第 56 页。

形势，使得"'自强'已经成为了中国知识分子思想的中心词语"①，无论是保守者还是激进者，无论上至皇帝还是下至平民，在他们的日常言说中都可以呈现出对国事衰微以及力图摆脱这种困境的焦虑，为此每一个人都在处心积虑地寻求救国的方略，而"小说界革命"或者说"新小说"即在这种共识与语境中诞生的。其利用小说宣扬的"新民"主旨完全契合了时代的关键词——自强，因此一切与时代相关的"自强"都可能在小说中得到呈现。如政治启蒙，即通过小说讨论、宣扬近现代中国的发展道路，如梁启超在小说《新中国未来记》中虚拟了李去病与黄克强两个人物分别置于"革命论、非革命论两大端"②，"拿着一个问题，引着一条直线，驳来驳去，彼此往复到四十四次，合成一万六千余言"③；再如民族救亡，诸多"新小说"不仅在小说中掺入大量的政治说教，甚至在发表时都直接标注为"爱国主义历史小说"（《痛史》）、"闺秀救国小说"（《女娲石》）等。此外，依照阿英的《晚清小说史》，根据小说题材的分类，诸如妇女解放问题、反华工禁约运动、种族革命运动、反迷信运动、立宪运动等社会内容，在"新小说"中都有所涉及。即使"新小说"的变体——谴责小说，它对晚清混沌愚昧的社会、官场现状的揭露与批判，也能完全统合进"自强"的时代主题之中。因此，可以说以启蒙、救亡为表征的"新小说"或者"小说界革命"的语境与晚清时代的政治、社会、文化主流语境是相契合的。

但是到了民国初年，尤其是1911年的辛亥革命，以及1912年中华民国的建立等一系列重大政治事件的发生，使得"新小说"或"小说界革命"的语境称谓无法再适用于民国初年的社会、政治、文化氛围，尽管启蒙与救亡还是一如既往地标示时代发展的主题，但是在民初，这一主题却显得宏大与笼统；而且就这一时期的主流文学，即鸳蝴派的创作来看，他们在启蒙与救亡的主题之下表现出了新的文学特质，而这种特质又与新建立的民国体制、民国观念以及民国现实紧密相连。因此，这种由民国机制以及以"共和"观念为主导构建的民国政治、文化环境可以称之为民国"共和"

① 葛兆光：《中国思想史》（第二卷），复旦大学出版社2001年版，第533页。
② 平等阁主人：《〈新中国未来记〉第三回总批》，陈平原、夏晓虹编：《二十世纪中国小说理论资料》（第一卷），北京大学出版社1997年版，第55页。
③ 同上。

语境^①。

晚清至民国发生的重要变化即国体的改变，辛亥革命将帝制彻底废除，从此中国进入到了现代政体的建构中，即所谓"武汉义旗天下应，推翻专制共和兴"^②。对于晚清而言，其政体的最大特征就是君主专制，而中华民国则强调与专制相对立的"共和"，即孙中山倡导的"天下为公""五族共和"的精神，"它强调国家权力是公有物，要求政权有极大的包容性、共享性，政府必须是公平、公正和中立的，不能偏向于任何一方"^③，这就为进入到"共和"语境中的每个政治、文化个体，尤其是致力于民主革命的党人灌输了一种意识，即"在认同共和的基础上，平等参政"^④，以"和"，即求同存异的方式，通过交流沟通达成共识，对所有公民平等对待、一视同仁，同时这也构成了民国体制的核心理念，并为这一时期的"共和"语境打上了烙印。福柯认为，"并没有一个先在的、所谓完整统一的主体，主体是在知识、话语、权力的网络系统中被生产出来的，也就是说主体是由这个网络系统造出来的"^⑤，福柯所言及的这个"网络系统"可以理解为影响并左右主体选择、认同等行为的时代语境。相对于传统的"小说界革命"或"新小说"语境，在全新的"共和"语境下，生长于其中的多数鸳蝴派作家不仅认同于"共和"的政治、文化观念，并且自觉地付诸实践，对现实政治积极干预，尤其是在袁世凯实施的政治、文化高压中，他们更是表现出了对"共和"观念的坚守与信仰，以这种政治、文化观念与民初短暂的"不自由"的政治语境相碰撞，便产生了以戏谑话语为表征的愤激性国族体验。此外，这种"共和"语境的体验还表现为下文将要论述到的，部分鸳蝴派作家在经历了民初理想激扬又沉沦的落差后，他们以小说中的风花雪月代替现实中失去的乐园，"借此以泄其愤，以遣其愁"^⑥的压抑性的沉沦体验。

---

① 本书前文曾论及戏谑话语诞生的"不自由"的政治语境，而这里又提出民国"共和"语境，前者主要指戏谑话语产生的政治层面的根由，而后者是指包括前者在内的、对鸳蝴派作家的生命体验、文学选择及话语表达方式产生更深刻、广泛影响的社会、政治、文化等因素综合的大的时代环境。

② 吴玉章：《辛亥革命》，人民出版社1963年版，第31页。

③ 耿传明：《"鸳鸯蝴蝶派"小说的历史定位与文化心理分析》，《广东社会科学》2008年第2期。

④ 同上。

⑤ 马汉广：《文本与话语游戏》，《文艺理论》2011年第1期。

⑥ 刘铁冷：《民初之文坛》，《永安月刊》第93期，1947年2月。

2."小群体"的社交、组织形式

晚清以来，近现代报刊业的发展壮大以及现代稿酬制度的确立，为以报刊为生存依附的鸳蝴派的诞生提供了一个必要前提，他们进而以报刊为阵地结集起具有近似文学风格与文学宗旨、并以人脉关系为基础的作家群，形成所谓的"小群体"。美国社会学家西奥多·M·米尔斯认为，"在人的一生中，个人靠与他人的关系而得以维持，思想因之而稳定，目标方向由此而确定"①，因此以"小群体"的集结方式逐层构建的鸳蝴派大群体能够成为一个相对稳定的派别，同时这种"小群体"建构的整体意识与观念也会深刻地影响到其中个体体验的生成。

实际上，近代以报刊为中心集结作家群的"小群体"组织形式尽管在鸳蝴派这里发扬光大，却并非肇始于此。晚清以来，直到1872年《申报》创办，上海才有了一个报人群体，也可称之为"新型知识分子群"②，即不再把读书做官当作唯一的出路，而是凭借自己的新知识服务于出版、新闻机构。作为《申报》的"小群体"，他们以《申报》的言论风格以及报人轮流撰写的千字论说，即他们所称的"主笔政"作为结群的共同标识，并很快影响到早期上海报纸的论说模式。再如晚清四大小说期刊"在改良社会，开通民智的总号召下，循各自办刊宗旨，呈现出施之于不同社会功能的风貌"③，也即"小群体"的面貌差异，如《新小说》提倡"改良群治"与"新民"④，《绣像小说》强调"学士大夫"与"妇女与粗人"⑤之雅俗共赏，《月月小说》立意在"集语怪之家，文写花管，怀奇之客，语穿明珠"⑥的通俗阅读，《小说林》偏重"小说者，文学之倾于美的方面之一种也"⑦。

以报刊为中心集结的"小群体"的建构与维系是群体内部双向互动作

---

① 〔美〕西奥多·M·米尔斯：《小群体社会学》，温凤龙译，云南人民出版社1988年版，第3页。

② 王敏：《上海报人社会生活：1872—1949》，上海辞书出版社2008年版，第4页。

③ 叶中强：《上海社会与文人生活：1843—1945》，上海辞书出版社2010年版，第112页。

④ 饮冰：《论小说与群治之关系》，陈平原、夏晓虹编：《二十世纪中国小说理论资料》（第一卷），北京大学出版社1997年版，第53、54页。

⑤ 别士：《小说原理》，陈平原、夏晓虹编：《二十世纪中国小说理论资料》（第一卷），北京大学出版社1997年版，第78页。

⑥ 陆绍明：《〈月月小说〉发刊词》，陈平原、夏晓虹编：《二十世纪中国小说理论资料》（第一卷），北京大学出版社1997年版，第195页。

⑦ 摩西：《〈小说林〉发刊词》，陈平原、夏晓虹编：《二十世纪中国小说理论资料》（第一卷），北京大学出版社1997年版，第254页。

用的结果。一方面，群体的组建者或报刊的主创者会以他的办刊宗旨与文学主张统合并不断强化这一"小群体"共同理念，如 1913 年先后创刊的《自由杂志》与《游戏杂志》，由于主编童爱楼与王钝根主张的"觉世大文杂滑稽，唤醒人间百万迷"的觉世宏旨，决定了以此为集结的鸳蝴派"小群体"的整体面貌与共同理念。另一方面，维系"小群体"的共同意识也会深刻地影响其中的个体认同及其体验的生成，诚如乔治·H·米德所言，"个体经验到他的自我本身，并非直接地经验，而是间接地经验，是从同一社会群体其他个体成员的特定观点，或从他所属的整个社会群体的一般观点来看待他的自我的"①，于是可以看到，出现在《自由杂志》及《游戏杂志》中的众多鸳蝴派作家纷纷在其序言、祝词、祝诗、文章、小说中反复表达对这种觉世观念以及戏谑话语方式的认同。

　　同样，1914 年创刊的《民权素》，其主编刘铁冷、蒋箸超及其他撰稿人员都具有鲜明的革命倾向及南社人身份，这在很大程度上影响并集结了鸳蝴派的一个"小群体"。虽然南社人的身份并不能使他们与排满反清、倡导"共和"革命的政治倾向取得一种必然联系，这是因为，一方面，从南社的发展来看，主要是作为一个文人社群，"看去更像一个以城市社会为立足点，一批亦新亦旧文人的'唱和俱乐部'。社团的聚合、交往功能，似乎超过了其政治倾向与文学旨趣"②，而且其发展始末始终带有因"文"聚散的特点，特别是后期南社内部的矛盾加剧、一蹶不振都与"文"有着直接关系；另一方面，其成员五花八门、驳杂繁复，涉及军、政、法、科、教及文学艺术等各个领域的人士，这更像是一个各路名流的联谊会，"在平时，众人都各忙各的，或卖报、或卖文、或演剧、或执教、或从政，只是在正式社集或私下交往时，才聚首言欢、诗酒纵论一番。还有许多挂名社友，虽忝在南社名下，却从不参加社集，只表示着一种意向性的归属"③。尽管如此，但是仍然不能忽视政治南社的存在与影响，其设立本取自"操南音不忘其旧"④，与北廷（清政府）分庭抗礼之意，它以反清为宗旨，其社员不乏激进的革命者，主要通过集会、报刊等公共领域发表政见，其中

---

① 〔美〕乔治·H·米德：《心灵、自我与社会》，赵月瑟译，上海译文出版社 2005 年版，第 109 页。
② 叶中强：《上海社会与文人生活：1843—1945》，上海辞书出版社 2010 年版，第 262 页。
③ 同上书，第 259 页。
④ 郑逸梅：《南社丛谈》，上海人民出版社 1981 年版，第 1 页。

民初的诸多报刊多是由南社成员主持笔政，此外还可以举出众多因倡导"共和"革命而在反袁斗争中牺牲的南社烈士，如宋教仁、宁调元、陈其美、杨德邻、范光启、吴禄等。因此，"共和"革命意识构成了南社群体的共同理念之一，使南社成员都或多或少地带上"共和"革命的政治色彩，这自然包括与南社有重合的鸳蝴派或者低一级的《民权报》《民权素》的作家群。最典型的例子就是 1912 年创刊的具有"横三民"之称《民权报》，它由国民党人创办，并成为反抗袁世凯专制的主要舆论阵地之一，徐枕亚作为其中的撰稿者也深刻地认同于这种严肃的"共和"意识，于是在《民权报》上连载的《玉梨魂》的结尾就出现了梦霞在辛亥之际战死于武昌城下的悲壮一幕。另一方面，《民权素》的"小群体"建构则又通过南社大群体中次级"小群体"的集结与群体之间的组合来影响上一级或更高一级的"小群体"，如 1913 年《民权报》遭到袁世凯政府的封杀后又创办了《民权素》，立意在"民权死而有素焉"[1]，"掇拾《民权报》之零缣断素"[2]，"孤愤一腔，陈缉风骚"[3]，将《民权报》的精神继承下来，并以《民权素》为阵地，集结了先前《民权报》的作家群，同时又扩充了自己的创作队伍，表现出共同的政治认同倾向，从《民权素》的内容来看，即呈现出浓郁的悲悼"共和"革命的哀伤氛围。

尽管南社并不能与民初的鸳蝴派画上等号，两者的关系存在着交集或者前后部分承传的复杂关系，但是诸如这样分级的"小群体"的组合方式、影响模式，将这种浓郁的"共和"意识带进了这一时期的鸳蝴派场域中，并建构起部分鸳蝴派作家的独特体验，所以这一时期，即 1913—1914 年前后，大部分鸳蝴派期刊都在其《宣言》《发刊词》及《序》中反复提及这种严肃的国族话语，并将其渗透进他们的创作中。当然这样分级的"小群体"组合方式与影响模式，并不能说明"共和"意识及其体验生成的唯一性，如从相对而言较低一级层次的"小群体"，即作为"文学的南社"，它所表现出的文化认同，即崇尚"魏晋名士的任诞作风、传统文人的诗酒高会、市民社会的自由精神和城镇居民的逸乐生活"[4]，到将这种"小群体"的文化认同意识进一步延续、扩大，并建构在地缘，如鸳蝴派作家多为江

---

① 徐枕亚：《序二》，《民权素》第 1 集，1914 年 3 月。
② 沈东讷：《序三》，《民权素》第 1 集，1914 年 3 月。
③ 刘铁冷：《序五》，《民权素》第 1 集，1914 年 3 月。
④ 叶中强：《上海社会与文人生活：1843—1945》，上海辞书出版社 2010 年版，第 260 页。

浙文人，其中又以苏州、扬州、常熟、常州人居多，并且深受阴柔温软的吴地文化的浸染，表现出对古典文学形式的青睐与较高造诣；学缘，即可理解为鸳蝴派文人的知识构成，以及这种知识被建构起的相似经历，如他们从小身受传统文化的熏陶，青年阶段大都有过本土新式学堂的教育背景，在经历晚清至民国的政治、文化过渡期时，他们随时代的裹挟半推半就地实现了由传统文人向现代"准知识分子"，即杂糅有传统、现代两种元素的文人形态的过渡；彼此认同的文化交游方式，如定期的宴席、聚会甚或是吃花酒；松散的组织形式，如20世纪20年代成立的"同声相应，同气相求"①，"蔚成东南一个文艺的集团"②的星社，"杯酒联欢，切磋文艺"③的青社；以及相似的从业经历，如他们大都具有报人的身份等广泛基础上的鸳蝴派大群体的生成，却又表现出对这种"共和"意识的疏离。

3. 延续晚清"新小说"语境的复合型体验

此外，在这一时期鸳蝴派戏讽话语中所熔铸的独特文人体验，在一定程度上又延续了晚清"新小说"时代民族国家话语的精神特质，表现出集惊羡、感愤于一身的复合型现代性体验。如童爱楼言及《自由杂志》的创办："回首吾华多数人民之程度，如负千钧之木，行九折之坡，蹒跚迂缓，不知何一日同跻于文明之域也"④，就提到了一种"中/西"对比的视域，这其中既融合、渗透着被参照的西方"文明之域"冲击下的"惊羡体验"⑤或称"新生型体验"，即在观照现代性进程中的新生事物时，它"指向了中国现代性的未来维度"，以及在此基础上由"异域/本土"的强烈对比而生成的"感愤体验"⑥或称之为"主流型体验"，这种感伤与悲愤的现代性体验"指向了中国现代性的现实维度"。如小说《痴人梦》(《自由杂志》第2号)，作者王钝根在其中设置了"本国/异域"的比对图景，异国的民主、平等、自由，令"某生"心向往之，传达出一种惊羡体验。同时，在

---

① 范烟桥：《星社感旧录》，芮和师等编：《鸳鸯蝴蝶派文学资料》(上)，知识产权出版社2010年版，第188页。
② 范烟桥：《星社十年》，芮和师等编：《鸳鸯蝴蝶派文学资料》(上)，知识产权出版社2010年版，第188页。
③ 郑逸梅：《记过去之青社》，芮和师等编：《鸳鸯蝴蝶派文学资料》(上)，知识产权出版社2010年版，第213页。
④ 童爱楼：《发刊词》，《自由杂志》第1号，1913年9月20日。
⑤ 王一川：《中国现代性体验的发生：清末民初文化转型与文学》，北京师范大学出版社2001年版，第188页。
⑥ 同上。

强烈的对比中，本邦的专制帝制却令他痛心不已，生成了一种指向现实维度的感愤体验。实际上，这种基于现代性进程中强烈的"中 / 西"对比而产生的惊羡与感愤混杂的现代性体验，一直是晚清"新小说"中国族话语的精神特质之一。如历史小说《东欧女豪杰》中主人公羲弥与明卿向往西方平等自由的"大同道理"，与这种惊羡体验相伴随的必然是"奸贼当朝，正人避地，国势微弱，民不聊生"的中国图景以及基于此生成的感愤体验；再如小说《黄绣球》，仍然渗透着这种"中 / 西"视域比对下的复合型体验，并且这种体验是以泰西历史作为基准的："那克林威尔，是个放牛的人，能够举义旗，兴国会军，把英王额里查白杀去，重兴民政；华盛顿起初不过种田出身，看着美国受了英国的管束，就能创出一片新地方，至今比英国更要繁盛；更有那法兰西建国的拿破仑，意大利建国的四个少年，都是我们平常想要照样做的，怎么好忘记了？"[1]归结起来，这种惊羡与感愤混杂性的体验也即王一川先生进一步论及的"怨羡情结"[2]，也即怨贫恨弱与羡慕富强相互扭结与共生的现代性体验的基本心态。

可以说，自晚清"新小说"时代以来的这种容惊羡、感愤于一体的复合型体验始终是基于一种文人的"新民"重任，这也表明自晚清以来启蒙与救亡的时代主题并没有发生改变。在这一时空下，文学（文化）的发展无论怎样具有多元性与丰富性，启蒙与救亡始终成为构建、生成文学（文化）不可缺少的质素。所以在《自由杂志》及《游戏杂志》的文学场域中，鸳蝴派文人基于民初"共和"语境的以戏讽话语形式为表征的国族叙述话语，同样会渗透着晚清"新小说"时代的启蒙话语与对启蒙的焦虑，因此在他们的言说中会频繁地使用"药"这一词汇与意象，这要比鲁迅的经典意象提前了四五年。如"此辈若痴若聋，将何以药之？药之之策，端赖报纸，顾报纸其上焉者，意深词远，惟合通人，下焉者多尚风花，有伤大雅，欲求一嬉笑怒骂，皆成文章，上足供韵士才人之浏览，下足辟中下社会之智识者，不多觏焉"[3]；"爱访曼倩之风，于畅谈风月之中，寓谐铎谲谏之意，若是，不独可为世俗之针砭，亦可为人心之药石，谑而不虐，改过无

---

① 颐琐：《黄绣球》，吉林文史出版社 1985 年版，第 226 页。
② 王一川：《中国现代性体验的发生：清末民初文化转型与文学》，北京师范大学出版社 2001 年版，第 75 页。
③ 童爱楼：《发刊词》，《自由杂志》第 1 号，1913 年 9 月 20 日。

形，婉而多讽，借镜有味，本杂志于是乎出版"[1]；"药吾人之聋与盲者也。且苦口药石，逆耳忠言，优孟衣冠，庄王可悟，东方妙语，武帝动容，古今劝世之书，可称浩海，然终不若小说之感人者深也"[2]。所有这些用童爱楼的话来总结，即"欲把诙谐当药石"[3]或者是"觉世大文杂滑稽，唤醒人间百万迷"[4]。

不惟此，1914年前后出现的众多鸳蝶派期刊都自觉地言说这种渗透着强烈启蒙意识的游戏或者戏讽话语。如《眉语》在其《宣言》中称："锦心绣口，句香意雅，虽曰游戏文章、荒唐演述，然谲谏微讽，潜移默化于消闲之余，亦未始无感化之功也。"《小说丛报》在其《序》中称："则欲宏木铎警众之教，奏顽石点头之功，舍小说又何由哉？兹编治东西为一炉，纳雅俗于同轨，茶余酒后，日下灯前，人手一编，有不独扩其闻见，抑以沦其性灵者，意在斯乎！意在斯乎！"[5]《余兴》也宣称："此中有诗词、小说、歌曲、谐文，又有特约专电，首列其端，引以为讽刺敝俗，旨殊深远，虽非大声疾呼之比，一嘲一骂，亦足以愧彼愚顽。是部也，滑稽体格，警世宗旨。"[6]等等。

众口一词的以觉世为宏旨的游戏或戏讽的话语方式渗透着晚清以来的相似文人体验，这也表明这一时期的鸳蝶派作家并没有看轻自己所操的笔墨生涯，他们时刻希冀自己的创作与努力能够"贡献于社会"[7]，为"祛社会之习染"，"挽回末俗，输荡新机"，"促文明之增进，深性情之戟刺"，"稍尽一分之责"。在传统文人的现代转型中，鸳蝶派作家在将"士"的入世精神，以及"经国之大业，不朽之盛事"的传统文章定位吹进自己笔端的同时，也为自己找到了新的语境下，尤其是在袁氏的政治、文化高压下，标识、证明自身价值，宣泄不满、失意政治情绪的精神园地与文学话语方式。

---

① 童爱楼：《发刊词》，《自由杂志》第1号，1913年9月20日。
② 东讷：《序一》，《小说丛报》第1期，1914年5月1日。
③ 童爱楼：《〈自由杂志〉祝诗》，《自由杂志》第1号，1913年9月20日。
④ 同上。
⑤ 倦鹤：《序》，《小说丛报》第2期，1914年6月。
⑥ 阿呆：《余兴部记·仿兰亭序》，《余兴》第1期，1914年8月。
⑦ 《宣言》：《眉语》第1卷第1号，1914年10月。

第二节 "共和"语境中的哭悼

如果说以《自由杂志》为代表的戏讽叙述话语构成了1913—1914年前后鸳蝴派国族面相的重要表现形式，那么此时的《民权素》则又建构了这一时期鸳蝴派国族面相的另一种表现形式，即"哭悼"的话语方式。尽管如此，但分置于情绪宣泄两极的"戏讽"与"哭悼"却同样缘于这一时期鸳蝴派作家并无差异的"共和"语境体验与信仰，于是作为1913—1914年前后鸳蝴派国族面相的两种表征形式，"戏讽"与"哭悼"仅仅是它的一体两面。

一、断裂？哭悼的诗文·娱乐的小说

（一）《民权素》的哭悼氛围及作家体验

创刊于1914年4月25日的《民权素》，就其刊载的内容而言，不论是"名著""艺林""诗话""谈丛"等栏目中的文章，还是"说海"里的小说，都被一种哭悼的氛围所笼罩，这种几近于绝望的哭声从其开篇的《序》中就已经定下了基调：

> 嗟嗟！昆仑崩，大江哭，天地若死，人物皆魅，堕落者俄顷，梦死者千年，风雨恣其淫威，日月黝而匿，采是何世界，还有君臣？直使新亭名士，欲哭不能，旧院宫人，无言可说。慨造物之不仁，岂空言之可挽？仓颉造字，群鬼不平，始皇焚书，一人独智，不痴不聋，难为共和国民，无声无臭，省却几多烦恼。然则哑耳，尚何言哉？而况一场好梦已逐电影俱飞，万纸墨痕未与劫灰同尽，阳春白雪，本来有数知音，明日黄花，何必更翻旧话。滑稽之谱未亡，髡舌虽在何用，众生之相犹是，温犀难照许多，过渡镜如拍碎菱花，早现分离之象，自由钟已沉埋荒草，更无遗韵之留。腥膻重染，长为附骨之恶疽，文字无灵，徒胜伤心之纪念，言之可痛，阅之无欢。[1]

---

[1] 徐枕亚：《序二》，《民权素》第1集，1914年4月25日。

从徐枕亚的这篇《序》看来，"哭""伤""死""劫灰"等词汇反复出现，其表达的强烈悲悼、失望情绪是相当明确的，并通过"不平""难为共和国民""自由钟已沉埋荒草"等话语指向了这种情绪生成的滥觞，即《序》中所言："马死有骨，豹死有皮，民权死而有素焉？民权其或终于不死乎？"① 这里的"民权"即《民权报》，是《民权素》的前身，以言论锋利、鼓吹革命著称，如为反对政府向四国银行借债，甚至宣称："熊希龄卖国，杀！唐绍仪愚民，杀！袁世凯专横，杀！章炳麟阿权，杀！"② 这曾经招致其主笔戴季陶以鼓吹杀人的罪名被拘捕，最终因其横厉无前、昌言无忌的反袁帝制言论带来了遭封杀的宿命。胡常德曾描述："呜呼！《民权报》停版矣，向之飞辩骋辞，风飑电激，而动人听闻者，至此其阒然已矣"③，先前"自出版以来，一纸风行，其间琳琅溢彩，为社会所欢迎者已时历三年"④ 的盛况已经烟消云散，但是"其文辞之谲诡，犹炯炯然在人心目之间……阅者或喟焉，惜之吾诸同志，因是心犹未已，思得当以图恢复，倘机缘可遇，行将搜罗杰构饷我同人，……吾人当毕力营之"⑤，于是其同人于1914年又创刊了《民权素》。尽管众多鸳蝴派大家在《序》中都将《民权素》的刊世看作是《民权报》及其精神的延续，但是《民权报》时期"踔厉风发"⑥ 的格调却变成了此时的"孤愤一腔，陈缬风骚"⑦。这些对现实政治有着积极干预、对理想"共和"有着深切期待的文人们将这种夹缝中的生存，既看成是一种幸事，如沈东讷所言："吾国政治不良，豪杰之士经营组织数十年，武昌起义，始肇共和，乃风云不测，事变无常，洎政府成立，民党机关纸相继封，而抨击政府之最有力之《民权报》，亦随潮流以去，独此《民权素》者，掇拾《民权报》之零缣断素，得巍然刊行于世，宁非幸欤？"⑧ 并在其中夹杂着对风雨摇曳中的"共和"、民党的失望与心灰，所

---

① 徐枕亚：《序二》，《民权素》第1集，1914年4月25日。

② 《杀》，《民权报》，1912年5月20日。

③ 胡常德：《序四》，《民权素》第1集，1914年4月25日。

④ 同上。

⑤ 同上。

⑥ 郑逸梅：《踔厉风发之民权报》，芮和师等编：《鸳鸯蝴蝶派文学资料》（上），知识产权出版社2010年版，第217页。

⑦ 刘铁冷：《序五》，《民权素》第1集，1914年4月25日。

⑧ 沈东讷：《序三》，《民权素》第1集，1914年4月25日。

以《民权素》成为他们对往昔昙花梦幻的祭奠与凭吊之所：

> 故此《民权素》者，不可谓非民国成立时之出产物，犹千里之外之片羽零爪，足供吾人追想之资，使人抚兹一编，不禁伤心。夫舆论之摧残殆尽，感喟夫民党之流连颠沛，深虑夫共和国之危急，将坠亡国哀音，万愁交集，如箕子过殷墟而作麦秀之歌，令人潸然零涕也。夫各国革命大抵流血，然往往获政治上改革之益，而吾国独不然，昙花一现，泡影幻成，徒留兹《民权素》一编，以供世之伤心人凭吊。[①]

但同时他们又将《民权素》的刊世视为筚路蓝缕之功："皇皇三叶纸，上而国计下而民生，不乏苦心孤诣，惨淡经营之作。"[②] 作为"诚艺林之杰构，而世俗之药言"[③]，他们又赋予了其极高的价值期待而珍视有嘉：

> 《民权素》之刊，是亦不可以已乎！然而我口难开，枯管无生花之望，人心不死，残编亦硕果之珍，是区区无价值之文章，乃粒粒真民权之种子。零星断碎，具五族之雏形，感慨悲歌，结千秋之遐契，俯仰乾坤，直无余地，晦明风月，聊慰相思，则《民权素》之刊，是又乌可以已乎？[④]
>
> 今有人焉，效哥伦布故事，历沉沙，冒风飓，舍父母妻子，只身赴千里而外，其志不可谓不壮，或为天时人事所阻，抬其片羽零爪以归，懊丧已极，然在博物家冒险家视之，不啻奇珍至宝也。呜呼！《民权素》之刊行，犹此物此志也。[⑤]
>
> 政秕民病，噤若寒蝉，虽终寿百年，著书千卷，亦志士之所耻，愚夫之所贱也。民权同人，不敢随俗，口诛笔伐，甘焦烂于危年，绮合藻思，探华辞于故纸。琅琅炳炳，鍧鍧铿铿，说艳苏张，纵碧鸡之

---

① 沈东讷：《序三》，《民权素》第 1 集，1914 年 4 月 25 日。
② 蒋箸超：《序一》，《民权素》第 1 集，1914 年 4 月 25 日。
③ 刘铁冷：《序五》，《民权素》第 1 集，1914 年 4 月 25 日。
④ 徐枕亚：《序二》，《民权素》第 1 集，1914 年 4 月 25 日。
⑤ 沈东讷：《序三》，《民权素》第 1 集，1914 年 4 月 25 日。

雄辩，风高枚朔，骋黄马之剧谭。[①]

于是，作为聊慰相思、浇心中块垒的《民权素》，主创者及同人们从一开始就是将其作为延续《民权报》风格，并对现实政治有着积极干预的一片文学场域进行设置与建构的，其刊载的诗文都渗透着或直指这种创作意图。如柏文蔚的《追悼四烈士文》，在对辛亥革命的功绩论定中说：“今日者，满清逊位之诏既下，南北联合之议既成，于是我中国四千年专制之国，一蹴而径达共和矣，我汉族四百兆人束缚之苦，一躍而同享自由矣，此非我革命大功告成之一日乎？”[②]并讴歌四烈士的不朽价值：“我思四烈士，我歌四烈士，我泣四烈士，我将以范蠡之金铸四烈士，我将以平原之丝绣四烈士，我将以鞺鞳之军乐侑四烈士，我将以芬芳馥郁之香花荐四烈士。”尽管是追悼之文，却未掺杂有丝毫的哀音，而是显得雄壮高亢。从写作时间上来看，这应当是主编蒋箸超所言的“革命而后，朝益忌野，《民权》运命截焉。中斩同人等，冀有所表记，于是循文人之请，择其优者，陆续都为书，此《民权素》之所由出也”[③]，即《民权报》的遗稿。而且从风格上来讲，也确实属于“踔厉风发”的一脉，这样的“可传之文”在《民权素》中占有一定的分量，它们参与建构了《民权素》整体场域的国族话语及其革命气质。相比而言，“踔厉风发”的风格尽管与场域本身的革命题旨相符，却并非与现实的语境及刊物的整体氛围相称，它仅仅隶属于过去式的记忆与理想，真正成为《民权素》创作基调的是其中渗透着浓郁哭悼情绪的诗文，这表现为：

首先，在指向现实的维度中，透不出任何的亮色且深显阴鸷凄霾。“天荒地老，处此神州，祸机偏伏，饮泣含羞，笔可写怨，酒不浇愁，仆本恨人，郁不得志，目击危时，伤心往事”[④]，以这种眼光审度社会，理想的民国与曾经的革命自然让现实变得更加的颓败。“彼夫纨绔豪华，昧于公德，坐享丰腴，好迷酒色，血既生凉，心还染墨。……尤可恨者，梗顽男子，无耻女儿，豚尾摇曳，凤髻新奇，不闻江山管领，当世其谁，亦复生存人世，攘攘熙熙，其或物已废，民为游，傀儡登场，钟鼓勿休，则又腼

① 刘铁冷：《序五》，《民权素》第1集，1914年4月25日。
② 柏文蔚：《追悼四烈士文》，《民权素》第1集，1914年4月25日。
③ 蒋箸超：《序一》，《民权素》第1集，1914年4月25日。
④ 蒋箸超：《新恨赋》，《民权素》第1集，1914年4月25日。

然人面，无理苛求，已矣哉。"最终作者感叹："汉土復兮汉人卑，汉人生兮汉土危，知天演兮优者胜，及其时兮尚可为，吾欲唤人醒，能无因愤而成愁"，归于一种绝望："蹉跎岁月，此生了了"。

其次，在指向记忆的过去维度中，曾经投笔从戎的峥嵘岁月与金戈铁马的梦想被无情地抛掷在了现实的疢黜中，救国无用与豪气尽磨"长使英雄泪沾襟"，使得《民权素》中哭声一片。诸如撰稿人吴双热，即那个在中国近现代通俗文学史上被称作是鸳蝴派三鼎足之一的写情圣手，此时写下了一首古体诗《无题》，发表于《民权素》中。其诗中的抒情主体形象及其涵纳的情感蕴藉与文学史中介绍的这位小说家形象及其惯写的男女婚恋不自由的题旨相去甚远，这是一次意外抑或偶然？还是尚未揭开的被遮蔽的历史一隅？姑且先看完这首诗再来论定：

> 负负狂呼廿九年，头颅常戴奈何天。封侯有梦共投笔，策骞无能未着鞭。补救恨无医国手，兴亡空使匹夫肩。平生豪气销磨尽，侬是秋虫剧可怜。
>
> 我为伤时泪满眶，病夫扶病哭东方。铁花世界残腥血，锦绣河山倚恼妆。饕餮强邻蚕有口，冥顽总统蟹无肠。曾看地棘天荆日，不见铜驼见夕阳。[1]

从这首诗来看，抒情主人公即作者本人，但是吴双热的哭泣却并非杨义先生所论定的"他们一方面哀哀切切抛洒佳人才子'怨绿啼红'的泪水，一方面毕恭毕敬地涂上了以封建道统力挽浇漓世俗的脂粉，泪水和脂粉杂合，越来越多地画出一副副脂香飘散而又丑陋不堪的怪相"[2]。一如蒋箸超为现实政治愤懑、无奈而绝望，吴双热也在回忆、喟叹中完成了这种情绪的转换。目前的史述中常常笼统地论定鸳蝴派文人是迎合市民趣味的一派，是懂得与市场运作同轨实现双赢的一脉，但是历史现场却给了我们太多的细节与蛛丝马迹，给了作家们表述自我的机会，起码在这一代老派鸳蝴人身上，在理想与现实有着极大反差的颠簸旅途中，他们并没有完全放纵了自己。鸳蝴文人左笑鸿在为吴双热作传时论及其与徐天啸、徐枕亚三人：

---

① 吴双热：《无题》，《民权素》第 1 集，1914 年 4 月 25 日。
② 杨义：《中国现代小说史》（第一卷），人民文学出版社 2005 年版，第 51 页。

"其一善笑，其一善哭，其一则善嗫其口如哑。笑者之心热，哭者之心悲，哑者之心冷。……世事日非，国事日恶，人事日不轨，肠断矣，心伤矣，乌得不哭？哭不得，乌得不笑？哭既无益，笑亦无益，又乌得不哑？……三人者非他，哑者徐子天啸，哭者徐子枕亚，而笑者即双热。"①由此可见，作为同时代彼此深知的友人，在为他们盖棺论定时却很难将他们的人生起伏、文化（文学）品格与现实的纷扰、凋敝完全切断，对社会、政治不尽如人意的嘲讽、戏谑，对革命价值颠覆、理想民国沉落的痛悼，不仅是这三位鸳蝶派巨擘寻找到的个人情感与现实交结的文学表征点，同时也是这一代鸳蝶派作家惯用的文学表现方式。当戏讽与哭悼成为一代人共同认同的美学形式时，在很大程度上，这已经超越了个人的体验而成为一种时代的必然，并强加在这一代有着近似的知识构成、现实关怀的半新不旧的文人身上，形成一种创痛式的共性体验。于是我们在历史现场中看到，不惟《民权素》，1913—1914 年前后，这种创痛式体验的表达反复出现："时局是愈弄愈坏，而我的苦痛也愈弄愈深，借酒浇愁，遂在里中发起了一个酒社，趁旧历中秋的时候，天天狂歌痛饮，喝醉了便在堆满瓦砾的空场上乱跳乱滚，结果腿部的筋骨受了暗伤"②，"世事茫茫，浮生草草，痛国魂之未定，念来日兮方艰，惨雾愁云，鬼人思哭，凄风楚雨，岁月含悲"③。诚如有的学者所言："现实已经使他们无法自宽自慰，一代中国文人几乎被失败摧毁了。挫败感、颓唐感、无奈感和惶惶无依感凝聚成了集体性的自卑情结。"④

再次，在现实与记忆的维度之外，《民权素》的撰稿者们又将这种悲悼、失望的情绪上升为一种几近于形而上的人生喟叹，在他们的诗文创作中纷纷诠释着生死无常与人生价值的消解："人生失意，美其名曰英雄落拓，不幸至是，虽与台奴隶亦复甘之如饴"⑤，"小子无状，悲观自丧，日惟

---

① 严芙孙等：《民国旧派小说名家小史》，魏绍昌编：《鸳鸯蝴蝶派研究资料·史料部分》（上），上海文艺出版社 1984 年版，第 571 页。

② 柳亚子，《南社纪略》，上海人民出版社 1983 年版，第 75 页。

③ 剪瀛：《序》，《小说旬报》第 1 期，1914 年 9 月 10 日。

④ 刘纳：《嬗变：辛亥革命时期至五四时期的中国文学（修订版）》，中国人民大学出版社 2010 年版，第 135 页。

⑤ 怀霜：《装愁庵随笔》，《民权素》第 13 集，1915 年 12 月 15 日。

沉湎，不复为人"①，"生从何处，死将何往，叹人间生死难问"②，"江山莽莽
郁吟魂，文字千愁那可论，南董以还无信笔，定哀之世有微言，心光淬厉
百年在，古道蹉磨一夕尊"③，"醉中岁月堂堂去，草长荒庐又此时。清梦每
为诗思觉，谐谈恰与俗人宜。十年英气归明镜，一队心兵掌酒旗。料理生
涯原不易，微生偷活姑妄之"（朱鸳雏，《醉中一首示少碧》），将一种浓
重的人生虚幻与挫败感熔铸于笔端。尤其对于现实有着更多体验的鸳蝴派
文人何海鸣而言，这位曾经的讨袁总司令，在愤慨与不平中以"求幸福斋
主"的身份表示："求幸福斋主人不幸生于今日之中国，又不幸而为今日之
何海鸣，有国欲亡，有身无力，渺渺前途，直如破舟为狂风吹入大海，乃
不能测其终局。"④在"志士心死，国魂随之去矣"⑤的绝望中，他转向了世俗
烟尘的风花雪月："回首江云，有故旧泪如珠迸，最伤心燕钗蝉鬓。青衫
薄福，红颜薄命，好姻缘此生无分，撒手西归。不学那多愁善病，愿痴情
扑残红烬。"⑥"人生如梦复如烟，明日白头今少年。不向风尘磨剑戟，便当
情海对婵娟。英雄儿女堪千古，鬓影刀光共一天。没个虞姬垓下在，项王
佳话岂能传？"⑦曾经令人艳羡的古典英雄美人的意象却成为逃避现实的代
偿，在混世与虚度中，美人早已为平康里的烟花女子所替换，他甘愿将自
己抛向这无尽的沉沦道中："一个人既不能长此寒苦，便当发愤抓钱，一一
都报效到青楼中去。志不在得爱情，亦聊以快意耳。"⑧这种转向不禁令同
时代的文人扼腕叹息，更是遭到了后代作家的嘲讽与责难："马二先生讥
何海鸣，谓其著作实研究嫖学。"⑨然而何海鸣又何曾真正忘却了他理想的
"共和"国家与人文关怀，如他自己所言："我既然想做小说界努力向上的
一份子，我此后的出品，第一，每篇有每篇的用意，不肯毫无所为而做，
第二，不肯敷衍多凑字数。"⑩所以才会有人站出来为其辩解："何先生之研

①　何海鸣：《求幸福斋随笔初集》，民权出版部1916年版，第18页。
②　海鸣：《哭友》，《民权素》第1集，1914年4月25日。
③　钝根：《赠布雷》，《民权素》第6集，1915年5月15日。
④　何海鸣：《求幸福斋随笔初集》，民权出版部1916年版，第18页。
⑤　何海鸣：《求幸福斋丛话》第1集，大东书局1922年版，第91页。
⑥　海鸣：《哭友》，《民权素》第1集，1914年4月25日。
⑦　海鸣：《佳话》，《民权素》第8集，1915年7月15日。
⑧　何海鸣：《求幸福斋随笔初集》，民权出版部1916年版，第79页。
⑨　《〈星期〉"小说杂谈"栏选录》，芮和师等编：《鸳鸯蝴蝶派文学资料》（上），知识产权出版社2010年版，第49页。
⑩　海鸣：《求幸福斋主人卖小说的话》，《半月》第1卷第10号，1922年1月28日。

究嫖学与否，我不知之；第观其《倡门之子》等作，实有益于世道人心非浅，岂得谓之研究嫖学乎？"① 这真可谓"知我者谓我心忧，不知我者谓我何求"。

（二）断裂？哭悼的诗文与娱乐的小说

以上是奠定《民权素》哭悼基调的诗文创作，然而就《民权素》的另一文学重镇，即小说创作来讲，却似乎显示出了对这种基调的悖论式游离。以往有的研究者也认为，《民权素》中的诗文与"说海"栏目中的小说在创作题旨、价值取向及作者寄予的情感表达等方面呈现出断裂性，其诗文创作的哭悼基调与《民权素》对自身的定位以及诸多具有特殊身份的供稿者，如讨袁革命"三督军"之一的柏文蔚、被袁世凯通缉的"乱党首领"孙中山、遭袁世凯囚禁的章太炎，以及如沈曾植、俞明震、苏曼殊、马相伯、叶楚伧、胡汉民、于右任、刘师培、胡瑛、陈布雷、戴季陶、何海鸣等众多具有鲜明革命倾向的南社人所决定的整体严肃语境相契合，从而使《民权素》指向了一种民族国家面相。相对而言，其小说创作却表现出了游离于这种民族国家面相的娱乐、休闲倾向。

应当说这种观点并非空穴来风。首先，不少名家如郑逸梅，在史述中都是将《民权报》与《民权素》看作是鸳蝴派的大本营，尤其认为其"竞以华绝之笔，写小说杂文，今之新文化所斥为鸳鸯蝴蝶派，《民权报》实为发祥地也"②。郑氏所总结的这种"华绝之笔"的形式自然与《民权报》"踔厉风发"的激进风格切割开来，尽管延续至《民权素》，这种高踔之风蜕变为阴鸷凄霾之气，但他们所共同指向的浓郁国族面相却仍然与"华绝之笔"的软性形式相悖离，加之日后鸳蝴派作为一个流派在 1921 年之后被新文学彻底定性，于是作为历史现场的《民权素》，在研究者看来，的确呈现为诗文与小说创作相悖离的两种风格及价值取向。

其次，从《民权素》的小说内容来看，大多属于远离国族叙事的言情之作，其叙述的爱情、婚姻不得善终，亦或是人物命运的飘零摧折，这些都与刊物整体的严肃国族面相相去甚远。再者，"说海"里的言情小说形成了一种哀情小说体式，这也成为了早期鸳蝴派的一个典型标志。其叙事

---

① 《〈星期〉"小说杂谈"栏选录》，芮和师等编：《鸳鸯蝴蝶派文学资料》（上），知识产权出版社 2010 年版，第 49 页。

② 郑逸梅：《踔厉风发之民权报》，芮和师等编：《鸳鸯蝴蝶派文学资料》（上），知识产权出版社 2010 年版，第 217 页。

模式与创作范型即如鸳蝴派作家许廑父总结的那样："这一种是专指言情小说中，男女两方不能圆满完聚者而言，内中的情节，要以能够使人读而下泪的。"[①]一时间诸如《鹃娘血》《白骨散》《青衫泪》《残阳泪》《锦囊红泪》《鸳峰碧血》《罗浮梦》《襟前血泪》《惨别离》《哀蝉秋语》《双鸳塚》《天涯涕泪记》等迎合市民大众趣味的"眼泪鼻涕"小说遍布整个"小说海"，而且小说家们又为这样的哀情小说标注上惨情、苦情、幻情、奇情、孽情、怨情、烈情、忍情、悲情、痴情等各种变名，这真如后来有的鸳蝴派文人总结的那样："卅六鸳鸯同命鸟，一双蝴蝶可怜虫。"[②]于是《民权素》中的"说海"成了名副其实的鸳蝴派消遣、娱乐的大本营。

　　由此看来，《民权素》中指向严肃国族面相的诗文与娱乐化、迎合市民趣味的小说创作确实作为两个独立的个体"拼合"在了同一文学场域中，但是这样的"断裂性"解释，除了上文列举的这些零星的、在言说通俗小说时反复提及的自动化、模式化特征之外，便很难再开掘出足以令人信服的例证，即便是这样的论证，也很难绝对地说新文学、精英文学就不存在模式化、自动化的写作以及畅销的场景。诚如阿诺德·豪泽尔（Arnold Hauser）所言："精英艺术、民间艺术和通俗艺术的概念都是理想化的概念；其实它们很少以纯粹的形式出现的。艺术史上出现的艺术样式几乎都是混杂形式。"[③]诸如鲁迅小说中的"看/被看"以及"离去—归来—再离去"的结构模式、左翼小说"革命+恋爱"的自动化模式流行以及蒋光慈的小说《野祭》《冲出云围的月亮》等受到热捧、1943年被称为"徐訏年"等文学事实都在模糊和消解用来区分雅俗文学的某些人为界定标准。但是如果消弭掉这种"断裂性"的结论，就意味着"说海"中的小说存在着非娱乐化指向的可能，那么作为鸳蝴派大本营的定论就无法与1921年之后新文学对鸳蝴派的整体界定相统一，这其中依然渗透着解构"正典"语码的危机。当然这并不意味着鸳蝴派通俗化、娱乐化、消遣化的"正典"定位可以完全推翻，但是纵观现代文学史上，任何一种文学主体，无论是作家个体，还是文学社团、流派，只要成长在瞬息万变的、各种形态因素纠合影响的

---

① 许廑父：《言情小说谈》，芮和师等编：《鸳鸯蝴蝶派文学资料》（上），知识产权出版社2010年版，第51页。
② 宁远：《关于鸳鸯蝴蝶派》，《鸳鸯蝴蝶派研究资料·史料部分》（上），魏绍昌编：《鸳鸯蝴蝶派研究资料·史料部分》（上），上海文艺出版社1984年版，第176页。
③ 〔匈〕阿诺德·豪泽尔：《艺术社会学》，居延安译编，学林出版社1987年版，第207页。

现代文学语境中，必然要经历历时性嬗变过程，它所呈现出的矛盾及嬗变形态近似于陈思和先生提及的"文学常态"①，即随着社会的变化而逐渐发生变异，并发生与之相吻合的文化上和文学上的变化，而一成不变的文学样式只能属于文学的反常态②，或者意味着它的寿终正寝。对于1909—1920年处于尚未定型的非成熟期的鸳蝴派来讲，以福柯教给我们的知识考古学的方法在"历史情境"的复原中，会发现，看似平静的文学"正典"史述却早已在建构之初便满负裂痕，正如学者陈建华所言："当定于一尊的'正典'瓦解之时，理应释放出无量书写的可能性。"③

此外，《民权素》中的诗文与小说创作题旨的"断裂性"观点还无法为一体作家的两种"分裂性"书写形态提供一种合理的解释，即为什么在《民权素》的《发刊词》及《序》中纷纷表达严肃国族话语及对革命、"共和"痛悼和关怀的这群鸳蝴派文人，会在共时性的"小说海"中乐此不疲地创作所谓的娱乐小说呢？事实上，这些娱乐小说却又无法真正做到招人"买笑觅醉顾曲"④、"博人一噱，化去千愁"⑤，反而是在凄惨哀怨中发出一声声撕彻人心的苍凉呼喊，这样的哀情小说为什么会成为这一代、一群鸳蝴派作家共同书写的典型文学形态呢？难道这仅仅是追随鸳蝴派的开山、畅销之作《玉梨魂》而兴起的一股时尚化的创作潮流？众多小说不断重复的叙事模式、人物形象与这一代作家的创痛式体验又是否存在着必然联系？种种质疑使我们要返回可以触摸到的"历史情境"中去一探究竟。

二、哀情小说背后的潜流与旋涡

（一）民初鸳蝴派的哀情小说创作

一般认为，徐枕亚的《玉梨魂》、李定夷的《霣玉怨》、吴双热的《孽冤镜》为鸳蝴派的扛鼎之作，同时也奠定了清末民初鸳蝴派小说的创作基调——哀感浓艳。从形式上讲，这类哀情小说都采用文言，并在其中掺入

---

① 陈思和：《先锋与常态——现代文学史的两种基本形态》，《文艺争鸣》2007年第3期。
② 陈思和先生提出现代文学史的两种基本形态——先锋与常态，本书提出的"反常态"文学并不指涉先锋态，而是指不能随社会的发展而逐渐演变，固定不变的文学形态。
③ 陈建华：《从革命到共和：清末至民国时期文学、电影与文化的转型》，广西师范大学出版社2009年版，第2页。
④ 《出版赘言》，《礼拜六》第1期，1914年6月6日。
⑤ 《发刊词》，《消闲钟》第1期，1914年5月。

了大量对偶的四六句，从而使小说显得词采华丽；从小说题材和叙事模式上讲，大都叙述才子佳人相爱，或因贫富差距、或因小人离乱，最终得不到父母之命而离恨中天。正是这种叙述形式与叙述模式使得哀情小说成为清末民初小说的创作主流，尤其是呈现在这一时期的鸳蝴派期刊《民权素》及同期的《小说丛报》《小说新报》中。相比之下，鸳蝴派的其他小说类型却并不突出，如武侠小说要等到1922年《红杂志》的创刊才会迎来它的高峰；此时的侦探小说开始了部分作家的原创实验，文言或白话形式各具，但在数量上却不占优势；相对而言，稍成气候的是历史小说与社会小说。历史小说，往往以历史隐喻现实政治；社会小说，尤其是长篇小说，在形式与内容上依然延续了晚清谴责小说的余绪。但总体而言，社会、历史小说，无论在数量上，还是在社会、读者的影响力上，都无法与言情小说，尤其是哀情小说相抗衡。

从哀情小说的情节设置及叙述话语来看，徐枕亚及其追随者们的确抨击了那个时代"父母之命、媒妁之言"的婚姻制度，这在集哀情小说之大成的《民权素》中均有体现，并出现了不少佳作。如霁鹗的《妒花风》（《民权素》第5集）中，素芳因为母命未能与心上人结成良缘而抱恨终生，作者评道："以素芳之才之貌，宜得温雅如生者而偕老焉，乃其母以势力之见，致素芳以贫贱终其身，虽云其母之失，实亦我国婚姻不能自由，有以致之也，冤哉！"[1] 荫吾的《湘灵墓》（《民权素》第3集）中湘灵与少梅两小无猜，私自订盟于海棠花下，却遭到了舅父的竭力反对，最终女方自缢身亡，少梅也痛心疾首随之逝去，与其说"盖情之一字，实天下才子佳人之公敌"[2]，倒不如说是对"父母之命"怨怼的无奈。此时不少小说家也一再借小说表达："吾国婚权，操诸父母，凭诸媒妁，当塞修之始，媒妁则肆其鼓簧之舌，父母则利其黄白之金，求其能富于我，或贵于我，于愿斯足，才德不计也，迨赤绳既紧，怨女旷夫，未到中年，已拱墓木者，不知几千百万，断送无数英雄儿女之生命。"[3]"吾国旧俗，为父母者，每干涉儿女婚姻之自由，不知男女居室，止须夫妇双方同意，初无第三人置喙之余地，况有两心相许，期以百年，而父母作梗于期间者，因是之故，性和平者，辄以怨耦终其身，其激烈者，则杀身以殉情，甘为爱情之奴隶而不悔，

---

① 霁鹗：《妒花风》，《民权素》第5集，1915年3月22日。
② 荫吾：《湘灵墓》，《民权素》第3集，1914年9月10日。
③ 天悢：《侬之骄妻》，《小说丛报》第17期，1915年12月15日。

以致情天恨海，长留此无量数之冤魂。"[①] "欲为普天下之多情儿女，向其父母之前乞怜请命耳！欲鼓吹真确的自由结婚，从而淘汰情世界种种之痛苦，消释男女间种种之罪恶耳！"[②] 蒋箸超曾将这一时期言情小说的叙事模式与创作主旨归纳为："比来言情之作，汗牛充栋。……大率开篇之始，以生花笔描写艳情，令读者爱慕不忍释手，既而一波再折，转入离恨之天，或忽聚而忽散，或乍合乍离，抉其要旨，无非为婚姻不自由，发挥一篇文章而已。"[③] 鸳蝴派名家范烟桥也结合当时的社会文化背景给予说明："辛亥革命以后，'父母之命，媒妁之言'的传统婚姻制度，渐起动摇，'门当户对'又有了新的概念，新的才子佳人，就有新的要求，有的已有了争取婚姻自主的勇气，但是'形格势禁'，还不能如愿以偿，两性的恋爱问题，没有解决，青年男女为此苦闷异常。从这些社会现实和思想要求出发，小说作者就侧重描写哀情，引起共鸣。"[④] 此外，周作人也从新文学的价值标准做了相应的社会学解读："近时流行的《玉梨魂》，虽文章很是肉麻，为鸳鸯蝴蝶派小说的祖师，所记的事，却可算是一个问题。"[⑤] 如此看来，这些哀情小说的价值指向倒是与"五四"新文学的步调一致，然而它们的出现仅仅是为了批判旧的婚姻制度，或者如前文所说的只是一股迎合读者、迎合市场的娱乐主义创作潮流吗？

　　实际上，这一时期鸳蝴派作家的哀情小说创作，尤其是集中呈现在《民权素》中的作品，尽管涉及众多婚恋不自由的题材，但真正因父母之命而致离恨中天的，在数量上却并不占优势。众多小说如李定夷的《鹃娘血》（《民权素》第1集）讲述鹃娘在父母俱逝后遭继母虐待，并被姨丈卖入青楼，本以为被某公可怜而为其赎身后，嫁于心仪的王生便可以脱尽苦海，但是命运偏逢不济，一场大火将其所有的家财毁于一旦，为了让丈夫生存，她将自己卖于富人为妾，却遭到了王生的误解与指责，于是在绝望及对王生的留恋中选择自尽；南邨的《愔愔艳史》（《礼拜六》第11期）中的愔愔与妓女楚倌情投意合，但愔愔只将其作为精神上的恋爱对象，于是两人仍

---

① 秋梦：《鸳鸯冢》，《小说丛报》第5期，1914年10月20日。
② 吴双热：《〈孽冤镜〉自序》，陈平原、夏晓虹编：《二十世纪中国小说理论资料》（第一卷），北京大学出版社1997年版，第490页。
③ 蒋箸超：《白骨散》，《民权素》第1集，1914年4月25日。
④ 范烟桥：《民国旧派小说史略》，魏绍昌编：《鸳鸯蝴蝶派研究资料》，上海文艺出版社1984年版，第355页。
⑤ 周作人：《中国小说里的男女问题》，《每周评论》第7号，1919年2月。

不能真正地结合，最终楚倌嫁给了一个自己不爱的人，悁悁为此叹息不已；蕉心的《青灯影》（《小说丛报》第 5 期）中，生与女相恋相爱并得到了父母的允可，但最终却因生料理其父丧事，耽搁了时间，造成女的误会而饮恨病逝。在这里，无数男女主人公的生死分离与逝去，显然不是来自父母、媒妁等外界力量的干扰，是命运，甚至是主人公主体选择了这样的悲剧结局。

此外，其他悲剧性的婚恋小说题材，有的是追忆亡妻的，如程瞻庐的《梅仙小史》（《小说丛报》第 15 期），秋梦的《断肠声》（《小说丛报》第 17 期）。有的是叙述家庭离散的，如南邨的《惨别离》（《民权素》第 8 集）讲述丈夫外出求学、参加革命，妻子在家苦苦支撑，抚养幼儿，照顾婆婆，生活艰难至极也无所抱怨，她含辛茹苦地送走了婆婆，为了敛葬，变卖了唯一栖居的破屋，于是沦为乞妇，可等到的却是丈夫病逝的噩耗；碧痕的《襟前血泪》（《民权素》第 9 集）叙述杨氏支持丈夫高仲叔参加革命，却误信丈夫战死而自杀殉夫；尘因的《哀蝉秋雨》（《民权素》第 9 集）叙述叶曼青与林氏夫妇相濡以沫，无奈妻子病逝，女儿被卖，叙述中充斥的只是悲苦的人生与生活的艰辛，以及夫妻生死诀别的痛楚与骨肉分离的辛酸。还有众多小说是叙述女性悲惨遭际的，如徐枕亚的《梅柳争春》（《民权素》第 1 集）叙述屈小柳在丈夫梅玉良病死后坚持守节，虽不幸遇到强盗的劫掠，但以死面对恶人的挑衅，之后被一妇人所救，却又被卖入妓院遭受毒打，最终选择自尽的方式保全自己的操守；花奴的《梳头妇》（《民权素》第 17 集）叙述"我"从一位富家小姐沦落为一名梳头妇的辛酸史；天愤的《碧玉箫》（《小说丛报》第 16 期）讲述玲娘在婚后遭丈夫虐待、诬陷终至精神失常的悲惨遭际。此外，还有众多小说讲述因后母、小人等拨乱造成了有情人不能终成眷属，如悔初的《蓉城血》（《民权素》第 14 集）、花奴的《秋痕菊梦》（《民权素》第 16 集）、碧痕的《残碣泪痕》（《民权素》第 8 集）等。

因此，从《民权素》及同期的鸳蝴派言情小说创作来看，如果将这一时期鸳蝴派的整体创作仅仅理解为向新文学靠拢的社会学意义，并不符合文学史实，同时也将其创作主旨理解地狭隘化了。正如学者刘纳所说，"实际上，'婚姻不自由'的题旨一般只表现在小说情节的浮面，更重要的是作者们以哀惨的故事与人物完成了使自己'伤心'的感情世界境界化、形象化的过程"①，那么渗透进这一时期鸳蝴派小说创作中的"伤心"是指什么？他们在成就这一时期的哀情小说及其表现出来的美学特征——哀伤时，又注入了怎样的文人心态呢？

（二）哀伤情绪主导下的创作特征及文人心态

鸳蝴派作家所言说的"哀伤"指向了《民权素·序言》及其诗文所表达的"共和"题旨，在"孤愤一腔，陈绵风骚"中嵌入了小说家们对革命的悼亡与对现实的失望。清末民初鸳蝴派小说家，如徐枕亚、叶楚伧、刘铁冷、王钝根、蒋箸超、许指严等都是南社成员，他们都持过排满的革命主张，曾经为专制帝国的覆灭与轰轰烈烈的民族革命而欢呼振奋："今日者，满清逊位之诏既下，南北联合之议既成，于是我中国四千余年专制之国，一蹴而径达共和矣，我汉族四百兆人束缚之苦，一跃而同享自由矣，此非我革命大功告成之一日乎？"②但是"辛亥革命失败以后，袁世凯、张勋复辟，军阀混战，高压政策下的专制黑暗和复古潮流，使此前昂扬激奋的社会情绪骤然冷却"③，沉沦的社会现实让他们痛惜革命价值的消解与颠覆。民国之前或伊始，这批文人的血还是热的，意气风发地表达着快慰与欣喜："书生偶擅河山气，问建神州第几功？""敢以韬钤鸣宇宙，聊将名姓寄纵横"（叶楚伧，《将去申江席上赠南社同人》）。即使悼亡革命烈士，在"伤"中传达出的也是悲壮与豪情："我思四烈士，我歌四烈士，我泣四烈士，我将以范蠡之金铸四烈士，我将以平原之丝绣四烈士，我将以鞺鞳铿锵之军乐侑四烈士，我将以芬芳馥郁之香花荐四烈士。"④然而在被现实的噩梦惊醒后，他们变得沮丧了："天地黄老，处此神州，祸机偏伏，饮泣含羞，笔可写怨，酒不浇愁，仆本恨人，郁不得志，目击危时，伤心往事"⑤，"负负狂呼廿九年，头颅常戴奈何天。封侯有梦共投笔，策骞无能未著鞭。补救恨无医国手，兴亡空使匹夫肩。平声豪气销磨尽，侬是秋虫剧可怜"⑥。在这样剧烈的价值观颠覆中，哀伤成为了他们创作中的普遍情绪与意境，于是在其小说中呈现出了这样的创作特征：

---

① 刘纳：《嬗变：辛亥革命时期至五四时期的中国文学（修订版）》，中国人民大学出版社 2010 年版，第 108 页。
② 柏文蔚：《追悼四烈士文》，《民权素》第 1 集，1914 年 4 月 25 日。
③ 张华：《论清末民初通俗小说的娱乐主义倾向》，《山东大学学报》2000 年第 1 期。
④ 柏文蔚：《追悼四烈士文》，《民权素》第 1 集，1914 年 4 月 25 日。
⑤ 蒋箸超：《新恨赋》，《民权素》第 1 集，1914 年 4 月 25 日。
⑥ 吴双热：《无题》，《民权素》第 1 集，1914 年 4 月 25 日。

　　第一，人物命运与结局不完满的主题设置。这一时期小说中的才子佳人在延续明清小说中的同类形象时，都被鸳蝴派作家赋予了完美的外表与诗才。如《碎画》中的灵姑："若以其眉比春山，犹嫌其秀而未神；以其眼比秋水，犹嫌其清而未活；以芙蓉拟其面，得其淡而失其韵；以杨柳拟其腰，有其姿而无其态。总之，如灵姑之风貌及身材，谥以美人，尚觉未当，直呼曰仙，庶乎近耳"[①]；《月明林下美人来》中的女鬼："踟蹰梅林间，步碎玉兮窈窕，隔花幛而依稀，髻挽抛家，长裙委地，非复人世妆，丰姿绰约，皆绝世丽姝也，衣绯者丰姿昳丽，花目为神，琼瑶作骨，红上胭脂之颊，青回杨柳之腰，回眸一笑，大可倾城"[②]；《孤鸾影》中的陈忏慧"颇通文翰，凤以班昭左芬苏惠自期"[③]；《蓉城血》中的吴慧娘："女红而外，兼事读书，故能字仿簪花，才高咏絮，非特美而贤，且又淑而惠矣"[④]；《梦中永诀》中的柳生："以才见称于时，貌亦清矫不俗，因之自许持高，以为非佳人不足与匹"[⑤]，然而正是这类"完人"形象却大都没有更好的命运。由此看来，婚恋自由与否已不重要，作家们想要传达的是美好事物的易逝，这成为了他们看待世界及人生的价值观与美学观，即使是小说中少有的团圆，他们也写得磨难重重。如吴双热的《断肠花》（《小说丛报》第1期），主人公慰娘与云郎在分别十年后终于又走到了一起，但作者终究没有让他们幸福地生活下去，慰娘独自抚孤的画面永远地定格在那里；吴双热的《险些打散鸳鸯》（《小说丛报》第6期）叙述爱红与晓崖彼此相恋，但两人却总是处于分离状态，或者是父母将一方许给他人，或者是因革命战乱而分别，几经磨难，最终侥幸成眷属；《闺语》（寿姑女史述，东讷戏墨，《小说丛报》第3年第1期）中的嗣衡与寿姑，在各自遭到家庭变故的磨难中，本没有再续前缘的可能，但寿姑投水自尽被贵人所救，于是两人最终又侥幸地团圆了，而这幸福的团圆终究是依靠偶然性因素的撮合，并且悲剧性的命运受挫如影随形，这与其说是喜剧，毋宁说是悲剧。

　　第二，频繁出现的病态意象。哭泣、死亡、咳血等成为了这一时期小说创作中常见的语汇与意象，这些非正常的人类病态（或疾病）叙述，恰

---

① 徐枕亚：《碎画》，《小说丛报》第7期，1915年1月1日。
② 吴绮缘：《月明林下美人来》，《小说丛报》第19期，1916年2月29日。
③ 秋梦：《孤鸾影》，《小说丛报》第19期，1916年2月29日。
④ 悔初：《蓉城血》，《民权素》第14集，1916年1月。
⑤ 徐枕亚：《梦中永诀》，《小说丛报》第18期，1916年1月10日。

恰成为了这一时期鸳蝴派作家想象中的人物常态。众多小说纷纷以哭泣开篇，作家们宣称他们的创作即"为普天下有情人同声一哭耳"[1]，或者宣泄着对生活艰辛及造化弄人的悲愤与无奈："嗟夫！吾夫当此风萧萧雨飘飘，风雨如晦之时，君其安在邪？天之涯，地之角，山之巅，水之湄，别来八九年，魂梦两不接，君其安在邪？君不归来，妾何以堪？嗟乎苍天！予姑又病矣"[2]；或者以凄凉的哭冢展开一段痛悼人心的前尘往事。甚至在魔幻历史小说的叙述中，我们也会听到头颅的哭泣声："阴雨崇朝，风月永夕，鬼非无知，举目有山河之异。感腥膻之重染，嗟禾黍之已非，应有相对歔歙，啾啾共泣者"[3]，于是在这一时期鸳蝴派的文学世界中"惟闻哭声呜呜，惟见泪波汩汩"[4]。这种哭泣圈绕着人物命运的习惯性悲剧与前景的浩淼，并和着作家们的"共和"语境体验，在成为一种时代文学景观的同时，也深具美学意义。这表现为自身从一个意象上升为一种叙述单元，即巴尔特所言的"功能体"（function）[5]，或是托马舍夫斯基所言的"动力性母题"（dynamic motif）[6]，由此决定并推动着其他叙事因果链条的形成；或者更多地成为一种叙述氛围的存在，也即"静止性母题"（static motif）或"指示体"（index），在小说中弥漫延展，并触发着人物思绪的无意识流动。如《残阳泪》中梦珊凭吊西湖畔苏小小墓的叙述，在主人公的哭泣中，不再停留在眼前的荒墓，过去、现实、将来三重维度相交叠、跨越，直接抵达主人公对人生、命运的深层解读：

　　　嗟乎梦珊！何伤心一至于是？痛美人之沦落，慨身世之飘零，尽情一哭，所以发其抑郁无聊之思耳。盖梦珊虽年才弱冠，而悲愁境遇已亲尝之。萱荫先调，弱弟不禄，膝下相依，惟此白发星星之老父。千里家山，一官出守，宦海风波，正不可测，而一念及大好光阴，背

---

[1]　章琳：《罗浮梦》，《民权素》第 12 集，1915 年 11 月 15 日。

[2]　南邨：《惨别离》，《民权素》第 8 集，1915 年 7 月 15 日。

[3]　徐枕亚：《髑髅山》，《小说丛报》第 5 期，1914 年 10 月 20 日。

[4]　悔初：《膏肓泪》，《民权素》第 16 集，1916 年 3 月。

[5]　巴尔特的"功能体"指介入情节的、邻接相续的因果事件链条的叙述作品的最小单位，而提供人物和环境等有关情况的叙述作品的最小单位称之为"指示体"。

[6]　文论家一般用"母题"（motif）指涉情节的最小最基本单元，是对叙述具有相关意义的最小单位。托马舍夫斯基将直接推动情节发展的母题称为"动力性母题"，反之，并不直接推动情节发展的母题称之为"静止性母题"。

人荏苒，青春不再，来日大难，只此眼前所见，黄土一抔，长埋千古。当年檀板紧樽，今日斜阳芳草，幽情豪气，一例沉沦，劫余躯壳，更复留得几时？他日者一叶随风，飘然归去，亦惟剩此累累荒土，为千秋纪念品而已。①

此外，小说中频繁出现的"死亡"意象也同样契合着作家的时代体验，成为一种普适性或群体认同的文学景观。学者陆扬曾描述过"死亡"展现的美学画卷："假设神赐给人类永生。一百年过去了。五百年过去了。一千年过去了。我们将会看到何种景象？我们将会看到这个星球上布满枯木朽株般的老人，他们秃发缺齿，形销骨立，百病缠身，早已衰竭枯萎了，然而命中注定他们将永远衰老下去，永远不得解脱。在这样一幅触目惊心的永生图中，死亡将是何其甘美的安息！"②在这幅画卷中，"死亡"对于其美学形态的获得可以理解为一种"意义"的取得，即"永生"，这一"意义"阻碍了"死亡"仅仅是一种生命的过程，而是被赋予了无尽的悖论意义，并昭示着解读与阐释空间的无限性。同样，以这种思维解读这一时期鸳蝴派作家笔下的"死亡"意象，也具备充分的美学形态，这并非仅从审美的角度去品赏这些悲剧性的主人公，尤其是女性的"死亡"意象所显露出的花凋月沉、彩云飘散的奇瑰之美，而是在此基础上上升为与悲剧紧密相连的美学形态，在升华的过程中"死亡"意象或是"体现伦理原则和代表理事的进步力量"③，或是"一种价值的失落和善德分解"，或是"生存权利被剥夺和人的尊严与自由受到侵害"，于是鸳蝴派作家笔下"死亡"意象的文学书写便具有了美学的形态与意义。

应当注意，这一时期鸳蝴派作家对"死亡"的偏执性书写并不让读者感到战栗与恐怖，但这也丝毫不减弱作为一种典型意象所具备的文本功能，作家们在"死亡"意象中所注入的对现实的不满与厌弃、理想沉沦的无奈与痛楚，都使得"死亡"在平静的叙述中变得沉重有力、震撼人心。值得注意，并非所有文学作品中的"死亡"都可以升华为一种美学形态，也并非所有以嗜血、暴力为表征的"死亡"不能升华为一种美学形态，这其中的关键仍旧是一种"意义"的获取与可供解读空间的生成，即"表征艺术

---

① 笑云：《残阳泪》，《民权素》第 5 集，1918 年 3 月 12 日。
② 陆扬：《死亡美学》，北京大学出版社 2006 年版，第 1 页。
③ 颜翔林：《死亡美学》，上海人民出版社 2008 年版，第 133 页。

对于死亡的诗意沉思和审美表现"①。诸如下一时期，即后文将要论及的第二代鸳蝴派作家对现代都市语境中利欲熏心、泯灭人性的"死亡"叙述，如徐卓呆的《日记之后半册》(《小说季报》第4集) 中主人公陈勉守为避免丑事败露毒杀情妇；李涵秋的《还娇记》(《小说季报》第1集) 中姑母红蝶与丈夫刘泓为私通之便鸩杀妻子嫏儿；以及延展至当代较为典型的余华先锋小说中对于"死亡"的零度叙述，如《古典爱情》中的惠小姐被肢解，《一九八六年》中历史教师的血腥自戕，《现实一种》中山峰、山岗兄弟间的相互屠戮等。尽管同样实现了"死亡"意象的美学形态化，但是在升华的过程中却并非引向一种苍凉与崇高，而是更多地呈现出现代派艺术的表征形式，依托于自身价值的解构与悲剧的颠覆性叙事，潜心于文化心理结构的透视，注重对个体的精神存在作出精湛的解剖，其"死亡"意象更多地与丑感、痛感等审美体验相连接。于是，从"死亡"意象书写的嬗变来看，鸳蝴派代际的书写差异又呈现出了自身从古典到现代艺术的转变历程，这自然是后话。

第三，在哀伤情绪的主导下，小说的叙事模式也发生了一系列的变化。首先，这一时期的鸳蝴派小说，其情绪的感染力开始增强，加之诗文、四六句的普遍掺入，小说中出现了情节缓滞，人物情绪、心理活动延展、强化的叙事模式，即学者胡亚敏提出的"非线性情节类型"，主要表现为"叙事文中因果关系的消褪，故事呈自然状态，情节平淡、朦胧乃至支离破碎"②，最典型的如《玉梨魂》，小说中插入了众多诗词酬答，使小说情节的发展时常凝滞下来。在此基础上，这种"非线性情节类型"会进一步演变为学者徐岱提出的"情调模式"，即区别于以叙述事件为主的"情节模式"和以刻画人物为主的"情态模式"，从而使情感成为作家描写人物、叙述故事的基本背景和最终归宿，"在这类作品中故事虽然存在但并不构成为情节，人物也得以保留但已退居二线，小说家讲述一些事件、介绍几位人物的目的，在于营造一种意境，渲染一种气氛，最终捕捉住一种特殊的情调感。所以，故事在文本中不仅显得散淡，人物的肖像往往十分模糊，作家对其心理活动以及行为特征的描写既不为刻画性格也不为突出情节，只是赖以抒发某种人生体验"③，表现在这一时期的鸳蝴派小说中，就出现了诸

① 颜翔林：《死亡美学》，上海人民出版社 2008 年版，第 10 页。
② 胡亚敏：《叙事学》，华中师范大学出版社 1994 年版，第 134 页。
③ 徐岱：《小说叙事学》，商务印书馆 2010 年版，第 263 页。

多淡化情节，侧重讲述人物情绪的文本。如《依行矣》(《小说丛报》第 8 期)，小说几乎没有太强的故事性，仅仅写一对不得终成眷属的男女分别的场景，重在表达"人情变幻……善始者未必善终"①；再如《惛惛艳史》也没有太强的故事性，只是重在抒发人生的漂泊无归与世事的不完满，用小说《梦》中主人公王商生的话来讲，即"幻之又幻，玄之又玄，付之一梦可耳"②。

其次，小说中普遍出现了追忆体的叙事模式。一般认为，在叙述本文所讲述的故事中包含着多个层次，即叙事学家巴斯所说的"故事中的故事中的故事"(Tales within tales within tales)③。法国学者热拉尔·热奈特将这种"叙述分层"定义为"叙事讲述的任何事件都处于一个故事层，下面紧接着产生该叙事的叙述行为所处的故事层"④，并具体划分为外叙述(extradiagese)、元叙述(meta-diagese)和内叙述(intranarrative)。学者赵毅衡则在热奈特观点的基础上将故事层划分为超叙述层、主叙述层和次叙述层，并以主叙述层为基点向下、向上无限延展出次次叙述层及超超叙述层等叙述层次，这也弥补了热奈特至多只能划分为三个层次的不足。这一时期的鸳蝴派小说大都在小说主体故事，即主叙述层之上添加高一级的叙述层，即超叙述层，它的作用并不是承担故事主体的叙述，而是提供主叙述层展开的背景及叙述者。这个叙述者或为吾友，或是奇遇的主人公自身，通过他来追述过去的一段伤心往事。从接受美学的角度讲，在这种追述中，审美对象被推至较远的位置，进而由远及近，情绪感染力也渐进增强。如徐枕亚的小说《三云碑》(《民权素》第 2 集)，作为故事主体的三云兄弟的英年早逝，是在少年寻塚野祭之后的凄惶之夜与酒家老人的攀谈中展开的；冥飞的《空山人语》(《民权素》第 17 集)是由深山狩猎时遇到的一位隐士向"我"讲述往事；《碎画》(《小说丛报》第 7 期)则是由一幅美人碎画及识别碎画的老妪完成主叙述层即灵姑悲惨遭际的讲述。此外，连这一时期在《礼拜六》上发表小说的叶圣陶，也时而采用这种叙述模式，如小说《博徒之儿》中述："全校儿童莫当逾其苦楚，请为君述其历史，君

① 吁公：《依行矣》，《小说丛报》第 8 期，1915 年 2 月 8 日。
② 东讷：《梦》，《小说丛报》第 13 期，1915 年 9 月 12 日。
③ 谭君强：《叙述理论与审美文化》，中国社会科学院出版社 2002 年版，第 42 页。
④ 〔法〕热拉尔·热奈特：《叙事话语 新叙事话语》，王文融译，中国社会科学出版社 1990 年版，第 158 页。

闻之，必且欷歔惋叹，为之泪下也。"[①]

应当说这种超叙述层的添加，从鸳蝴派的开山之作《玉梨魂》就已经开始运用。一方面，它契合了小说主体叙事、作者体验表达、整体氛围的营造，这无疑为鸳蝴派小说的创作锦上添花；但另一方面也带来了这种模式的无限量复制，在复制中出人意料地呈现出两种作用力相反的张力结构：其一，这种叙事模式的批量仿制，势必会带来文学叙述的自动化恶果，在消减文学生命活力的同时，也大大增强了其作为文学商品的特质，于是遭到新文学家的抨击和对其艺术性的贬低就成为一种必然；其二，这种仿写与复制又暗含着一种自我保护机制，对自动化的模式趋向构成了一种消解，即复制的仅仅是这种超叙述层的添加，至于怎样添加，添加怎样的超叙述层，这就为其他作家的写作营构了创新的空间。于是在民初鸳蝴派浩森的创作中，尤其是言情小说，尽管每篇都不脱哀感顽艳的叙事风格与千篇一律的叙述模式，但是作为读者在阅读这些作品时却并不感到审美疲累，反而随着超叙述层的"叙述缓冲"渐进阅读佳境，伴着主人公命运的沉浮完成一次又一次的古典爱情之旅。

再次，"革命+恋爱"模式的染指。众所周知，"革命+恋爱"叙事模式的畅销与流行是与左翼文学紧密相连的，准确地说是蒋光慈掀起了这股创作浪潮，但是这种叙事模式的首倡者或者说"雏形"却并非发迹于20世纪20年代末期的普罗文学。从晚清开始，"革命"作为一个外来词汇被转译进来，并为众多志士自觉宣扬和义无反顾地实践，势要推翻满清的专制腐败统治，如孙中山领导的同盟会就提出了"驱除鞑虏，恢复中华，创立民国，平均地权"十六字政治方针，因此这种声势浩大的革命意识势必会以文学想象的方式进入到晚清文学的创作中。特别是梁启超提出的"新小说"创作范式，这种承载着强烈"新民"意识的政治性小说，自然与这种国族想象相契合，于是在晚清"新小说"中出现了众多受俄国虚无党人影响，争取民族独立，推翻专制统治的革命性小说；同时不少小说又吸收、改造了传统才子佳人小说的因子，在革命之余又添加进了男女恋爱、情感的元素，因此可以认为"革命+恋爱"的小说叙事模式初步建立起来。但是这种模式仍带有晚清"新小说"的诸多特色，如弱化女性特征、注重革命理念的宣教、淡化两性关系的情感表达等，这些都使得小说中的男女双

---

① 圣匋：《博徒之儿》，《礼拜六》第12期，1914年8月22日。

方更像是革命中的战斗伙伴与患难同志，"恋爱"因子在晚清的特殊文学语境中仅仅浮于文本的表面，或者被"革命"因子强势遮蔽，或者只是作为"革命"的陪衬。如《东欧女豪杰》中以救世自任的苏菲亚与晏德烈的恋情仅仅是作为小说的插叙部分游离于两人奔波的革命事业之外；《瓜分惨祸预言记》中致力于民族国家独立的夏震欧与华永年，他们的婚恋也只是小说末尾提及的"这中国就是我夫，如今中国亡了，便是我夫死了。这兴华邦是中国的分子，岂不是我夫的儿子吗？我若嫁了人，不免分心"①这样的消解恋爱的叙事倾向。这种带有浓郁晚清"新小说"特色的"革命＋恋爱"模式一如"新小说"声势浩大却未能产生传世的经典与刻骨铭心的人物形象的缺陷，随着"新小说"实验的失败，也渐沉入历史地表之下。然而诡异的是，在近半个世纪之后的十七年文学中，这种"恋爱"缺席或者形式化的"革命＋恋爱"的模式又再度浮出水面，这似乎昭示着文学史就是一个充满悖论的"怪圈"。

尽管带有浓郁晚清"新小说"特色的"革命＋恋爱"模式并没有开拓出梁启超期待的"开启民智"的大众文学的阅读市场，并很快随着"新小说"政治宣教色彩过于强烈的弊病而烟消云散。但是到了民初的鸳蝴派小说，尤其是《民权素》时期的哀情小说创作，"革命＋恋爱"的叙事模式又再度浮现出来。这似乎是一种必然，在一个革命叫嚣得异常响亮，并酝酿出辛亥革命的伟大年代，文学中又怎能缺少了"革命"的因子？同时对于这代半新不旧，并对时代、现实政治有着复杂感触的鸳蝴派文人来说，对于爱情的无尽书写，不管是表达灵魂之痛，还是日后真的走向了一种娱人娱己、卖文卖笑之路，理想的古典爱情即"恋爱"已成为他们的生命标识，所以这两种不可或缺的因子在他们的文学想象中结合了。于是可以看到《玉梨魂》的结局设置为梦霞参加革命并战死于武昌城下；沈东讷的《双鸳恨》(《小说丛报》第 2 期）在紫霄与青霭相恋与受难的鸳蝴模式之外，又加入了紫霄东洋留学参加同盟会救国，之后又受诬告被捕，青霭百般营救的"革命"情节；同样，白田三郎的《救得相如渴病无》(《小说丛报》第 13 期）中秀儿与花文兰的曲折恋情叙述，不仅仅依靠一般鸳蝴派小说中的后母、小人拨乱等因素，更多地依赖于秀儿投军革命，兰儿参加红十字会

---

① 〔日〕女士中江笃济（藏本），男儿轩辕正裔（译述）：《瓜分惨祸预言记》，章培恒编：《中国近代小说大系》，百花洲文艺出版社 1991 年版，第 387 页。

所遭遇到的波折经历；再如《惨别离》尽管是叙述妻子与丈夫澄瀛一见钟情、新婚燕尔，在丈夫外出留学之际独自持家操劳，含辛茹苦地承受生活与命运的重压，但是其隐含的副线却是澄瀛参加革命十年未归，客死他乡的"革命"叙述。

　　由此来看，民初鸳蝴派小说中的"革命＋恋爱"模式较之晚清"新小说"已呈现出较大的差异。归结起来，即晚清"新小说"的叙事是在"革命"的主线上添加"恋爱"的元素，但是恋爱是为了革命，"恋爱"没有其生长的文学空间，它只能被动地统合进另类的话语系统中去消弭与"革命"之间的裂痕，其中的张力依然清晰可辨。而民初鸳蝴派小说则是在"恋爱"的主线上添加"革命"的元素，使"革命"作为言情小说的情节单元构建故事，并成为故事发展的动力和人物离合的关键，如小说《双鸳恨》，如果没有紫霄参加同盟会救国以及青霭的支持，就不会有青霭父亲的震怒和将其许配他人，没有紫霄因参加革命被捕入狱，就不会有后来紫霄对青霭的误解。而到了左翼文学，这种"革命＋恋爱"的模式又一次发生逆转，即改变了"恋爱"作为小说主线的位置，而是置换为投身"革命"或叙述"革命"经历的动因，这似乎又回到了晚清"新小说"的老路。再者，与左翼文学相比，民初鸳蝴派的"革命＋恋爱"模式依然呈现出染指时的初级形态，尚未达到左翼文学那种较为成熟的叙事模式，即与晚清"新小说"一样，"革命"与"恋爱"的因子并没有发生冲突，而是相对单一、契合地融为一体，作为一种添加成分为小说的叙事或者作家情感、体验的代偿化书写服务，这并非像左翼文学那样，全方位地表现"革命"与"恋爱"的冲突与统一。于是，在这种模式的背后，诚如蒲安迪所言的"叙事就是作者通过讲故事的方式把人生经验的本质和意义传示给他人"[①]，左翼文学诠释了作品中的个性主义者们如何顺利地走向了集体主义的道路，而鸳蝴派文学则传达出了传统伦理文化观念烛照下的"革命"观，即以个性的被压抑统一"革命"与"恋爱"之间的潜在冲突。这或者如《救得相如渴病无》中的秀儿"行将偕哥蹀躞于共和之新中国矣"，或者如李定夷的《茜窗泪影》中的沈琇侠为牺牲的爱人守节不移，其中反映了作家们在意识形态上的差异。

　　此外，与晚清"新小说"不同的是，鸳蝴派作家更多的是将"革命"

① 〔美〕蒲安迪：《中国叙事学》，北京大学出版社1996年版，第6页。

作为一种不能释怀的"共和"记忆来描述："木樨香飘，霜枫叶舞。楚卒叫，义旗举，武汉三镇，战氛四起。清兵南下，如豕如鼠，劲旅克敌，如狼如虎。大智门外，吞国贼以云烟，襄河堤边，埋健儿于烽火。迨至汉阳一炬，可怜焦土"[1]，于是"革命"记忆与哀情小说中"恋爱"悲剧所表达的灵魂之痛相得益彰地共同建构了民初鸳蝴派小说中的哭悼氛围。

"哭悼"成为1914年前后与"戏讽"并置的鸳蝴派小说创作的一个主题词，不惟言情小说，诸如社会、狭义、历史小说都浸透着一股悲凉、哭悼之气。如何海鸣的《乞儿之新年》（《民权素》第1集）讲述乞儿作为一个人却与富人有天壤之别，作者从他可怜的满足与快乐也只是在新年这一天得到些许的赏钱中慨叹生之艰难与不幸；许指严的《泣路记》宣称"哀惨侠义可泣可歌"[2]；李定夷的《陈阎二典史外传》（《小说丛报》第4期）叙述明末义士抗清的悲壮故事；徐枕亚的《髑髅山》（《小说丛报》第5期）叙述宋末义民因抗元而被集体斩杀，几经沧海桑田被人遗忘，只得以鬼魂再现向世人哭诉才得以立祠。这些历史小说纷纷标注为"痛史""惨史"，借明末、宋末轶事痛悼现实，宣称："我传此，亦使我四万万国民欲拥护我汉土者，当先仪慕我松之夏氏也。"[3]在此基础上，作家们基于"共和"语境体验所表达的感伤，甚至直接转化为小说中对现实逆转的愤慨之声，如《嫠妇血》讲述张勋纵兵扰民之祸："绕豚尾若云鬐，被蓝衣若囚徒。皂靴与花鞋并着，乌发与黑面齐光，官兵欤？盗贼欤？"[4]作者刘铁冷感慨道："不知铁瓮城中若此嫠妇者几何人？不若此嫠妇者又几何人？吾述其事，吾为嫠妇悲，吾不仅为嫠妇悲也！"再如《青衫泪》，作者李定夷对伍生被人诬以乱党之名下狱的情节悲痛道："有清晚年，党狱大兴，位高者妄罗无辜以快心，位卑者希冀上意以干禄，杀戮之惨，驾汉唐宋明诸党祸而上之，天下有心人当同声一哭。"[5]于是对现实的失望便不可避免："国家新造，无煦煦之仁以泽世，而徒令此寡妇孤儿，依荒塚为活命地，目不忍睹，耳不忍闻，谁实为之而令致此乎？悠悠苍天，曷其有极？"[6]"环顾斯世，……今

① 白田三郎：《救得相如渴病无》，《小说丛报》第13期，1915年9月12日。
② 《泣路记》广告，《小说丛报》第19期，1916年2月29日。
③ 东讷：《夏氏殉难记》，《小说丛报》第20期，1916年3月29日。
④ 刘铁冷：《嫠妇血》，《民权素》第2集，1914年7月15日。
⑤ 李定夷：《青衫泪》，《民权素》第2集，1914年7月15日。
⑥ 剑鸣：《塚中妇》，《民权素》第3集，1914年9月10日。

则媚视烟行者盈天下，狗苟蝇营之风，益复大盛。以娟度之，殆有过于前清之季，试思革命以后，人民所得之幸福几何？能不悲哉？"[1] 所以《冥鸿》中的妻子便深觉丈夫的阵亡失去了意义："皆君等牺牲了生命，为彼辈所换得之偌大利益也。"[2]

　　综上所述，本章所论及的"戏讽"与"哭悼"的话语方式表明，这一时期鸳蝴派作家的心目中有着难以言说的悲愤之情。在文学想象的图景中，其间的主人公在命运的摧弄过后显得疲惫不堪："心为形役，志以病磨，躯壳尚寄风尘，魂魄已归墟墓。"[3] 其间的物也呈现出时过境迁后的颓败之象："桃花犹是，人面已非，惟剩一院斜阳，落红数点，与枝头翠羽，飞鸣求侣，点缀此荒凉寂寞之景而已。"[4] 尽管"花""鸟"的意象仍然不离这代具有传统根底的文人笔端，但已透出无尽的苍凉之气："鸟魄停飞，花魂欲断，夕阳半面照林际，镕成一片可怜红，若隐隐指人以凭吊者。"[5] 也许用"夕阳"更能反映他们在年富力强、大有作为之时却凋萎枯零的衰老化心态。李泽厚曾将"前五四"时代的氛围形容为"四顾苍凉侵冷，现实仍在极不清晰的黑暗氛围中"[6]，这样的氛围加之逆转了的心态使这一代作家在他们的"文"与"人"之间找到了自己情绪的宣泄点，国、家、个人三者相契合地呈现在其小说创作中。从这一意义来讲，他们以这种不被看重的文学样式确曾留下了那个风云激荡年代的"中国表情"。

---

① 包天笑：《冥鸿》，《小说大观》第 2 集，1915 年 10 月 1 日。
② 同上。
③ 徐枕亚：《三云碑》，《民权素》第 2 集，1914 年 7 月 15 日。
④ 湘屏：《凌波影》，《小说月报》第 2 期，1912 年 12 月。
⑤ 昂孙：《芦花泪》，《民权素》第 6 集，1915 年 5 月 15 日。
⑥ 李泽厚：《中国现代思想史论》，天津社会科学院出版社 2003 年版，第 213 页。

第三章 怀旧与忘却：民初中后期鸳鸯蝴蝶派的分野

时间转至民初中后期，即 1915—1917 年前后，随着现实的进一步沉沦与"共和"语境的淡去[①]，这一时期鸳蝴派作家们的体验也一改先前的激愤与悲悼。表现在创作中，其情感表达的美学形态又一次发生变化，只不过这次变化朝着两个维度嬗变：一种是在延续原有国族话语及面相的基础上，表现为怀旧的情感蕴藉形态与隐逸的文学题旨；另一种则是在清末诞生的娱乐主义话语的基础上，以及新派鸳蝴作家新的写作范式的生成中，表现出对原有国族话语的疏离、忘却，以及对现代市民世俗化与消解宏大叙事写作的贴近。这一时期的《小说丛报》《小说新报》与《小说画报》《礼拜六》等鸳蝴派期刊分别为这种嬗变特征提供了理想的考察场域。

第一节 美学沉潜："共和"语境远离中的怀旧与隐逸

从《小说丛报》与《小说新报》来看，这一时期的鸳蝴派书写尽管延续了前一时期对革命的悼亡与对现实的失望，表现出对原有国族话语及其面相的延续，但是这种延续已经在很大程度上溢出了先前国族话语的边界，

---

① 前文论及由民国机制以及以"共和"观念为主导构建的民国政治、文化环境称为民国"共和"语境，这种语境形成的关键因素除了民国机制，更重要的还在于"共和"观念的统摄，因此在前文论及的袁氏政治、文化的高压期间，尽管民国机制遭到破坏，但是"共和"观念却深入人心，尤其统摄着该时期的鸳蝴派作家，并由此呈现出相应的文学创作特征，所以仍将其作为民国"共和"语境。而 1915—1917 年这段时间，从更加混沌的社会现实及鸳蝴派作家的体验与创作来看，"共和"观念的统摄呈现式微之势，他们在经历了现实与理想的沉沦后，很少提及或表现出前一时期对"共和"观念的执着坚守，而且随着近现代市场消费语境的渐兴，这种疏离的倾向就更加明显，因此将这一时期鸳蝴派作家的生存语境定为"共和"语境的远离或淡去。

表现出疏离与逃逸的文学指向。

首先，"怀旧"美学风格及叙事方式的浓郁呈现。1915 年前后，随着"共和"语境的远离与淡去，先前鸳蝴派作家在小说中表现出的愤激之情与剧烈的创伤之痛逐渐冷却下来，曾经的革命与意气风发，以及对现实的痛骂指陈也在这种冷却中被渐渐遗忘，成为一种偶然、零散的记忆片段与随处添加的小说情节："木樨香飘，霜枫叶舞。楚卒叫，义旗举，武汉三镇，战氛四起。清兵南下，如豕如鼠，劲旅克敌，如狼如虎。大智门外，吞国贼以云烟，襄河堤边，埋健儿于烽火。迨至汉阳一炬，可怜焦土。"① 在才子佳人的惺惺相惜中，也透露出对革命追求的幻灭，如《落花时节又逢君》中筝娘鼓励情人栖霞参加革命、报效国家："妾匮乏木兰之勇，生当斯世，岂宜委迹长干，枯坐温室，亦当上书当道，请征倭奴，妾虽身堕北里之中，亦愿效梁夫人之击鼓助战，君本有心人，当不河汉妾言也"，但是栖霞言："辛亥一役，志士咸杀身成仁，余当羊城之发，已追随诸先烈后，不幸脱险，未能马革裹尸，为诸先烈殿军，为祖国增光荣，否则时节黄花魂当归来也。虽然内讧未息，外患频乘，既留此七尺之躯，想苍穹于冥冥之中，或留为后日用耳，言毕欷歔不已。"② 此外，与前一时期的革命场景描写相比，此前的描写呈现出作家们的"现时"性体验，而此时则带有事后追忆的色彩，从而表现出"怀旧"的美学形态。

马尔科姆·蔡斯在《怀旧的不同层面》一文中，分析了构成"怀旧"的三个先决条件："第一，怀旧只有在有线性的时间概念（即历史的概念）的文化环境中才能发生。第二，怀旧要求'某种现在是有缺憾的感觉'。第三，怀旧要求从过去遗留下来的人工制品的物质存在。如果把这三个先决条件并到一起，我们就能很清楚地看到怀旧发生在社会被看作是一个从正在定义的某处向将要被定义的某处移动的社会环境这样一种文化环境中。"③ 对于此时的鸳蝴派作家而言，尽管在文化语境的剧烈变动中，革命的价值并没有实现曾经的期待，但是作为这一时期这一小群体曾经有过的共同记忆，即"以集体认同的'认知'（cognitive）面向——'想象'不是'生

---

① 白田三郎：《救得相如渴病无》，《小说丛报》第 13 期，1915 年 9 月 12 日。
② 文蝶、问秋、花魂、笑第：《落花时节又逢君》，《小说丛报》第 16 期，1915 年 11 月 16 日。
③ 葛亮：《"老上海"的前世今生——时尚文化与精英叙事的"怀旧"形态》，《学术月刊》2011 年第 9 期。

造'，形成任何群体认同所不可或缺的认知过程（cognitive process）"①，反映出他们的复杂心态。一方面，对现实的缺憾感觉使他们转向了旧时代的回忆。弗洛伊德曾在《论物恋》中指出"'物恋'的核心意义便在于恐惧'匮乏'（the lack），从而在现实中寻求自己害怕丧失和可能丧失的那一部分的替代物"②，鸳蝴派作家的缺憾感觉即源自恐惧"匮乏"，但是在现实中他们仍旧找寻不到已经丧失的替代物，所以在他们的笔下，在他们构建的小说王国里，时间的指针都被拨慢了。另一方面，他们又将这怀旧的记忆作为他们现实理想的乌托邦。正如安德森（Benedict Anderson）所言，"'想象'成为了怀旧'认知'的内核。而想象的彼岸则是一个在历史脉络中淡去的文化'乌托邦'，其中蕴藏着'某一整套社会秩序和文化理想'"③，以此作为对前一时期鸳蝴派国族面相的延续与承接。但是以想象方式进行的怀旧，却又暗含着对国族话语的现时性否定与虚构，这已然消解了被延续下来的国族话语的力度，所以此时鸳蝴派的怀旧叙事方式所呈现出的美学风格已大不同于此前的"踔厉风发"，从而表现出对之前国族话语的疏离倾向。

其次，情感蕴藉的深层积淀。这一时期鸳蝴派作家的创作，与前一时期相比，尽管仍以哀情小说居多，作家们基于现实体验的艺术表现同样以悲剧的美学方式呈现，但这种文学想象的悲剧性展开却并非惯性式地延续前一时期的范型，而是将先前愤激、惨烈的美学情感升华为一种沉郁顿挫的情感蕴藉，其叙述话语指向了一种深层积淀的美学向度，并进而传达出一种普适性的、形而上的人生与命运之思。其沉潜的文学情感在文中飘散挥发，渗透进小说中人物的骨髓里，成为他们一种与生俱来的气质与生命习惯，其驳杂、繁复却内在整齐划一的生命形态在不断的重复中诉说着作者所寄予的生命苍凉与孤独无依感："余主是园十有余年矣，此十余年中，仆仆风尘，不遑宁居，已不胜草草劳人之慨，且即此家居之时日，亦觉适意时少，而使我心中恻恻，肝肠凄断者，则十倍之而未已焉，苍苍者之厄余，抑何酷也！余慰之曰：浮生一大梦耳，何妨稍存达观哉？若是戚戚，适自寻苦趣而已"④，"多情眷属竟凶终，好梦如烟去太匆，……十年为客头

---

① 葛亮：《"老上海"的前世今生——时尚文化与精英叙事的"怀旧"形态》，《学术月刊》2011年第9期。
② 王嘉陵、陈基发、何岑甫编译：《弗洛伊德文集》，东方出版社1997年版，第388、389页。
③ 〔美〕E.希尔斯：《论传统》，傅铿、吕乐译，上海人民出版社1991年版，第277页。
④ 秋梦：《断肠声》，《小说丛报》第17期，1915年12月15日。

颜白，一夕伤秋血泪红。纵使有家归不得，懊侬今是可怜虫。……天荒地老歌长恨，我比三郎泪更沨"①。如果说这种蕴藉、升华了的文学情感在小说中的表达还是间接地通过隐含作者、全知叙述者，以及主人公的多重叙事转换，那么在同期鸳蝴派的诗文创作中，已经不需要这种隐喻的虚构：

海色秋风又一年，解衣箕踞酒炉边。文章兴废关时代，不许旁人唤谪仙。

松菊招寻见故人，沧桑阅尽剩闲身。知君不浅弦歌兴，少有高名隐富春。

河洛风烟万里昏，西京铜狄泣王孙。斜晖有恨家何在，廿载京华共酒尊。

不作征人也泪流，纸窗风雨写沧州。星星照出鱼肠字，门外沧江起暮愁。

江山萧瑟隐悲笳，落日轻风雁影斜。为道故人相送远，凄凉贺老泣琵琶。②

谁将青眼怜秋士，倾盖程生且驻车。绿酒红镫如此夜，明朝门外即天涯。

况瘁轮蹄剧可怜，萍根无定感华年。好将一付英雄泪，自抱云和理七弦。

尽把多情付柳枝，开函红豆子离离。故人准备如椽笔，十幅新填荳蔻词。

九州铸铁轻成错，江北江南几劫灰。我亦一腔孤愤在，天寒无语自徘徊。③

他们诗文"宛然长恨之歌，斯世斯人，当作同声之哭"④，其中已经分不清秋夕岁暮、国族悲恨、个人愁思、家庭殇殁的边界，只是在无尽的古

① 天啸：《悼秋词》，《小说丛报》第3年第1期，1916年8月10日。
② 民哀：《夜读梅村集得五绝即送枕亚赴沪》，《小说丛报》第17期，1915年12月15日。
③ 伴僧：《民哀表阮将游沪上爱拾〈花月痕〉句以助之》，《小说丛报》第17期，1915年12月15日。
④ 双热：《悼秋词·序》，《小说丛报》第3年第1期，1916年8月10日。

典书写中涌动、延展着灵魂之痛，似乎作家们在接续前一时期小说中的惯用模式及意象后，在思考并回答哭悼、悲痛、死亡过后将如何安抚"生死疲劳"的灵魂：

> 吟秋殁八月矣，一年容易，又是秋风。古之人触景兴怀，抚时生感，美人香草，屈原动去国之思，白露严霜，宋玉有悲秋之作，杜陵落拓，昔传秋兴之篇，永叔牢骚，夜著秋声之赋，所以兴怀，其致一也。况乎仆本恨人，情深故剑，安仁吊影，奉倩伤神，值此风凄雨泣之时，益增玉碎珠沉之痛。抽毫濡墨，笔花与泪血争妍，伸纸疾书，旧恨共新愁并写。残蝉鸣露，寒雀号风，率成卅章，聊当一哭云耳。嗟夫已矣！青衫尘满，绿鬓丝生，放眼中原，慨河山之破碎，缅怀身世，感琴剑之飘零。千载江湖，俱成幻境，半生事业，尽付东流，离恨有天，埋愁无地，好梦无重圆之日，余生皆待死之年。此日拼将红泪，制成惆怅之词，他年买得青山，卜个鸳鸯之塚。[①]

于是，他们对人生与生命的总结便是"变"与"幻"，并在文学想象的空间中诠释着这种生命体验。一方面，他们将这种体验熔铸进时间与空间双重维度的想象中，在相同空间的叠加中呈现出时间的瞬间移位。如小说《碧玉箫》开篇描述的荒败残凉的亭榭屋园，却是昔日玲娘与酉郎浓情蜜意之故地。同一片屋檐下，在画面色调的变幻中，呈现出的却是被时间洗净铅华之后的沧桑，在转眼的惊诧中，蕴藏着一个将要被书写的无限空间，即讲述时间改变人生、命运的悲剧："不知孽海茫茫，虫天浩浩，文章齿冷，变幻心醉。花好月圆，犹是当年之伉俪，炎怀凉志，构成今日之仳离。薄幸何多，毕竟红颜薄命，情萌易折，可怜黑狱情伤，徒使弄笔墨者，写曲折回肠之句，谈故实者，增豪华禾黍之悲，岂不伤哉？岂不伤哉？"[②]同样，无论是小说《断肠声》中的今昔对比："八年前妻子归余家，秋月同魂，春风偎影，闺房之乐，甚于画眉。熟知前日之欢情，即为今日之恨史，前日之欢有尽，而今日之恨无穷"[③]，还是《侬行矣》中的"昨日之叹"：

---

① 双热：《悼秋词·序》，《小说丛报》第 3 年第 1 期，1916 年 8 月 10 日。
② 天愤：《碧玉箫》，《小说丛报》第 16 期，1915 年 11 月 16 日。
③ 秋梦：《断肠声》，《小说丛报》第 17 期，1915 年 12 月 15 日。

"检蝴蝶于罗裙，浑疑昨梦，铸鸳鸯于铁券，渐觉今非"①，都是将"变"与"幻"的生命体验设置进了对"时间"的文学化叙事中，诚如《依行矣》的作者所评述的："人情变幻，亦可以窥微索隐矣。"②

另一方面，这种体验也被熔铸进了小说的情节及叙事模式的设置上。如小说《断肠花》叙述慰娘遭奸人迫害，十年颠沛流离，她之所以坚强的活着，就是为了"完父母清白之遗体，持夫婿金石之坚盟也"③。当得知未婚夫早已组建家庭，瞬时对情人的坚守与信赖土崩瓦解："只今覆水难收，争奈使君有妇，丝虽未断，镜不重圆。思至此，则复面墙而泣，且以眼泪睇墙上书，几欲将而吻之。此时慰娘，芳心玉碎，四体不仁，堂上梵声虽盛作，不闻也，并不知己身立于墙之角，花之下，而昏昏然如堕云雾中耳。"盛作的梵音与对尘世的留恋在撕裂、抢夺着一个人的内心，逼使主人公做出某种不得已的放弃。尽管这种对尘世的爱与恨在小说中被想象为爱情的文学空间，却隐喻着一代作家未能割舍的国族关怀之心，而这种撕裂之痛亦成为他们内心的真实写照。于是表现在文本叙事上，一方面，他们将小说中人物在左突右冲之后的最终结局设定在了出家或者寻觅到了一处桃花源，如《此中人语》中的主人公在大悲痛至极后选择出家为僧，"自视世界虽大，无复己容身之处，因思尘网束缚，终不能自脱，若守故辙，又不能遂己之初愿，不如扫除烦恼，归根清净，则佛烟尘榻间，未尝不可潜心典籍，乃决计走空门"④。尽管最终未能如愿，作者却又为他设置了一处桃花源，虽为盗贼所建却政治清明，"注重实验，教育尤竭力推广"，"治法悉备，科条整密，党人与士民相亲狎，婚嫁往来，绰有礼意，子女皆入校读书求学，蔚然文明气象"。再如沈东讷的《梦》记述王商生爱慕女子绮云的才华，却无意中得知心仪之人要嫁作他人妇，于是心死望灭选择出家，之后不幸被强盗劫掠，在贼窟中却偶然邂逅了同样遭际的绮云，两人一起逃出。王商生面对昔日的情人，却再也不能将看破尘世的心挽回，"生已勘破万缘，始则愕然，既亦淡然如故"⑤，于是无奈地选择了放弃，而经历过这一切的绮云也在失望中出家。再如《日记中之忆语》中

① 吁公：《依行矣》，《小说丛报》第 8 期，1915 年 2 月 8 日。
② 吴双热：《断肠花》，《小说丛报》第 3 年第 3 期，1916 年 10 月 10 日。
③ 同上。
④ 指严：《此中人语》，《礼拜六》第 11 期，1914 年 8 月 15 日。
⑤ 东讷：《梦》，《小说丛报》第 13 期，1915 年 9 月 12 日。

离终成眷属只有一步之遥的方生与女郎，在患难过后，女郎却不知所由地消失了，"自此黄鹤音乖，青鸾信杳，兵燹而后，更不知迁徙何所，芳草独寻，曷胜于邑"①。在这里，造成小说中人物婚恋悲剧的干扰因素已不同于前一时期外在的父母之命、媒妁之言，或小人拨乱，或命运的无端，而是回归到了主人公本体身上，可以说是人物自身选择了这样的悲剧，于是他们在无奈中纷纷逃向了隐逸之路。另一方面，他们表现出了对远避尘嚣的世外之景的青睐，这样的描写随处可见，如"旧岁季冬，作客武林，寄寓乎明圣湖之滨，孤山之侧，山林蜷伏，老我华年，啸傲烟霞，纵情花月，登鹫岭以临风，步虹台而荫日，其乐陶陶，几似置身桃花源里，不复知有人间世矣"②，"北望青山，云态万变，俗虑涓涤，尘念不生，主人益悠悠自得，此种况味，非城市人所可得者"③，这一如作家自己所言："种树读书，终老岩壑，则为吾生平唯一宏愿，始终不变，但愿其终有实现之一日耳。"④ 由此可见，魏晋六朝的禅宗与隐逸心态深深地植根于他们的意识底层。

在他们看来，人生即一种"不完满"，而这种内倾性悲剧（内在因素生成悲剧）无疑比外倾性悲剧（外在因素生成悲剧）更能表达这种人生的缺憾之感与变幻无端，诚如小说《梦》中主人公王商生所道："幻之又幻，玄之又玄，付之一梦可耳"⑤，而这种"幻"却更接近人生的常态与心灵的宁静，抵达灵魂的安置之所。由此看来，从晚清吴趼人的写情小说三部曲《恨海》《情变》《劫余灰》开始，到《民权素》时期的哀情小说，再到之后《小说丛报》时期的创作，在言情的叙事链条上，小说叙事模式由侧重言说外在遭际与爱情的冲突，即命运建构女性悲剧的模式，部分开始转向这种悲剧的内生性模式。尽管不能说这种内倾性悲剧模式成为替换前一种叙事模式的必然和唯一替代，但是它的出现却印证了某种文学史猜想、判断，以及文学作品解读的可能。一方面，这种叙事模式的转变，昭示着这一批鸳蝴派文人基于"共和"语境现实失落体验在表达上的蕴藉与升华，其创作必然呈现出对先前国族面相的延续，尽管他们表示纷纷要逃逸出这个纷

---

① 天翮、东讷：《日记中之忆语》，《小说丛报》第 19 期，1916 年 2 月 29 日。

② 绮缘：《月明林下美人来》，《小说丛报》第 19 期，1916 年 2 月 29 日。

③ 天愤：《天半笙歌》，《礼拜六》第 11 期，1914 年 8 月 15 日。

④ 徐德明：《中国现代小说雅俗流变与整合》，社会科学文献出版社 2000 年版，第 204 页。

⑤ 东讷：《梦》，《小说丛报》第 13 期，1915 年 9 月 12 日。

繁芜杂、光怪陆离的人生场域，求得一种心灵的安宁与沉静，但显然小说与诗文中浓得化不开的苍凉之感已经出卖了他们未能忘却的"共和"与"入世"之心。另一方面，这种部分转向表明，在晚清以来的言情叙事链条上仍然具有其他模式接续的可能。其一，这一时期鸳蝴派的诸多作品实际上仍然在延续《民权素》时期的小说模式，只不过如前文所言，在小说的情感蕴藉等方面较前期变得沉潜，但是部分小说也呈现出自动化的书写倾向，这就不免使其流入一种时尚化、通俗化的叙事，以迎合读者、市场为题旨。这一如前文所言，有时候文学就是如此吊诡，在表达作者体验方面，它可能完全是一种精英的姿态，抵达文学的前沿，但如果这种体验进入到一种无休止的重复与仿写状态，则又会转轨到另一种截然不同的世俗化写作范式。清末民初的鸳蝴派就是如此的繁杂，无法用一种固定的范式锁定这个研究对象，它的任意一次偏轨都会带来巨大的阐释空间。其二，在同一时期的鸳蝴派创作中，言情一脉产生了接续先前叙事的全新、异质的模式与题材，但是它带来的结果却并未表征出作家体验的蕴藉与升华，而是逼向了老派鸳蝴作家的终结，同期的《小说画报》与《礼拜六》等期刊提供了这种书写的可能。

第二节　滑落世俗："共和"语境远离中的忘却

一、鸳蝴派全新创作范式的生成

"范式"（paradigm）一词是当代科学哲学家托马斯·库恩在他的《科学革命的结构》中提出的一个重要概念，指某一个科学共同体在某一专业或学科中所具有的共同信仰、价值、技术等的集合，它规定了这一共同体的基本观点、基本理论和基本方法，并为他们提供了共同的理论模式和解决问题的基本方向。从"范式"一词的应用领域来讲，主要是针对科学的发展，但是"范式"概念的某些重要特征却可以使其借鉴到文学研究的范畴内。首先，"范式"的转换意味着世界观及价值观的改变，库恩认为："范式一变，这世界本身也随之改变了。……范式的改变的确使科学家对他们研究所及的世界的看法发生了改变。只要他们与那个世界的沟通是透过他们所看的和所干的，我们就可以说，在革命之后，科学家们所面对的是一个不同的世界。"①其次，"范式"的"不可通约"性，即库恩所言"科学革命中出现的新的常规科学传统，与以前的传统不仅在逻辑上不相容，而且实际上是不可通约的"②。由此可以认为，尽管"范式"从本质上讲是一种理论体系，但是按既定的用法，范式就是一种公认的模型或模式，从这一意义上讲，韦勒克与沃伦论及的文学史是"参照一个不断变化的价值系统而写成，而这一个价值系统必须从历史本身中抽象出来。因此，一个时期就是一个由文学的规范、标准和惯例的体系所支配的时间的横截面"③，他们提到的"规范、标准和惯例"等模式就可以理解为一种文学范式。本章所使用的"范式"一词基本上是建立在这一理解的基础上，它不仅包含着小说文本在一般叙事学意义上的叙事模式等形式上的转换，同时也包含着在特定的时代语境下叙事形式背后所渗透着的作家创作观念与价值观念等的改变。

1914年，《礼拜六》第13期刊载了周瘦鹃的一篇文言哀情小说《遥指红楼是妾家》，这篇小说在创作形式及人物形象设置上，开始昭示着一种新的鸳蝴派创作风格的来临，或者说将鸳蝴派的一种全新创作范式的前奏呈现出来：

> 车停，乘客上下如潮涌，斗见一女郎翩然上，携以藤书箧，玉手掺掺如柔荑，芳龄可十八九，香颊微红，如蔷薇乍放，双蛾淡淡似远山，双波盈盈，直类中天明月，朱唇艳比樱花，若将嫣然而笑，春雪两鬓，作舞凤堆鸦状，而纤腰一搦，尤如杨柳之随风袅娜。时方七月，女御薄罗衫子，一双粉藕冰肌隐约可见，莹洁直如碧玉，曳碧罗裙，裙下双趺，着西方美人之小蛮靴，光泽可鉴。莲乍睹天姿，如受电摄，不觉神为之夺。时女曲一臂，以纤手斜托香腮，凭车窗上，双波注窗外，似涉遐想，厥态乃至媚。居顷之，车又至一站，女振衣起，姗姗下车去。莲目送其苗条之倩影，徐徐至于弗见，犹在车窗中探首痴望。已而车又过一站，莲一点灵犀，方萦绕于彼美之身，兀坐如闾觉。……

---

① 〔美〕托马斯·库恩：《科学革命的结构》，金吾伦、胡新和译，北京大学出版社2003年版，第101页。

② 同上书，第95页。

③ 〔美〕勒内·韦勒克，奥斯汀·沃伦：《文学理论》，刘向愚等译，江苏教育出版社2005年版，第306页。

是日归去，觉心头眼底，都嵌彼美之小影，弗能或忘，偶把卷，仿佛
行间字里，都有一彼美在，因自笑其痴。……翌晨，莲仍乘电车赴校。
至第二站，彼美复来，乃大欢忻。彼美衣饰仍如昨，惟小蛮靴已易以
白色罗鞋。莲整顿全神，注视其如花之面。女似亦见莲，两点微波，
时于低垂香颈时，流睐及莲，然力避莲目光，偶一相值，则双颊立绛
如夭桃，娇羞特甚，几于不敢抬头，或视其鞋尖，或则引首向窗外。
生斯时如饮醇醪，直将醉倒于此电车之中。

　　孤立地看周瘦鹃小说中的这段描写，可能很难发现其独到之处，但是
如果我们以文中男女邂逅相视一笑的场景发散、延展开来，去窥探这种言
情叙事的变迁，那么就能够给它一个准确、合理的定位，而徐枕亚的《芙
蓉扇》、张爱玲的《封锁》等小说为其提供了这种三点一线的定位。

　　一日午后，生方据案挥毫，墨潘溅其袖，生以舌舐之，忽闻隔帘
吃吃作笑声，急仰视，见帘罅露美人半面，仿佛艳绝，刹那已隐。生
复伏案作草，偶抬头，而风鬟雾鬓，又掩映于琼钩珠箔间，再注视之，
则又隐去，如是者三四，终不得窥其真相，而生眼花矣。生知其狡狯
也，不复举首，伴作握管欲书状，而于暗中偷眼觑帘内动静，果也鬓
角露矣。俄而半面，而全面，未几全面皆现，一十五许绝世女郎也。
玉立亭亭，眉目如画，蜻蜓之颈，环以罗巾，身衣雾縠衫，隔帘望之，
飘忽如笼烟芍药。生俯首偷觑良久，渐觉忘情，甫欲作刘桢之平视，
而春色又早深藏矣。生不觉微叹曰："如此美人，乃当得惊鸿一现四
字耳。"①

　　　　　　　　　　　　　　　　　　　　　　——徐枕亚《芙蓉扇》

　　他（吕宗桢）匆匆收拾起公事皮包和包子，一阵风奔到对面一排
座位上，坐了下来。现在他恰巧被隔壁的吴翠远挡住了，……翠远回
过头来，微微瞪了他一眼。糟了！这女人准是以为他无缘无故换了一
个座位，不怀好意。他认得出那被调戏的女人脸谱——脸板得纹丝不
动，眼睛里没有笑意，……然而不知道什么地方有一点颤巍巍的微笑，
随时可以散布开来。……翠远笑了。看不出这人倒也会花言巧语——

---

① 徐枕亚：《芙蓉扇》，《小说丛报》第 8 期，1915 年 2 月 8 日。

以为他是个靠得住的生意人模样！她又看了他一眼。太阳红红地晒穿他鼻尖下的软骨。他搁在报纸包上的那只手，从袖口里生出来，黄色的，敏感的——一个真的人！不很诚实，也不很聪明，但是一个真的人！她突然觉得很炽热，快乐。[①]

——张爱玲《封锁》

　　由这三段描写，我们很容易将小说叙事的变迁进行排序，即徐枕亚→周瘦鹃→张爱玲。首先，对于前两者而言，从人物形象设置来看，周瘦鹃小说中的主人公一位是小学教师，一位是幼儿园阿姨，人物的身份与着装打扮已经与徐枕亚等人哀情小说中的古典才子佳人有了很大的差别；最重要的是，常常在书房内吟诗对词的古典男女，这时已经成为了十字街头的都市青年，而小说中出现的"电车"意象，似乎已经同徐枕亚等人的小说重重地划了一道传统与现代的分界线。但是从总体来看，它又与传统有着密不可分的联系，如对女性形象的描绘，虽脱尽了四六句的记忆，却依然是古色浓艳的语词，并且其男女相恋的故事模式，与徐枕亚的小说相比，也没有实质性的突破。其次，对于后两者而言，尽管都是在"电车"这一现代都市空间内叙事，但是周瘦鹃小说的叙事空间却仍然给人以古典书房的错觉，而张爱玲的叙事空间则带来了世俗的众多喧哗，而且就叙述手法而言，周氏采用的是传统技法，而张氏则明显地添加进了现代意识流与新感觉派的叙事。所以二者相比，尽管不能说是古典与现代的实质性区分，因为他们讲述的都是现代都市中市民的世俗故事，但是周氏小说却停留在了一种"前现代"的叙事中，即他意识到作品应当反映现时的人，却不自主地仍旧坚守着传统的写作笔法。由此看来，从徐枕亚到周瘦鹃，再到张爱玲，小说叙事从指向过去维度的古典才子佳人，以及熔铸其中的浓郁的古典写作意识，到指向现时维度的都市男女，却依旧不脱传统的写作惯性，再到用现代技法呈现都市中现代人的现代情感，由此昭示着由周氏开启的这种新的小说范式将成为徐枕亚等鸳蝴派作家叙事演进的新方向。总而言之，周瘦鹃的这篇小说迈在了新旧两重叙述的分界线上，它为接下来的现代市民叙事做好了准备。

　　1917 年创刊的《小说画报》，其刊载的小说完全以一种蜕变的形态出

---

① 张爱玲：《封锁》，倪文尖编选：《留情》，上海古籍出版社 1999 年版，第 6—8 页。

现了，呈现出鲜明的现代文化语境中的市民写作特征，这为鸳蝴派在新的时期的繁荣开启了一扇大门。首先，从语言上讲，这类小说创作"以白话为正宗，……全用白话体"①，注重"雅俗共赏"，这就将其读者扩大到"商界工人无不咸宜"②。其次，在小说题材上，不再续写父母之命、媒妁之言阻碍下的男女婚恋悲剧③，而是将笔触投向婚后的现代市民家庭生活，他们认为："若必搜求神奇事迹，终年不可一二觏，势将无从着笔矣。且神奇事迹，不切合人生，无描写之必要。余以为人生最切近者，为家庭琐碎，层出不穷，大足供小说家之描写。"④透过他们小说的叙述语言，传达出了更多的现代世俗生活中的家庭观念，从而与此后的鸳蝴派创作，甚至是20世纪40年代张爱玲、苏青等人的写作、新时期池莉、方方的新写实主义创作连成了一脉。

在这里，小说似乎发生了一个戏谑的转变，徐枕亚等鸳蝴派作家主要是讲述才子佳人的相恋，尽管他们不得善终，但小说却暗含了一个假设，假如他们能够终成眷属，那么美貌与才华的兼得则预示着婚后的幸福生活。可是周瘦鹃、包天笑等鸳蝴派作家却更多地把握并展开了现代市民社会中的世俗生活感触，即当才子、佳人进入到日常的柴米油盐生活后，理想的古典爱情遭到了彻底颠覆，剩下的正如《结婚之滋味》中的张少泉所言的"一个俗字，真是人生的缧绁"⑤。如小说《飓风》（《小说画报》第9号）中的金瑟如与蔡湘文，一个才学横溢，一个是金枝玉叶，但进入家庭生活后，夫妻二人却为了一个月用去十二斤糖与十六斤油争吵并大打出手。此外，《皮鞋》（《小说画报》第2号）中的徐先生、《二十元》（《小说画报》第19号）中的梅先生何尝不是如此？他们为生活中的琐事烦恼着、耗费着生命，在辛苦赚钱养家的同时，还要同妻子在花钱的问题上争执不休、斤斤计较。于是，这些曾经的才子们在由恋爱进入婚姻家庭生活后产生了焦虑与幻灭

---

① 《例言》，《小说画报》第1号，1917年1月。

② 同上。

③ 新文学家对此的解释是"直待《新青年》盛行起来……鸳鸯胡蝶派作为命根的那婚姻问题，却也因此诺拉（Nora）似的跑掉了"（鲁迅：《二心集·上海文艺之一瞥》，《鲁迅全集》第4卷，人民文学出版社2005年版，第302页），但实际上，同期的徐枕亚、李定夷等人仍然在延续此类题材的写作，由此可见"《新青年》的盛行"并未对鸳蝴派起到实质性的干扰与规整作用。

④ 《〈星期〉"小说杂谈"栏选录》，芮和师等编：《鸳鸯蝴蝶派文学资料》，知识产权出版社2010年版，第49页。

⑤ 朱鸳：《结婚之滋味》，《小说画报》第22号，1920年8月。

感："我未曾到结婚的时候，也觉得是乐境，岂止临上头来，这乐趣不知到哪里去了。……爱情，不过夹杂在家计家政里头，自己也分辨不得"①，"没有娶亲的时候，预计结婚以后，如何如何的美满，谁知非但没有快乐，反而增加许多忧愁，现在还没有子女，要是生了出来，越是不得了了呢，……现在也没法，只得拼个身体去做一天活一天罢"②。于是，刚结婚的文彬（周瘦鹃，《娶后》，《小说画报》第2号）忽然梦到了自己在婚后的第五年，从前温柔、贤惠的妻子却处处指摘自己，不是嫌工资少了，就是厌弃衣服破旧、生活艰难；《一梦》（徐卓呆，《小说画报》第22号）中的男子因惧怕婚后的家庭生活会淹没掉最初的恋爱感觉，于是抛弃了蝶姑逃遁了。以这种现代市民家庭生活的视域去审视"爱情"，鸳蝴派前期的神圣化书写便褪去了理想的光环而变得世俗与功利，他们理解的爱情仅仅"是个具体的名词，譬如男子家爱一个女人，应有好几种原质，容貌是一种，性情是一种，才情是一种，品行是一种，女子爱男子，也是如此，要是你把这几种原质失了，这个爱情便无可附丽，就是你几种原质之中，万一失去了多种，化合不来，这爱情也渐渐要淡了"③。

此外，在新的小说范式中，伴随着对理想爱情的祛魅化与去神圣化书写，女性形象也在发生着改变。"祛魅"（disenchantment）一词源自马克斯·韦伯的"世界的祛魅"（the disenchantment of the world），即指"摈除作为达到拯救的手法的魔力"，"把魔力（magic）从世界中排除出去"④。由此来看，对于转型时期的鸳蝴派书写来讲，其中的女性形象正经历着这种"祛魅"过程。

第一，女性一改曾经的温弱贤淑和只能够被动地承受命运的负重，在择偶时，她们开始突显出自身选择的主体性，这种主体性往往与现实的功利性紧密相连。如小说《第七次》中的苏婉文，一直拒绝追求自己的孙士介，而且她考虑的重要因素就是金钱："孙士介这人好是好，却因他没有钱，婉文心中便觉得好中有点不足。孙士介的性情志操好是好，却因他少了个钱，便觉得有点不完全了。自从婉文幼时与他相识至今，婉文心中

① 朱鸳：《结婚之滋味》，《小说画报》第22号，1920年8月。
② 铁絮：《二十元》，《小说画报》第19号，1919年1月。
③ 包天笑：《友人之妻》，《小说画报》第1号，1917年1月。
④ 〔德〕马克斯·韦伯：《新教伦理与资本主义精神》，于晓、陈维纲等译，生活·读书·新知三联书店1987年版，第79—89页。

目中的士介，大而情性才识，小而品貌举止，没一椿不好，如今看来，却又没一椿是好得美满完全的。咳！钱啊！这劳什子果真是能贵人，能贱人了。"①

第二，女性在现代社会文化语境的生存体验中被动地向世俗性进行皈依。如小说《友人之妻》中的传统女性周家女儿，在接受了西学的丈夫陈佩青的要求下上学，但她能够学会的也只是织毛衣、打扑克、叉麻雀等扰乱校纪的事情，无奈之下丈夫只能让其在家带孩子，小说表现的就是传统女性在进入现代社会文化语境中的种种忸怩与尴尬，以及她们脱去古典雅性、沉向世俗生活的必然性。再如《千钧一发》中的黄静一，这位曾经懂得浪漫的女校学生也陷进了消磨青春的周而复始的日常生活中："等俊才起来后就去烧粥给他吃，他一上学堂去，吾便又抽空做一会活计，听得大自鸣钟打了八下，忙到小菜场去买小菜，回来看了一张报，于是淘米洗菜烧饭，忙了好一会，饭后好在没有什么旁的事，只做那活计，夜色上时就丢了活计烧夜饭，用过夜饭，俊才坐着看书，吾再做活计，直到一二点钟，外边都静了，方始安睡，吾一天的功课到那时总算完了。"②

第三，女性精神力量的锐减与覆灭。徐枕亚等人哀情小说创作中的女性都是被动地承受命运的打击，无论在体力上，还是在外在道德伦理的规约上，她们都难以冲决捆在身上的缧绁，这也是服从于鸳蝴派文人扭转晚清以来"新小说"中的强势"英雌"形象，对娇柔恬婉的古典女性的理想化书写要求，但是命运的无情冲击与女性自身的人格、道德坚守以及对困境的坚忍都使她们获得了崇高的精神力量，从而实现了作家心目中理想化人物形象的建构。与此相比，新的小说写作范式中的女性书写及女性形象的塑造却很难说被一种崇高的精神力量所浇灌，她们仅仅是万千世俗家庭中的一员，作为大时代中的一个小人物，她们需要的并不是冲破艰难万险的轰轰烈烈的爱情与缠绵悱恻的两情相悦，而是安安稳稳地过日子，即回归世俗，如小说《母教》以母女两代人的婚恋体验诠释了鸳蝴派作家的这种写作转向。笄娘亡母安夫人在少女时代曾经与一男子私定终身却惨遭抛弃，待笄娘及笄之时，其保姆再三劝慰笄娘不要重蹈安夫人的覆辙，要知道"美男子是女儿家薄命的根苗"③，终于笄娘与一个并不般配的"燕颔虎

---

① 张毅汉：《第七次》，《小说画报》第 14 号，1918 年 7 月。
② 周瘦鹃：《千钧一发》，《礼拜六》第 24 期，1914 年 11 月 7 日。
③ 小凤：《母教》，《小说画报》第 1 号，1917 年 1 月。

额猿臂熊躯的新郎"结合了，但这在老一辈人看来却是一位白头花烛的快婿。这个讲述了两代人完全不同的婚恋故事昭示着，前一时期徐枕亚等鸳蝴派作家反复续写的哀情故事已经退居后台，新一代鸳蝴派作家想要传达的是生活本身远比理想的爱情要重要许多，这就是前后两个时期鸳蝴派作家的差异性体验。于是这一时期的作家在描写先前的古典爱情时，在叙事手法上，如同《母教》一样，将其推向了上一代人的"传奇"叙事中。如周瘦鹃的《忘》（周瘦鹃，《小说画报》第 4 号），讲述浦一麟于西湖结识兰娟，两人情投意合，互赠信物金锁作为日后联姻的信物，无奈几经沧桑，一麟留学德国，又经历欧战，专心于战事，几乎将兰娟忘却，当一麟在 30 年后再次回到西湖边寻访故人时，已是人鬼殊途，从兰娟侄女的口中得知，她为了一个誓言、为了一把金锁，将自己锁了二十多年，带着遗憾离开了人世。这样的"传奇"与旧梦也只能是从后代人的口述中得以展开。

第四，从以徐枕亚为代表的鸳蝴派作家的哀情小说创作到周瘦鹃、包天笑等人对家庭世俗生活的展现，在叙事手法上，不似先期以外部冲突或是人物自身的主体选择来构建小说叙事的干扰、阻滞性因子，而是如前文所论及的，以平凡缓淡的日常琐事去建构男女双方冲突的新因素，或是更加注重依靠传统的人伦关系展开这种现代市民生活的叙事，并将一种浓郁的现代世俗意识渗入这种人伦关系中。如夫妻关系，作家们不仅写了市井男女因生活琐事而喋喋不休，同时也写了他们在平民生活中的相濡以沫，如小说《呜呼蜜月》（周瘦鹃，《小说画报》第 14 号）中，妻子为给丈夫沈企生治病而倾尽家产，《一病》（包天笑，《小说画报》第 15 号）中，妻子对病危的丈夫青原不离不弃，最终赢回了丈夫在外的心。此外，新的小说范型也写了现代世俗家庭中夫妻之间的背叛与外遇，但是在现代市民文化语境中，作为妻子所感受到的就不再是一夫多妻以及妻妾和融的传统伦理认同感，而是现代人身份认同下所体验到的女性尊严的践踏与生存焦虑："车子向前行进，我胸中种种感触，交替往来其间。丈夫虽向我忏悔，向我谢罪，我们这一番话，心中究竟舒服不舒服，我丈夫竟忘了家中有妻有女啊！想到这种地方，却是心中生一种说不出的难过，再想他是一个大文学家，无论遇见的是怎样的美人，是怎样的薄命女子，他竟把心移到一个乡间旅店中的一个女子身上去，未免太觉浅陋了，我胸中不禁热如烈火。"①
再如父子关系，在现代市民文化语境中，作家们表现的这一伦关系也不再
是传统社会中的绝对权威与服从，而是如小说《父》（周瘦鹃，《小说画报》
第5号）中的陈乐天，面对失散十五年的父亲，有了相认与不相认的游移
与抉择，父子之间的人伦维系除了血缘、亲情，显然还混杂着世俗功利等
因素的顾虑。同样，在婆媳关系中，婆婆的形象也一改先前的强势与恶毒，
而是懂得以一种世俗观念去教会自己的儿媳忍耐、理解俗得变了味的"爱
情"与"家庭"："女人家对于男子，第一就是巴望他能赚钱，我们又不能
出去做事，分明是个没脚蟹，全靠男人赚了钱，给我们用，所以既然要靠
托他，就不能不奉承他，巴结他。"②

　　最后，这一时期鸳蝴派作家新的创作范式的建构，即向世俗写作的定
位，不仅表现在婚恋小说的创作转向上，在其他题材类型，尤其是社会小
说创作，也表现出向世俗靠拢的倾向。如包天笑的小说《绕个圈子》（《小
说画报》第5号）讽刺现实政治的腐败与受贿之风，却在夫妻之间的斗嘴
中展开叙事；刘半农的《奴才》（《小说画报》第4号）表现洋人公司对华
工的压榨，是以一个洋奴的艰辛生计展开叙事；再如天虚我生的《新酒痕》
（《小说画报》第1号）将新派人物、旧派人物杂糅在一起，在日常生活的
叙事中描绘了一个世间的浮世绘。应当注意，鸳蝴派作家们在向世俗性靠
拢的同时，并非排斥了严肃国族意识的掺入，所以在小说《风云变幻记》
中的一次普通新年聚餐会上，依然可以通过小说中的人物臧否时政："中国
的衙门可是非钱不行，中国在没有什么人肯发明什么东西了"③，"现在中国
的官场，见了外国人的事，哪敢认真办理，宛如忘八见了嫖客，只好眼开
眼闭罢了"。再如周瘦鹃的《亡国奴之日记》是为"唤醒国人的警醒"④，
"举吾理想中亡国奴之苦痛，以日记体记之，而复参考韩、印、越、埃、缅
亡国之史，俾资印证，深宵走笔，恍闻鬼哭声，而吾身似亦入于书中，躬
被亡国之苦。笺上墨痕，正不辨是泪是血也。书仅万余言，而亡国奴之苦

---

① 徐赋灵女士：《德国诗集》，《小说画报》第16号，1918年9月。
② 包天笑：《有夫之媚》，《小说画报》第18号，1918年11月。
③ 包天笑：《风云变幻记》，《小说画报》第1号，1917年1月。
④ 范烟桥：《民国旧派小说史略》，魏绍昌编：《鸳鸯蝴蝶派研究资料·史料部分》（上卷），
　　上海文艺出版社1984年版，第341页。

况，抒写殆尽"①。但是这种国族话语显然不再是先前鸳蝴派作家"共和"语境体验下"精英意识"的呈现，即以理想民国的标准去指陈、匡正时弊，启蒙民众，他们虽不时地表现出对现实、对国家、对民族的留意与关心，却不能将这种"关心"与自己的生命相连，这种距离感也仅仅是一个市民对国家、民族所尽的义务而已。这像极了《四世同堂》（老舍）里的祁老人对战争的体验，起初祁老人认为，只要储备好咸菜和馒头，关上大门便可以避开与自己无关的战争，可是当亲人一个个濒于危难，祁老人对战争才有了切身的体验并加入到抗战的队伍，可是这样的体验仅仅是被卷入战争的一个受难者被动体验到的国族意识，而不是对战时和战后的场景有着一整套计划、期望、预想的积极参与者的心理。由此看来，鸳蝴派新的创作范式的生成必然会带来主体"意义"的变化，诚如尼尔·波兹曼在《娱乐至死》中指出的："并不是所有的话语形式都能够从一种媒介转换成另一种媒介的。如果你以为用某种形式表达出来的东西可以丝毫不损害意义地用另一种形式表达出来，那你就过于天真了。"② 由印刷媒体过渡到"电视"媒体时代，包括宗教"和其他任何东西一样，被明白无误地表现为一种娱乐形式。……不再是具有历史感的深刻而神圣的人类活动，没有仪式，没有教义，没有传统，没有神学，更重要的是，没有精神的超脱"③，如果将尼尔·波兹曼所言及的"媒介"置换成"范式"一词，这同样可以适用于理解鸳蝴派内部范型转换中的"意义"改变。

综上所述，新的小说范式在人物的情绪状态上一扫哀伤的风格，换之以现代市民生活的琐屑与烦恼，失去了前一时期的沉郁而变得轻松、诙谐，即使写愁绪与忧伤，也增添了更多的"人间味"而消弭了"理想国"的气息。两种小说的交替嬗变显示了家国意识在小说中的式微与日常世俗意识的渐兴，于是鸳蝴派小说开始了向"俗"的定位，不但小说语言一脱传统文人的高雅写作形式，在内容上也"取其雅俗共赏，凡闺秀学生，商界工人无不咸宜"④，开始将"情"从理想国真正沉落在了"世情"层面。这种

---

① 范烟桥：《民国旧派小说史略》，魏绍昌编：《鸳鸯蝴蝶派研究资料·史料部分》（上卷），上海文艺出版社 1984 年版，第 341 页。
② 〔美〕尼尔·波兹曼：《娱乐至死》，章艳、吴燕莛译，广西师范大学出版社 2009 年版，第 101 页。
③ 同上书，第 100 页。
④ 《例言》，《小说画报》第 1 号，1917 年 1 月。

写作思路可以用林语堂为《京华烟云》所作《序》中的一段话来概括："本书对现代中国人的生活，既非维护其完美，亦非揭发其罪恶……既非对旧式生活进赞词，亦非对新生活做辩解，只是叙述当代中国男女如何成长，如何过活，如何爱，如何恨，如何争吵，如何宽恕，如何受难，如何享乐，如何养成某种生活习惯，如何形成某些思维方式……如何适应其生活环境而已。"[①]这在中国现代文学史上是第一次，其意义不仅在于周瘦鹃这代鸳蝴派作家书写了什么，更在于他们以其知识构成、教育背景、阅历、职业经验在与进一步转型了的社会文化语境的碰撞中所生成的作家体验与文学想象。这已经不是如徐枕亚那代作家总是自觉或不自觉地用小说里的古典意象慰藉他们在乱世中无法安置的灵魂，习惯于用一种传统的方式去想象、逃避、替换与周瘦鹃等人共生的现实社会文化语境，而是有意识地以一种"去精英化"的市民眼光打量转型了的社会文化现实，这种视域的下移无疑开拓出了书写的巨大空间，同时也昭示着鸳蝴派演进的多种可能。诚如露丝·本尼迪克特在《文化模式》中所言："文明本身能够产生的变化可能远比人类任何权威所希冀或想象的对文明的变革都要更彻底、更激烈，而且仍是完全切实可行的。今日如此横遭责难的那些细小变化，诸如离婚率上升，城市中日甚一日的世俗化，贴面舞会的盛行，以及诸如此类不胜枚举的事情，也许弹指之间就成了一种稍有差别的文化模式。一旦成了惯例，它们也就具有了同老模式在以前那些年代时所具有的同样丰富的内容，同样的重要性，同样的价值。"[②]

二、裂痕：新老鸳蝴派作家的代际分野

从周瘦鹃、包天笑等鸳蝴派文人的创作转向来看，与以徐枕亚为代表的鸳蝴派文人相比，他们的创作呈现出的是鸳蝴派内部风格的转变和生命的延续，但是历史往往充满吊诡，对于包天笑、周瘦鹃来讲，他们却一再表示自己并非鸳蝴派。周瘦鹃曾经为自己辩解道："至于鸳鸯蝴蝶派和写四六句的骈俪文章的，那是以《玉梨魂》出名的徐枕亚一派。"[③]20世纪50

① 林语堂：《序》，《京华烟云》，江苏文艺出版社2009年版，第1页。
② 〔美〕露丝·本尼迪克特：《文化模式》，王炜等译，生活·读书·新知三联书店1988年版，第38页。
③ 周瘦鹃：《闲话〈礼拜六〉》，魏绍昌编：《鸳鸯蝴蝶派研究资料·史料部分》（上卷），上海文艺出版社1984年版，第182页。

年代初移居香港的包天笑在垂暮之年仍然强调自己并非鸳蝴派："近今有许多评论中国文学史实的书上，都目我为鸳鸯蝴蝶派，有的且以我为鸳派的主流，谈起鸳鸯蝴蝶派，我名总是首列。……我已硬戴定这顶鸳鸯蝴蝶的帽子，复何容辞。行将就木之年，'身后是非谁管得'，付之苦笑而已。"[1]此外，从包、周二人的活动期来看，他们几乎与徐枕亚等人同期，如此看来，这种代际式的区分似乎并不能站稳脚跟。那么为什么两个具有鲜明创作差异的"小群体"又呈现出逻辑连贯式的创作转向呢？他们的关系究竟该如何理解？

从鸳蝴派的命名来看，如果将周、包二人从鸳蝴派中抽离，这并不符合文学史实。尽管在清末民初的小说创作中，数量最多、影响最大的是徐枕亚开创的掺入骈四俪六诗句的哀情小说，从史料来看，周、包二人的确很少写这样的骈文小说，但是不能否认，他们仍然以近似的小说风格、创作题材、文学宗旨，出现在或编辑着这一时期的鸳蝴派期刊，以自身的实绩参与并建构了"鸳鸯蝴蝶派"的概念及其文学场域。

实际上，周、包二人强调的"非其族类"及具体创作形式差异的言说话语给研究者造成了一种误解，即他们的小说创作与徐枕亚、李定夷、吴双热等人创作的骈四俪六的哀情小说呈现为共时性的存在。但返回文学现场却发现，在 20 世纪第二个十年，充盈着四六句的文言哀情小说是这一时期的小说主流，尽管周瘦鹃、包天笑在这一时期的部分小说创作已经开始突显出下一时期（1921 年以后）整个鸳蝴派的创作风格，即脱掉文言以及四六句的诗词形式，并在小说题材、内容上呈现出现代市民小说的世俗性特点，但他们的真正小说创作高峰是在下一时期，这一时期包天笑主要以主编或译者的身份出现，周瘦鹃翻译小说的影响也远在其原创小说之上，并因此受到过鲁迅的嘉奖，誉之为"昏夜之微光，鸡群之鸣鹤"[2]。而到了1921 年以后，徐枕亚、李定夷、吴双热等人已经基本上结束了自己的创作生涯或着说创作高峰期，在此时的鸳蝴派期刊中已经很少再能够见到他们的名字。因此，两类作家的小说创作实际上呈现出的是鸳蝴派自身的历时性嬗变过程，但是这种嬗变特征并非如众多现代文学作家在 1949 年前后进

① 　包天笑：《我与鸳鸯蝴蝶派》，魏绍昌编：《鸳鸯蝴蝶派研究资料·史料部分》（上卷），上海文艺出版社 1984 年版，第 178 页。
② 　周树人、周作人：《周瘦鹃译〈欧美名家短篇小说丛刻〉评语》，严家炎编：《二十世纪中国小说理论资料》（第二卷），北京大学出版社 1997 年版，第 31 页。

入新中国体制后，通过改变自身叙述话语以适应新的语境的转变，而是以一代作家的退隐和另一代作家的走向台前来完成自身所属的整个流派的生命延续。在转型与嬗变中，不同代际作家的消失与浮现，异质性的作品风格、语言形式以及叙事模式的式微与渐起，都深深地嵌透着老派鸳蝴文人在渐进现代文学语境中的不断调适与最终的悲壮沉落，以及新派作家在现代文学语境中的崛起与从容。

（一）近代文学生产方式的现代转变

从近代肇始，中国社会面临的一个最根本的问题就是由传统向现代转型，其间不管是作为社会发展根本的经济基础与上层建筑的变革，还是以历史细节呈现却构成"传统根本"[①]的国民日常生活习惯与方式的转变，都不能逃逸出这种社会发展的总体趋势，或者说这些不同层面、领域诸多要素的转型与变革共同构建并推动了中国前进的新方向。从文学领域的发展来看，这种转型的方向与趋势自然是非常明确的，但是如何实现这种转型，并且以怎样的方式完成这种新旧交替？以往有的文学史研究观点认为，"五四"新文学揭开了中国现代文学的新篇章，从而与异质的古典文学形态"断裂性"地切割开来，但是这种转型的描述还是偏于简略与片面，忽略了中国文学发展的整体性与内在连贯性，忽视了中国文学发生质变的量变性累积。尽管近年来清末民初文学已成为研究中的热点，对于"前五四"文学的意义与价值有了新的体认和开掘，但是作为缝合传统与现代之间裂痕的系统性工程却远未结束。从这一文学史意义来看，清末民初鸳蝴派新、老作家的差异性存在形态及其文学创作为这一宏大命题的探析提供了一个恰如其分的观照视角，同时，鸳蝴派作家在现代转型的总体进程中以"小群体"的方式呈现出的异质性调试行为与文学选择，又恰恰是鸳蝴派代际区分的最好例证。

从清末民初鸳蝴派存在的"前五四"文学语境来看，显然正在经历着

[①] 葛兆光认为在精英思想史之外，还存在着"一般知识与思想"，"是一种'日用而不知'的普遍知识和思维，作为一种普遍认可的知识和思维，这些知识和思维通过最基本的教育构成人们的文化底色，它一方面背靠人们不言而喻的终极的依据和假设，建立起一整套有效的理解，一方面在日常生活中起着解释与操作的作用，作为人们生活的规则和理由"，它"真正地构成思想史的基盘和底线"。（参见葛兆光：《中国思想史》导论，复旦大学出版社2001年版，第14、16页。）本人认为，这同样可以借鉴到对"传统"概念的理解中，即作为存在于国民日常生活中的缓慢且又连续变化的习惯与方式真正构成了传统的根本。

某种大幅度的转变，其中最根本也最为重要的是文学生产方式的现代性转变，这构成了鸳蝴派文学发生以及转型的动因。在近代，促成文学生产方式转变的因素主要有两个：其一是伴随着西风东渐的报刊等近现代传媒业的飞速发展，其二是以科举制的废除拉开帷幕的近现代稿酬制度的确立。对于前者而言，近代报刊业的迅猛发展惠及了文学刊物（副刊）及连载小说的大规模涌现，与传统文人的私人化写作亦或是小规模范围的传阅以及传统说书的传播方式相比，不仅稳固地建立了"作者—文本—读者"这样的文学生产、消费（接受）链条，而且如陈平原先生指出的，在一定程度上也改变了传统受众的文学"阅读"（接受）方式，即由"说－听"模式转变为"写－读"模式①。这对于传统文学的生产方式来讲是一次革命性的变革，它不仅使得文学消费成为文学生产链条上的必要一环，而且在很大程度上也在改变着作家与读者的思维、写作习惯以及交流方式，这就为现代文学生产方式的生成提供了重要前提。对于后者，1905 年科举制度的废除，对传统文人及知识分子来讲，既是一场梦魇，又是一次哥伦布的远航。一方面，它葬送了作为千古文人生命习惯的求仕梦，使其沦落到社会的底层而无所适从，清末民初的不少小说就表现了他们的迷惘糊涂与偏狭执拗，他们在落魄中叹息："后不十年，科举旋废，痼疾既去，春梦都醒，旧事凄清，何劳晓舌，顾余念国民性质，蹈固习常，崇尚虚浮，羁縻好爵，不从实际上著想，仍在功名中讨生活，古今前后，如出一途，非科举而等于科举之误人"，"典尽寒衣买小舟，槐黄七度不胜愁。文章诗赋原无价，误我功名已白头"②，他们同科举制度一起停滞在了那个将新未新的时代。另一方面，对于一部分传统文人或知识分子，特别是到上海谋生的这批人来讲，却又是幸运的，他们从承担私塾、学校教习，到在洋人报社主笔政，或者卖文为生，再到自己办报并拥有一群较为稳固的作家群，直至成为一个特殊的文化权利阶层，他们找寻到了一条与报刊结缘，既能谋生又能适合自己知识与文化构成的现代之路，而这一进程的完成与实现，最重要的就是依靠近现代稿酬制度的建立，即写作能够成为一种职业与谋生的手段。作为报刊的出版方与发行方要向撰稿人支付一定的稿酬，这种契约关系在这一时期的报刊中反复言明，如《游戏杂志·征文条例》中写明"略分三等，

---

① 陈平原：《中国小说叙事模式的转变》，北京大学出版社 2010 年版，第 263 页。
② 王善余：《科名泪》，《小说月报》第 3 卷第 10 号，1913 年 1 月。

一等每千字奉酬三元，二等每千字奉酬二元，三等每千字奉酬一元"；《小说月报·征文条例》中标明"投稿中选的，分四等酬谢：甲等每千字五元，乙等每千字四元，丙等每千字三元，丁等每千字两元"等。这种稿酬契约受到了这群文人的认可与青睐，包天笑就曾说："那个时候，我正当壮年，精神很好，除了编辑报纸杂志以外，每天还可以写四五千字，在卖文上，收入很丰。"[①] 因此，这才能够最终吸引传统文人走上这条职业化的写作之路，而写小说的鸳蝴派文人即是其中的重要一支。

在这种文学生产方式现代转型的语境里，清末民初的鸳蝴派文人很幸运地成为了未被时代遗弃的一批文化（文学）的参与者与建构者。整体而言，他们呈现出了对新的语境的适应与契合，其创作不断引领一代文学风潮的畅销现象，即是对这种"适应"的最好诠释，但是"适应"仅仅是一种整体状态的大致描述，对于鸳蝴派内部繁杂的生命个体与差异性的文学表征来讲，这种概括就显得笼统。在"（语境）冲击－（作家）回应"的模式中，鸳蝴派文人如何在"适应"的状态或结果中"调试"自身？是主动亦或是被动的"调试"？是"调试"得轻车熟路，还是步履维艰？从结果来看，在这一整齐划一的"适应"过程中，鸳蝴派作家不同小群体"调试"的差异与文学走向，使得其内部新老两派作家的壁垒益发明显，并表现出异质性的生命形态。

（二）鸳蝴派作家对现代语境的差异性"调试"

随着清末民初商品经济和技术社会的催生与发展，以及由此导致的人们生活方式、社会观念与审美需求的深刻变化，作为文学生产方式现代性转变的重要一环，即文学消费链条的增加与重视，使得文学活动中作家的写作以及与读者的交流方式也发生了转变，其中读者的阅读接受势必成为他们关注的一个重要因素。一方面，这使得文学成为一种商品，具备了生产、流通、消费的完整、定向过程，另一方面，读者阅读口味的重视成为提高小说、杂志发行量的一个重要前提，于是，伴随着现代语境的全然呈现，商业市场因素不可避免地侵入到了文学生产的每一个细节。实际上，这种商业市场因素是与文学期刊的创办同步出现的。在晚清，包括梁启超创办的《新小说》杂志以及其他四大小说期刊，都不可避免地涉及商业利益问题，但是这些杂志的创办及其刊载的小说主要还是作为一种思想启蒙

---

① 包天笑：《编辑小说杂志》，《钏影楼回忆录》，山西古籍出版社 1999 年版，第 481 页。

的工具，以实践梁启超的"小说界革命"的主张。但是到了1898年创刊的《小说时报》已经显示出一种新变，即改变晚清小说期刊的思想启蒙与社会批判的办刊方针，开始专注于平民百姓的世情写作，趣味性、休闲性、娱乐性的因素突显出来。如其在《本报通告》中声明"本报每期小说每种首尾完全，即有过长不能完全之作，每期不得过一种，每种连续不得过二次，以矫他报东鳞西爪之弊"①，以此来适应读者的阅读口味。另外，尽管《小说时报》刊载的小说中也会有《催醒术》这样的启蒙小说，其主人公亦会处于《狂人日记》那样"予欲以一人之力，洗濯全目，不其难哉？而当时室中诸客及仆人，群笑予为狂"②的启蒙者的尴尬，但是小说的科幻性、游戏性已经大大消解了其向启蒙纵深开掘的可能性。于是，考虑读者的阅读口味、为自身所依托的刊物畅销所计的办刊方针也在悄然兴起，但是这种顾及市场销售因素的创作倾向对于鸳蝴派作家来讲却并非完全如此，他们对这种商业市场因素侵扰的反应与调试却呈现出较大的差异，这主要表现为以下两个方面。

1. "良友"与媚俗的写作对照

同样是考虑市场销售，顾及读者的阅读口味，老派作家强调的是一种知音式的赏析，而新派作家则强调的是迎合世俗，这从清末民初鸳蝴派杂志上所刊登的小说广告中便可见一斑。

对于老派作家及其主编的期刊、作品而言，其推销、宣传的重点在于其文笔的高雅与香艳，而故事情节则是次要的，小说杂志的整体定位突出"宗旨正大，文笔雅洁，各体文苑靡不备具，公余消遣，洵为无上妙品"③。在征文中要求"剩墨零缣，皆文苑吉光之宝，方今国粹风靡，文豪辈出，倘有琳琅著作，何必藏山"④。在实际创作中，如哀情小说《孽海双鹣记》的广告称："是书为湘南抒怀斋主杨南邨先生所著，先生为当代文豪，小说巨子，佳词妙语，誉在江东，特草此篇，尤为鸿制，……文笔雅丽，实足使人拍案叹观止，诚言情小说中不可多得之作，又请东讷先生详加评语，或缠绵旖旎，或慷慨激昂，尤足指孽海之迷津，补情天之缺憾，而柏先生

① 《本报通告》，《小说时报》第1年第1号，1909年10月14日。
② 冷：《催醒术》，《小说时报》第1年第1号，1909年10月14日。
③ 《〈中华小说界〉广告》，《小说大观》第1集，1915年8月1日。
④ 《本报征文启》，《小说丛报》第3年第2期，1916年9月10日。

所画双美封面，亦极俊秀，三大特色，屹然新立。"①《燕蹴筝弦录》的广告
称："其于小说家言，学其师林畏庐笔法，一时瑜亮，竟使人无从轩轾，诚
畏庐之高足也……先生以典瞻高华之笔，写缠绵委婉之情，尤能不悖正则，
此所谓发乎情，止乎礼义，名士风怀固别有在，爱读小说诸君一试，便知
非敝社之阿其所好也。"② 于是，这种高雅的文笔形式便能够成为读者模写
的参考范本，这正如《求婚小史》言及的 "中述一女士登报求婚之历史，
情节新颖，文笔雅丽，期间往还之艳情尺牍，凡数十通，骈散俱备，艳体
诗词亦称是，故可作艳体诗文看，又可作求婚之范本看，爱自由者拭目俟
之"③。依照这种高雅化的定位，老派作家的创作对受众的阅读水平就提出
了较高的要求，或者说指向了提升读者阅读水平的方向，这也契合了新文
学家瞿秋白从反面论及老派鸳蝴作家创作的观点："这种所谓文学"……"根
本不能普及到'识字的下等人'的读者社会"④。

　　相比之下，新派作家在向世俗写作的转向中，始终将"迎合"作为创
作与宣传的一个重要指向，他们在其主编的刊物中宣称"近世竟译欧文，
而恒出以词章之笔务为高古，以取悦于文人学子，鄙人即不免坐此病，惟
去进化之旨远矣"⑤，从而自觉地将老派作家亦包括自身前期创作的高雅形
式置换为"词取浅显"的白话体形式，在内容上也确保"雅俗共赏，凡闺
秀学生，商界工人无不咸宜"，这种创作指向的转变将老派作家的读者群
在扩大、延展的基础上做了下移的处理。可以说，这种拟想读者群的变
化与重心的位移，是鸳蝴派作家与市民读者群双向互动的结果，具体表
现为：

　　一方面，沿着"作家→文本→读者"的顺向文学生产链条，作家群
（主体）的变化必然影响到文本的创作与读者的定位上。整体而言，这种主
体因素主要指新、老鸳蝴派作家差异性的知识结构、教育背景、书写习惯
等方面；具体而言，指他们在历史转型发展的横坐标上呈现出代际式区分
的不同指向，即老派作家自觉地靠拢于传统文化精神的慰藉，而新派作家

---

① 《〈孽海双鹣记〉广告》，《小说丛报》第 19 期，1916 年 2 月 29 日。
② 《〈燕蹴筝弦录〉广告》，《小说丛报》第 19 期，1916 年 2 月 29 日。
③ 《〈求婚小史〉广告》，《小说丛报》第 20 期，1916 年 3 月 29 日。
④ 瞿秋白：《鬼门关以外的战争》，魏绍昌编：《鸳鸯蝴蝶派研究资料·史料部分》（上卷），
上海文艺出版社 1984 年版，第 15 页。
⑤ 《短引》，《小说画报》第 1 号，1917 年 1 月。

则更多地依托并契合着迅猛发展的近现代文化传媒产业与大众娱乐业。一般来说，这种代际式区分主要依赖于作家年龄的差异，它会造成作家主体受教育背景以及在接受外部文化刺激时所作出反应的差别，但是对于鸳蝴派文人而言，年龄的因素并不能将新、老作家完全区分开，如包天笑与徐枕亚等人年龄相仿，创作也几乎同期，但是其文学表征却截然不同。再者，新、老两派作家大都出生于 19 世纪 70 到 90 年代，这种较短的时间区位使得这种以年龄为依据的代际划分并不能完全成立，所以鸳蝴派新、老作家的区分标准还是应当放置在其创作的主导价值取向，以及对文化语境的反应姿态上。由此，我们能够较为容易地区分出以"小群体"方式结集的新、老鸳蝴派作家群，如以《民权素》《小说丛报》等结集的老派作家群，其中以徐枕亚、蒋箸超、刘铁冷、吴双热、李定夷、吴绮缘、姚鹓雏、沈东讷、许指严、何海鸣、李涵秋、陈蝶仙、王钝根等为代表，以及以《小说画报》和 20 世纪 20、30 年代鸳蝴派期刊所集结的新派作家群，其中以包天笑、周瘦鹃、徐卓呆、范烟桥、程瞻庐、程小青、江红蕉、郑逸梅、顾明道、赵苕狂、严独鹤等为代表。

通过这种区分，很容易看出老派鸳蝴作家对传统文化根植较深，甚至有些人的古典文化修养取得了较高的造诣，如姚鹓雏是桐城派的高足，王钝根是古文家王鸿钧之孙等。于是，他们在表达愤怒亦或是遣兴抒怀时，都自觉地选用了作为他们生命习惯的古典文学样式，除了用夹杂着骈四俪六句的文言代偿现实"共和"理想的失落，文人笔墨、吟诗对句等传统写作方式亦在他们编辑的杂志中随处可见。尽管李泽厚指出，这个时代已经乍寒乍暖，黎明的曙光即将浮现，这种古雅的样式开始显示出不合时宜，可是他们仍旧用这种创作形式保留了"最后的旧体的作风，最后的文言小说，最后的才子佳人的幻影，最后的浪漫的情波，最后的中国人祖先传来的人生观"[1]。在这种执着的书写中，我们看到了他们古典生命的盈余，以及这种书写的自在自得与驾熟就轻，时代、文字、个人三者相契合地融为一体，从这一点来看，他们是具有着浓郁古典性体验的近现代语境中的传统文人。

然而这是否意味着他们不具备现代性，或者说表现出对现代性的"逆

---

[1] 张定璜：《鲁迅先生》，严家炎编：《二十世纪中国小说理论资料》（第 2 卷），北京大学出版社 1997 年版，第 365 页。

转"呢？舍勒在《资本主义的未来》中认为："现代现象是一场'总体转变'，它包括社会制度层面（国家组织、法律制度、经济制度）的结构转变和精神气质（体验结构）的结构转变。在这一视角下，现代现象应理解为一种深层的'价值秩序'的位移和重构，现代的精神气质体现了一种现代型的价值秩序结构，它改变了生活中的具体的价值评价。"① 由此看来，老派鸳蝴作家的"沉变"，即"衰落了的古典性体验的某些残余物沉落入现代集体无意识层面，以变异形式重新复现，成为现代性体验的传统原型或组成部分"②，也即这种深蕴着老派鸳蝴作家创痛式体验的"逆转性"的古雅创作形式，却恰恰成为他们在现代转型过程中现代性因子具备的重要依据。诚如王一川先生的辨析，现代性的表征在依赖现代性体验展开的同时，在很大程度上并不是简单地表现为现代性因素的全然呈现，它"从来不是仅仅以精英人物或理论家设计的理想或完善的方式呈现的。而是以现实的或不完善的方式展示的"③，即"古典性因素与现代性因素重叠本身就构成现代性体验的内涵，就是现代性体验的一种具体表现方式"。王一川先生还特别指出，"这种现实的不完善状况不宜被理解为某些论者所谓只是从古典性通向现代性的不成熟的'过渡'形态而已"，所以老派鸳蝴作家用自己擅长的古典形式书写对生命与时代的复杂感受，这种古典性与现代性因素的杂糅式写作就是现代性本身的一种现实存在状态。

　　由此来看，老派鸳蝴作家对于读者定位，在其骨子里就分明现出一个以古典为主导的精神内核，尽管他们从事着编辑、新闻、办刊等诸多现代型职业，参与着现代文学的生产过程，但是在他们的潜意识里，读者需要什么远远比不过他们写什么重要，所以他们会要求读者以一种鉴赏的心态去阅读他们的作品，并期待作品与读者之间形成一种"良友"的知音关系："君读此《香艳丛话》，必益增其美，与君之爱情益复高尚纯洁，君家姐妹，皆慧而好学，读此后才华焕发，必能副君极大之期望。……今又见此告白，必且引为良友，君之得此良友，实为君生平之纪念。"④

---

① 〔德〕马克斯·舍勒：《资本主义的未来》，罗悌伦等译，生活·读书·新知三联书店1997年版，第6页。

② 王一川：《中国现代性体验的发生：清末民初文化转型与文学》，北京师范大学出版社2001年版，第58页。

③ 同上书，第124页。

④ 《〈香艳杂志〉广告》，《自由杂志》第1期，1913年9月20日。

　　相比而言，新派鸳蝴作家的传统文化根底却远不及老派作家那样深入骨髓，但是他们对现代语境中新颖事物的接受能力与接受范围要比老派作家宽广许多，这使其对传统文化的离心力要更强一些。同时，他们中的不少人都缺少了老派鸳蝴作家的独特"共和"语境体验，所以对现实及政治的起伏变动难以产生如老派作家那样的生命与灵魂之痛，甚至就没有太多的关注，虽然在他们的笔下依然能够泛出国族意识的光芒，但也仅仅是以一种市民的视域打量整个社会与这个世俗社会的人，这种距离感已经大大消解了他们的国族意识。

　　此外，对于新派的许多年轻作家而言，他们在开始自己的笔墨生涯之时，并不如老派作家那样拥有较高的知名度及南社人身份，所以其从事创作的经历要比老派作家更艰辛一些。如张碧梧幼年聪颖过人，却因家道中落过早失学，为了谋生他跟随毕倚虹来到上海谋生，尝试过各种职业，最终凭借自己的勤奋与才华跻身于复刊之后的《礼拜六》撰稿人之列；再如稍早一些的周瘦鹃亦是如此，后来在王钝根的提携下，干起了笔墨生涯。这些新派作家的上海谋生经历，恰恰让他们充分浸染了整个语境与社会文化的转型，他们在保持自身传统文化认同底线的同时，又接受了大量的新鲜事物与现代观念，同时中下层社会生活的经历又使他们熟识于这个耳濡目染的市民社会，所以在写作中，他们就很容易地转向了或者说直接迈入了一条世俗化的写作之路，轻车熟路地选择并驾驭着现代人的语言，去表现现代市民生活中的世俗情感。如果说老派作家的现代性体验表现为以古典性为主导、杂糅着现代性因子的复合型体验，那么在新派作家身上，这种杂糅式文化体验中的古典性因素已然大大消减，他们的现代性更多地表现为对迅猛发展的近现代传媒业的驾驭，凭借对现代市民生活的亲历与洞悉，他们懂得从物质生活层面理解同时代人的精神世界，描绘出充满现代消费气息的新市民景观与都市新人格，所以他们将文学生产链条上的读者需求看作是创作的主要动力。到了20世纪二三十年代，这种迎合读者的媚俗倾向愈演愈烈，如周瘦鹃所言："编辑者选择稿件，一方面既要适合自己的眼光，而一方面又要迎合读者的心理，读者们的心理，又各有不同。有的爱这样，有的却爱那样，俗语所谓公要馄饨婆要面，岂不使做媳妇的左右为难呢？杂志和报章的编辑人，也就好似做媳妇，对于公婆啊，一一都要迎合，所以在下就一面做馄饨给公公吃，一面又做面给婆婆吃，总之，样样都做一些，让人家各爱其所就是了。"[①] 他们 "极度地希望" "读者不看本志则已，看了以后，一定不肯抛了不看，一定不肯失去了一期不看，——换一句话说：每篇都有可以一读的价值；那，读者自然会一心一意地想着它，不愿失去一期不看的了"！[②]

另一方面，沿着 "读者→文本→作家" 的逆向文学生产链条，读者群的变化，即鸳蝴派作家对读者群预设的差异，在一定程度上也决定着新老作家的代际分野与更替。有的研究者认为，清末民初的社会阶层可以划分为上、中、下三个层次，即上层是 "那些富有资财的豪绅富商"，"他们不屑于与平民百姓为伍，对于一般民众日常生活和文化生活没有太多直接的影响"[③]；中层是 "那些中小商贾，洋行、商行店伙，以及靠教读和秉笔为生的文人学士等等。他们有稳定的职业和收入，能够维持温饱生活，并有一定的余资可以享受一般的业余消费生活"[④]；下层是那些 "靠辛苦劳动换取衣食，生活缺乏保障的贫穷之人，……他们没有社会地位，也大多没有文化"[⑤]。从这三个层次来看，老派鸳蝴作家将自己的读者群主要设定在第二阶层中的文人、学士中，甚或包括第一阶层中的部分知识分子等，他们属于社会阶层中的中上层。这样的受众群体自然呈现出了较高的文学修养、相对宽裕的物质生活，以及余暇的阅读时间等，基于这样的客体因素，老派鸳蝴作家在现代语境中表现出了古雅的创作形式，以及 "良友" 式的 "平行" 的 "作者/读者" 关系。随着现代语境的进一步铺展，新派作家拟想的读者群呈现出了扩大与下移的趋势，他们的受众属于社会阶层中的中下层。具体来讲，由于他们在语体上的转换，即采用浅近的白话文创作，使得 "仅识字" 成为接受他们文本的最低要求，于是，其读者群就从第二阶层中秉笔、教书的文人、学士延展到了小商贾、店行伙计等，同时也如其所说的那样 "商界工人无不咸宜"[⑥]，所以下层的识字工人自然也囊括了进来。

在这种拟想读者群的位移中，可以明确地看到，新派作家为了扩大自

① 周瘦鹃：《编辑余谈》，《良友》第 8 期，1926 年 9 月。
② 赵苕狂：《花前小语》，《红玫瑰》第 5 卷第 24 期，1929 年 9 月。
③ 李长莉：《晚清与上海社会的变迁：生活与伦理的近代化》，天津人民出版社 2002 年版，第 28 页。
④ 同上。
⑤ 同上书，第 29 页。
⑥ 《例言》，《小说画报》第 1 号，1917 年 1 月。

己的受众，刻意改变了老派作家的典型写作特征。其一，他们将市民读者群的多元性与复杂性统统考虑在文学创作中，不仅要兼顾读者水平的参差不齐，即所谓的"凡闺秀学生，商界工人无不咸宜"[①]，在创作题材与类型上也要"时时适应于环境而加以变化，不拘泥于一格"[②]，如用现时的世俗家庭生活描写淹没老派作家的古典哀情创作，在其他小说类型上，诸如社会、历史、侦探、武侠、宫闱、滑稽等，或是在继承老派作家的基础上有所推进，或是逐渐将推向一个新的创作高峰。其二，他们对自身逐渐有了明确的价值定位，特别是经过与"五四"新文学的论争一役，开始明确提出"求其通俗化、群众化；并不以研求高深的文艺相标榜"[③]，这些特征都使其与老派鸳蝴作家的创作完全区分开来。

新派鸳蝴作家读者群扩大与下移的预设极其近似于晚清"新小说"的最初设想，梁启超等人甚至将拟想读者的下限定位在了不识字的田夫野老上，但是就实际读者而言，其阅读接受范围却仅仅限于上层的知识分子，这完全与其启蒙大众的初衷背道而驰，那么新派鸳蝴作家预设的这种较为宽泛的拟想读者群又能否实现呢？周瘦鹃曾言及《礼拜六》杂志（复刊之后）的畅销场景，即可作为这个问题的回答："每逢星期六清早，发行《礼拜六》的中华图书馆门前，就有许多读者在等候着；门一开，就争先恐后地涌进去购买。这情况倒像清早争买大饼油条一样。"[④]因此，可以说新派鸳蝴作家在一定程度上实现了晚清"新小说"不可能实现的拟想读者下移的期待，但是相比而言，这种调试与转变却是以放弃启蒙的宏旨为代价的，即将晚清"新小说"作者与读者之间自上而下的说教关系逆转为迎合的关系。从这一意义上讲，新派作家的写作与晚清"新小说"呈现出了异质性，这就从根本上将鸳蝴派的整体创作拉出了先前延续晚清小说的部分特征进行演变的轨道，并进而与老派鸳蝴作家的创作区分开来。

综上所述，在近现代语境的转型中，商业市场因素进入到文学生产的链条后，畅销因素必将成为维系文学发展的一条重要生命线，于是新、老鸳蝴派作家所面临的局势是老派作家的读者市场逐渐缩小，而新派作家的

---

① 《例言》，《小说画报》第1号，1917年1月。
② 赵苕狂：《花前小语》，《红玫瑰》第5卷第24期，1929年9月。
③ 同上。
④ 周瘦鹃：《闲话〈礼拜六〉》，魏绍昌编：《鸳鸯蝴蝶派研究资料·史料部分》（上卷），上海文艺出版社1984年版，第182页。

受众群体呈现壮大之势，这种读者群的演化与再分配促使着新派作家代替老派作家将成为必然。

2. 焦虑与从容的姿态对照

民国初年，老派鸳蝴作家还沉浸在理想覆灭的悲悼情绪中，以市场为导向、迎合读者趣味的倾向还不是十分明显，他们在国家、个人、文字之间基本找到了一个平衡点，甚至还有游刃有余地从事着写作。但是随着商业市场因素影响下的杂志办刊方针的日渐突显，老派作家开始表现出他们的焦虑与不适，这从 1916 年徐枕亚在《小说丛报》上刊载的一篇《启事》中即可见一斑：

> 鄙人前服务《民权报》时，系编辑新闻，初不担任小说，《玉梨魂》登载该报，纯属义务，未尝卖于该报，亦未卖与该报有关系之个人，完全版权应归著作人所有，毫无疑义。嗣假陈马两君出版两年以还，行销达两万以上，鄙人未沾利益，至前日始有收回版权之议，几费唇舌，才就解决。一方面交涉甫了，一方面翻印又来，视耽欲逐，竟欲饮尽鄙人之心血而甘心，深恨前著此书实自多事。今特牺牲金钱，将此书印行赠送，以息争端，而保版权。此佈。[1]

1912 年，徐枕亚在创作小说《玉梨魂》时还把持着传统文人的写作方式，即以一种私人化的形式书写源于自身婚恋不幸的哀伤故事，以实现文学的代偿功能，他一再告诫读者："深愿阅者勿以小说眼光误余之书。使以小说视此书，则余仅为无聊可怜、随波逐流之小说家，则余能不掷笔长吁，椎心痛苦？"[2] 这种切身之痛，使徐枕亚在 1924 年观看了由上海民兴社编演的话剧《玉梨魂》后，抑制不住内心的激动，写下了"既像忏悔，又像供实"[3]的《情天劫后诗》，隐喻了作者在回顾自我时的遗憾、无奈以及内心的伤痛：

---

[1] 徐枕亚：《枕亚启事》，《小说丛报》第 18 期，1916 年 1 月 10 日。

[2] 徐枕亚：《〈雪鸿泪史〉自序》，陈平原、夏晓虹编：《二十世纪中国小说理论资料》（第一卷），北京大学出版社 1997 年版，第 553 页。

[3] 范烟桥：《民国旧派小说史略》，魏绍昌编：《鸳鸯蝴蝶派研究资料·史料部分》（上），上海文艺出版社 1984 年版，第 274 页。

　　不是著书空造孽，误人误己自疑猜。忽然再见如花影，泪眼双枯
不敢开。

　　我生常戴奈何天，死别悠悠已四年。毕竟殉情浑说谎，只今无以
慰重泉。

　　今朝都到眼前来，不会泉台会舞台。人生凄凉犹有我，可怜玉骨
早成灰。

　　一番惨剧又开场，痛忆当年合断肠。如听马嵬坡下鬼，一声声骂
李三郎。

　　电光一瞥可怜春，雾鬓风环幻似真。仔细认来犹仿佛，不知身是
剧中人。

　　旧境当年若可寻，层层节节痛余心。梦圆一幕能如愿，我愧偷生
直到今。①

　　作为渐进现代语境中的新旧参半的第一代鸳蝴派文人，起初并不屑于
商业利益的攫取，他们仍固守着传统价值观念中的抑商主义，但是到了
1916年，在"行销达两万以上"的事实面前，徐枕亚真正体验到了现代语
境下文学创作的商业价值，由此看来，他并不善于在商业利益与创作之间
找到一个平衡点。对于其他老派鸳蝴作家来说亦是如此，传统文人品格与
现代商业利益的冲突在他们的观念中是始终存在的，并对后者有一种本能
的拒斥，他们认同的仍然是传统文人的高雅写作方式，并不想完全俯就下
来迎合读者的趣味。直到后期徐枕亚在编辑《小说季报》时，依然对这种
商业侵扰与争端表示愤怒："曩辑某报，颇荷社会赞许，初亦欲聚精会神，
贯澈最终目的，为社会教育之一助，竭我驽钝，宏启士林，而共事者意见
纷歧，以文字生涯，为利名渊薮，忌克之深，转为倾轧，知非同志，能不
灰心。"② 这些都源于他们对自我身份认同的困境与矛盾心态。在社会心理
学上，差异性理论认为"一个人根据把他自己区别于其他人的特性，特别
是区别于他通常所处的社会环境中的人的特性……来看待自己"③，于是，一

---

① 范烟桥：《民国旧派小说史略》，魏绍昌编：《鸳鸯蝴蝶派研究资料·史料部分》（上），
　上海文艺出版社1984年版，第274页。
② 徐枕亚：《发刊弁言》，《小说季报》第1集，1918年8月1日。
③ 〔美〕塞缪尔·亨廷顿：《文明的冲突与世界秩序的重建》，周琪等译，新华出版社
　2010年版，第57页。

方面，他们表现出对传统文人身份的强烈认同感，这具体表现为：

第一，"士人"精神的自觉继承。先贤设定的传统知识分子的人格与理想尽管在不断地变化与延展，但是"士不可以不弘毅，任重而道远"的社会责任感，即"士志于道"的精神是不变的，这"要求它的每一个分子——士——都能超越他自己个体的和群体的利害得失，而发展对整个社会的深厚关怀"①。因此，作为中国最早的知识分子，从"士"的诞生之日起，就没有割断过个人与家国的密切联系，他们积累的知识再多，修身再高，所有的努力指向的都是"齐国、平天下"的终极理想，尽管这条道路曲折迂回、荆棘丛生，但他们会用儒道结合的思想宽慰自己"达则兼济天下，穷则独善其身"，而这处江湖之远的"独善其身"又何尝不是理想未能实现的无奈之举？对于老派鸳蝴作家来讲，在辛亥革命以后，多数成为《民权报》与《民权素》的撰稿者，并呈现出强烈的国族精英意识，他们"充满政治热情，寄身政治空间、积极参与革命活动，并在创作中表达具有政治意义的事件"②，亦或借此倾泄对现实沉沦的苦痛，他们出现在文学现场即可以理解为找寻到了一个缓释政治失意的精神避难所，并在其中露出了传统"士人"的蛛丝马迹，诚如有的论者所言："在政统和道统内部循环的传统中止以后，他们来不及建构新的信仰和价值取向，还延续了传统文人的精英意识，期望在传统的政教合一体系中维持生存。"③随着1905年科举制度的废除，"知识人代士而起宣告了'士'的传统的结束"④，"士"的结构在现代语境的渐兴及日益稳固中逐渐消失了，然而"'士'的幽灵却仍然以种种方式，或深或浅地缠绕在现代中国知识人的身上"⑤，这自然包括社会转型时期的老派鸳蝴文人，他们在创作及社会活动中都将自身定位于以"士人"精神为内核的传统文人（知识分子），并以传统"士人"的精神、价值、身份定位与转型的社会、文化语境相碰撞、冲突与磨合。

第二，传统文人的交游、集结方式。文人交游是传统知识分子的一种独特生命形式与存在状态，这种文人的交游方式及诸多具体形式成为他们维系与知识阶层他者之间的联系、确立自身传统文化人格的重要表征，同

---

① 余英时：《士与中国文化》，上海人民出版社2003年版，第25页。
② 王进庄：《20世纪一二十年代旧派文人的转型和现代性》，《复旦学报》2009年第4期。
③ 同上。
④ 余英时：《新版序》，《士与中国文化》，上海人民出版社2003年版，第5页。
⑤ 同上书，第6页。

时，传统文人的交游形式更是成为了他们自我身份认同的重要体现。"在科举制度对文人产生强大制约力的中国古代社会，文人交游除追求逸乐外，尚有一种代偿性的社会功能——无论是宦场得意、举业受挫，抑或蔑弃科甲、追求隐逸，均可导致文人走出（或暂离）'修齐治平'之士林社会秩序，或浪迹于山水之间，或寄情于药酒天地，或留连于声色之场。"[①] 于是，在一定程度上，传统文人的交游形式可以看作是他们在儒家正统的社会秩序、权力机制之外寻求精神避难的隐逸形式，在"刻烛飞觞，联诗击钵。策疲驴而访友，荡画舫以寻秋，看花利涉之桥，买笑莫愁之市"[②]，亦或是"歌舞承平，扢扬风雅，载酒看花，赋诗听曲"[③]中，他们逐渐发展出倡饮唱和、调弦度曲、选伎征歌等一系列的文化交游形式，在这远离仕途正道的另类社会场域中，他们表现出了难以想象的个人才智与舒活的生命力，将个人价值在"士林"之外得到了最大限度的张扬。这种传统文人的交游形式在近现代社会的转型中，特别是随着科举制度的废止而导致的"士"结构的消失，以及传统士人向现代"知识人"身份的转变中，并没有完全遭到遗弃，这从处于其间的老派鸳蝴作家身上便可见一斑。如作为趣谈之一的"鸳蝴派"得名即来自于他们的狎妓御酒与倡饮唱和，平襟亚对此回忆道：

> 记得在一九二〇年（"五四"运动后一年）某日，松江杨了公作东，请友好在上海汉口路小有天酒店叙餐。……因为有人叫局，征及北里名妓当时号称四大金刚之一的林黛玉，她爱吃洋面粉制的花卷，故杨了公发兴。以"洋面粉""林黛玉"为题（分咏格）作诗钟。当时朱鸳雏才思最捷，出口成句云："蝴蝶粉香来海国，鸳鸯梦冷怨潇湘。"合座称赏。[④]

他们将这种传统文人的生命形式本能、惯性地延续下来，同时也契合着上海当时将新未新、新旧拼杂的准都市化现代语境，在这种适宜的环境中，他们在唱和度曲、狎妓御酒、踏青访友、附庸风雅中复现了传统文人

① 叶中强：《上海社会与文人生活：1843—1945》，上海辞书出版社 2010 年版，第 77 页。
② 王韬：《弢园尺牍》（卷一），李毓澍主编：《弢园尺牍 不得已》，第 25、26 页。
③ 包天笑：《钏影楼回忆录续编》，山西古籍出版社 1999 年版，第 4 页。
④ 平襟亚：《"鸳鸯蝴蝶派"命名的故事》，魏绍昌编：《鸳鸯蝴蝶派研究资料·史料部分》（上），上海文艺出版社 1984 年版，第 179 页。

的精神气质与生命才智，一股浓郁的"名士气"从他们的笔端流泻出来，并反复表达着对这种生命形式的认可，以及对隐逸现实纷争的倾心向往："板桥老人曰：'难得糊涂'，然欲得此'糊涂'二字，不可不于蚁绿鹅黄中求之，……居山村不觉寂历，居城市不觉尘嚣，自是有学养功夫者，……郊游遇雨，遂入杏花村里买醉，半酣，天宇忽霁，于是游兴又勃然，快事。……文字足以消愁，亦足以媒愁。……仰面看云，倏而白衣，倏而苍狗，咸随心之变幻，由斯可悟有心境无物境之妙理。"①此外，他们又在这种传统文人交游的遗风中集结同人从事创作，从而维系了社会文化转型时期的一代文人、一个群体，甚至可以说是一个阶层的存在与联结，更重要的是，维系了他们不愿遗忘的、灵魂得以安适的传统文人品格。

第三，传统文人的书写习惯。包天笑、周瘦鹃等作家否认自己是鸳蝴派的一个重要依据就是"至于鸳鸯蝴蝶派和写四六句的骈俪文章的，那是以《玉梨魂》出名的徐枕亚一派"②，包天笑也说"有的堆砌了许多辞藻，令人望之生厌，所谓鸳鸯蝴蝶派的小说，就是在这个时候出现"③，由此可见，新、老鸳蝴派作家区分的一个重要标准，即语体形式的使用差别。新派作家刻意倡导白话文的语体形式，如《小说画报》声称"本杂志全用白话体"④，以实现其雅俗共赏的迎合读者的世俗写作定位，而老派作家却坚守着文言甚或是骈文的古典形式，这种语体形式的区分渗透着作家生命形态及身份认同感的巨大差异。对于老派作家而言，古典的文言形式标识着他们传统文人的高雅身份，尽管在商业市场因素侵扰下的现代语境中，他们也要考虑到读者受众因素，但是与新派作家相比，对拟想读者的定位显然不是俯就与媚俗，而是一种知音式的平行交流，甚至如其所言，指向的是一种提高阅读者文学、文化修养的意旨。于是传统文人的书写习惯被他们保留下来，这不仅仅指高雅的四六句骈文形式，还包括私人化写作形态的现代余留，即在他们的骨子里，或者将文学视为在现实中缺失与失落的代偿，如前文论及的民国初年较为集中的哀情小说创作，在一定程度上可以理解为老派作家对"共和"理想失望的隐喻，再如徐枕亚创作的小说

---

① 郑逸梅：《绿窗絮语》，《小说丛报》第 3 年第 2 期，1916 年 9 月 10 日。
② 周瘦鹃：《闲话〈礼拜六〉》，魏绍昌编：《鸳鸯蝴蝶派研究资料·史料部分》（上卷），上海文艺出版社 1984 年版，第 182 页。
③ 包天笑：《钏影楼回忆录》，山西古籍出版社 1999 年版，第 486 页。
④ 《例言》，《小说画报》第 1 号，1917 年 1 月。

《玉梨魂》与《雪鸿泪史》是源于弥合自身的情感创痛而作；再或者是将文学视为遣兴抒怀的私人表达，诸如在民初的鸳蝴派期刊中，充盈着他们作品的大量古典诗文，这种与迎合世俗的意旨相背离的文类形式典型地反映出他们对传统文人书写形态的延续与自觉认同。所以到了 1918 年，白话文的创作早已确立了它在中国社会文化语境中的重要位置，但是在老派鸳蝴作家的创作中，依然还是用这种古雅的文字形式精细雕饰着他们的古典文学世界与其青睐的旧式才子佳人，这种不合时宜的偏执书写使他们对传统文人的生命习惯与身份有着强烈的认同意识。

　　另一方面，他们对"现代"身份又有了一种深刻体验与潜在认同。对于老派鸳蝴作家而言，这种认同并非源于他们的生命习惯与知识根底，而是基于一种"冲击 – 回应"文化模式的刺激，即处在现代转型的社会文化语境中不得不受之的一种心理体验。十里洋场的生长与谋生经历，使他们不可避免地参与进了上海的近现代都市化进程，其间近现代报刊业的迅猛发展、稿酬制度的建立，以及职业分工的细化与创建等，为他们全新的生活方式提供了可能，而他们也确实表现出对这种现代生活方式的某种适应。然而一旦他们加入到这一进程中，就不可能仅仅是对语境作出某些适应性调试，同时还要接受语境对他们的改造，而建立在商业自由市场基础上的文化传媒业的发展、壮大，迫使他们要褪掉传统文人的生命习惯与观照外部世界的古典眼光，要对转型了的语境以及自身定位重新作出价值判断。于是在对新型文学生产方式的认知中，他们深刻地体验到写作是一种面向市民大众的生产与消费行为，尽管他们还无法全身心地投入到这条文学生产链条中的每一个环节，却实实在在地感受到与传统写作的差别。在一定程度上，这种语境的快速转型与变动远远超越了这一代对传统文化根植较深的老派鸳蝴文人的稳固性心理结构，所以种种焦虑、无所适从以及对自身定位的价值游移不时溢于言表。

　　老派作家的这种身份认同困境，实质上是传统文人心态与商业市场消费语境冲突的必然结果，尽管其间也有调和与皈依，但是他们的种种行为却彰显出不安与焦躁的心态。如在这一时期的杂志中常常会标明"有不愿受酬者，请于稿尾注明，当酌赠本局书券或本报若干期以答高谊"[①]，这些约定的反复出现，实际上透出了老派鸳蝴文人对"卖文为生"之路的本能

---

① 　《本社征文条例》，《小说季报》第 1 集，1918 年 8 月 1 日。

性疏离，这种"高雅"的举动标明这一代基于传统文化根性的老派鸳蝴文人仍不能自觉认同于这种现代市场消费语境的契约方式。由此可见，文化（文学）习惯昭示的身份认同感与现代语境形成了裂痕，这如同他们的生活方式一样，即"已经习惯于西方的生活方式，吃的是牛排面包，喝的是牛奶咖啡，穿的是西服洋裙，欧化的生活方式，与中国社会的传统习俗产生了抵触，但只有她（他）的作品，还是原汁原味的中国传统诗词风格"①。面对新型语境，当新派作家纷纷打出"以兴味为主、凡枯燥无味及冗长拖沓者皆不采"②，"常注意在'趣味'二字上，以能使读者感到兴趣为标准"③的文化调试策略，以适应广泛崛起的市民阶层时，身份认同的困境始终令老派鸳蝴作家处于一种焦虑与矛盾的状态，这表现为在"冲击–回应"的文化模式中，他们也会做出某种隐蔽、独特的调试策略，即游戏笔墨的现代写作形式。

诚如前文论及的，古典语言的运用已成为他们传统文化根性的表征形式，同时也构成他们对自我传统文人身份认同的重要依据，以这种身份认同、生命习惯与现代商业语境相碰撞，就产生了具备一定现代形式特征的传统文人游戏笔墨的公共写作方式，这成为他们为适应新的语境而进行调试的一种"另类"变体，其中深嵌着如新文学家茅盾所言的"名士派的'游戏'观念"④。具体表现为他们经常会在其编辑的刊物中开辟一些专栏，以某一主题或日常物象为名征集诗词，如《小说丛报》第 18 期的《艳数》栏目中，徐枕亚选定了几首以手表为描写对象的雅诗：

　　一日相思十二时，春纤细数卜归期。错疑袖底揎金钏，故向筵前捧玉卮。坐觉更深迟敛腕，心随针指倦支颐。铜壶漏尽黄昏约，薄卷罗衫着意窥。

　　一日思郎十二时，时时心事个中知。频掀翠袖凝情久，翻讶金针过度迟。轧轧回轮肠共转，丝丝入扣腕偏支。柳梢月上黄昏后，密约佳期赖主持。

---

① 王晓华：《末世公子：袁寒云传》，河北人民出版社 2010 年版，第 206 页。
② 《例言》，《小说大观》第 1 集，1915 年 8 月 1 日。
③ 赵苕狂：《花前小语》，《红玫瑰》第 5 卷第 24 期，1929 年 9 月。
④ 沈雁冰：《自然主义与中国现代小说》，魏绍昌编：《鸳鸯蝴蝶派研究资料·史料部分》（上卷），上海文艺出版社 1984 年版，第 38 页。

　　　　袖里潜藏十二时，针旋昼夜不参差。花边彩镂嵌珠密，盘面形圆饰镯宜。样缩璿玑缠玉腕，响随轮齿激金丝。指环曾忆从郎索，细数归期问侍儿。①

再如《游戏杂志》第 6 期，东园编辑的《诗词选》栏目中以锦袜为题的雅诗：

　　　　莲钩翡翠，藕覆鸳鸯，新花样，频熨贴，妃子情如结，绢儿霞丽，罗侵露湿，玲珑月夜，愁照淡旧时颜色，只此涛波偷顾影，步障湘纹隔。
　　　　才长输与线短，煞费工夫，神女合欢织，狮子呼名，杂茸茸今日犹存几只，千重粉饰，笑倒红儿浑不识，美在其中无败絮，对甚鸦头说。②

　　表面看来，这种古雅的诗文写作与传统文人的书写习惯并没有实质性的区分，但是诸多细节却昭示着其内部的一种深层变迁。第一，描写对象的变化。传统文人的游戏笔墨及倡饮唱和时的诗词助兴所观照的对象不外乎佳人、美景等古典意象，但是在这里，眼镜、绣帕、拖鞋、手套、锦袜等并不具备审美形态的日常生活物品却进入到了写作中，这看似不经意的变化却隐含着作者向世俗、大众靠拢，并试图弥合自身与现代语境裂隙的一种调试，但是这种调试又表现出了他们自身的特有方式以及调试的有节制性，所以他们选择了一种将高古的语言形式与世俗相杂糅的方式呈现在他们编辑的栏目中。于是，一方面，传统的写作习惯得以延续，他们并没有为了适应语境将自己改得面目全非，而是最大限度地保留了自身的文化根底；另一方面，他们又表现出对现代语境的适应性，在以高丽华美的古典词语装饰世俗中，也将日常生活诗意化与审美化了，这显然没有完全走向媚俗的一路。第二，这种传统文人的游戏笔墨形式在老派鸳蝴作家手中以一种公共空间的写作方式呈现出来，即不再是传统文人的私人化写作，而是在创作之时就要考虑到受众的需求，并希望受众能够积极地参与进来，

①　徐枕亚：《艳数》，《小说丛报》第 18 期，1916 年 1 月 10 日。
②　东园：《游戏杂志》第 6 期，1914 年 5 月。

这构成了老派鸳蝴文人杂糅古典性与现代性对文学语境所作出的调试策略之一。

此外，表现在小说创作中，他们还发展出了一种集锦小说的写作模式，即采用点将的方式由各路名家接续完成，这同样也是将传统文人游戏笔墨的方式在现代语境中以一种公共空间的写作形式展开。通过这种公共空间的开创，他们进一步强化了现代语境中文学生产链条的"文本—读者"一环，从而表现出对现代语境的适应性。但是老派鸳蝴作家的这种有限、隐蔽的"调试"，与其对传统文学写作形式的强烈认同感相比，却显得微不足道，其中呈现出的执着坚守与适度调试之间的张力、游移却恰恰反映出他们的焦虑与无所适从。

由此，我们可以清晰地看到，以徐枕亚为代表的第一代鸳蝴派作家始终处于一种矛盾的焦灼状态。一方面，作为植根于传统文化的近代文人，他们习惯于传统的书写方式与文化观念，对利欲熏心的商业侵扰持提防心理；另一方面，在现代语境中，他们又不可避免地受其浸染，开始了一种商业化的运作与批量生产。一方面，他们加入了南社的队伍开始了文坛的生活，伴随着民国的希冀曾经意气风发、高蹈凌厉；但另一方面，现实的沉沦与理想的破灭却让他们只能凄凄切切地哀悼过去，在小说中寻找自己的迷梦与事业。尽管如此，他们却很难像第二代作家那样敏锐地把握并适应现代语境，而是处处显得被动与落后，这就使得第二代作家能够以全新的小说范式与他们清晰地划出了一条分界线，于是他们自己也明白，堆砌的四六句、重复的哀情小说已经落伍了，他们开始在整个文学语境中显得不合时宜。从1921年开始，徐枕亚、李定夷、吴双热等老派作家已经很少再出现在鸳蝴派的杂志上，对于他们来讲，这一时期是其创作甚至是生命的末尾。1937年徐枕亚在故乡常熟因贫病交迫而过早辞世；李定夷于1925年入北洋政府财政部投笔从政，结束了他的小说生涯；吴双热在经历了从入世到出世的转变后也很少再写小说，整个《礼拜六》后100期，也只有他的一篇作品，终于在1934年，他也走到了生命的尽头。对于此时的老派鸳蝴文人来讲，他们所面临的文化困境与尴尬是一代人的心理症结，诚如王静安、乔大壮在谈及王国维时所言："今日已经不是朝代的更易，而是两个时代两种文化在那里竞争。旧的必灭亡，新的必生长。孕育于旧文化里的人，留连过去，怀疑未来，或者对于新者固无所爱，而对于旧者却已有所怀疑、憎恨，无法解决这种矛盾，这种死结。隐逸之途已绝，在今日已无所逃于天地之间，无可奈何，只好毁灭自己，则死结不解而脱。"① 于是，他们只得悄然退场。

　　相比而言，新派作家则表现出了对这种全新语境的契合与从容。在上海社会的分工体系已经建构，文化市场日臻成熟，稿酬制度亦趋成型的过程中，新派作家"在城市飞速发展的出版业和各类新式机构中觅一工作，有的则干脆'自聘'，成为独立的职业者。他们利用掌握的知识、技能，不仅获得了赖以安身立命的空间，亦通过日益繁荣的媒体市场和建制化的学校，形成了一个拥有文化权力的新型社会阶层"②。其实，他们也并非与这种转型的社会文化语境有一种与生俱来的契合性，很多新派作家都有过游荡在大都会边缘的陌生感，如包天笑曾回忆说：

　　　　"我们在株数园虽甚闲适，却不大出去游玩，上海是个金迷纸醉之场，我和云笙，都是阮囊羞涩之人，也不敢有所交游。只是偶然两人到小酒店喝一回酒，那时我有绍兴酒半斤的量，再多喝一点儿，便要晕酡酡了；云笙却可以喝一斤还多。不过都守了孔夫子所说的'惟酒无量不及乱'，就是适可而止了。回到家里，我们联床共话，无所不谈，上自世界大事，下至男女性事，我们常常谈至半夜三更，了无足异。"③

　　即使如此，新派作家还是很快地以所谓的"以文博资、价值实现感和自由感"④疏离了传统文人的仕途情结及其精神特质，更多地表达出自己的生存与消费市场以及读者群的依赖关系。如周瘦鹃曾说他的处女作《爱之花》被《小说月报》刊载，获得了 16 元的稿费，解决了生计问题；张碧梧在家道中落后，为了谋生随毕倚虹到上海从事小说创作，终于凭借自身的才智与努力，跻身于后期《礼拜六》的主要撰稿者之列；张枕绿也说过，"我没有多大的本领赚钱，只能把所作的小说换几个钱。当我十九岁前，我把稿费充零用，很是宽裕……当我十九岁上娶了妻子，自立门户之后，要

---

① 钱理群：《1948：天地玄黄》，中华书局 2008 年版，第 225 页。
② 叶中强：《上海社会与文人生活：1843—1945》，上海辞书出版社 2010 年版，第 202 页。
③ 包天笑：《钏影楼回忆录》，山西古籍出版社 1999 年版，第 247 页。
④ 叶中强：《上海社会与文人生活：1843—1945》，上海辞书出版社 2010 年版，第 130 页。

把赚来的钱补助家庭的开销了"①。直至20世纪20年代末，在与新文学家的论争中，新派作家仍然以"文丐"而自豪②，这尽管带有负气之嫌，但终究显露出传统文人在从庙堂走向民间，从国家体制的依附者彻底转变为近代城市中自食其力的社会自由职业者。

总之，从晚清以来，随着上海城市的迅速崛起与发展，中国文人逐步由传统士人走出了延续千百年的仕途正道，"经由城市社会的分工体系和职业空间，初步完成了由庙堂依附者向近代独立知识者的转型"③。其中民国初年的新、老鸳蝴派作家构成了这种转型的一个环节与向度，并为这一进程提供了一种鲜为人知的细节描述，即在转型的总体趋势中，老派鸳蝴作家逸出了既定的轨道，为时代所遗弃，并呈现出现代语境转型中文人主体心灵的困境与障碍；而新派作家虽然替代了老派作家，沿着既定的轨道继续前行，但是伴随着精英意识的下移与消解，他们"有意无意地规避了其'小说救世'论的高蹈义理，将叙事的兴奋点，落实于中国社会转型中一个'可以触摸与感知的现代'——上海市民社会及其日常生活，与市民大众共同消受着近代城市生活带来的'新欲望和新苦恼'"④，这仍然逸出了"独立知识者"的最终目标。因此，新、老鸳蝴派作家的分野与更替为近现代文人转型进程的描绘提供了一个细节与例外。

三、统一：新老鸳蝴派作家的道德认同

新、老两代鸳蝴派作家在认知体验、知识构成、教育背景、活动经历等方面的疏离与裂痕生成了以书写差异为表征的鸳蝴派作家群的代际分野，但是与"五四"新文学作家相比，这种"裂痕"却显得微乎其微，诸如对传统道德的坚守等文化认同元素，都使得这种差异性的"小群体"划分全部整合进了"鸳鸯蝴蝶派"的统一范畴中，从而使两代鸳蝴派作家在整体上又保持了同一性与连续性。同时，新、老鸳蝴派作家在创作中所共同表现出的对传统伦理道德的认同，又使其在特定的历史背景下具有了深层的文化意义，即透过这一时期数量众多的鸳蝴派小说，可以解读出他们在嬉

---

① 张枕绿：《我从事著作前的准备》，《最小报》，1922年12月5日。
② 寄尘：《文丐之自豪》，芮和师等编：《鸳鸯蝴蝶派文学资料》，知识产权出版社2010年版，第175页。
③ 叶中强：《上海社会与文人生活：1843—1945》，上海辞书出版社2010年版，第191页。
④ 叶诚生：《"越轨"的现代性：民初小说与叙事新伦理》，《文学评论》2008年第4期。

笑怒骂、悲悼自伤以及在转型之后的世俗化书写中，隐含着对社会价值规
范的期望以及重建的理想，这也成为他们存在的一个重要文学史意义。而
论者往往将其标注为保守、封建，全盘倾入旧文学的营垒，在一定程度上
存在偏颇和简单化的倾向，忽视了"五四"前夜，鸳蝴派小说家在对传统
伦理道德的选择与开掘中对社会转型所作的思考，这也构成了中国现代文
学史上，区别于"五四"文学吸收外来文化资源实现现代转型的另一种潜
在的传统。

（一）文学想象与传统道德的指认

　　文学史上的评论家在评述清末民初鸳蝴派的小说创作时，基本呈现为
两种论点。一种是批判其创作呈现出浓厚的封建复古主义思想，这一派以
《新青年》《新潮》《文学旬刊》以及《晨报副刊》上的批评文章为代表。如
钱玄同认为，"此辈的宗旨是很容易知道的，……如提倡与民国绝不兼容
的三纲五伦……反对自由恋爱……一言以蔽之，'在时间的轨道上开倒车'
而已"①，郑振铎也曾辛辣地讽刺道："旧的人物，你去做你的墓志铭、孝子
传去吧。"②就鸳蝴派的实际创作而言，这些论点是符合史实的，如作为其
开山之作的《玉梨魂》，小说中的叙述者就时常跳出来进行"发乎情，止
乎礼"的道德说教；俞天愤为徐枕亚的《情海指南》作序说"夫情者，田
也。修礼以耕之，陈义以种之"③；《鹃花血》中进过女校的孟蕙莲虽然自
由恋爱，但面对婚姻却坚持"当禀之父母，父母许，如天之福，不许，息
壤在彼，无敢渝也"④，诸如此类的内容在他们的创作中俯拾即是。另一种
观点认为这一时期的鸳蝴派小说表达了对婚恋自由的诉求。如周作人就认
为"近时流行的《玉梨魂》，虽文章很是肉麻，为鸳鸯蝴蝶派小说的祖师，
所记的事，却可算是一个问题"⑤；鸳蝴派名家范烟桥还结合当时的社会文
化背景给予说明："辛亥革命以后，'父母之命，媒妁之言'的传统婚姻制
度，渐起动摇，'门当户对'又有了新的概念，新的才子佳人，就有新的要
求，有的已有了争取婚姻自主的勇气，但是'形格势禁'，还不能如愿以

①　疑古：《"出人意表之外"的事》，芮和师等编：《鸳鸯蝴蝶派文学资料》，知识产权
　　出版社 2010 年版，第 786—787 页。
②　西谛：《思想的反流》，魏绍昌编：《鸳鸯蝴蝶派研究资料·史料部分》（上卷），上
　　海文艺出版社 1984 年版，第 54 页。
③　徐枕亚：《情海指南》，《中国近代小说史料汇编》（第九），广文书局 1980 年版，第 3 页。
④　泰兴梦炎：《鹃花血》，《妇女时报》第 5 号，1911 年 12 月 5 日。
⑤　周作人：《中国小说里的男女问题》，《每周评论》第 7 号，1919 年 2 月。

偿，两性的恋爱问题，没有解决，青年男女为此苦闷异常"[1]；蒋箸超将近来鸳蝴派小说的创作主旨总结为"比来言情之作，汗牛充栋。其最落窠臼者，大率开篇之始，以生花笔描写艳情。……既而一波再折，转入离恨之天，或忽聚而忽散，或乍合而乍离，抉其要旨，无非为婚姻不自由，发挥一篇文章而已"[2]。

两种截然相反的论点反映了不同文学派别根据自身诉求解读文本的功利性目的，只是强调了鸳蝴派创作的一个侧面，同时也反映了清末民初鸳蝴派小说家自身思想的矛盾性与文化选择的困惑性。然而纵观民国初年鸳蝴派的小说创作，会发现，尽管部分小说中掺有婚恋自由的话语表达，但透过他们笔下女性形象的建构以及"情"与"礼"的冲突模式设置，作家们还是较为一致地表现出对传统伦理道德的认同，这表现为：

第一，小说中的女性形象，大都呈现出恪守传统道德的思想倾向。她们富有学识，相貌绝佳，令才子们一见钟情，但在爱情的萌动与传统道德的规约下，她们既没有成为在晚清"新小说"观念下出现的"解放女性"黄绣球（《黄绣球》），也没有成为"五四"离家出走的田亚梅（《终身大事》）。如小说《一缕麻》中的女士，曾主张爱情是婚姻的基础，因此不愿嫁给未婚夫痴郎，可后来却被痴郎付出生命的呵护所感动，甘心服膺于传统道德之下，因此小说可以解读为一个悔悟的故事，并借其父之口表达了对道德标准的评判："今新学萌蘖，而旧道德乃如土委地。提倡离婚之风者，乃视夫妇如传舍。古圣贤所谓一与之醮，终身不改者，实尘土之言矣。"[3]《再嫁》中的韩嫣如是礼教的忠实信奉者，她常说："女子从一而终，是我国数千年来的古训，任是谁人，背了此言，便是非礼了。"[4] 总之，这一时期小说中的女性始终没有逃出传统婚恋制度和礼教道德的藩篱，尽管爱情与欲望时常冲击着人物形象的塑造和故事情节的发展，但最终都被作者装进了一个牢不可破的传统道德的口袋中。

第二，小说中的众多女性形象都被赋予了坚忍的传统道德品格。坚忍是中华民族传统道德中的标志性文化质素，但在这一时期的小说中，男性

---

[1] 范烟桥：《民国旧派小说史略》，魏绍昌编：《鸳鸯蝴蝶派研究资料》，上海文艺出版社 1984 年版，第 355 页。

[2] 蒋箸超：《白骨散》，《民权素》第 1 集，1914 年 4 月。

[3] 笑：《一缕麻》，《小说时报》第 1 年第 2 号，1909 年 11 月 13 日。

[4] 张毅汉：《再嫁》，《小说画报》第 22 号，1919 年 8 月。

形象多不具备这样的品格，而是被赋予在众多女性身上，使她们身上充盈着一种富有牺牲的悲剧精神，显然作者是将其作为理想形象塑造的，并进而作为整个社会的道德规范嘉许的。《梅柳争春》中的屈小柳，当丈夫梅玉良病死后，她坚持守节，之后不幸遇到强盗劫掠，她以死面对恶人的挑衅，虽被救却又沦落妓院，最终选择自尽来保持名节。《邵飞飞》中的邵女，对于自己心仪的万生，甘愿寄以百金资其游学，并鼓励其"挟进取之谋，建树大业，拯生民于万劫"①，之后的命运，她实在不能左右，先是其母为贪财，将其嫁于骗子罗某，后又被拐卖，遭恶人凌辱，最终上吊自尽。《莳菲怨》中的妻子，为了资助丈夫游学，甘愿拿出赡养母亲的全部积蓄，可换来的却是丈夫的背信弃义，在痛苦与失望之际，她选择回家隐忍。以上这些形象沿袭了晚清吴趼人小说《劫余灰》中的婉贞形象，同样是让羸弱的女性在不断地受难中默默承受命运的打击，在脆弱中完成自己生命力量的表达。此外，在新派作家这里，如小说《千钧一发》（周瘦鹃，《礼拜六》第 24 期），作者也终究没有让代表着传统女性的黄静一在辛劳、倦乏、淹没青春的拮据生活中走向曾树声背叛丈夫的一路（巴金《寒夜》），这种设置更代表了鸳蝴派作家对传统人伦关系的深深眷恋。

第三，对女性形象的塑造暗含着贤妻良母的传统道德品格期待。这一时期鸳蝴派小说中的女性形象大都是作为贤妻良母的理想形象进行塑造的，而贤妻良母的评判标准除了坚忍的品格外，还有安贫乐道、遵守孝道等传统道德内容，从而使女性形象崇高化和道德标准化，并进而建构作家心目中的社会道德规范。如《九华帐里》通过丈夫的新婚一夕话，暗含了作者对理想妻子的期待，一方面，期待"郎是地球侬似月，卿作香车我作轮"②，另一方面，又期望新妇成为"我精神理想中的贤内助"，而贤妻的首要标准便是"孝"。《惨别离》中，丈夫外出求学、参加革命，音信全无，妻子在家苦苦支撑，抚养幼儿，照顾婆婆，无所抱怨，她含辛茹苦地送走了婆婆，为了敛葬，变卖了唯一栖居的破屋，于是沦为乞妇，可等到的却是丈夫的离世。《檐下》写一对社会下层夫妇之间相濡以沫的爱情，妻子认为"与其有千百万的黄金，宁可有千百分的爱情"③。作者在这些形象中都寄予了一种美好的人性与人伦之爱，并通过这类形象的建构，将传统文化

---

① 微：《邵飞飞》，《小说时报》第 1 年第 3 号，1910 年 1 月 11 日。
② 周瘦鹃：《九华帐里》，《小说画报》第 6 号，1917 年 6 月。
③ 周瘦鹃：《檐下》，《小说画报》第 1 号，1917 年 1 月。

中的人伦道德作为了理想的社会价值规范。

第四，对新女性形象的批判暗含了作者的道德讽喻。背离传统道德、因主张自由恋爱而受骗或打着自由恋爱的幌子玩世的女性形象，往往成为鸳蝴派作家诟病或嘲讽的对象。《燕市断云》讲述了一个因私定终身最终却遭抛弃的女性悲剧，作者徐枕亚评道："其事足以箴不良之社会，而醒无数醉心自由之女界同胞也。"①《忏悔》批判了主张婚恋自由而毁弃婚约的新女性苏旖君，她为了自由恋爱的王浩如，解除了先前的婚约，结果发现王皓如与未婚夫竟是一人，作者借王皓如说道："你和他是名正言顺的夫妇，你或者未必爱他，但是他与你订了婚约以来，一片真情无影无形中，全钟在你身上，比较我和你这种有形的肉欲情爱要深得多，你却一旦竟忍心退了婚了，而且我当与你结识之时，结交的容易，那情爱的根本，自然是不深的，当时或者是我悦你之容，你悦我之貌，便结交起来，似这般原不可以期永久的，初相识时，还是你挑逗我的，我对于你的情爱，无非从肉欲上发生出来，是假的，不是真的。"②显然，这一时期的鸳蝴派作家并不认同盲目、无节制的自由恋爱，并认为这些导致了社会风气与美好人伦关系的颓败。

第五，就小说的叙事模式来讲，众多小说都是以男女一方未取得父母认可，或被迫嫁人，或以死殉情，尽管时常发出婚恋不自由的慨叹，作者却始终没有让主人公越出礼防一步，在"情"与"礼"的冲突中，无一例外地倒向了对传统道德的认同。以往有的论者认为清末民初鸳蝴派小说如《孽冤镜》等都明显地在小说中痛斥"父母之命、媒妁之言"的专制，由此认为小说家们表现出对传统伦理道德的挑战和对西方启蒙主义价值理念的认同，但是应当注意，鸳蝴派作家表达的婚恋自由是在"父母之命"的前提下展开的，是"向其父母之前乞怜请命"③，绝不是打破这种传统制度观念。再如《玉梨魂》，从生命体验的角度表达了作为寡妇身份的女性有表达爱情的需求，但对于情节设置而言，作者却让梨娘以死完成自身的神圣化救赎。同时，这个根据徐枕亚亲身经历改编的故事与现实截然不同，现

---

① 徐枕亚：《燕市断云》，《民权素》第 3 集，1914 年 7 月。
② 毅汉原作、忘闲修润：《忏悔》，《小说画报》第 15 号，1918 年 8 月。
③ 吴双热：《〈孽冤镜〉自序》，陈平原、夏晓虹编：《二十世纪中国小说理论资料》（第一卷），北京大学出版社 1997 年版，第 490 页。

实中的梨娘（陈佩芬）"并非我想象中那么圣洁"①，也未能以死使自己的出轨得到救赎，这些都反映了徐枕亚在自由恋爱与以礼法为代表的传统道德规约之间，选择了后者。

总之，透过清末民初鸳蝴派的小说创作，作家们还是较为一致地表现出对传统伦理道德的认同，将其作为一种默认的价值规范来规约、品评小说中的人物行为，并期许能够延展为一种普世性的社会道德标准，尽管小说中有着婚恋不自由的表达，但这些依然统摄在传统道德观念之下，所以，认为作家们在西方启蒙主义影响下张扬出强烈的个性自由和反传统的道德观念，并不符合这一时期鸳蝴派作家的文化心理和观念表达。于是，在清末民初的社会转型中，鸳蝴派作家表现出了极强的坚守传统价值理念的文化姿态，但是这种文化姿态在现代性进程中是否就是一种简单的反现代性与食古不化呢？

（二）晚清视域观照下的现代性累积

如果将鸳蝴派作家的道德认同放在"传统/现代"的二元对立框架中思考，很容易得出这种认同的保守、封建与反现代性，但是如果将其放置在晚清以降的社会文化思潮与文学创作中考察，问题就变得复杂化了。在一个本应当接续晚清产生更浓郁的现代性时期，以及本应当对现代性有所思考与建树的一代作家身上，其小说创作却呈现出极强的"逆转性"，他们的保守传统也显得"非常态"。纵观晚清以来的社会文化思潮与文学创作潮流，可以明显地看出当时在伦理道德观念上所表现出的现代性积累与迅猛发展，这些都强烈地冲击和颠覆着传统的道德观念。

在西方社会文化思潮的影响下，从晚清开始，维新派就对婚恋问题展开了反思。康有为反对封建制度对妇女"抑之、制之、愚之、闭之、囚之、系之"②，认为男女都应该具有自立、自主、自由之人权。谭嗣同在《仁学》中也大胆揭露了父母包办婚姻对男女青年的危害，谴责了封建贞节观给广大妇女造成的生活灾难，并进一步将批判锋芒指向封建"父为子纲、夫为妻纲"的伦理观，主张以"朋友之道贯之"③父子、夫妇、兄弟之伦。严复从"新民德"出发，主张实行婚姻自主，变"媒妁之道"为妇女自行择配。这些思想都是用西方资产阶级的"天赋人权"来代替封建主义的婚姻家庭

---

① 杰克：《状元女婿徐枕亚》，《万象》（香港）第 1 期，1975 年 7 月。
② 康有为：《大同书》，华夏出版社 2002 年版，第 153 页。
③ 谭嗣同：《谭嗣同全集》（下册），中华书局 1998 年版，第 350 页。

伦理观念，将西方资产阶级的婚姻家庭当作典范来改良中国的婚姻家庭制度。之后，资产阶级革命派"以自由结婚为归着点，扫荡社会上种种风云，打破家庭间重重魔障，……为男女同胞辟一片新土"①，金一在《女界钟》中大声讴歌男女爱情，抨击封建专制摧残爱情之花："有天地然后有万物，有万物然后有男女，有男女然后有夫妇，夫妇之际，人道之大经也。而人道何以久？非婚姻，婚姻其仪式也。仪式之中有精神，是名曰爱。神圣哉此爱！"②这一时期，陈独秀也曾批评中国现有的婚姻制度："我们中国人，于婚姻一事，自始至终，没有一件事合乎情理"，认为"现在世界万国结婚的规矩，要算西洋各国顶文明。他们都是男女自己择配，相貌才情性情德性，两边都是旗鼓相当的，所以西洋人夫妻的爱情，中国人做梦也想不到"③。

就晚清小说创作而言，在梁启超的"新小说"观念的影响下，出现了大量涉及妇女解放的小说，如《自由结婚》《黄绣球》《女子权》等，并以"新小说"特有的方式贯之以生硬的说教，启蒙女子脱离梦寐的状态，兴女权，受教育，实现男女双方的平权。如《黄绣球》中，作者借黄绣球说道："自从世界上认定了女不如男，凡做女人的，也自己甘心情愿事事退让了男人。讲到中馈，觉得女人应该煮饭给男人吃；讲到操作，觉得女人应该做男人的奴仆。一言一动都觉得女人应该受男人的拘束。"④由此可见，在20世纪初，就社会文化思潮来讲，婚恋自由的现代观念开始大规模地宣传介绍，并产生了一定的社会影响力。《上海通史》中曾描述当时的状况："19世纪末20世纪初，随着女学的创办与出国留学潮的兴起，西方的思想如春潮般涌入上海，传统的婚恋观遭到前所未有的批判和冲击，一批接触过西方启蒙思想的有识之士和接受过近代教育的学生，纷纷以西方的婚姻制度为模式，大张旗鼓地宣传婚姻改革，主张男女平权，婚姻自主。"⑤

此外，就晚清以降小说家的知识背景而言，从第一代作家吴趼人、刘鹗等谴责小说家开始，他们大多接受了西方启蒙主义影响下梁启超的"新小说"观念，并自觉实践，其视域就已经较为开阔。到了第二代作家如徐

---

① 张枬、王忍之编：《辛亥革命前十年间时论选集》（卷一），生活·读书·新知三联书店1960年版，第858页。
② 金一：《女界钟》，上海古籍出版社2003年版，第67页。
③ 陈独秀：《恶俗篇》，任建树编：《陈独秀著作选编》（第一卷），上海人民出版社2009年版，第31、32页。
④ 颐琐：《黄绣球》，吉林文史出版社1985年版，第165页。
⑤ 熊月之：《上海通史》（第5卷），上海人民出版社1999年版，第528页。

枕亚、李定夷、包天笑、周瘦鹃等鸳蝴派作家，虽然旧学根底仍占绝对优势，但西方文化的熏染、本土新式学堂的教育背景以及报人身份，都使他们乐于接受新事物与新潮观念的刺激，从而与传统印象中的落魄旧文人相区别。如胡寄尘曾担任过南方大学、上海大学的教授；程瞻庐毕业于苏州省高等学堂，执教于苏州景海女校；郑逸梅曾经与叶绍钧、顾颉刚是同学，并与赵眠云、顾明道、程小青等在上海国华中学任教；张舍我毕业于沪江大学，与毕倚虹、平襟亚都从事过教师和律师的职业；徐枕亚担任过黎元洪总统的秘书长。此外，他们中的很多人都从事了大量的译介工作，其中周瘦鹃曾受到鲁迅的嘉奖，誉之为"昏夜之微光，鸡群之鸣鹤"①。从他们笔下的人物形象来看，大都具备本土新式学堂的教育背景，甚至众多养在深闺的女性，也有了出门接受新式学校教育的经历，鸳蝴派作家不但不反对这样的教育背景，反而认为这是构成他们笔下"完人"形象的必要组成部分，这实际上也是他们自身的一种写照。总之，鸳蝴派作家的知识背景使他们成为了近代第一批新式知识分子主体的重要组成部分。

　　但是为什么在晚清以降相对进步的社会文化思潮下和拥有较为开放的知识背景中，本应在转型时期成为社会文化变革力量的一批作家，却呈现出对传统伦理道德的极度迷恋呢？包天笑曾论及他的思想观念就是"提倡新政制，保守旧道德"②，这代表了这一时期鸳蝴派作家的一种普遍文化心理，为什么在政治上他们能够接受西方的民主、"共和"观念，在文化上却用传统对抗西方的启蒙主义价值理念呢？如果说他们排斥现代性，这并不符合史实，他们甚至有意识地做着大量工作去推动这种现代性的产生，如借鉴外国现代小说创作形式与表现手法，以及促进小说的市场化运作等，但是面对转型的社会现实，出于知识分子的社会责任感，他们却认为本土文化及其价值理念更适合现实的需要，而不是屡遭碰壁、未能对中国现实的改变作出极大成效的西方启蒙主义观念。因此，对于他们的道德认同，不应作简单的否定，应放置在 20 世纪初具有较大社会影响力的复古主义思潮以及社会现实的激变中考察。

（三）复古主义思潮下的鸳蝴派道德认同

　　首先，这一时期鸳蝴派作家对西方文化价值观念的幻灭与对本土伦理

---

①　周树人、周作人：《周瘦鹃译〈欧美名家短篇小说丛刻〉评语》，严家炎编：《二十世纪中国小说理论资料》（第二卷），北京大学出版社 1997 年版，第 31 页。

②　包天笑：《钏影楼回忆录》，山西古籍出版社 1999 年版，第 501 页。

道德的认同，与这一时期的社会政治背景密切相关。众多鸳蝴派作家都是政治活动的积极关注者，甚至是参与者，他们大多是倡导民族革命的南社成员，但1912年建立的中华民国及沉沦的社会现实却让他们感到普遍失望。一方面，新的民主国家、新的政治制度已经建立，但民主"共和"观念并未深入人心，没有实现他们对理想共和国的期待，尤其是一出出荒唐的复辟闹剧，以及袁世凯实施的政治、文化高压，更让他们痛楚地选择远离政治，宣称"有口不谈国家，任他鹦鹉前头；寄情只在风花，寻我蠹鱼生活"[1]，"茶余酒后，备个人消遣之资，聊寄闲情，无关宏旨"[2]的遁世主义，于是，他们普遍地对曾经被誉为"中国药方"的西方民主、自由价值观念产生了幻灭感。

　　另一方面，外来文化观念的冲击与动荡不稳的国家现实，使得以儒学为核心的旧道德体系呈现解体之势，整个社会没有了固定的标准，人们的价值观念处于失衡状态。杨尘因曾在小说《婚雠》中慨叹："余奚不为世道险巇，道德汩没痛哉！"[3]鸳蝴派作家希冀小说能够"唤醒同胞之迷梦"[4]，"为世俗针砭，亦可为人心之药石"[5]，这多少受晚清"新小说"观念的影响，同时也是未能真正脱离政治、现实的一代知识分子的社会责任感在起作用。对于社会价值观念的失衡与混乱，一方面，他们归因于西方资本主义文化观念的侵蚀，李定夷在《新上海现形记》中写道："文明为罪恶之渊薮，世界愈文明，罪恶愈进步。……观察上海社会情形，则可把奸盗骗诈四字包括尽之。……无论什么奇奇怪怪的黑幕总是上海得风气之先，……思想越是发达，黑幕越是奥妙，……衣衫褴褛的还容易辨识，最可怕的是衣冠禽兽，表面看风度翩翩，实在比毒蛇猛兽还利害。"[6]这极近似于日后京派作家对上海这个罪恶的现代社会的咒骂："上海是一条狗，当你站在黄埔滩闭目一想，你也许会觉得横在面前是一条恶狗，狗可以代表现实的黑暗，在上海这现实的黑暗使你步步惊心，真仿佛一条疯狗跟在背后一样。"[7]基于此，在《廿年苦节记》中，李定夷借玉蕊之口说道："吾恐不出

① 徐枕亚：《发刊词一》，《小说丛报》第1期，1914年5月。
② 瓶庵：《发刊词》，《中华小说界》第1期，1914年1月。
③ 杨尘因：《婚雠》，《民权素》第17集，1916年4月。
④ 包天笑：《发刊词》，《妇女时报》第1号，宣统三年五月望日（1911年6月11日）。
⑤ 童爱楼：《发刊词》，《自由杂志》第1期，1913年9月。
⑥ 李定夷：《新上海现形记》，《小说新报》第1期，1918年1月。
⑦ 梁遇春：《猫狗》，吴福辉编选：《梁遇春散文》，浙江文艺出版社2001年版，第162页。

五十年，吾国家庭之组合，欲将与西俗同化，父子兄弟之间，淡然若陌路人。"① 所以，时为鸳蝴派作家的刘半农借小说《可怜之少年》感慨并劝惩道："他是个少年人，果然内守不坚，被这恶社会一熏陶，身不由己地卷入那个恶浊空气里去了，要是自己没有钱也就罢了，偏偏他所得的金钱，恰恰是以济他之恶，自此四围的相逼，好似不能教他不死了。……但愿未来的少年，以此为戒，人生在世，不过做了一辈子声色口腹的奴隶，你要是守着勤俭劳苦之志安分守己，做个正当的职业，也何至于此呢？到了一脚踏入堕落之途，再拔也教你拔不出了，可险啊！"② 另一方面，在鸳蝴派作家看来，自由、民主等西方启蒙主义理念往往成为道德沉沦者的口实。如《燕市断云》中坚持婚恋自由而终遭抛弃的慧兰就是这样，徐枕亚评道："崇文明自由之虚名，而深受死名噪之实祸。"③ 正如李欧梵指出的："这一种对于新潮流和新的'洋务世界'的不安，正是后来所谓'鸳鸯蝴蝶派'小说的主题之一。"④

　　总之，民国名存实亡的动荡现实、理想图景的破灭以及社会道德的沉沦，使包括鸳蝴派作家在内的一代知识分子普遍地对西方民主、"共和"思想感到失望，甚至有人还全盘否定了整个西方文化系统，这种情绪在1914年第一次世界大战之后变得更为突出，并助长了在20世纪初涌起的、作为对抗西方文化冲击、以"发明国学、保存国粹"为宗旨的复古主义思潮，即国粹主义的大行其道，这股思潮真实地反映了一代知识分子面对中国转型出路以及中西文化现状时的焦虑心态。应当注意，作为一种复古主义思潮，它并不是食古不化，单纯地将传统思想定于一尊，而是认为在西方文明大量输入之时，"弃国粹而偏重欧化不可也"⑤，注重从传统文化遗产中寻找现代性理论的新根基，为了避开资本主义可怖的黄昏景象，将希望寄托于中国的传统文明，企图从中找到药方，即国粹。章太炎曾说："方今华夏凋瘁，国故沧胥，西来殊学，荡灭旧贯，怀古君子，徒用旧伤，寻其痛残，岂诚无故。老聃有言，物壮则老，是谓不道，不道早已，然则持老不衰者，

---

① 李定夷：《廿年苦节记》，《小说新报》第11期，1916年11月。
② 半侬起稿、天笑修词：《可怜之少年》，《小说画报》第3号，1917年3月。
③ 徐枕亚：《燕市断云》，《民权素》第3集，1914年7月。
④ 李欧梵：《现代性的追求》，人民文学出版社2010年版，第10页。
⑤ 慕韩：《文学与国家关系》，《学艺杂志》第1期，1912年。

当复丁壮矣。"①他希冀借助于古老的文明，中华民族能够"复为丁壮"，并进而建构其心目中理想的民主、"共和"方案。

国粹主义作为当时颇具影响力的一股社会思潮，自然会影响到生长于这一时空之下的鸳蝴派作家。同时，不少南社成员都直接参与了国粹主义的代表刊物《国粹学报》的创办，而鸳蝴派作家又几乎都是南社成员，并且最初的南社就是从国粹派化胎而来，之后他们又发起了国学商兑会，鸳蝴派名家姚鹓雏、叶楚伧等都有直接参与，因此鸳蝴派与这股复古主义思潮联系密切。尽管南社作为近代文学史上最大的一个文学社团，其成员思想并不十分统一，但复古主义作为20世纪初较有影响力的一股思潮，在具备相似文化阅历、社会背景、教育背景的知识分子身上，极有可能产生共鸣。透过鸳蝴派小说休闲叙事的背后，也完全可以读出他们在思想上力求挽救民心的欲望与极强的坚守本土文化的姿态，这是基于中国现实的一种思考与回应，最终指向的是民族与国家的复兴，因此这仍是服膺于晚清以来文学发展的重要命题，即思想启蒙与民族国家认同，但如果脱离了时代背景与文人心态，就只能简单地将鸳蝴派的回归传统解读为旧派文人的食古不化。

（四）坚守与嬗变：传统道德的开掘与现代转型

鸳蝴派作家在小说创作中呈现出对传统道德的回归与认同，与20世纪初的复古主义思潮相契合，同时也构成了整个时代知识分子对文化现状作出思考的一部分。在鸳蝴派之前，吴趼人就认为："以仆之眼，观于今日之社会，诚岌岌可危，固非急图恢复我固有之道德，不足以维持之，非徒言输入文明，即可改良革新者也。"②这反映了处于相同文学时空下知识分子对社会转型以及现代性的一种思考方式，他们认为西方启蒙主义价值观念，起码在目前的社会、文化、国民人格现状下，不能将中国带入一种稳定、有序的现代社会。如姚公鹤认为："夫以今日世界，厉行国家主义，当然以个人为本位，然人格不完，风纪堕落，正赖吾国旧有之家族主义为过渡时期之维系。"③于是他们在对传统伦理道德的开掘与改良中，为转型社会开出了药方。

首先，鸳蝴派作家在对传统伦理道德的开掘中，看中了"礼"的本

---

① 章绛：《国故论衡》，《国粹学报》第66期，1910年。
② 我佛山人：《〈上海游骖录〉识语》，《月月小说》第8号，1907年5月。
③ 姚公鹤：《上海闲话》，上海古籍出版社1989年版，第124页。

义，即实现一种和谐的、规范的人际关系，并认为这是人与社会发展的重要依据。包括鸳蝴派作家在内的一代知识分子普遍认为，西方启蒙主义价值观念在转型期的中国不但没能建立起一套完善的社会文化秩序，反而让整个社会的文化信仰瞬时颠覆，在社会急需一套价值规范时，他们借重于传统文化中的伦理道德，并认为当时的社会现实正需要这种被西方文化冲击零散了的秩序能够重新拼合。然而"伦理本身是一个抽象的概念，它必须通过具体的道德规范，如忠、孝、节、义，才能起到调剂人际关系的作用"①，于是他们继承、发展了"孝""节"等具体的人伦道德规范，并将"孝"放置在首位，作为在西方启蒙主义思潮冲击下的社会秩序与信仰重建的依据。但这种秩序的重建，在鸳蝴派这里还是着眼于最基本的家庭人伦关系，以此作为最终实现整个国家、社会有序状态的基础，所以，在他们的小说中，作为理想妻子的标准，首要的便是"孝"。如《九华帐里》《新婚一夕话》等小说就呼唤这种讲求孝道的理想女性；作为父子之间人伦关系的也是"孝"，而不是西方的"平权"，如周瘦鹃创作小说《父子》就是要"使人知道非孝声中还有一个孝子在着"②，《九华帐里》写了割股疗亲的"孝"，"这种合情合理的人伦孝悌之道会永远奔流在民族的血脉之中"③。可见，以家庭人伦秩序为本、基于人性情感的"孝"，在鸳蝴派作家看来，不但不能成为社会转型的阻力，反而应当是现代社会所必需的，并进而认为处于危机中的社会需要依靠这种人伦秩序得以恢复并发展。这近似于E. 希尔斯在《论传统》中提出的"实质性传统"（substantive tradition）的概念，即"崇尚过去的成就和智慧，崇尚蕴涵传统的制度，并把从过去继承下来的行为模式视为有效指南的思想倾向。如对宗教和家庭的感情，对祖先和权威的敬重，对家乡的怀恋之情等"④，而鸳蝴派作家看中的即是这种"实质性传统"，通过赋予其神圣的"克里斯玛"（Charisma）特质，即"'与终极的''决定秩序的'超凡力量相关联"的"社会中一系列行动模式、角色、制度、象征符号、思想观念和客观物质"⑤，使失范了的社会及其成员再度凝结到统一的规范与道德理想下，以此维系社会与价值规范的

---

① 宋克夫：《论章回小说中的人格悲剧》，《文艺研究》2002 年第 6 期。
② 范伯群编：《哀情巨子周瘦鹃代表作》，江苏文艺出版社 1996 年版，第 7 页。
③ 同上。
④ 〔美〕E. 希尔斯：《论传统》，傅铿、吕乐译，上海人民出版社 1991 年版，第 2、3 页。
⑤ 同上书，第 4 页。

稳定。

孔范今先生曾针对这种相似的文化补救模式论及："文化发展应对重大历史变革及其作为代价的人文缺失，常常是以正、逆两个方向互为制衡的结构性努力来承当对历史的期许的。……所谓'逆'者，即从相反的方向对历史变革及与其相符的一系列新的观念、文化进行制衡调控者，也就是人们所说的人文主义文化。这类文化直接与传统相接，其精神内核则直指人类几近于永恒的人道情怀与对天、地、人和谐关系的珍重。它对历史的责任期许表现为一种独特的方面，那就是对新变革、新观念中人文精神遗落的补救，对难以避免所要发生的人性与历史的异化进行规约，保障人性与历史的健全发展。"①尽管这番话是针对京派文学对海派文学表现出来的伦理文化失范、工商拜金主义、享乐主义浮华人生观念的弥漫，以及华洋杂糅中民族意识的淡漠的人文补救，但是同样适用于转型时期的中国，以及处于"中／西"、"本土／外来"文化冲突中的国民。尤其是对如小说《暮境痛语》②中默默承受新文化（外来文化）冲击的老一辈人来讲，清末民初鸳蝴派文人在特定历史背景下的这种传统道德坚守，无疑为西方现代文化冲击下的日常伦理的失范提供了一种精神抚慰与文化补救。

同样，作为鸳蝴派小说模式之一的"情"与"礼"的冲突，他们常常置换为人性与父母之命（孝）的冲突，在这种冲突中，青年男女无一例外地总是服膺于"孝"之下。如《锦囊红泪》中，作者曾借主人公表达过这种抉择："事决慈父，何忍违慈父之命以自择，不知听命，理也，自择，情也，欲从情则违理，违理不孝，罪莫大焉。"③其实"情"与"礼"的冲突模式与最终以"礼"胜"情"的结局，并不能简单地归结为是对人性的压制，这并不符合鸳蝴派作家的本意，否则就不能解释鸳蝴派小说中表现了众多男女恋爱不得自由的悲剧。实际上，这种冲突更应当解读为两种文化价值观念的冲突，即张扬个性自由的西方启蒙主义价值理念与"父母之命"的传统文化的"孝"之间的对决。鸳蝴派作家将这种"情"的过分张扬以及不加节制的婚恋自由，更多地是作为一种受西方价值观影响的文化符号进行标识的，所以他们在小说中一再批评这种观念误人："良以自由二字，亦有范围，若一味荡检踰闲，蔑礼犯分，误放佚为自由，祸将不忍言，而

---

① 孔范今：《序》，见李永东：《租界文化与30年代文学》，上海三联书店2006年版，第4页。
② 李涵秋：《暮境痛语》，《小说世界》第1卷第1期，1923年1月5日。
③ 碧痕：《锦囊红泪》，《民权素》第13集，1915年12月。

于痴男怨女为尤甚，……图肉体之娱乐，本未解自由为何物。"①李定夷更是在《賈玉怨》之后，写了《伉俪福》《湘娥泪》《双缢记》来"制约"前者中充盈的"自由"观念，并宣称"爱情自由，误人不浅也"！

另外，对于鸳蝴派小说中"情"与"礼"的冲突模式以及婚恋悲剧，众多论者往往认为其表现了婚恋自由的现代启蒙观念，并进而认为鸳蝴派作家认同于西方以自由、个性主义为核心的文化观念。但如前所述，小说中痛斥"父母之命、媒妁之言"的话语与以子君为代表的喊出"我是我自己的""五四"话语是有本质区别的，他们对有情人成眷属的期待，显然不是"五四"小说的"出走"模式，而是如《伉俪福》那样，取得了"父母之命"的男女相恋才是最理想的形态。因此，鸳蝴派作家对婚恋自由的表达与对人性的怜悯仍然是在"父母之命"的大前提下展开的，这反映了他们的文化认同方式。所以，尽管小说在文本接受中可能会呈现出与"五四"婚恋小说链条式的发展脉络，但就作家自身的文化观念而言，却代表了与"五四"相区别的另一种价值理念与文化发展路径，即对传统的坚守与开掘。

应当注意，鸳蝴派的"坚守"并非是一种不加选择的完全继承，而是有所选择和取舍，赋予了传统文化与价值理念一种新的含义，即努力从中发掘出现代性来为我作用，从而在"坚守"中又表现出一种"嬗变"的形态。如对传统人伦关系中的"节"，他们强调的是一种作为规范和协调人与人之间的秩序存在，而不是对人性的压制，这与宋明理学"须是革尽人欲，复尽天理，方始是学"（《朱子语类》卷一三）有着区别。张毅汉曾在小说《再嫁》中借吴峰石之口纠正了对"节"的误解："这贞洁一事，固然是极堪崇拜，但有些女子，往往误会了，勉强从事，就演出种种可悲可惨灭绝人情的事出来"，"圣贤制礼，以适合人情为主，怕有过分放越之处，将来做个节制的，若拘拘谨谨，不顾人情，将身体去作牺牲品，恐怕周公再世，尼丘复活听见了，也要期期不以为可的"。②所以，在《孤凰操》中，作者才会对因早婚而导致少女守节的悲剧提出抗议："早婚之害，讵能胜言……致将十二龄女郎，陷入万仞重渊，此生无超升之路，讵得委诸命乎？"③由此看来，鸳蝴派作家反对的并不是人性本身和对人性的张扬，而是在西方启蒙主义理念影响下不加限制的个性自由观念，以及在这种观念引导下导

---

①　詹公：《自由误》，《小说新报》第 5 期，1917 年 5 月。

②　毅汉：《再嫁》，《小说画报》第 22 号，1919 年 8 月。

③　息游：《孤凰操》，《礼拜六》第 7 期，1914 年 7 月。

致的社会、人伦秩序的混乱。这种改良传统的观念在当时社会文化背景下，具有一定的代表性，但是也容易令人误解。如1912年南京临时政府成立时，教育总长蔡元培发表《对于教育方针之意见》，宣布"尊孔与信仰自由相违"①，所以明令删除。论者一般都认为这反映了南京临时政府的态度，但在四个月之后，担任南京留守的黄兴却致电北京政府及各省都督，批评一些持论激进的人士"每多误会共和，议论驰于极端，真理因之隐晦，循是以往，将见背父离母认为自由，逾法蔑纪视为平等，政令不行，伦理荡尽"②，要求政府通令全国各学校老师重新申明忠孝大义，但是他所谓的"忠孝"已不是传统的"君君、臣臣、父父、子子"等纲常伦理，而是指尽职、立身等抽象意义。总之，鸳蝴派作家并非一味地坚守传统，他们对传统采取拾遗补缺的态度，对儒家价值体系中某些弊端和过分之处予以去除，并力图从中发掘出现代性来，以此作为社会转型必需的价值规范。

　　综上所述，尽管民国初年的鸳蝴派在现代语境的转型中，基于内在与外在的双重动因，不可避免地走向了一种以差异性的创作面貌与定位为表征的代际分化，这构成了这一时期鸳蝴派发展的一个重要嬗变特征，同时对日后鸳蝴派的最终定型产生了决定性的作用。但是与"五四"新文学等异质性文学相比，这种代际之间的裂痕又不具备实质性的区分，他们在创作中共同表现出的对传统伦理道德的认同与坚守又保持了作为鸳蝴派整体的统一性与连续性，并且这种道德认同，以及由此呈现出的文化选择与文化发展路径，在当时特定的背景下产生了重要的文化意义。实际上，在中国现代文学史上，以鸳蝴派为代表的开掘传统文化资源、实现传统的非对抗性转化的文化发展路径一直是作为潜流存在的，但它同样也是一种与历史同构的方式，只不过其同构的价值维度与"五四"启蒙文学不同而已，并因处在过渡时期不可避免地将传统中的某些糟粕也保留下来，但作为一代小说家对自身生长的特定时空的生命感知，他们以自身独特的方式作出对社会文化转型的思考和表达。于是可以认为，鸳鸯蝴蝶派在民族文化传统的基础上呈现出一种现代性追求。

---

① 高平叔编：《蔡元培年谱》，中华书局1980年版，第27页。

② 湖南省社会科学学院历史研究所编：《黄兴集》，中华书局1981年版，第193、194页。

第四章　沉落与勃兴：民初末期鸳鸯蝴蝶派的内部更迭

　　创刊于 1918 年的《小说季报》仅仅属于民国初年[1]众多寿命短暂的鸳蝴派期刊之一，与载入通俗文学发展史册的《礼拜六》《小说月报》《小说新报》等家喻户晓或持续时间较长的大牌刊物相比，它没有资格进入到专章、专节的介绍中，表面看来唯一值得称道的就只有主编徐枕亚，多少为这个刊物提高了些身价，但是它的价值仅仅是作为民初鸳蝴派文学的一个基数吗？返观文学现场会发现，就是在这样一个短暂、拖沓且不具备数量优势的刊物中，却集中彰显了鸳蝴派文学在民国初年的嬗变，更为重要的是，它典型地提供了民初末期[2]鸳蝴派内部新、老作家的独特文学存在形态，以及他们更替、演进的最后一个文学场域。

　　《小说季报》的独特之处在于，在数量有限的四集中却融合了日后被通俗文学史标注为鸳蝴派大家的众多作品，更令人惊讶的是，出现在这个刊物上的大都是鸳蝴派的一流作家，甚至二、三流作家都很少出现。这里面既有老派鸳蝴作家，如被称为鸳蝴派鼻祖的徐枕亚、鸳蝴派三大巨子之一的吴双热，以及社会小说圣手李涵秋等；还有新派作家，如党会小说之父姚民哀、滑稽小说之王徐卓呆、幽默大师程瞻庐，以及 20 世纪 20 年代执掌鸳蝴派文坛的周瘦鹃等。这种创作阵容得力于主编徐枕亚的号召，但另一方面，这批作家也确曾满怀信心地想要扭转当时他们意识到的小说颓败期，期望通过巨擘们的合力来营造自己的小说园地，实践自身的文学主

---

[1]　"民国初年"的概念较为模糊，历来没有清晰的界定。文中指鸳蝴派发展的第一阶段（1912—1921）。

[2]　文中"末期"指鸳蝴派发展的第一阶段（1912—1921）的末尾，《小说季报》的存在时间（1918.8.1—1920.5.15）恰处于这一时间段。

张。这一点在《小说季报》的《发刊弁言》及《序言》中是明确的，他们似乎要有意识地与先前的小说风貌造成一次断裂，然而这仅仅是主观意图，理论上的缺失、创作准备的不足，以及先前的惯性写作等诸多因素的纠合，使得《小说季报》的面貌富于多元化。新与旧、雅与俗、传统与现代等多组文学元素集体亮相，在短短的四集作品中将民初及日后鸳蝴派文学的发展趋向，走马观灯似地全部呈现出来，然而这些是最能说明鸳蝴派实现自身蜕变的努力、焦灼以及困惑的，他们的成功抑或失败都作为实实在在的文学史实改变着我们对鸳蝴派的笼统印象。

第一节　多元面相并置的民初鸳蝴派

从《小说季报》的实际刊行来看，与其说是季刊，倒不如说更接近一个半年刊[①]，最终它仅仅出版了四集，在没有任何终刊的声明下走到了尽头。这样的史实表明《小说季报》的难以为继，但是从主编及撰稿者的初衷来看，却与这样懊丧的结果背道而驰。他们都曾对《小说季报》的创刊满怀期待，"扶宗风于就颓，傅扎飞声，张吾曹之后劲。破题甫唱，喜色斯腾，按历而推，与时俱进"[②]，并期望它能够"十年功索此一日，洛阳轻买纸之金，著作者积之等身，鸿宝贮发枕之秘"[③]。吴绮缘也认为："创此《小说季报》，藉延斯文之坠绪，而为说部之明星，撰述者率能力挽狂澜，不随时好，即此已足与其他册子有异，托辞虽卑，立效则一。"[④]

应当注意，鸳蝴派文人的这些期待话语并非简单地理解为一种逢迎性的祝辞，而是实实在在地基于一种颓败之气，决心凭借《小说季报》力挽狂澜，那么这种颓败之气指什么呢？徐枕亚曾提及："曩辑某报，颇荷社会赞许，初亦欲聚精会神，贯澈最初目的，为社会教育之一助，竭我驽钝，宏启士林，而共事者意见纷歧，以文字生涯为利名渊薮，忌克之深，转为倾轧。"[⑤]吴绮缘理解的颓败之气，一方面与徐枕亚有相同之处："乃或有败

---

① 《小说季报》第 1 集与第 2 集的出版时间间隔 5 个月，第 2 集与第 3 集间隔 9 个月，第 3 集与第 4 集间隔 7 个月。
② 许指严：《序言》，《小说季报》第 1 集，1918 年 8 月 1 日。
③ 同上。
④ 吴绮缘：《序言》，《小说季报》第 1 集，1918 年 8 月 1 日。
⑤ 徐枕亚：《发刊弁言》，《小说季报》第 1 集，1918 年 8 月 1 日。

群之马，嗜利忘名，舍本逐末，藉文辞以济恶，托说部而藏奸，诲盗导淫，旨尤狂悖，一犬吠影，百犬和之，贻误读者，何可胜计？"①另一方面，又超越了他的指涉："国政不良，文纲密张，一言贾祸，重戾立至，三数多文博学之士，意欲有所立言建说，然终为所厄，瞻前顾后，噤若寒蝉，即欲假文字以少泄牢骚抑郁不平之气，亦不可得。"②姚民哀也论及："与虞初夷坚相委蛇，藉吐其胸中抑塞磊落之气，虽曰有托而逃，究其情志，亦大可怜矣。虽然，河山萧索，世变已亟，易曰天地闭，贤人隐，传曰《诗》亡而后《春秋》作，今《春秋》已亡，则吾侪有笔有舌，岂终甘喑哑以死？不托之于说部，复将奚托？"③基于这种见利忘义以及言论不得自由的颓败之气，他们期待能够借《小说季报》"主文谲谏，措辞迷离，藉可放言"④，最终实现"导世牖民之旨"⑤。

鸳蝴派文人的这种焦虑与对颓败之气的愤怒在民初末期显得特殊，固然之前某些鸳蝴派期刊也曾有过对小说指陈时弊、皮里阳秋的社会责任的强调，但是像这样集中、强烈的表达是前所未有的。似乎以《小说季报》为中心的鸳蝴派文人达成了一种共识，即文学不应成为利名的渊薮，它甚至要承担起干预社会的重任，但这样的共识也仅仅是从其《发刊弁言》及《序言》中得出，在他们的其他言说话语中却又时常充满着张力与矛盾。

首先，他们都希望《小说季报》的作品能够在国政不良之时，假文字"吐其胸中抑塞磊落之气"，以实现"导世牖民之旨"。这种小说主张与晚清"小说界革命"的启蒙内涵是一脉相承的，那就是让小说承担起"载道"的功用，在这种文学宏旨的鞭策下，他们理所当然地认为自己从事的是一项使命重大的事业，即使与三年之后出现的文学研究会的主张"我们相信文学是一种工作，而且又是于人生很切要的一种工作"⑥相比也毫不逊色。就《小说季报》的实际创作而言，出现了不少充满社会批判色彩与人文关怀的作品，如姚民哀的小说《不平》，作者从眼见耳闻的身边小事出发，

① 吴绮缘：《序言》，《小说季报》第1集，1918年8月1日。
② 同上。
③ 姚民哀：《序言》，《小说季报》第1集，1918年8月1日。
④ 吴绮缘：《序言》，《小说季报》第1集，1918年8月1日。
⑤ 姚民哀：《序言》，《小说季报》第1集，1918年8月1日。
⑥ 《文学研究会宣言》，《小说月报》第12卷第1号，1921年1月10日。

描尽苦力社会的状况，表现了对世道的愤懑，呈现出较强的人文关怀意识。对比同期的新文学作品《一件小事》（鲁迅），这种文学派别的差异自然消弭了不少，鸳蝴派的这些作品确实将关注的重心放在了"人"的身上，这种文学现象可以有两种理解：

第一，从当时的文学场域来推断，具有较大声势的"五四"文学必然会影响到同一时空下的鸳蝴派文学。第二，鸳蝴派的这种创作倾向并不完全受"五四"文学的影响，处在"一个遵循自身的运行和变化规律的空间，内部结构就是个体或集团占据的位置之间的客观关系结构，这些个体或集团处于为合法性而竞争的形势下"[①]，必然会呈现出更多的独立性，这可以从鸳蝴派作家与"五四"作家的差异性体验方面进行解读。"五四"作家的生存体验主要来源于西方启蒙主义的"德先生"和"赛先生"与中国社会现实的激烈碰撞、冲突，所以他们提出了"人的文学"，表现出浓厚的人道主义关怀与社会批判意识。而呈现出相似面相之一的鸳蝴派文学则要复杂得多，一方面，有来自晚清"小说界革命"的遗传、第一代职业小说家如吴趼人等人的影响；另一方面，他们的独特身份、经历与信仰也决定了区别于"五四"作家的别样选择，这种体验是"五四"作家少有提及或不被重视的，即前文曾经论及的"共和"语境体验。鸳蝴派作家都经历过民元前后动荡的政治浮沉，南社的经历使他们大都有着积极干预政治、关注现实的心态，在由"士"向近现代知识分子身份的转变中，他们保留着太多的传统根性，"士不可以不弘毅，任重而道远"的先贤设定的理想人格更是他们挥之不去的宿命，其小说中所坚守的传统伦理道德的建构即最好的证明。在经历了由晚清步入民国中理想激扬又沉沦的落差后，他们以小说中的风花雪月代替现实中失去的乐园，并不止一次地阐释自己的创作尴尬："在袁氏淫威之下，欲哭不得，欲笑不能，于万分烦闷中，借此以泄其愤，以遣其愁"[②]，这种对理想民国、"共和"的期望与现实激烈碰撞后的沉沦体验，可称之为"共和"语境体验。于是辛亥革命时代成为他们心中难以浇灭的块垒，当他们批判社会、关心世道时，虽然如"五四"作家那样将矛头指向"现时"，但眼睛却总盯着辛亥及民元。如小说《不平》中出现的

---

① 〔法〕布迪厄：《艺术的法则：文学场的生成和结构》，刘晖译，中央编译出版社2001年版，第262页。

② 刘铁冷：《民初之文坛》，《永安月刊》第93期，1947年2月。

与"五四"文学极为相似的启蒙话语："要之中国社会上种种人物之心理，虽合中国之文人，以十百千万毛锥，为之描写，恐仍不能尽"①，却是缘于"革命以还，表面虽曰共和平等，吾人试放目中原，较专制时代之恶习，恐有加无减"②的辛亥及民元记忆，他们表达的仍然是对理想民国现实沉落的痛心。

其次，他们在肩负小说"载道"重任的同时，却又把持着传统文人的观念，即小说是"小道"，是"俳优下技，难言经世文章；茶酒余闲，只供清谈资料"③，身在其中，他们分明感到了一种价值的失落："丈夫不能负长枪大戟，为国家干城，又不能著书立说，以经世有用之文章，先觉觉后觉，徒恃此雕虫小技，与天下相见，已自可羞。"④吴绮缘也在感慨："吾曹负昂藏七尺躯，处此浊世，不思有以自见，乃犹日握铅椠，从事于稗官家言，夫亦可耻甚矣。"⑤姚民哀也不约而同地提及："呜呼！士君子怀才抱奇，而遭际不偶，不幸殊甚，即著书立说，又不能备唐一经，继汉二史，徒俛首低眉，与虞初夷坚相委蛇。"⑥

此外，鸳蝴派小说家言说话语中的矛盾和张力还表现在，一方面，他们承续了梁启超的"新小说"理念，期望借小说实现"导世牖民之旨"；但另一方面，他们又认同着娱乐化的写作方式。如李涵秋的《序言》就不强调小说创作的救世宏旨，而是更多地言说朋友之间的邀稿式写作和附庸风雅，他曾提及："（枕亚）以书抵余，谓将有《季报》之刊，乞余相助为理，勉随诸君子名著之后，欣然允其请，以为枕亚知我。"⑦由此看来，能在《小说季报》上刊行自己的笔墨，是友人对自己才艺的首肯，这种炫才、游戏笔墨的意图在很大程度上消解了鸳蝴派作家声称的严肃创作态度。另外，这些不经意的语句却也道破了现代语境下的文学生产方式，即主创者必然要考虑到刊物的畅销，它不但需要有充足的稿源，还需要有名家来撑门面，时间长了，邀稿多了，诚如李涵秋所言，"余纵固于笔墨，日有所不

---

① 姚民哀：《不平》，《小说季报》第 1 集，1918 年 8 月 1 日。
② 同上。
③ 徐枕亚：《发刊词一》，《小说丛报》第 1 期，1914 年 5 月 1 日。
④ 徐枕亚：《发刊弁言》，《小说季报》第 1 集，1918 年 8 月 1 日。
⑤ 吴绮缘：《序言》，《小说季报》第 1 集，1918 年 8 月 1 日。
⑥ 姚民哀：《序言》，《小说季报》第 1 集，1918 年 8 月 1 日。
⑦ 李涵秋：《序言》，《小说季报》第 1 集，1918 年 8 月 1 日。

眼给，亦当偷长夏一线之隙，成《还娇记》一书"①，其创作质量就难以保证，这在很大程度上也消解了刊物声张的严肃宏旨，再如《小说季报》刊载的蒋箸超的艳情小说《理想之臭虫》，仅仅就是一篇"戏著"。这种娱乐化的创作倾向到了 20 世纪 20 年代愈演愈烈，鸳蝴派文人纷纷放弃了"以天下为己任"的传统士人角色的定位，他们能做也愿意做的就是"做出一本《快活》杂志来，给大家快活快活，忘却那许多不快活之事"，宣称："我便把一瓣心香，祝《快活》长生，并祝《快活》的出版人、《快活》的印刷人、《快活》的编辑人、《快活》的撰述人、《快活》的读者，皆大快活。秒秒快活，分分快活，刻刻快活，时时快活，日日快活，月月快活，年年快活，永远快活。"② 与民初相比，鸳蝴派的面相逐步单一化和脸谱化，进而形成了现代中国文学史上那个只讲"娱乐、游戏、消遣"的鸳蝴派的笼统印象。

晚清"小说界革命"以来，小说自身的主观创作意图与受众的解读效果都在发生悖论式的转变③。更为重要的是，进入到现代文学语境，大众传媒的渐兴、小说的市场化运作，以及传统文人的近现代转型，都使得小说不可能再如梁启超期待的那样呈现出一维景观，即用小说救亡兴邦，而必然是多种面相、多元的矛盾共存状态，这成为民初，尤其是民初末期鸳蝴派文学发展的一个典型特征。

第二节　老派作家：古典文学世界的营构及其消解

《小说季报》中老派鸳蝴作家的创作主要是续写才子佳人不能终成眷属，宣称"多情人，为我洒一掬同情之泪"④，小说中彰显传统文人气的文言词句，连同那些佳人、才子，以及缠绵凄婉的爱情故事完美地融合在了一起，构建了一个独特的古典文学王国。他们用自己的文化根底、信仰和习惯，将整个传统中国浓缩进了这一狭小的空间，并保留了"最后的旧体的作风，最后的文言小说，最后的才子佳人的幻影，最后的浪漫的情波，最后的中国人祖先传来的人生观，读了他们我们再读《狂人日记》时，我

---

① 李涵秋：《序言》，《小说季报》第 1 集，1918 年 8 月 1 日。
② 周瘦鹃：《祝词》，《快活》第 1 期，1922 年 1 月。
③ 参照本书第一章第二节。
④ 吴绮缘：《禅花梦影》，《小说季报》第 1 集，1918 年 8 月 1 日。

们就譬如从薄暗的古庙的灯明底下骤然间走到夏日的炎光里来，我们由中世纪跨进了现代"①。事实上，这个文学世界与他们所处的时代名不副实，更像是一个遥远的回忆与难舍的旧梦，但所有这一切的发生却是在现代语境中，在这种语境的压力下，从语言到叙事，再到小说中的人物形象都开始发生嬗变，层层的剥啄宿命般地展开，直至整个古典王国的坍塌。

第一，小说情爱冲突模式的嬗变。从《小说季报》上老派鸳蝴作家的创作来看，《玉梨魂》时期的印记仍然非常明显，小说的主人公依然是旧式的才子、佳人，他们的婚恋障碍有着来自父母方面的阻挡。尽管如此，但是小说冲突的重心却不再放在"父母之命"导致的爱情不得善终上，婚恋冲突的焦点有了新的构建。如小说《让婿记》叙写了蕙春、剑华、戛夫、梨云四个人物的情感纠结，虽然梨云与戛夫终成眷属，并得到了父亲绍先的准许，但在故事中，梨云与戛夫却总是处于分离状态，这种分离性的因素来源于同样深爱戛夫却未能得到其垂青的蕙春的嫉妒，之后蕙春的怨愤、忏悔、最终的死亡，以及梨云、戛夫在"义理"上的愧疚都是围绕着这种情的冲突展开，在拷问主人公心灵的同时，逼使他们作出各种违心或是无奈的抉择。

由此看来，作家们言情的重心不再如《玉梨魂》《孽冤镜》那样叙写外在礼俗造成的爱情不完满，而是侧重写情爱本体的冲突，这成为日后新派鸳蝴派作家言情的一个重要方面。这种叙事模式的嬗变反映了传统向现代语境转变中社会礼俗的变迁以及旧文化的式微，最重要的是，它微妙地呈现出鸳蝴派作家对现代语境中人的情感特征的把握，尽管小说中还会有"县令""科举"等古典意象与词汇，但这种嬗变在很大程度上消解了他们建构的古典文学世界。

第二，旧式人物悲剧命运的突显。民初前期，古典女性等旧式人物往往成为鸳蝴派作家道德认同的形象载体，小说一般通过他们受难却依旧恪守传统道德、忠于爱情的叙事模式来表现其精神力量的强大。《小说季报》的作品在保留先期特征的同时，又增添了作者在这一时期的独特人生体验，即这些完美、值得称颂的旧式人物终究逃脱不了必然消失的命运，现代语境无法为其存在提供一个合理的依据，多余人的尴尬位置消解了他们所做

---

① 张定璜：《鲁迅先生》，严家炎编：《二十世纪中国小说理论资料》（第2卷），北京大学出版社1997年版，第365页。

的任何努力。在这种创作理念下，这些人物呈现出前所未有的悲剧色彩，这就从一个人物类型的悲剧上升到了一代作家对命运感知的悲剧。

李涵秋的小说《还娇记》几乎对所有的人物都充满了嘲讽与批判，但唯有一个人物是例外，那就是丑女媭儿。她温柔善良、知书达礼，虽因相貌丑陋得不到丈夫的怜爱，却没有怨悔，甚至差点被丈夫毒死，也依然深爱着刘泓，这是其动人之处。然而媭儿付出的代价实在太重，唯有等到病重的丈夫从死神手中回来，相貌变得丑陋，自己变得光彩照人时，夫妻间的恩爱才得以实现，故事虽在一片团圆声中结束，但人物命运的悲剧性却深嵌其中，媭儿时刻游离于爱情中心成为一个多余人。在这一时期老派作家的创作中始终存在着一种矛盾，即他们对负载其传统价值标准的理想人物都没有给予更好的命运，但是作为将要退场的一代鸳蝴派文人，或者说对时代有着深深感伤的一代人，他们又刻意地想要扭转人物的悲剧结局，于是两者之间构成了一种张力，即故事的结局是令人欣慰的，却浸满辛酸的泪水。另外，在《小说季报》中，老派作家也开始写了这类他们所眷恋着的旧式人物的失败与不合时宜，写了他们在转型时期命运的不可逆转性，这些嬗变特征同样构成了对他们建构的古典文学世界的消解。

第三，传统人伦道德的高扬。在《小说季报》中，老派鸳蝴作家对传统人伦道德的张扬，与前期的创作及当时的主流人文思潮相比，显得强烈和集中。如小说《东笠遗风》讲述了"徐秀才仗义抚孤，李太守报恩教弟"的故事，以挽救"今日世道凌夷，人心浇薄，兄弟操同室之戈，夫妇有反唇之诮，骨肉视若路人，手足翻为仇敌"[1]的人伦道德的沦丧；小说《蝶花梦》在讲述男女殉情悲剧的同时，加进了报恩的元素，使得"义"的张扬远远盖过了对"情"的刻画；再如小说《倚闾泪》，被归结为"有功世道文字，较诸世所崇尚靡靡之音，相去奚啻天壤，苟加讽诵，自令人孝思油然而生"[2]。由此可见，"义""孝"等传统人伦美德成为了作家刻意标举的母题。

与民初前期鸳蝴派作家对传统道德认同的隐蔽、内敛化表达相比，《小说季报》的这种道德负载意图带有刻意为之的痕迹，这源于他们对时代文化氛围的独特体验：在"五四"新文化已经产生了较大规模的影响，社会

---

[1] 许廑父：《东笠遗风》，《小说季报》第1集，1918年8月1日。
[2] 吴绮缘：《倚闾泪》，《小说季报》第2集，1919年1月10日。

文化价值规范渐趋平稳之时，他们明白所做的工作呈现出了逆转性，而且自身创作生命的渐趋萎靡，使其发出的声音变得模糊与迷离，这一切都表明他们的力不从心，当这种复杂的心态转化为《序言》中所说的"力挽狂澜"时，在文学手法上，自然不会如前期一样，将创作意图与人物、故事有机地融合在一起，而是呈现出一种声嘶力竭的叫喊形态，并时常与其他小说要素构成一种张力关系。如小说《让婿记》中，梨云与戞夫已经终成眷属，作者却要安排梨云自愿背负起"以妾道自居，终身不敢越礼"[1]的精神枷锁，在作者看来，守礼信义才是爱情获得的重要保障，但是我们却分明感到礼教、道义与小说中的人物、环境之间的紧张关系，使得表面平和的小说还是难以掩饰文本下的波澜。再如小说《倚闾泪》叙述母慈子孝的亲情，表面看来这种基于血缘关系的儒家人伦规范的"孝"与浓郁的血肉之情不但没有冲突，反而相得益彰，但是深层来看，"孝"的强势说教对小说本要表达的主题，即人"情"，造成了一种遮蔽和模糊。总体看来，在1918年的文学语境中，老派鸳蝴作家仍然在一片唏嘘、笑骂声中执拗地写着一个个"忠、孝、节、义"的故事，与同期的"人权、自由、平等"等主流人文思潮相比，不仅整个时代解构着他们，其小说中的张力也构成了对他们古典文学世界的消解，他们可谓转型时期中国文学中的"堂吉诃德"。

第四，阴鸷与逃遁氛围的浓郁呈现。《小说季报》中老派鸳蝴作家的创作几乎没有太多的亮色，在延续前期小说悲伤氛围的同时，更增添了作家深层的生命体验，如同小说《让婿记》中的蕙春在生命将要走向尽头时为自己歌哭的那样："容颜好，只恐好难长，银烛光寒摇泪影，玉炉灰冷断心香，五夜九回肠。容颜好，孰个是知音，点点落花来有意，滔滔流水去无心，夕照淡遥岑"[2]，更多地具有了一种对生命易逝、人生不完满的形而上的感触。这一方面来自于民初末期老派鸳蝴作家在现代语境的愈演愈烈中感到的精神无所适从，另一方面则源于作家本人的独特境遇。如对徐枕亚来讲，此时家庭成员相继病殁的噩梦开始笼罩他，落寞甚至是"一种绝望的悲凉""弥漫周身，浸透骨髓，仿佛在巨大无边的冰窟中游荡，每一个毛孔都散发出寒气"[3]，于是表现在创作中，即如"三十春秋鬓已华，有

---

① 徐枕亚：《让婿记》，《小说季报》第1集，1918年8月1日。
② 同上。
③ 张永久：《伤心人别有怀抱》，《书屋》2010年第7期。

家身世等无家。艰难积得伤心草，辛苦栽成短命花。骨肉无多还易散，因缘如此太相差。乘风我亦欲归去，忧患今生未有涯"[1]，带有了更多沉潜和厚重的色彩。再如吴双热的小说《黑狱》记述了一个狱卒的升迁沉浮史，其写作明显地透出一种生命靡顿之感，因为此时的他逐渐由入世走向出世，转而诉诸于佛教的四大皆空观念。这种出世的隐逸之风也浓郁地在呈现在《小说季报》中，如小说《禅花梦影》没有了先前为爱而伤的大悲大痛，一切变得平淡、梦幻与虚无："百年一梦，曾刹那间事耳。黄土白杨等是，琼楼玉宇，朱颜绿鬓，莫非枯骨幽燐，佛家言色相之空，固已可奉为圭臬。"[2] 然而这样的阴鸷氛围与隐逸心态却无法在下一代人和接下来的语境中继续留存，他们以这种古雅的文字与旧式的人物为自己唱了一支葬歌。

　　第五，新的艺术手法的尝试与消解。《小说季报》提供了一个有力的证据，那就是说明徐枕亚等老派鸳蝴作家曾经在民初末期做出过转型的尝试，甚至这种转型的尺度都超出了我们的想象，这同样构成了他们笔下古典文学世界的消解因素之一。

　　《小说季报》第 1 集刊载了一篇社会小说《匦》，除了采用文言创作外，它几乎与同期的新文学作品没有太大的差别，然而这篇作品却是出自徐枕亚之手。小说《匦》在众多方面呈现出了革新意义：首先，它采用了横截面的片段式叙述，这与传统小说惯于讲述故事、人物的来龙去脉形成区别。其次，从讽刺技法上讲，与承袭了晚清谴责小说"辞气浮露，笔无藏锋"[3] 的鸳蝴派主流风格也有很大差别，其讽刺地不动声色，叙述者的零度介入，使得作者对社会的批判不再是开口即见喉咙，而是懂得用艺术手法沉潜故事的内容，这显然更接近于欧化的现代艺术风格，尤其是呈现在短篇小说体制中。因此，小说《匦》无论是对作者自身风格，还是对鸳蝴派的整体风格来讲都是一次断裂，同时这也表明在通向小说现代性的艺术道路上，鸳蝴派文学与"五四"文学并非完全是壁垒分明的。

　　应当注意，小说《匦》所取得的较为成功的讽刺艺术还是源于作家异于"五四"作家的"共和"语境体验，这从小说的细节处便可见一斑。如小人物王四对未曾见过的军阀进城场面的感触竟然是"以其如是显赫之仪

---

①　徐枕亚：《哭女诗》，《小说季报》第 1 集，1918 年 8 月 1 日。
②　吴绮缘：《禅花梦影》，《小说季报》第 1 集，1918 年 8 月 1 日。
③　鲁迅：《中国小说史略》，人民文学出版社 1973 年版，第 252 页。

从，既不类清代官柩之入城，又不类民国文明之婚礼"①，这看似荒唐的话语却是作者及一代沉落了的知识分子的内心独白，与昏聩、腐败的晚清实无二致的民国现实，让他们与这个小人物一样发生了空间的错位，两个本应当成为传统与现代、愚昧与文明时代的象征体却变得模糊甚至相似，这种最直白的感受却是令鸳蝴派作家最辛酸的生命体验。从这一点来讲，他们的讽刺艺术同样实现了"含泪的微笑"，这也正如前苏联学者尤·博列夫所言："当特别前列的批评达到白热化程度，艺术家的极度愤怒与仇恨压倒笑声时，无笑的讽刺也就可能出现。"②

此外，新的艺术手法的尝试还体现在徐枕亚的小说《一文钱》中。首先，其带有很强的侦探小说的味道，这表明并不擅长侦探、社会小说的徐枕亚在不断地作出延续自身艺术生命的多样化尝试。其次，小说在艺术形式方面表现出了较强的先锋性，其叙述采用了与传统小说模式迥异的场景相缀的叙述方式，并运用了先前从未用过的带有欧化色彩的现代白话形式。但是超前的艺术风格却导致了尝试中的悖论：一方面，其创作呈现出了较强、过快的艺术转型，这种尺度近似于接受了世界文学的"五四"文学；但另一方面，无论在语言形式、故事内容，还是在自身定位上，作者都是将其导向通俗文学发展的第二个阶段，而不是精英文学的发展方向。所以徐枕亚的转型最终以失败告终，但这同样作为一种消解因素出现在了他的古典文学世界中。

总之，老派作家笔下古典文学世界的建构隐喻着其基于社会现实的一种理想化代偿。实际上自晚清以来，小说家们在创作中都面临着一种理想与现实的切割，如"新小说"家在写到未来时（如科幻小说），总是充满了强国之梦，告诉人们这个世界应该是怎样的，当写到现实时（如谴责小说），却又丑陋不堪，告诉人们这个世界不应该是这样的。但是到了民初老派鸳蝴作家这里，其古典文学世界充满了人情味与理想色彩，现实世界却陌生又嘈杂，透不出一点亮色，在他们的想象中，美好的乌托邦不是指向未来，而是埋在了对传统社会美好人伦关系的回忆中，然而这最后的理想国也将烟消云散。

---

① 徐枕亚：《匦》，《小说季报》第 1 集，1918 年 8 月 1 日。
② 张鹄：《讽刺并非戏剧性审美形态》，《文艺研究》1989 年第 6 期。

第三节　新派作家：新的艺术世界的建构

由《小说季报》来看，作为在 20 世纪 20 年代续写鸳蝴派辉煌的新派作家构建了一个全新的小说世界，从而与老派作家的古典世界泾渭分明，但另一方面，这种差异又并非是绝对的，不可避免地存在众多蛛丝马迹前后承续着两代作家，这些表明作为同宗一脉，他们共同建构了整个鸳蝴派的概念及其文学场域。

在新派作家笔下，其叙写的题材与老派作家已经有了较大的差别。在"那婚姻问题，却也因此而诺拉（Nora）似的跑掉了"[①]之后，他们将笔触伸向了婚后的现代市民家庭生活，侧重表现普通市民的世俗生活感受。如小说《小姑》通过"我"出嫁前后的身份转换叙写家庭生活中的姑嫂矛盾，"我"的形象成为第二代鸳蝴派作家表现的重心，她不再是传统道德的载体，仅仅是万千世俗生活中的一个小人物，小说只是侧重描绘她在琐屑生活中的细微感受："家庭之间，只有我最苦了，上有婆婆，下有姑娘，丝毫不得自由。我未嫁时，常想只消休息日，丈夫与我出去游玩游玩，看看戏，也就满足了，那知嫁了这位医学博士，上午门诊，下午出诊，晚间睡到半夜里，往往有急病要请他去，从没有一天安乐的，夫妇二人，如隔千里，接近之时极少，终日与凶恶婆婆尖嘴姑娘相处，怎不难受？"[②] 这就是新派作家所把握到的现代市民生活，他们体验到的不再是爱情与礼教的抵牾，而是爱情与世俗生活本身的冲突，这成为他们建构的现代艺术世界的一个重要方面，并指向了 20 世纪 30、40 年代苏青、张爱玲的创作。

于是新派作家笔下的爱情离开了理想国，或者沾染了更多的世俗气息，或者充斥着现实的罪恶感。小说《日记之后半册》以日记体的形式讲述了"我"与朋友之妻偷情，为怕被朋友发现，毒死情人而心生余悸，乃至精神崩溃、最终丧命的故事。小说梦境里的各种可怖意象与荒唐呓语使得主人公的精神达到了极限："十四日，更深时，我觉得枕畔有人，抬头看时，见春枝立着，目光可怕，口吐鲜红，要将我带去。我魂不附体，开着眼睛，向枕畔乱击，春枝那纤细之手，来拉我所盖之被。正在争闹，看护人将我

---

① 鲁迅：《上海文艺之一瞥》，《鲁迅全集》（第 4 卷），人民文学出版社 2005 年版，第 302 页。
② 徐卓呆：《小姑》，《小说季报》第 4 集，1920 年 5 月 15 日。

推醒；二十一日，体温三十八度五分，脉跳八十，气色稍佳。午后下雨，夜来热度再升，幽鬼又来；二十二日，体温四十度，脉跳八十八，神经甚疲，更深后，幽鬼屡来苦我；二十三日，看护人云，昨夜懊恼殊甚，时常口呼春枝；二十四日，午后睡醒，觉床前有物，说是今晨蔡家送来的几匣茶食，打开一看，不是茶食，实是几条蛇，蠢蠢动着，我即命人抛往无人之处；二十五日，午前看护人劝我饮牛乳，我说不愿吃毒药；二十六日，幽鬼又来苦我。"①于是这让古典世界里的完美爱情遭到了彻底颠覆，在新派作家手中，爱情变得自私、绝情与不义，这样令人战栗的私情也只有在现代语境的都市中才会有生长的土壤，其暗含的批判指向逐渐成为下一时期他们艺术世界的一个重要组成部分。

　　新派作家并没有完全斩断古典与现代的桥梁，他们小说中依然有老派作家的理想人物，但是其情节设置却表明了这类古典人物的终结。如小说《馒头镇》讲述了聪慧善良，富有牺牲精神的古典人物芳儿与沾染着上海文明气息的新式人物梅二南、兰姑之间的情感纠结。在小说中，芳儿被放在了一个多余人的位置上，她终于没有按照老派鸳蝴作家的叙事套路走上一条幸福的团圆之路，唯一得到的仅仅是其成人之美的义举被整个镇子铭记和流传，这样的情节设置表明了此类古典人物只能作为历史的标示，将不能在现代语境中继续前行。另外，梅二南的形象也褪去了古典才子的理想光环，尽管他懂得怜香惜玉，信守爱情的承诺，可是他也会为自己的前途着想，小说就刻画了他内心矛盾与自私的一面："财产极富的人家，什么人都肯去继续的，既经衰败的人家，未必人人愿意，……继续那衰败的人家，却是带一点侠义性质。然而一回儿就想到兰姑之约，不可轻视，于是把方才的念头打断了。"②从小说结尾也可以看到，被老派鸳蝴作家所推崇的"狭义"美德终究没有被二南选择，于是这篇小说写了才子不再、佳人依旧的时代悲剧，甚至可以说新派作家葬送了这一类旧式人物。

　　此外，尽管新派作家留下了众多古典世界的蛛丝马迹，如姚民哀的小说《不平》，其开篇仍然有旧派的骈四俪六句："雁唳中天，乌啼半夜，思妇楼头之月，银箭频催，征人马上之霜，玉关暗渡"③；俞天愤的小说《母》依然张扬了"父母之命"乃为婚姻的必要前提，这些使新派作家的笔下充

---

① 徐卓呆：《日记之后半册》，《小说季报》第4集，1920年5月15日。
② 徐卓呆：《馒头镇》，《小说季报》第4集，1920年5月15日。
③ 姚民哀：《不平》，《小说季报》第1集，1918年8月1日。

斥着张力，但与老派作家相比，新的文学世界的建构压倒性地遮蔽了这些蛛丝马迹，这表明鸳蝴派不可避免地即将实现自身的全然蜕变。

综上所述，民初末期是鸳蝴派发展的一个重要时期，它提供并回答了鸳蝴派在分化之后进一步演化的结果，但是在以往的研究中却被忽视和笼统化了。"共和"语境体验下的多元面相，新老两派作家建构的新、旧艺术世界的对峙与互渗，以及旧的世界的消解、新的艺术世界压倒性胜利，构成了这一时期鸳蝴派的典型嬗变特征，而《小说季报》恰恰承载了这一切。其研究意义在于丰富了作为现代中国文学必要构成之一的鸳蝴派的一段文学史，进而让研究者更好地理解民国时空下的文学生存本相。

结　语

　　鸳蝴派之于清末民初，是一群特殊的文人邂逅了一个特殊的时期。时代在由传统向现代转型，文人也要顺应这种语境的变迁，但是这并不如流水线上的物品按照既定的轨道与模式被制造并生产，因为他们是"人"，他们有自己的情感、选择以及身份认同意识，因此在这次文化迁徙中他们并没有顺利地实现一种整体位移。对老派作家而言，其深蕴的传统文化根底时常构成这种转型的阻滞性因素和心理障碍，其与转型语境中的现代因子冲突不断，令他们依顺却又笨拙，优雅却又焦灼，即使是新派作家，他们选择蜕去传统文化的外衣，却依然掩饰不住其骨子里几千年延续下来的传统道德认同。他们想变，想去适应新的语境，可是他们也想遵循他们惯常熟知的生命习惯，于是，老派作家最大限度地保留了自己，却不得不被封禁在了这一历史坐标中，而新派作家尽管延续了自己的创作生命，却最大限度地遗忘了自己，滑向了一条与传统文人价值观念相冲突的文学之路。所以，当他们书写着传统、倡导国粹、坚守传统道德规范时，在之前的传统文人看来，不但对其不屑一顾，更认为他们制造了诲淫诲盗的颓败小说风气；在之后的"五四"新文学家看来，不光认为他们是复古的"封建余孽"[①]，"古旧的厉害，好像跳出在现代的空气之外"[②]，更认为他们没有资格"自命为保存国粹者"[③]，"所代表的并不是什么旧文化旧文学，只是现代的恶趣味"[④]。因此，他们的作品仅仅留下了自身与时代交战的斑斑伤痕，

---

①　钱杏邨：《上海事变与鸳鸯蝴蝶派文艺》，魏绍昌编：《鸳鸯蝴蝶派研究资料·史料部分》（上卷），上海文艺出版社 1984 年版，第 88 页。

②　周作人：《日本近三十年小说之发达》，芮和师等编：《鸳鸯蝴蝶派文学资料》，知识产权出版社 2010 年版，第 645 页。

③　西谛：《新旧文学的调和》，魏绍昌编：《鸳鸯蝴蝶派研究资料·史料部分》（上卷），上海文艺出版社 1984 年版，第 55 页。

④　沈雁冰：《真有代表旧文化旧文艺的作品么？》，魏绍昌编：《鸳鸯蝴蝶派研究资料·史料部分》（上卷），上海文艺出版社 1984 年版，第 43 页。

既没能实现他们不断重复的有益世道人心的救世宏旨，也未能挽救日渐萎靡的世风，反倒是走向了一条纯世俗化的娱乐之路，尽管在日后的创作中他们也会写《亡国奴之日记》《卖国奴之日记》《亡国奴家里的燕子》这样的爱国主义作品，但是世俗的眼界又怎能与昔日高蹈凌厉的国族话语同日而语？

　　处于转型之际的中国，其文化（文学）的发展路径本具有多种走向的可能，不能说传统文化没有任何前行的价值，实际上最终文化路径的实现，是由其背后支撑的各种文化资源之间的博弈胜出，如果依托于本土资源生长的现代性因子足够与社会发展相契合，并能有效地建立一种长效的、完善的、为社会大众认同的价值规范，那么这种依托于传统文化的发展道路并不比"五四"吸收外来文化资源的路径要差。试作一个猜想，假如鸳蝴派作家的传统书写能够延续下去，是否如其预想的一样，其小说暗含的传统道德隐喻能成为社会认同的普适性价值规范呢？答案是否定的。鸳蝴派创作中隐含的文化策略、文化认同以及文化理想，仅仅是改良了的传统道德，从根本上讲，他们还是未能提出以传统文化为本的全新文化策略，并且他们所依托的文化资源伴随着"老大帝国"在这一时期的苟延残喘及最终没落呈现出了价值信赖的游移性①，他们越是执着地坚守，就越显示出传统文化在这一时期的式微，这又如何能够抵挡住以启蒙、科学为标志的现代文明的冲击呢？所以即便是一次为父输血的文学想象（周瘦鹃的小说《父子》，《礼拜六》第 110 期），也会遭到新文学家纷至沓来的嘲讽与鄙视："我虽没有医学知识，却没有听见过流血过多，可以用他人的血来补足他的。照他这样说，做孝子的可要危险了。小心你父亲受伤；他受伤了，你的总血管可要危险了。这真比'割骨疗亲'还要不人道些。残忍

---

① 封建制度在此时已经没有任何发展与被开掘的可能性，几千年的惯性与因袭已经抵达了生命的尽头，晚清的现实以及改革者、统治者的变革失败，都表明这种制度已经遭到历史淘汰。而对于同属于上层建筑的文化来讲，从理论上说，它会表现出一定独立性，即制度没落之时，它反而可以呈现繁荣之势或者作为可供开掘的现代性资源。但是对于晚清而言，作为主导文化资源的以儒学为核心的传统文化，源于制度对文化的压抑性，它呈现出式微与腐旧之势，并且由于中国封建社会的政教合一性，令封建制度与儒家传统文化牢固地捆绑在一起，制度已经被印证失败，而文化又如何能够继续为社会所认同？因此，与新制度相契合的全新的一套文化规范的亟待确立就成为此时社会普遍认同的价值观念。

的医生！自私的父亲！中国人的理想高妙到如此，真是玄之又玄了。"① "周瘦鹃对于输血法也好像没有充分的知识。《父子》的原文我不曾读过。仅就你批评上的文字来说，他说孝子叫医生把他的总血管割开云云，他这总血管不知道指的什么，照医学上说来，当然是大动脉 Aorta 和大静脉 Vena Cavatubetsup，这两种血管藏在腹腔中，不开胸割腹是不能露出的，那里会割开取出血来呢？中国的医药就使不发达到任何地步，也不会有那么大胆的杀人医生。我敬告周先生，不要那么惹人笑话了吧！"② 如此看来，鸳蝴派作家既未能站在传统文化的高峰上去迎接西方文化的挑战，又不能营造出一座传统文化的高峰来为社会、文化立法，由此带来了优秀传统文化的失落，这不能不说是历史的遗憾。

　　此外，对清末民初鸳蝴派嬗变的考察，其文学史意义除了本书《绪论》中言及的丰富、纠偏文学史史述的不足外，还提供了一代偏重传统的旧式文人与现代语境碰撞、冲突的心灵史，通过对这部心灵史的追溯与触摸，对我们当下的文学发展同样具有重要的启示意义。

　　第一，清末民初鸳蝴派作家转型的当下启示。清末民初的鸳蝴派作家在渐进现代语境中作出了各样的调试姿态，其间有失败亦有成功，老派作家忠了自己的文化之根，却输掉了生存之境，新派作家赢得了生存空间，却放弃了传统文人的精英化写作路线。而当前的文学语境，或者说从新时期开始，也面临着这样一种语境转型中作家选择与调试的困境，如新时期先锋派文学的崛起，被看作是对先前各种文学范式的突破，然而在经历了所谓的滥觞期、勃兴期后，包括余华在内的诸多先锋作家都转型了，不再"冷血"而是温情脉脉，甚至频繁地与影视联姻。曾经有学者认为先锋文学具有"反叛性、先导性、流动性和悲剧性"，"他们以突破一切传统，不断'创新'为己任"③，从而使其超越了时代、超越了大众，一旦它为世俗所接受便意味着先锋生命的终结，于是我们开始追捧起写《许三观卖血记》《活着》《兄弟》的余华，欣品尝着阅读中的感动与辛酸，而忘掉了那位进入文学史的、嗜血的、暴力的先锋作家的余华。这种文学转型之路非常近似

① 西谛：《思想的反流》，魏绍昌编：《鸳鸯蝴蝶派研究资料·史料部分》（上卷），上海文艺出版社 1984 年版，第 53 页。

② 郭沫若：《致郑西谛先生信》，魏绍昌编：《鸳鸯蝴蝶派研究资料·史料部分》（上卷），上海文艺出版社 1984 年版，第 65 页。

③ 温儒敏等著：《中国现当代文学专题研究》，北京大学出版社 2002 年版，第 337、338 页。

于世纪之初鸳蝴派作家所面临的困境，他们在跌跌撞撞中或者谢幕、退场，或者以迎合世俗的方式延展了自身的文学生命，这两种选择的结果似乎也成为了先锋作家的必然出路。但实际上，在当代作家余华等人身上，他们的文学选择显然有了自己的思考与新的探索，而并非如诸多评论家所担忧的"中国先锋小说究竟能走多远"，在他们的转型中依然保留了一般作家所少有的先锋精神，如余华在《读书》《收获》杂志开辟"边走边看"这样具有先锋文化探索的专栏，诚如他自己所言：

> "我认为我的责任、我的使命就是让人们通过我的书听到我们某些共同的声音。我像一个兴致勃勃的孩子一样，不断地伸手指着某物让人们去看见，事实上我所指出的事物都是他们早就见过的，我只是让他们再看一眼。我能做的就是如此。"这段话是为了回答我为何写下那些小说的，现在我觉得用它来解释自己为什么要写下这些随笔也同样合适。①

其实，并不能说哪一条路就是唯一正确的选择，重要的是，世纪初鸳蝴派文人的抉择为当下，尤其在商业化、浮躁的世俗浪潮一次次向文学殿堂袭来之际，它为作家的写作定位提供了一种启示与思考，而思考本身所具备的意义要远远大于选择的结果。

第二，清末民初鸳蝴派作家开掘传统文化资源的启示。鸳蝴派作家在这一时期的创作中呈现出的对本土文化资源的开掘路径，尽管在转型时期没有被时代接纳为一种主流文化思潮，但是这并不代表传统文化资源不能通过自身的调整转化生成适应现代语境的现代因子。实际上，这一文学（文化）发展路径一直是与借鉴、吸收西方文化资源的路径并存的，只不过它没有成为中国现当代文学（文化）发展的"剧情主线（storyline）"②而已。在这条剧情线上，开掘传统文化资源或许仅限于探索大众化的形式利用，更多丰厚的传统文化资源却被作为一种与现当代文学绝缘的领域封禁在了古代，这其中存在着诸多因素的影响，如"五四"时期吸收外来文化资源的新文学与传统文学的断裂，一直就忽略了传统文化（文学）现代

---

① 余华：《边走边看·前面的话》，《收获》1999年第1期。
② 〔美〕柯文：《在中国发现历史——中国中心观在美国的兴起》，林同奇译，中华书局1989年版，第136页。

延展的思考，即使有探索也被中国现当代文学所特有的批判运动压制下去；再者，传统文化更多的是作为一种时间的概念来理解，即传统文化与现代文化成了哈贝马斯关于传统与现代线性发展的时间性界定，这就理所当然地否定了传统文化资源在现当代文学时空下被开掘的合法性。实际上，传统文化与现代文化的呈现形态可以是多元化、多样性的，既可以是共时性的存在，表现为互不干扰的平行发展，也可以是一种交锋的状态，在博弈中决定谁将成为时代、社会发展的主导文化资源与"合法者"。但是审视中国现当代文学的发展，这种外来的现代文化资源呈现出强势，而有着悠久历史的传统文化资源却没有任何现代开掘的可能，这必然受到质疑，同时也会影响到这个时代的文学所能够达到的高度，由此看来，这并非是文学（文化）发展的良性之路。

从新时期文学到新世纪文学，再到当下，文学的发展愈来愈呈现出多元化的趋势，当前语境中所包含的左右文学生产的因素不胜枚举，可以说从作家到作品再到读者消费群，任何一个环节都可以直接决定文学的最终样貌，因此这使得文学的价值标准更加游移。诸多快餐式文学在很大程度上都在消解着文学存在的本体意义，我们认为这是现代文化发展、扩张的必然结果，面对这种困境，传统文化的力量则被突显出来，它仍具备纠偏、补充现代文化发展的一种向度与可能，这是不应当被忽视的。何中华先生在谈及传统文化的现代价值功用时，曾列举了四个方面[①]：第一，为当前精神文明的建构提供了一种价值评判标准，即从本民族的文化源头上寻找到一种规约现代人、社会人文价值取向的参照尺度；第二，在人与自我的关系维度上，中国传统文化精神有助于强化文化意识上的自我认同和德性人格上的自我实现；第三，在人与自然的关系维度上，"顺天体道"的文化取向有利于改善当代人类的生存处境；第四，在人与人的关系维度上，"仁者无敌"对于"争于气力"时代的昭示意义。由此来看，中国传统文化不仅具有规整现代文化发展的偏误倾向，更是作为社会、国家发展和崛起的一股重要力量，尤其是在出现道德衰弱的今天，欲拯救世道人心，改善并优化人与人之间的关系，实现社会的和谐，这种古老的传统就不能被轻易遗忘，而这种文化策略与路径，我们却在清末民初的鸳蝴派作家那里看到了他们的执着与坚守。

---

① 何中华：《中国传统文化及其现代命运》，《山东大学报》2011 年 12 月 28 日。

参考文献

一、史料:

1.《新小说》，1902—1906，上海，月刊，梁启超主编。

2.《绣像小说》，1903—1906，上海，半月刊，李伯元主编。

3.《月月小说》，1906—1909，上海，月刊，汪惟父、吴趼人主编。

4.《小说林》，1907—1908，上海，月刊，徐念慈主编。

5.《新新小说》，1904—1907，上海，月刊，陈景韩主编。

6.《小说时报》，1909—1922，上海，月刊，包天笑、陈冷血主编。

7.《小说月报》，1910—1920，上海，月刊，王西神、恽铁樵主编。

8.《妇女时报》，1912—1917，上海，月刊，包天笑、陈冷血主编。

9.《自由杂志》，1913—1913，上海，月刊，童爱楼主编。

10.《游戏杂志》，1913—1915，上海，月刊，王纯根、天虚我生主编。

11.《中华小说界》，1914—1917，上海，月刊，沈瓶庵主编。

12.《民权素》，1914—1916，上海，月刊，刘铁冷、蒋箸超主编。

13.《礼拜六》（前期），1914—1923，上海，周刊，王纯根、周瘦鹃主编。

14.《礼拜六》（后期），1921—1923，上海，周刊，闻野鹤、赵赤羽主编。

15.《小说丛报》，1914—1919，上海，月刊，徐枕亚、吴双热主编。

16.《小说旬报》，1914—?，上海，旬刊，英蜇等主编。

17.《余兴》，1914—1917，上海，月刊，时报馆主编。

18.《繁华杂志》，1914—1915，上海，月刊，海上、漱石生主编。

19.《香艳杂志》，1914—1915，上海，月刊，新旧废物主编。

20.《女子世界》，1914—1915，上海，月刊，天虚我生主编。

21.《小说海》，1915—1917，上海，月刊，黄山民主编。

22.《小说新报》，1915—1923，上海，月刊，李定夷、许指言、包醒独、贡少芹、天台山农主编。

23.《小说大观》，1915—1921，上海，季刊，包天笑主编。

24.《春声》，1916—1916，上海，月刊，姚鹓雏主编。

25.《小说画报》，1917—1922，上海，月刊，包天笑主编。

26.《小说季报》，1918—1920，上海，季刊，徐枕亚主编。

27.《红玫瑰》，1924—1931，上海，周刊，赵苕狂主编。

28.《红杂志》，1922—1924，上海，周刊，施济群主编。

29.《小说世界》，1923—1929，上海，月刊，叶劲风、胡寄尘主编。

30.《春秋》，1943—1949，上海，月刊，陈蝶衣等主编。

31.《万象》，1941—1945，上海，月刊，陈蝶衣、柯灵主编。

二、学术专著与作品：

1. 魏绍昌编：《鸳鸯蝴蝶派研究资料》（上、下卷），上海文艺出版社1984年版。

2. 芮和师等编：《鸳鸯蝴蝶派文学资料》（上、下卷），知识产权出版社2010年版。

3. 魏绍昌编：《中国近代文学大系·史料索引集》（1），上海书店出版社1996年版。

4. 吴组缃等编：《中国近代文学大系·小说卷》，上海书店出版社1991年版。

5. 章培恒编：《中国近代小说大系》，百花洲文艺出版社1991年版。

6. 刘永文编：《晚清小说目录》，上海古籍出版社2008年版。

7. 陈平原、夏晓虹编：《二十世纪中国小说理论资料》（第一卷），北京大学出版社1997年版。

8. 严家炎编：《二十世纪中国小说理论资料》（第二卷），北京大学出版社1997年版。

9. 廖隐邨编：《鸳鸯蝴蝶派作品珍藏大系》，中国广播电视出版社1998年版。

10. 范伯群编：《鸳鸯蝴蝶-〈礼拜六〉派作品选》，人民文学出版社2009年版。

11. 向燕南、匡长福编：《鸳鸯蝴蝶派言情小说集粹》，中央民族学院出版社 1993 年版。

12. 刘扬体：《鸳鸯蝴蝶派作品选评》，四川文艺出版社 1987 年版。

13. 刘扬体：《流变中的流派——"鸳鸯蝴蝶派"新论》，中国文联出版公司 1997 年版。

14. 魏绍昌编：《鸳鸯蝴蝶派 - 礼拜六小说》，春风文艺出版社 1997 年版。

15. 魏绍昌：《我看鸳鸯蝴蝶派》，中华书局 1990 年版。

16. 鲁迅：《中国小说史略》，人民文学出版社 2007 年版。

17. 阿英：《晚清小说史》，江苏文艺出版社 2009 年版。

18. 朱自清：《论雅俗共赏》，北京出版社 2005 年版。

19. 费正清编：《剑桥中国晚清史：1800—1911 年》（上卷），中国社会科学院历史研究所编译室译，中国社会科学出版社 1993 年版。

20. 费正清编：《剑桥中华民国史》，上海人民出版社 1991 年版。

21. 范伯群主编：《中国近现代通俗文学史》，苏州教育出版社 2000 年版。

22. 范伯群编：《中国现代通俗文学史》（插图本），北京大学出版社 2007 年版。

23. 范伯群、汤哲声、孔庆东编：《20 世纪中国通俗文学史》，高等教育出版社 2006 年版。

24. 范伯群主编：《中国近现代通俗作家评传丛书》，南京出版社 1994 年版。

25. 范伯群、孔庆东编：《通俗文学十五讲》，北京大学出版社 2006 年版。

26. 栾梅健：《前工业文明与中国文学》，复旦大学出版社 2008 年版。

27. 栾梅健：《二十世纪中国文学发生论》，广西师范大学出版社 2006 年版。

28. 栾梅健：《纯与俗的变奏》，山东友谊出版社 2006 年版。

29. 栾梅健：《民间文人的雅集：南社研究》，东方出版中心 2006 年版。

30. 汤哲声：《流行百年——中国流行小说经典》，文化艺术出版社 2004 年版。

31. 汤哲声：《中国现代通俗小说思辨录》，北京大学出版社 2008 年版。

32. 汤哲声：《中国现代通俗小说流变史》，重庆出版社 1999 年版。

33. 刘纳：《嬗变：辛亥革命时期至五四时期的中国文学（修订版）》，中国人民大学出版社 2010 年版。

34. 张华：《中国近现代通俗小说流变》，山东文艺出版社 2000 年版。

35. 袁进：《中国文学的近代变革》，广西师范大学出版社 2006 年版。

36. 袁进：《中国小说的近代变革》，广西师范大学出版社 2009 年版。

37. 袁进：《近代文学的突围》，上海人民出版社 2001 年版。

38. 袁进：《中国文学观念的近代变革》，上海社会科学院出版社 1996 年版。

39. 袁进：《鸳鸯蝴蝶派》，上海书店出版社 1994 年版。

40. 朱文华：《中国近代文学潮流》，贵州教育出版社 2004 年版。

41. 郭延礼：《中西文化碰撞与近代文学》，山东教育出版社 1999 年版。

42. 郭延礼：《中国近代文学发展史》，高等教育出版社 2001 年版。

43. 郭延礼：《中国前现代文学的转型》，山东大学出版社 2005 年版。

44. 郭延礼：《中国文学的变革：由古典走向现代》，齐鲁书社 2007 年版。

45. 武润婷：《中国近代小说演变史》，山东人民出版社 2000 年版。

46. 张燕瑾、吕薇芬主编：《20 世纪中国文学研究·近代文学研究》，北京出版社 2001 年版。

47. 〔美〕王德威：《被压抑的现代性——晚清小说新论》，宋伟杰译，北京大学出版社 2005 年版。

48. 〔美〕王德威：《想象中国的方法——历史·小说·叙事》，生活·读书·新知三联书店 1998 年版。

49. 陈平原：《中国小说叙事模式的转变》，北京大学出版社 2010 年版。

50. 陈平原：《中国现代小说的起点——清末民初小说研究》，北京大学出版社 2005 年版。

51. 杨联芬：《晚清至五四：中国文学现代性的发生》，北京大学出版社 2003 年版。

52. 张赣生：《民国通俗小说论稿》，重庆出版社 1991 年版。

53. 赵孝萱：《"鸳鸯蝴蝶派"新论》，兰州大学出版社 2003 年版。

54. 佘小杰：《中国现代社会言情小说研究》，中国社会科学出版社 2004 年版。

55. 徐德明：《中国现代小说雅俗流变与整合》，社会科学文献出版社

2000 年版。

56. 陈清茹:《光绪二十九年（1903）小说研究》,中州古籍出版社 2009 年版。

57. 朱志荣:《中国现代通俗文学艺术论》,上海三联书店 2009 年版。

58. 邱明正:《上海文学通史》,复旦大学出版社 2005 年版。

59. 熊月之:《上海通史》（第 5 卷）,上海人民出版社 1999 年版。

60. 陈伯海、袁进主编:《上海近代文学史》,上海人民出版社 1993 年版。

61. 叶中强:《上海社会与文人生活:1843—1945》,上海辞书出版社 2010 年版。

62. 王敏:《上海报人社会生活:1872—1949》,上海辞书出版社 2008 年版。

63. 王一川:《中国现代性体验的发生:清末民初文化转型与文学》,北京师范大学出版社 2001 年版。

64. 〔美〕韩南:《中国近代小说的兴起》,徐侠译,上海教育出版社 2010 年版。

65. 谢晓霞:《〈小说月报〉1910—1920:商业、文化与未完成的现代性》,上海三联书店 2006 年版。

66. 杨联芬等编:《二十世纪中国文学期刊与思潮:1897—1949》,百花洲文艺出版社 2006 年版。

67. 李楠:《晚清民国时期上海小报》（插图本）,人民文学出版社 2006 年版。

68. 洪煜:《近代上海小报与市民文化研究》,上海世纪出版社 2007 年版。

69. 陈建华:《从革命到共和:清末至民国时期文学、电影与文化的转型》,广西师范大学出版社 2009 年版。

70. 黄轶:《传承与反叛——中国文学现代转型研究》,河南人民出版社 2008 年版。

71. 李欧梵:《上海摩登:一种新都市文化在中国》,北京大学出版社 2001 年版。

72. 李欧梵:《现代性的追求》,人民文学出版社 2010 年版。

73. 郭战涛:《民国初年骈体小说研究》,广西师范大学出版社 2010

年版。

74. 付建舟:《近现代转型期中国文学论稿》，凤凰出版社 2011 年版。

75. 钱基博:《现代中国文学史》，上海古籍出版社 2011 年版。

76. 陈子展:《最近三十年中国文学史》，上海古籍出版社 2000 年版。

77. 周作人:《中国新文学的源流》，江苏文艺出版社 2007 年版。

78. 刘运峰编:《1917—1927 中国新文学大系导言集》，天津人民出版社 2009 年版。

79. 杨义:《中国现代小说史》（第一卷），人民文学出版社 2005 年版。

80. 杨义:《文化冲突与审美选择——二十世纪中国小说的文化分析》，人民文学出版社 1988 年版。

81. 钱理群、吴福辉、温儒敏:《中国现代文学三十年》，北京大学出版社 1998 年版。

82. 温儒敏等:《中国现当代文学学科概要》，北京大学出版社 2005 年版。

83. 孔庆东:《超越雅俗——抗战时期的通俗小说》，北京大学出版社 1998 年版。

84. 孔范今:《二十世纪中国文学史》，山东文艺出版社 1997 年版。

85. 葛留青、张占国:《中国民国文学史》，人民出版社 1994 年版。

86. 贾植芳:《中国现代文学的主潮》，复旦大学出版社 1990 年版。

87. 王晓明主编:《二十世纪中国文学史论》，东方出版中心 2003 年版。

88. 唐金海、周斌编:《20 世纪中国文学通史》，东方出版中心 2003 年版。

89. 谢冕:《1898：百年忧患》，山东教育出版社 1998 年版。

90. 程文超:《1903：前夜的涌动》，山东教育出版社 1998 年版。

91. 孔庆东:《1921：谁主沉浮》，山东教育出版社 1998 年版。

92. 钱理群:《1948：天地玄黄》，中华书局 2008 年版。

93. 黄万华:《中国现当代文学·第①卷（五四—1960 年代）》，山东文艺出版社 2006 年版。

94. 黄万华:《史述和史论：战时中国文学研究》，山东大学出版社 2005 年版。

95. 唐小兵:《英雄与凡人的时代——解读 20 世纪》，上海文艺出版社 2001 年版。

96. 吴福辉:《多棱镜下》,人民文学出版社 2010 年版。

97. 吴福辉:《都市漩流中的海派小说》,湖南教育出版社 1995 年版。

98. 谢庆立:《中国近现代通俗社会言情小说史》,群众出版社 2002 年版。

99. 陈大康:《通俗小说的历史轨迹》,湖南出版社 1993 年版。

100. 卢文芸:《中国近代文化变革与南社》,社会科学文献出版社 2008 年版。

101. 李今:《海派小说与现代都市文化》,安徽教育出版社 2000 年版。

102. 朱德发:《二十世纪中国文学理性精神》,上海人民出版社 2003 年版。

103. 郑春:《留学背景与中国现代文学》,山东教育出版社 2002 年版。

104. 张学军:《鲁迅的讽刺艺术》,山东大学出版社 1994 年版。

105. 包天笑:《钏影楼回忆录》《钏影楼回忆录续编》,山西古籍出版社 1999 年版。

106. 范伯群主编:《周瘦鹃文集》,文汇出版社 2010 年版。

107. 范伯群等编:《鸳鸯蝴蝶 -〈礼拜六〉派经典小说文库——哀情巨子周瘦鹃代表作》,江苏文艺出版社 1996 年版。

108. 中国现代文学馆编:《一缕麻:包天笑代表作》,华夏出版社 2009 年版。

109. 姚鹓雏:《姚鹓雏文集》(小说卷),上海古籍出版社 2008 年版。

110. 何海鸣:《求幸福斋主》,上海书店出版 1997 年版。

111. 郑逸梅:《南社丛谈》,上海人民出版社 1981 年版。

112. 柳亚子:《南社纪略》,上海人民出版社 1983 年版。

113. 王晓华:《末世公子:袁寒云传》,河北人民出版社 2010 年版。

114. 郑逸梅:《梅庵谈荟》,黑龙江人民出版社 1985 年版。

115. 郑逸梅:《郑逸梅选集》(第一卷),黑龙江人民出版社 1991 年版。

116. 姚公鹤:《上海闲话》,上海古籍出版社 1989 年版。

117. 梁启超:《新中国未来记》,广西师范大学出版社 2008 年版。

118. 吴趼人:《痛史》,山东文艺出版社 1986 年版。

119. 吴趼人:《恨海·情变》,团结出版社 2009 年版。

120. 碧荷馆主人:《新纪元》,广西师范大学出版社 2008 年版。

121. 颐琐:《黄绣球》,吉林文史出版社 1985 年版。

122. 张春帆：《九尾龟》，柯文出版社 2001 年版。

123. 刘鹗：《老残游记》，人民文学出版社 2000 年版。

124. 曾朴：《孽海花》，解放军文艺出版社 2000 年版。

125. 李宝嘉：《官场现形记》（上、下），人民文学出版社 2000 年版。

126. 我佛山人：《新石头记》，花城出版社 1987 年版。

127. 我佛山人：《胡涂世界》，花城出版社 1986 年版。

128. 蘧园：《负曝闲谈》，上海古籍出版社 1985 年版。

129. 陆士谔：《新孽海花》，中国文联出版公司 1989 年版。

130. 任建树编：《陈独秀著作选编》（第 1 卷），上海人民出版社 2009 年版。

131. 张枬、王忍之编：《辛亥革命前十年间时论选集》（卷一），三联书店 1960 年版。

132. 〔美〕尼尔·波兹曼：《娱乐至死》，章艳、吴燕莛译，广西师范大学出版社 2009 年版。

133. 〔美〕E. 希尔斯：《论传统》，傅铿、吕乐译，上海人民出版社 1991 年版。

134. 〔美〕勒内·韦勒克，奥斯汀·沃伦：《文学理论》，刘向愚等译，江苏教育出版社 2005 年版。

135. 〔英〕费尔克拉夫：《话语与社会变迁》，殷晓蓉译，华夏出版社 2003 年版。

136. 〔美〕西奥多·M·米尔斯：《小群体社会学》，温凤龙译，云南人民出版社 1988 年版。

137. 〔美〕马泰·卡林内斯库：《现代性的五副面孔》，顾爱彬等译，商务印书馆 2002 年版。

138. 〔捷〕米琳娜编：《从传统到现代——19 至 20 世纪转折时期的中国小说》，伍晓明译，北京大学出版社 1991 年版。

139. 〔法〕皮埃尔·布迪厄：《艺术的法则：文学场的生成和结构》，刘晖译，中央编译出版社 2001 年版。

140. 〔美〕马克·波斯特：《第二媒介》，范静晔译，南京大学出版社 2001 年版。

141. 〔美〕W·C·布斯：《小说修辞学》，华明、胡晓苏、周宪译，北京大学出版社 1987 年版。

142.〔法〕热拉尔·热奈特:《叙事话语 新叙事话语》,王文融译,中国社会科学出版社 1990 年版。

143.〔英〕爱·摩·福斯特:《小说面面观》,苏炳文译,花城出版社 1984 年版。

144.〔美〕希利斯·米勒:《解读叙事》,申丹译,北京大学出版社 2002 年版。

145.〔美〕蒲安迪:《中国叙事学》,北京大学出版社 1996 年版。

146.〔荷〕米克·巴尔:《叙事学:叙事理论导论》,谭君强译,中国科学出版社 2003 年版。

147.〔美〕戴卫·赫尔曼:《新叙事学》,马海良译,北京大学出版社 2002 年版。

148.〔美〕詹姆斯·费伦:《作为修辞的叙事》,陈永国译,北京大学出版社 2002 年版。

149. 赵毅衡:《苦恼的叙述者——中国小说的叙事形式与中国文化》,北京十月文艺出版社 1994 年版。

150. 申丹:《叙述学与小说文体学研究》,北京大学出版社 1998 年版。

151. 申丹、韩加明、王亚丽:《英美小说叙事理论研究》,北京大学出版社 2005 年版。

152. 罗钢:《叙事学导论》,云南人民出版社 1994 年版。

153. 傅修延:《讲故事的奥秘——文学叙述论》,百花洲文艺出版社 1993 年版。

154. 杨义:《中国叙事学》,人民出版社 1997 年版。

155. 傅修延:《中国叙事学》,北京大学出版社 2015 年版。

156. 胡亚敏:《叙事学》,华中师范大学出版社 1994 年版。

157. 谭君强:《叙述理论与审美文化》,中国社会科学院出版社 2002 年版。

158. 徐岱:《小说叙事学》,商务印书馆 2010 年版。

159. 高小康:《中国古代叙事观念与意识形态》,北京大学出版社 2005 年版。

160.〔德〕马克斯·韦伯:《新教伦理与资本主义精神》,于晓、陈维纲等译,生活·读书·新知三联书店 1987 年版。

161.〔德〕马克斯·舍勒:《资本主义的未来》,罗悌伦等译,生活·读书·新知三联书店 1997 年版。

162.〔美〕托马斯·库恩:《科学革命的结构》，金吾伦、胡新和译，北京大学出版社 2003 年版。

163.〔美〕乔治·H·米德:《心灵、自我与社会》，赵月瑟译，世纪出版集团、上海译文出版社 2005 年版。

164.〔英〕安东尼·吉登斯:《现代性与自我认同》，赵旭东、方文译，生活·读书·新知三联书店出版社 1998 年版。

165.〔美〕露丝·本尼迪克特:《文化模式》，王炜等译，生活·读书·新知三联书店 1988 年版。

166.〔美〕约翰·菲斯克:《理解大众文化》，王晓珏等译，中央编译出版社 2001 年版。

167.〔英〕多米尼克·斯特里纳蒂:《通俗文化理论导论》，阎嘉译，商务印书馆 2003 年版。

168.〔美〕塞缪尔·亨廷顿:《文明的冲突与世界秩序的重建》，周琪等译，新华出版社 2010 年版。

169.〔美〕柯文:《在中国发现历史——中国中心观在美国的兴起》，林同奇译，中华书局 1989 年版。

170.〔德〕伽达默尔:《真理与方法》，王才勇译，辽宁人民出版社 1987 年版。

171.〔美〕爱德华·W·萨义德:《知识分子论》，单德兴译，生活·读书·新知三联书店 2002 年版。

172.〔德〕本雅明:《发达资本主义时代的抒情诗人》，张旭东、魏文生译，生活·读书·新知三联书店 2007 年版。

173. 李泽厚:《中国古代思想史论》《中国近代思想史论》《中国现代思想史论》，天津社会科学院出版社 2003 年版。

174. 余英时:《士与中国文化》，上海人民出版社 2003 年版。

175. 葛兆光:《中国思想史》（第一、二卷），复旦大学出版社 2001 年版。

176. 陈平原:《小说史:理论与实践》，北京大学出版社 2010 年版。

177. 李怡:《日本体验与中国现代文学的发生》，北京大学出版社 2009 年版。

178. 刘小枫:《现代性社会理论绪论:现代性与现代中国》，上海三联书店 1998 年版。

179. 陶东风：《文体演变及其文化意味》，云南人民出版社 1994 年版。

180. 王尔敏：《近代文化生态及其变迁》，百花洲文艺出版社 2002 年版。

181.〔匈〕阿诺德·豪泽尔：《艺术社会学》，居延安译编，学林出版社 1987 年版。

182.〔美〕张灏：《梁启超与中国思想的过渡（1890—1907）》，崔志海、葛夫平译，江苏人民出版社 1995 年版。

183.〔美〕张灏：《危机中的中国知识分子：寻求秩序与意义》，高力克、王跃译，新星出版社 2006 年版。

184.〔日〕佐藤慎一：《近代中国的知识分子与文明》，刘岳兵译，江苏人民出版社 2006 年版。

185.〔波兰〕弗·兹纳涅茨基：《知识人的社会角色》，郏斌祥译，译林出版社 2000 年版。

186. 许纪霖等：《近代中国知识分子的公共交往（1895—1949）》，上海人民出版社 2008 年版。

187. 许纪霖：《智者的尊严：知识分子与近代文化》，学林出版社 1991 年版。

188. 许纪霖：《20 世纪中国知识分子史论》，新星出版社 2005 年版。

189. 李长莉：《晚清上海社会的变迁：生活与伦理的近代化》，天津人民出版社 2002 年版。

190. 颜翔林：《死亡美学》，上海人民出版社 2008 年版。

191. 陆扬：《死亡美学》，北京大学出版社 2006 年版。

192. 谢泳：《中国现代文学史研究法》，广西师范大学出版社 2010 年版。

193. 王晓明：《潜流与漩涡：论二十世纪中国小说家的创作心理障碍》，中国社会科学出版社 1991 年版。

194. 杨守森：《二十世纪中国作家心态史》，中央编译出版社 1998 年版。

195. 陈平原、夏晓虹编：《触摸历史：五四人物与现代中国》，北京大学出版社 2009 年版。

196. 陈平原主编：《中国俗文学》，北京大学出版社 2011 年版。

197. 郭浩帆：《中国近代四大小说杂志研究》，当代中国出版社 2004 年版。

三、主要参考论文：

1. 吴福辉、邵宁宁：《现代文学：学科历史与未来走向》，《甘肃社会科学》2006 年第 1 期。

2. 张华：《论清末民初通俗小说的娱乐主义倾向》，《山东大学学报》2000 年第 1 期。

3. 张华：《中国现代通俗言情小说的流变轨迹》，《郑州大学学报》2000 年第 9 期。

4. 葛亮：《"老上海"的前世今生——时尚文化与精英叙事的"怀旧"形态》，《学术月刊》2011 年第 9 期。

5. 张均：《1950 年代的鸳蝴文学出版》，《中山大学学报》2008 年第 4 期。

6. 张均：《十七年期间的鸳鸯蝴蝶派作家》，《广东社会科学》2010 年第 1 期。

7. 刘铁群：《鸳鸯蝴蝶派作家与市民社会》，《兰州大学学报》2007 年第 5 期。

8. 何中华：《中国传统文化及其现代命运》，《山东大学报》2011 年 12 月 28 日。

9. 汤哲声：《新文学对市民小说的三次批判及反思》，《中国现代文学研究丛刊》2004 年第 4 期。

10. 汤哲声：《蜕变中的蝴蝶——论民初小说的价值取向》，《文学评论》2001 年第 2 期。

11. 陈建华：《民国初年周瘦鹃的心理小说——兼论"礼拜六派"与"鸳鸯蝴蝶派"之别》，《现代中文学刊》2011 年第 2 期。

12. 孔庆东：《鸳鸯蝴蝶派与左翼文学》，《汕头大学学报》2011 年第 2 期。

13. 叶诚生：《"越轨"的现代性：民初小说与叙事新伦理》，《文学评论》2008 年第 4 期。

14. 耿传明：《"鸳鸯蝴蝶派"小说的历史定位与文化心理分析》，《广东社会科学》2008 年第 2 期。

15. 胡安定：《鸳鸯蝴蝶派的形象谱系与自我认同》，《文学评论》2011 年第 4 期。

16. 胡安定：《鸳鸯蝴蝶：如何成"派"——论鸳鸯蝴蝶派群体意识的

形成》，《首都师范大学学报》2009 年第 2 期。

17. 王进庄：《20 世纪一二十年代旧派文人的转型和现代性》，《复旦学报》2009 年第 4 期。

18. 王学东：《"民国文学"的理论维度及其文学史编写》，《中国现代文学研究丛刊》2011 年第 4 期。

19. 陈学祖：《重建文学史的概念谱系——以民国文学史概念为例》，《学术界》2009 年第 2 期。

20. 李怡：《辛亥革命与中国文学的"民国机制"》，《郑州大学学报》2011 年第 5 期。

21. 栾梅健：《辛亥革命与中国文学的现代性转型》，《南京社会科学》2011 年第 9 期。

22. 栾梅健：《科举制度的废除与读者群体的转变》，《中国现代文学研究丛刊》2006 年第 2 期。

23. 栾梅健：《稿费制度的确立与职业作家的出现——二十世纪中国文学发生论之一》，《中国现代文学研究丛刊》1993 年第 2 期。

24. 张光芒：《从"鸳派"小说看中国启蒙文学思潮的民族性》，《学术界》2001 年第 4 期。

25. 黄轶：《传统"体贴"与现代"抚慰"——鸳鸯蝴蝶派文学价值观论》，《河南社会科学》2007 年第 6 期。

26. 郝庆军：《论鸳鸯蝴蝶派的兴起》，《文学评论》2006 年第 2 期。

27. 宋声泉：《重估〈新青年〉同人对"鸳鸯蝴蝶派"的批判》，《中国现代文学研究丛刊》2009 年第 4 期。

后　记

　　本书是在我的博士论文基础上修改而成，同时也得到山东省社会科学规划研究青年项目（13DWXJ01）、济南大学出版基金的资助。

　　自 2012 年 6 月从山东大学博士毕业，踏入济南大学的工作岗位，倏忽已六年有余，回首走过的岁月，心中倍感充实，忙忙碌碌的生活节奏并没有让我感到身心疲惫，而是有了一丝收获的心情与笑靥。博士阶段是我人生中的一段重要旅途，在山大短短的三年时光，夹杂着青春与汗水，完成了这本博士论文，不仅让我对清末民初的报刊、文学，以及这本书的主角——鸳鸯蝴蝶派，有了较为清晰与深入的认知，同时也为我今后的学术道路打下了坚实的基础。工作之后所撰写的论文、所主持的国家社科基金项目、教育部人文社科研究项目、山东省社科规划研究项目等都或多或少地来源于这一选题以及在撰写博士论文过程中的思考。故在毕业六年之际，有幸得到济南大学出版基金的资助，将我的博士论文呈现于读者，乃倍感荣幸！在本书出版之际，向曾经帮助过我的师长、朋友、亲人表示感谢！

　　首先，感谢我的博士生导师张华教授，张老师严谨的治学之道、宽厚仁慈的胸怀时时打动着我，在公务繁忙之际，时常关心着我的学业与生活，无私地提供一切可能的帮助，热情地解答学术与人生的困惑，他的教诲与鞭策将激励着我在今后的道路上励精图治、不断创新。

　　其次，特别要感谢郑春教授，尽管不是在他的名下，但是与郑老师的师生情谊足够让我铭记一生。求学的三年中，郑老师以其厚重的人格魅力、诲人不倦的学术精神以及幽默风趣的谈吐深深地影响了我。回首过去，每次遇到困惑，他总是我坚强的后盾，鼓励着我，让我在慌张、不成熟的时刻中沉下心来厘清思绪。

　　同时，还应该感谢黄万华教授、贺立华教授、张学军教授、刘方政教授。黄老师让我明白了做学问的方法和谦逊的人格；与张学军老师莫名的亲近，以及他对我学业的不时叮嘱，让我们之间要更深于一般的师生关系；

贺老师的鼓励与宽容、刘老师的提携与指点同样让我终身受益。

　　再次，还要感谢我的硕士生导师山东师范大学魏建教授。受他的指引，我叩进了中国现代文学的研究大门；受他的鼓励，我选择读博继续深造；受他的关注，在学术前进的道路上我永远不敢懈怠。当人生的困惑与迷茫遮蔽了前进的旅途，当一次次觉得前途浩渺之时，感谢他不厌其烦地指点迷津与无私的帮助。

　　此外，还应向论文部分章节在发表、参加学术会议，及答辩过程中提出宝贵意见的南开大学乔以钢教授、张铁荣教授，上海交通大学张中良教授，复旦大学栾梅健教授，山东大学祁海文教授、史建国老师，山东师范大学李宗刚教授，以及一直关注我成长的聊城大学石兴泽教授等一并致谢。同时也感谢山东大学文学院资料室刘晓多老师与山东大学特藏书库的各位老师为查阅资料提供了方便，感谢商务印书馆的编辑，为本书的出版付出了辛勤的劳动。

　　最后，感谢我的父母，感谢内子陈琳，还有小儿鲁景辰小朋友，他们在背后无怨无悔的付出、支持，以及给予我的幸福与快乐，是我前进的最大动力。还要感谢济南大学的领导与同事、曾经的同窗好友，以及所有帮助过我的伙伴们，没有你们，人生的道路自然寂寞、崎岖了许多。

鲁　毅

2018 年 9 月 17 日于济南宏瑞星城小区